publication PN°1
Bibliothek der Provinz

Ursula Ziebarth
EIN KINDERSPIEGEL
herausgegeben von
Richard Pils
Verlag
publication PN°1

Wien – Linz – Weitra – München
A-3970 WEITRA
02815/35594
ISBN 3 85252 157 2
printed in Austria
by
Plöchl
A-4240 Freistadt

Ursula Ziebarth

EIN KINDERSPIEGEL

INHALT

Ein Kinderspiegel *Siete 9*
Häschen in der Grube *Seite 12*
Der Palast von Mandalay *Seite 15*
Hirtentäschelkraut *Seite 21*
Und was sonst noch heißt, daß es nicht bleibt *Seite 25*
Niemals zuvor gab es ein Kind wie dieses
und keines wird wieder so sein *Seite 29*
Die Erretttung der Meertiere *Seite 35*
Woldenberg *Seite 38*
Geh mit niemandem, sprich mit keinem *Seite 45*
Die Treppee *Seite 49*
Ach, Igoruschka, das A schreibt sich schön *Seite 53*
Ungeheuer *Seite 57*
Gelesene Kinder *Seite 60*
Kinderwunder *Seite 64*
Wunderkinder *Seite 70*
Süppi *oder* Das Erlernen von Feindseligkeiten *Seite 79*
Klingelzauber *Seite 86*
Schönbeck *Seite 89*
Die Schweinetreiber kommen *Seite 96*
Das Kind im Manne *Seite 102*
Enfant terribe *oder* Begegnung in Unterzeismering *Seite 107*
Zahl und Zeit *Seite 111*
Papstchen und seine Engel *Seite 115*
Wortprobe – Hommage für eine große Dichterin *Seite 123*
Wum – wumm – wumm *Seite 130*
Avrom Rubin *Seite 133*
Tante *oder* Pour le mérite *Seite 136*
Kinder dort *Seite 140*
wo Feuer, Schwefel, Nebel, Regen, Wind *Seite 140*
wo Eisberge kalben *Seite 142*
wo Ödipus König Laios erschlug *Seite 147*
wo Sieger im Ghetto leben *Seite 149*
wo Zelte der Baumwollpflücker stehen *Seite 152*
Schwarzer Mann *Seite 158*

Pablito oder »Dieses Kind hat sich nicht verderben lassen« *Seite 167*
Anderland *Seite 176*
An der Rampe der Wahrheit *Seite 180*
Die ganz großen Zauberer *Seite 190*
»Pavane pour une Infante defunte« *Seite 194*
Elvira *Seite 199*
Das engel- das sternverkündete Kind *Seite 203*
»Jetzt und in der Stunde unseres Todes« *Seite 208*
Der Enkel *Seite 211*
Kinder der Luft *Seite 218*
Königliches gnadenloses Spiel *Seite 221*
Zwanzigerjahrekind, Spreewasserkind *Seite 227*
Bettelmann *Seite 228*
Streichhölzer *Seite 230*
Pferdefall *Seite 234*
Götter *Seite 236*
Buckelball *Seite 240*
Rückwärtsreise *Seite 244*
Das erste Kind erschlug das zweite *Seite 250*
Hinweis auf einen Kinderfreund, der als solcher wenig bekannt ist, weil man den Mann nämlich überhaupt kaum kennt, obwohl sein Name von Millionen gewußt wird *Seite 254*
Pferdezauber *Seite 263*
I Scheldegeschichte *Seite 263*
II Ein Dalarnapferd *Seite 269*
Die Macht zornloser Worte *Seite 272*
Ereignisse auf einem Bahnhof im Wald *Seite 274*
Spiegellicht *Seite 286*

Ein Kinderspiel

»SPIEGEL: noch nie hat jemand wissend beschrieben,
was ihr in euerem Wesen seid.
Ihr, wie mit lauter Löchern von Sieben
erfüllten Zwischenräume der Zeit.

Ihr, noch des leeren Saales Verschwender –,
wenn es dämmert, wie Wälder weit ...
Und der Lüster geht wie ein Sechzehn-Ender
durch eure Unbetretbarkeit.

Manchmal seid ihr voll Malerei
Einige scheinen in Euch gegangen –,
andere schicktet ihr scheu vorbei.«[1]

In Jericho, vor zehntausend Jahren, mußten Menschen sich über Wasser beugen um ein zerfließendes, schon von ihrem Atem bewegbares Bild von sich selbst zu erblicken, ihren eigenen Augen zu begegnen, zu erstaunen vor sich. In der Menschheit ältester Stadt, in eben diesem Jericho, haben Archäologen keine Spiegel gefunden.

Zweitausend Jahre später (achttausend Jahre vor uns ist das immer noch) lebten im anatolischen Çatalhüyük Menschen städtisch zusammen, und diese Städter hinterließen Spiegel, aus Obsidian gemachte, das ist schwarzes vulkanisches Naturglas, man polierte es in Çatalhüyük so fein, daß jeder sich in ihm entgegensehen konnte und im finsteren Glanz der blank geriebenen Erdausspeiung eine dunkle Wahrnehmung von seinem Gesicht gewann.

Perser, Ägypter, Juden besaßen polierte Metallscheiben, um sich zu spiegeln, Homer berichtet von Spiegelflächen aus Gold, es gab also Menschen, die sich in ihren Spiegeln entrückt in den Sonnenschimmer des Goldes sahen. Römer hatten Bronzespiegel, in Schottland fand man zu Spiegeln polierte Steinplatten der jüngeren Steinzeit. Der Mensch bedarf der Spiegel als einem Mittel der Erkenntnis, er will ein Bild von sich sehen können.

Wir Heutigen haben silberhintergossene Glasspiegel. Mit einer Versilberungs- und einer Reduktionsflüssigkeit wird chemisch Silber hinter

Glas gebracht, nur 1/16000 Millimeter beträgt der Durchmesser des Silberhauches, der das Spiegelwunder bewirkt.

Man weiß Spiegel herzustellen seit achttausend Jahren, jedoch »noch nie hat jemand wissend beschrieben«, was sie in ihrem Wesen sind. Zauberkraft, glaubte man, hätten sie, und sagten wahr, »Spieglein, Spieglein an der Wand, wer ist die Schönste im ganzen Land?« War jemand gestorben im Haus, verhängte man die Spiegel, denn sie vermochten die Seele des Toten zu halten, er wäre auf ewig im Hause verblieben und gespenstig umgegangen, hätte man nicht ein Tuch über jeden Spiegel gehängt.

Geheimnisse wurden in Spiegelschrift geschrieben und waren nur im Spiegel lesbar. Alles fangen Spiegel ein, das reglos vor ihnen Verweilende wie das was vorüberhuscht. Sie sagen nicht wahr, aber sie geben wahrhaft wieder. In einem äußersten Akt spiegelnder Kraft wirft ein Brennspiegel Sonnenlicht so heftig zurück, daß man Feuer mit ihm entzünden kann, der Spiegel vermittelt die Entbrennkräfte der Sonne, Vestalinnen benutzten Spiegel um die Heiligen Feuer auf diese Weise mit der reinen Sonne zu entflammen, Archimedes soll mit Brennspiegeln feindliche Schiffe vernichtet haben.

Gewöhnlich sind Spiegel kühl, so kühl, daß sie wie eine Eisfläche unseren Hauch annehmen, Sterbenden hielt man früher einen Spiegel vor den Mund um zu prüfen, ob sie noch atmen.

»Noch nie hat jemand wissend beschrieben«, was sie in ihrem Wesen sind – der Zauber, wenn man irgendwo, sei's im Foyer eines Theaters, in einem Cafe oder sonstwo in einem Spiegel an der Wand sieht, was um einen herum geschieht; man könnte sich umwenden und alles ungespiegelt betrachten, aber dem unwirklichen Spiegelbild traut man mehr Wahrheit zu und erwartet den Wink des Geheimen.

Was ein Bild zurückwirft, spiegelt. Ein Kind, das mich anschaut, spiegelt sich in meinen Augen. Warum soll es sich nicht in meinen Sätzen spiegeln? Berichten, erinnern ist: spiegeln, aus den »Zwischenräumen der Zeit« hervorziehen, wieder wahrnehmbarmachen.

Kinder habe ich mit Sätzen gesucht, und gezeigt in der Unbetretbarkeit von Worten, »die noch des leeren Saales Verschwender« und »wenn es dämmert, wie Wälder weit«.

Es wird geschehen, was Sie nicht sogleich erwarten, wenn Sie das Buch aufschlagen: Sie werden sich selber sehen, denn Spiegeln wohnt wirklich Zauber inne, Sie werden es bemerken, mir ist es ebenso ergangen, unversehens erschien auch ich in den Rahmen, wo ich Kinder Islands und Anatoliens erwartete und von zeitrückwärts her Kinder, von denen man seit

Jahrhunderten, Jahrtausenden vom Hörensagen, vom Lesen weiß – denn auch selbstwärts reicht die Magie des Geschriebenen, man sieht sich wieder, klein, in der Schule, mit Masern im Bett, auf dem Rummelplatz. Auch Sie, ich kenne Sie nicht, aber ich weiß, Sie werden sich auffinden zwischen den Seiten hier, Sie werden sich erinnern und den Kindern dieser Spiegel das Kind hinzufügen, das Sie gewesen sind. Sie werden sich erkennen. Die Kinderbildnisse dieses Buches, werden sich vermehren um die Bilder der Leser und Betrachter deren Zahl mir unbekannt bleiben wird. Die nicht sichtbaren Bilder, die Sie zwischen den Seiten und zwischen den Zeilen von sich auffinden, werden einen geheimen Reichtum des Buches ausmachen. Sich erinnern an das Kind, das man gewesen, ist der schmale schwankende Brückensteg auf dem man hingelangt zu allen Kindern dieser Welt. Die Sätze dieses Buches stehen zugunsten von Wehrlosen. Kinder sind wehrlos. Sie sind angewiesen auf uns.

1 Aus Rilkes Sonetten an Orpheus, in: Rainer Maria Rilke, Ausgewählte Werke, Insel-Verlag, Frankfurt 1948, Band I, S. 300.

Sie beginnen zu sein ohne daß jemand es wahrnimmt. Ein Same ist dazu gebracht worden, sich mit einem Ei zu vereinigen, sie beginnen zu sein, weil diese Überwältigung stattfand, weil Entferntes eng zusammengebracht wurde, sie entstehen aus einer Heftigkeit, in atemlosem Überfließen und können sich noch nicht fühlen, vermutlich, wissen nichts von sich und nicht sogleich weiß man von ihnen, dennoch sind sie da, versehen mit allem, was sie einmal ausmachen wird, und sie lassen sich nicht widerrufen. Töten, freilich, kann man sie.

Später sieht man am Körper der Mutter, daß sie anwesend sind, sie beginnen auch sich zu rühren, und in einem zweiten Akt geradezu ungeheuerlicher Überwältigung werden sie ausgestoßen und siehe da: sie überleben in ein nicht mehr geborgenes Dasein.

Jedoch der Gewalt, die ihnen angetan wird, ist noch lange kein Ende. Sie werden auf den Rücken gelegt und auf den Bauch, ob sie wollen oder nicht, sie müssen ins Badewasser, man reinigt ihnen Näschen und Öhrchen und das wollen sie ganz und gar nicht, sie schreien und protestieren gegen das Jäckchen, in das sie gewickelt werden, später wird es noch schlimmer kommen, Kleider werden ihnen über den Kopf gezogen, und manchmal glauben sie, die Nase würde ihnen dabei abgerissen. Sie müssen Schuhe anziehen und die werden ihnen wieder ausgezogen, sie sollen das Bein dazu hochheben und haben keine Lust, aber die Großen sind so kräftig, sie packen das kleine Bein und sie packen das ganze Kind und bewahren es vor Unheil, was das Kind noch nicht so sehen kann, es wird überwältigt von den Armen der Erwachsenen, die es bringen, wohin sie es bringen.

Die Kinder richten sich auf, stellen sich hin, sie entlaufen uns die ersten Schritte und sind darauf angewiesen, daß wir sie wieder einfangen und ihnen zu essen geben.

Unsere wehrlosen Kinder, die auf ihr Recht nicht pochen, sich nicht helfen können, wenn sie Eltern haben, die sie vernachlässigen, denen sie lästig sind, wenn es nicht gar schlimmer kommt.

Sie beginnen auf unsere Sprache zu horchen, böse Worte wüßten sie nicht zu erwidern, vertrauensvoll sprechen sie nach, was wir ihnen zusprechen und fangen sich auch Wörter aus dem Fluß solcher Sätze, die nicht für sie bestimmt sind. Sie versuchen sich verständlich zu machen und sind betrübt, wenn wir sie nicht verstehen.

Später gehen sie im Kreis, singen ›Häschen in der Grube‹ in langgezogenen Tönen, und jedes ist selbst ein Häschen in der Grube der großen Liebe, der Liebe der Großen, und keines weiß, was ihm die Großenliebe bescheren wird, kann sein, die Erwachsenen sind vergiftet von Ehrgeiz und die Sonne der Freundlichkeit scheint darum nur, wenn das Häschen hübsch anzusehen ist, für klug gehalten werden kann und jedermann gefällt.

Ausgeliefert sind uns die Kinder, schauen uns an mit weiten Augen, wir sind die Könige, die guten, die sie glücklich machen, und die bösen, die ihnen Ängste machen, und sie lernen alles von uns, auch das Lügen.

Eines Tages stehen sie dann da, eine Schultüte im Arm, denn wieder sind sie gegangen, wohin wir sie geführt haben, sind mit Hoffnung oder Furcht gegangen, vielleicht ist ihr Vertrauen grenzenlos und sie nehmen einem Lehrer das A und O ab und die anderen Buchstaben auch und lassen sich etwas erzählen von einem Satz, den sie zu lesen gelernt haben, nehmen in ihren Kopf die ältesten Erinnerungen der Menschen auf mit Zaubersprüchen und Märchen, glauben den Geschichten, wie sie uns glauben, sie vertrauen uns, sie können nicht anders, sie sind die Häschen in der Grube unserer Macht.

Allemal wird Macht auch mißbraucht.

Engel mit dem milden Sinn, den man ihnen nachsagt, aus allen Himmeln müßten sie sich helfend fallen lassen, wenn auf der Erde ein Kind geschlagen wird.[1]

Unsere Gesetzbücher – wenn ein Armer einem Reichen Geldstücke stiehlt, das zu bestrafen ist in Paragraphen vorgesehen, aber wenn ein ausgewachsener Mensch ausholt und einem Kind das verpaßt, was so widerwitzig zynisch ›Ohrfeige‹, ›Backpfeife‹ oder ›Maulschelle‹ genannt wird, findet sich nicht Rüger noch Richter. Erst wenn bleibende Schäden zu vermuten sind – was wissen Richter über das Bleiben von Schäden in eines Kindes Gemüt?

Unvollkommene Gesetze, die uns schützen, wenn unser Eigentum geplündert wird, aber unsere Kinder im Stich lassen, wenn wir sie ausrauben und uns an ihren Tränen bereichern, mit denen sie ausgleichen müssen, daß sie nicht nach unserem Willen taten!

Ein Gesetz ist zu schreiben gegen Eltern, die ihre Kinder zum Schlachtfeld machen, auf dem sie Siege erringen wollen, die ihnen auf den Berufsfeldern möglicherweise nicht vergönnt sind, weshalb diese Großen in den Streit mit ihren Kindern ziehen, wo sie sich der Überlegenheit noch sicher wissen und den Gehorsam der Kleinen als eine Trophäe nehmen, mit der aus den Kämpfen gegen ihre Kinder hervorzugehen sie sich nicht schämen.

Die Kinder aber lernen alles von uns, Härte, Rechthaberei und die Grausamkeit auch.

Jedoch eines Tages werden wir ihnen die Welt anvertrauen müssen.

1 Gemeint sind hier nicht Kinder, die einmal geklapst werden von ihrer erschöpften Mutter, und ich meine auch nicht mich und meine Großmutter, die meine Missetaten symbolisch mit dem Kochlöffel beklopfte und mich so manches Mal vor elterlichen Erörterungen rettete, die mir weit unangenehmer waren. Wenn sie mich bedrängt sah, ergriff meine Großmutter gewöhnlich einen Holzlöffel und befreite mich damit aus vorwurfsvollen Sätzen, denen ich mich nicht zu entziehen gewußt hätte, und befreite meine Eltern aus der Zwangslage, gelegentlich Satzerziehung treiben zu müssen. Wir atmeten alle auf, wenn das strenge Wort durch einen gemütlich wackelnden Küchenlöffel ersetzt wurde dank der Geistesgegenwart einer erfahrenen Großmutter.

Der Palast von Mandalay

Kinder blicken Ihnen entgegen, wenn Sie in diesem Buch zu lesen beginnen. All diese Kinder leben im Palast von Mandalay, alle Kinder leben im Mandalaypalast, den sie niemals sahen noch jemals sehen werden, weil es ihn nicht mehr gibt, da wo es ihn gab – aber sie haben ihn sich erschaffen, jedes Kind hat sich den Palast erbaut, hat ihn bewohnt und kehrt dahin zurück, wie ich dorthin zurückkehrte – als es klingelte an der Tür an einem Samstag. Ich war allein zu Haus, trank Tee und lebte in Rußland an diesem Nachmittag, wohin Tschechow mich Satz für Satz gezogen hatte. Natürlich mußte ich zurückkommen von da, als es läutete. Ich legte das Buch fort, schob die Tasse beiseite und ging schauen, wer da ist. Jordan stand vor der Tür. Jordan handelt mit dem, was schön ist, er findet es gottweißwo, seine Wünschelrute schlägt aus vor einem Haufen Trödel und er bemerkt das eine makellose Stück, mit dem jemand seinen Traum in die Wirklichkeit geboren hat. Jordan weiß, was man braucht, und er weiß es lange bevor man selber einen Wunsch so dringlich spürt, daß man ihn ausspricht.

»Ich bringe Ihnen den Palast von Mandalay«, sagte er an jenem Samstag, trat ein und stellte einen Holzkasten vor mich hin, in den man durch eine Glasscheibe hineinsehen kann, und Glas scheint mir seither nur erfunden zu sein um den glänzenden festen Eishauch zu bilden, der den Palast von Mandalay nicht mehr verbirgt – den Mandalaypalast, von dessen Türmen ich zuerst einen Blick auf die Welt warf, auf dessen Balustraden ich mich das erste Mal vorsichtig zeigte. Der Mandalaypalast mit den funkelnden Sälen meiner frühen Träume und mit Kammern, in die ich sperrte, was ich nicht verstand und nicht vergaß, mit Gängen in denen ich immer ans Ziel kam, mit Spiegeln in denen erschien, wen ich suchte, mit Bildern an der Wand auf denen schon zu sehen war, daß alles anders kommen würde, mit Tischen, an die ich mich setzen konnte ohne essen zu müssen, der Mandalaypalast, die Schwelle vor den Erwachsenen behütet von einer spaltzüngigen Schlange, die immer zu meinen Gunsten sprach, und drinnen ein Gemurmel von Wörtern, die ich nicht weitersagte, Gemächer, vollgeräumt mit Ereignissen, über die ich keine Auskunft geben wollte, begangen von den Tigern meiner Ängste – wie leise sie durch die Türen kamen.

In die Palastfenster stellte ich die strahlenden Lampen meiner frühen Lügen, mit denen ich den Erwachsenen beruhigend bestätigte, daß ich dachte, was sie von mir erwarteten, mit der Klarheit verständiger Antworten hielt ich sie fern vom Gold meiner wirren Geheimnisse, das in Gemächern dort lagerte, beleckt von den heißen Zungen hechelnder Tiere, hielt sie fern auch von meinen Triumphen, die hoch erhoben wurden vom Rüssel des Elefanten, manchmal erschien er, der sich meist versteckt hielt, im großen Saal und wuchs auf zu seiner mächtigsten Erscheinung.

Mandalaypalast, es war meine Großmutter, die den Namen gewußt hatte für den Ort, den ich mir erschuf um ungestört zu leben, und sie hatte auch ›Burma‹ gesagt – »in Burma, mein Kind, das ist weit fort, in Burma liegt eine Stadt, die heißt Mandalay, und in Mandalay gibt es einen Palast, König Mindon hat ihn erbaut« –, und aus den Sätzen, mit denen sie ihn schilderte, errichtete ich die Grundmauern für *meinen* Mandalaypalast, mit dem ich König Mindon und seinen Baumeister übertraf, denn ich verwendete kein Holz, ich errichtete den Palast aus meinen beweglichen Träumen und verstand es, ihn unsichtbar zu machen ohne daß er unauffindbar war.

Ich bin nicht die einzige Prinzessin von Mandalay gewesen. Jedes Kind bewohnt das Mandalayschloß, wenn es auch keine Großmutter hat, die seinem Ort der Träume diesen schönen Namen gibt, es hat, wohin die Erwachsenen nicht vordringen können, einen Palast, den es sich erbaute aus den Antworten, die es auf seine dringlichsten Fragen nicht bekam, aus den glänzenden Bildern seiner ersten Bücher, den unverstehbaren Reimen und den Bedeutungen der Fingerspiele, der Palasthof ist gepflastert mit den Schmerzen, von denen Erwachsene sagen, daß Kinder sie schnell vergäßen, weil die steinige Buchführung nicht bekannt ist, wenn die Großen die Haut der Kleinen sorglos mit Kränkungen tätowieren.

Die Kinder stehen still, wenn sie vermessen werden mit Testen und man ihnen Theorien anpaßt, sie stehen still und haben sich entfernt, sie sind im Mandalaypalast, wo nicht einmal unsere Liebe sie aufzusuchen weiß. Über Treppen und Leitern steigen sie auf zu Erkenntnissen, die sie sich noch als alte Leute nicht werden bestreiten lassen, sie behalten das Bild des ersten toten Tiers in der Seele, das sie reglos liegen sahen, und hoffen, es sei das Häschen in der Grube, das wieder davonspringen wird, und sie werden es hoffen, wenn sie längst wissen, daß es nicht so ist. Im Mandalaypalast lassen die Kinder ihre Leiden glühen, die sie noch nicht zu kühlen wissen indem sie sie verschriften, und sie brauchen den Palast um sich frei zu machen von der Liebe der Großen, von der sie jedoch nicht genug bekommen können. Wenn die Mutter nicht da ist, laufen die Kinder weinend nach Mandalay und halten sich am Ohr des Elefanten, zu dem sie mühelos hochwachsen.

Sie lassen zu, daß man ihnen Trotzphasen zubilligt und befriedigt ihre normale Entwicklung registriert. Sie sehen uns an, waschen sich die Hände nach unseren Vorschlägen, halten die Hand vor den Mund wenn sie husten, nicken zu unseren Erklärungen, die sie lieben, weil wir ihnen dann zugewendet sind mit Kopf und Schultern, nach Mandalay tragen sie jede Freude, die wir ihnen bereiteten, dort hält sich der Duft von heißem Kakao, mit dem wir sie erwärmten eines Winternachmittages. Vor unseren Augen laufen die Kinder in den Palast, in dem sie zusammengetragen haben, wovon sie leben werden, wenn es hoch kommt, so sind es achtzig Jahre, und wenn es köstlich sein wird, so wird es Mühe und Arbeit werden – die Mühe und Arbeit, mit der sie aufbereiten, was sie in Mandalay ansammelten. Es wird nichts geerntet, es sei denn, es ist in Mandalay gesät worden.

Die Kinder lassen sich betrachten von uns, dulden die groben Raster der Psychologen, innerhalb derer sie nach Gattungsmustern sortiert werden, sie lassen sich mikroskopieren und gehen zum Zahnarzt.

Sie zeigen uns ihre Zeichnungen, beschenken uns damit und bemerken voll Trauer, daß wir nicht klug sind, die Zeichen zu verstehen, die sie uns zögernd geben wollen, aber wir trüben ihre einleuchtenden Bilder mit Erklärungen.

Sie versuchen uns zu gleichen und möchten, daß wir sind wie sie, aber da lassen wir sie im Stich. Nur die Clowns im Zirkus kommen ihnen den entscheidenden Schritt näher, und die Kinder jauchzen vor Glück über Unbeholfenheiten in der Manege, in denen sie sich wiedererkennen, weil die Clowns nicht wie die geschickten Erwachsenen sind, denen so selten eine Tasse aus der Hand fällt.

Die Erwachsenen, diese Götter, die alles können und alles wissen, um deren Gunst gebuhlt wird und an denen man sich rächt mit finsteren Gedanken, sie werden angehalten vor den Pforten von Mandalay, da, wo ein Clown jederzeit eintreten dürfte.

Im Mandalaypalast wird ein Wort wie ›tot‹ verwahrt, das kein Erwachsener erklären kann. Im Mandalaypalast lernen die Menschen, daß sie sterblich sind, dort heben sie alle Bruchstücke auf, aus denen sie ihren Tod später zusammensetzen werden. Es gibt dort auch eine Kammer für das Wort ›nicht‹, und der Schmerz, den es bereiten kann, läßt sich das erste Mal in Mandalay steigern zu ›nicht mehr‹.

Es hat ›keinen‹ Luftballon gegeben und ›keinen‹ Anschnauzer, und um das gegeneinander abzuwägen gehen die Kinder nach Mandalay. Sie lernen rechnen und erfahren, daß man auch mit Regen rechnen muß, weil Wörtern nicht zu trauen ist. Sie schlagen etwas kaputt und trauern über die zerstürzte Schönheit, sie sehen das erste Mal ein Schiff und hören sein Nebelhorn und verwahren beides für immer bei ihren Mandalayschätzen. Sie lesen das Märchen von Turandot und möchten die principessa di morte sein, denn sie allein wissen, wofür diese so schlimme Rache nimmt. Sie dürfen einmal länger aufbleiben und legen ihren ersten vollen Mond feierlich nieder im Palast. Sie möchten Flügel und müssen sich mit ihren Lungenflügeln begnügen. Sie gehen auf die Schlachtfelder ihrer ersten Krankheiten und besiegen einen Tod, dessen Erscheinung auf sie zugekrochen ist aus dem Gefieder des toten Vogels, den sie sahen.

Die Kinder betrachten uns aufmerksam und verstehen sich auf eine Sprache, die wir verlernt haben. Gutwillige Eltern kaufen sich ein Lehrbuch und bereisen ihre Kinder mit dem Baedeker in der Hand. Die Kleinen haben die Taschen voller Wunder, aber die Großen bestimmen diese Wunder für den Mülleimer und sind mit ihrem Tagewerk zufrieden.

So sind Kinder denn zu Recht im Mandalaypalast, den Jordan mir hergetragen hat, damit ich ihn schimmern sehe hinter Glas. Jemand hat ihn nachgebaut, jemand, der Zeit hatte in Burma und den Palast nicht missen wollte, und nun, da er zerstört ist, da, wo er in Burma stand, weil der Krieg sich auch an die geheimste Zuflucht wagt, gibt es noch das Abbild des Palastes, und daß es hergelangt ist zu mir weil Jordan Wünsche weiß, ist sowenig ein Wunder wie daß ich hingelangt bin nach Mandalay als meine Großmutter sagte: »in Burma, mein Kind –«

Ich hatte es nicht weit bis Mandalay, von Türmen und Terrassen leuchtet mir noch immer entgegen, was ich im Palast verwahrt habe als ich Kind war in der Familie, das einzige Kind, der gehütete Schatz. Ich habe Glück gehabt als ich klein war. Aber Glück bewahrt kein Kind vor den ersten Zeichen der Vergänglichkeit. Die Erwachsenen suchen sie zu verheimlichen, aber das Kind weiß bald Bescheid und baut sich seinen Mandalaypalast.

Aber was ist mit den glücklosen Kindern, den hungernden, den geschlagenen, den kranken? Haben sie Kräfte, sich einen Palast zu erschaffen, in dem sie getröstet werden? Was ist der Mandalaypalast der Bedrängten? Ein Haus voller Reis? Ein Haus, in dem man keine Augenschmerzen hat?

Es wird gefeilt an Therapien, die unsere Kinder befreien sollen von all den erlesenen und manchmal auch nur eingebildeten Leiden, zu denen ein täglich mehrmals wohlgedeckter Tisch Muße läßt.

Meine Großmutter hat in anderer Weise für mich gesorgt.

An einen Abend erinnere ich mich, ich saß im Taxi zwischen Mutter und Großmutter, über Ohrenschmerzen jammernd. Meine Mutter hielt mir die Hand und summte etwas Tröstliches. Meine Großmutter aber sah mich an und sagte: »Mein Kind, es gibt Kinder, die Schmerzen haben und niemand fährt mit ihnen in einer Taxe zum Arzt, damit ihre kranken Ohren geheilt werden, Eiter fließt ihnen aus den Ohren oder aus den Augen, ich habe in Ägypten Kinder gesehen« – und dann wußte sie ihre Worte so zu setzen, daß alles kindliche Elend der Welt sich an mir vorbeischleppte. Weinend warf ich mich über den Schoß meiner Großmutter und hielt still, als dann ein grämlicher, bei seinem Abendschach gestörter Otologe mürrisch mein Ohr spülte.

»Mein Kind, es gibt Kinder«, sagte meine Großmutter auch, wenn ich nörgelig daranging, das Essen auf meinem Teller mit der Gabel auf ein unerwünschtes Fitzelchen Fett am Fleisch hin zu untersuchen – und aus ihren Worten kamen die auf mich zu, die niemals satt werden dürfen –, »mein Kind, es gibt Kinder, die von ihren eigenen Eltern geschlagen werden«, hörte ich und begriff früh, daß ich keine Ursache hatte, über meine Lebensumstände zu klagen und nahm sie mit nach Mandalay, die Geschlagenen, die Hungernden und die, deren Ohren nicht geheilt werden. Das war freilich leicht getan.

Ich hatte was ich brauchte als ich Kind war, und für das, was mir fehlte, besaß ich den Palast von Mandalay. Aber wohin flüchten Kinder, denen wir nicht gerecht werden, ich sage wir, denn auch für Indiens Kinder sind wir verantwortlich und haben jedes glücklose Kind auf dem Gewissen, an das wir uns nicht heranwagen.

Es hätte keinen Zweck, hier oder da zu helfen, man müsse das System verändern, sagen die Theoretiker und glauben, sich mit diesem Satz freizukaufen von den Kindern, die auf das veränderte System nicht warten können, die man heute in den Arm nehmen muß, wenn man sie retten will. Aber das ist Mildtätigkeit, und die wird mit Lehrbuchsätzen als etwas Unzureichendes denunziert von denen, die zu bequem sind, etwas Mildes zu tun.

Ich möchte schon – und bleibe doch ein Schreibtischtäter; mit nichts als einem Satz fasse ich nach Kindern, die nicht begreifen, warum ihnen nicht wohl ist, die sich noch nicht formieren können zu einer Armee von

Protestanten, die ihre schmerzenden Füßchen reiben und lange auf einem Stück Zuckerrohr kauen, wenn sie es bekommen, die ihre Augen offen halten, damit ihnen nicht eine Freude entgeht, die auch ihnen über den Weg laufen könnte wie ein streunender Hund, der sich wieder davonmacht.

Ich kann mir das vorstellen. Ich kann das Unglück der Kinder vor mich stellen als eine Forderung nach Linderung.

Was mir unbekannt bleibt, sind die Fluchtwege dieser Kinder. Reicht die Kraft ihrer dünnen Ärmchen aus um ihnen ein Mandalay zu bauen? Was geschieht, wenn diesen Kindern vor Müdigkeit oder Schwäche die Augen zufallen? Mit welchen Träumen hält sie das Leben am Leben? Und wenn sie wieder aufwachen, was fällt ihnen ein zu ihrem Dasein am Rande von Kriegen oder im Zentrum der Armut oder wo immer wir Erwachsenen verschulden, daß es ihnen ergeht, wie es ihnen ergeht?

Für Kinder hat König Mindon seinen Palast nicht gebaut, er hat ihn errichtet um dort stattfinden zu lassen, was nicht Not wendend war, aber die Kinder mit ihren märchenhaften Erfahrungen haben flink wie Seeräuber den Palast geentert. Diese Kinder hier. Sie haben einen Platz bei uns und ihren Platz in Mandalay. Aber jene Kinder, denen nicht nur Arme und Beine verkümmern, denen man nicht nur nicht ausreichend Reis oder Brot gibt, zu denen auch nicht ausreichend gesprochen wird, so daß sie sich nicht mit ihren Gedanken den Weg frei machen können zum Schloß der Phantasie als einem Haus des Trostes und geheimer Herrlichkeit – was wird aus Kindern ohne genügend Reis und Brot und ohne den freien Zugang zum Palast von Mandalay?

Niemand ist unschuldig vor den glücklosen Kindern dieser Welt.

Hirtentäschelkraut

Es war eines maßlosen Sommers. Das Land strotzte vor Grün. An einem Bahnhang saß ich, an meine Mutter gelehnt und über ein Pflänzchen gebeugt, das sie mir hinhielt, dessen Schötchen sie öffnete, so daß winzige rötliche Samen sichtbar wurden. Hirtentäschelkraut betrachteten wir, wie Taschen, in denen früher Hirten Brot, Käse und ihr Messer bei sich trugen, sind diese kleinen grünen Schoten geformt.

Hirtentäschelkraut, capsella bursa pastoris, mein Traumkraut, mit dem in der Hand ich zurückfinde, so daß ich vorankomme zu den unzerspaltenen Freuden als ich noch war wie die Lilien auf dem Felde und auch nicht viel größer als sie.

Hirtentäschelkraut, mit dem in der Hand die Tür wieder aufspringt zum Reich von Kaninchen und Haselmaus, mit dem ich zurückfinde zu den ersten Wörtern, die ich um ihrer Schönheit willen zu lieben begann, auf grünem Stengel standen sie auf der Wiese um mich herum und lauteten Schafgarbe, Wegerich, Dill, Kamille, Thymian, Arnika, Quendel, Sauerampfer, Salbei. Zu Bäumen sah ich noch nicht hoch, Rosen waren mir fremd, ich hielt es mit Pechnelke und Butterblume, dank meiner Mutter, die mir nur anmaß, was mir angemessen war.

Schreibende gibt es, manchmal wollen sie nichts als sich die Straße bahnen aus Sätzen über Sätzen, die Straße, auf der sie zurücklaufen können in die Zeit, in der sie sich herbstens die Taschen mit Eicheln füllten, Reichtum an Kastanien in ihrem Beutel maßen, und manchmal sind das die schönsten Bücher dieser Schreibenden.

Eine lange Kette ließe sich bilden aus den Titeln solcher Rückwanderergeschichten, in denen Leser mit den Schreibern da ankommen sollen, wo sich Kreisel drehen und Murmeln in die Grube rollen, wo wir auch die Spiele nicht verloren, die wir verloren haben, wo wir an jedem Tag ein neues Wort gewannen und unsere Augen die Tränen hergaben, mit denen die Welt reingewaschen wird. Die Titelkette mit Wörtern aller Sprachen ließe sich wie eine Girlande um den Äquator der Erde legen, und ich hänge der Kette ein Gliedchen ein mit dem Namen ›Hirtentäschelkraut‹ um das vierte Gebot zu erfüllen indem ich es verändere: Ich will Vater und Mutter ehren, denn mit guten Worten, die sie an mich wandten, bewirkten sie, daß es mir wohlergeht auf Erden. Es ist auch der Wunsch, mich meiner wieder ganz und gar zu bemächtigen, der mich zurücktreibt in die Zeit, als ich vollkommen war, weil ich nicht wußte was mir fehlt – als ich im

Besitz der Welt war, die sich mit Kieseln, Stachelbeeren und Schnee zu meiner Verfügung hielt, die flimmernde Sterne und das Wunder der Mondüberflutung bereit hatte für Nächte, in denen mich meine Mutter am Fenster auf dem Arm hielt, weil ich aufgewacht war und in der befremdenden Taglosigkeit nach ihr gerufen hatte.

Die schöne Zeit, als es Döppchen gab und die Hutschediputsche, als der Haidenwärter kam und Pujatz seine Sprünge machte, der Pujatz, ein Affenjäckchen trug er, Zuckerleck wurde gebacken, wir wanderten nach Lämmersdorf und hinterher zogen wir Mauken an.

Erklären will ich das alles nicht, es wird sie schon jemand verstehen, die alten Zauberworte, und wissen, daß es nichts Schöneres gab als Pujatz. »Dreh dich nicht um, der Plumpsack geht rum« – »Ist die schwarze Köchin da?« – »Herr Fischer, Herr Fischer, wie tief ist das Wasser?« – damals haben wir gewußt, was sich heute nicht mehr ausloten läßt – und ist etwas damit gewonnen, daß Weihnachtsgeschenke nun gekauft werden und nicht mehr aus dem Walde kommen, auf einem Schlitten, von zwei Hirschen gezogen, die die Pracht ihrer Geweihkronen tragen?

Hirtentäschelkraut, es berauscht nicht wie der indische Hanf, aber es rauscht wieder in den Büschen am Fließ, wenn ich mein Traumkraut hole, rauscht in den Büschen am Fließ, wo ich sah, wie die Schnecke ans Ziel kam und Fische nicht gefangen wurden, wo ich ging an der Hand meiner Mutter und heimkam mit einem Strauß von Wörtern, die niemals welk wurden und noch den Tonfall an sich haben, in dem meine Mutter sie mir vorsagte: Ackerwagen, Hungerharke, Scheunentor. Wir haben nicht ferngesehen zu jener Zeit, wir haben nahgesehen und mit zwei Fingern vorsichtig ein Löwenmäulchen aufgesperrt, Wasser und Sand in hohler Hand gewogen, einen Stein gewälzt und einen langen Schritt über die Straßen der Ameisen gemacht. Wir sahen einen Storch über die Wiese stelzen, und ich fand schön, daß er es war, der mich gebracht hat, woran ich lange nicht zweifelte, jedermann sagte den Kindern damals so. Wo werde ich heute Müttern zur Storchenmär raten! – aber verleugnen will ich meinen Bringevogel auch nicht, ich wende den Kopf nach ihm, wann immer ich ihn erblicken kann. Er bleibt mein Gevatter.

Das hier schreibe ich auf für Christiane Ziebarth, geboren 1897 in Berlin, gestorben und in einem Massengrab begraben 1945 in Karlsbad. Ich habe das Glück, ihre Tochter zu sein, und wenn ich sage, meine Dankbarkeit ist grenzenlos, so meine ich damit: daß sie tot ist und ich am Leben bin, ist keine Grenze zwischen uns, sie ist anwesend auf den Wiesen, die zu sehen sie mich lehrte, wie sie mir auch anderes nahebrachte, das schön ist, und eine Wiese, üppig und nicht geschnitten, mit den verwehenden Samen der Pusteblume, deckt jetzt auch das Massengrab in Karlsbad.

»Und sind wie Gras und wie die Blume des Grases.«

Ich hatte das Glück, eine Mutter zu haben, die nicht Nachrichten, die sie der Zeitung entnehmen konnte, den Nachrichten vorzog, die ich ihr übermitteln wollte, als ich gerade erst so hoch war wie der Tisch, an dem sie las. Sie legte die Zeitung fort wenn ich sie ansprach, und hörte mir zu. Damit hat sie in mir die Überzeugung geweckt, daß zu jemandem zu sprechen möglich, erwünscht und willkommen ist – und umgekehrt halte ich sie nach dieser wohltuenden Erfahrung für ein Verbrechen, die Beleidigung, Kindern über den Rand einer Zeitung hinweg ein »ja, ja, sehr schön« zuzumurmeln.

Ich hatte das Glück, eine Mutter zu haben, die meine kindliche Sprache niemals korrigierte, mich aber mit schönen, besonderen Wörtern dazu verführte, mit Lust zu sprechen und die Wörter zu gebrauchen, die sie ins Spiel gebracht hatte.

Nachempfinden kann ich, wie es damals zugegangen sein muß, seit ich miterlebe, wie Titus das Glück der Wörter erfährt, mit welcher Überzeugung er ›winzig‹ und ›riesig‹ sagt, wie er es tagelang immerfort fröhlich und geschickt verwendete, als er das Wort ›plaudern‹ erfaßt hatte, und auf keines Lesers Beifall bin ich so stolz wie ich mir auf Titus' Kinderschmunzeln etwas zugute halte, wenn mir eine Wendung gelungen ist, der er nachhorcht und die er aufbewahren wird in seinem Köpfchen. »Du bist Hüpfchen-Müpfchen Ungeduld«, habe ich unlängst zu dem kleinen Zappelkerl gesagt, und er strahlte mich an, er strahlte eine Wortverbindung an, weil er sie hübsch fand, weil sein Sinn wach ist dafür, daß man das Richtige auf anmutige Weise sagen kann. Als es schellte, neulich, dort wo er wohnt, stürzte er neugierig seiner Mutter hinterher zur Tür um ja nicht zu versäumen, was sich da abspielen könnte. Er kam wieder, hatte Beute gemacht und führte sie mir freudig vor: »Die Nachbarn haben uns zu einem Abendhappen eingeladen.« Und damit ich es auch nicht überhöre, stellte er sich vor mich und präsentierte das neue Wort, stolz wie ein Zirkusdirektor einen neuerworbenen Schimmel: »Denk mal, Ursel, ›Abendhappen‹!«

Sprechen mit einem Kind – mit mir ist gesprochen worden, und wenn nicht ich es war, zu der man sprach, man redete mitnander in unserer Familie und ich liebte die Großengeschichten leidenschaftlich, auch wenn ich nur Bruchstücke verstand. Geschickt und beharrlich nistete ich mich ein in die Gesprächsrunde der Erwachsenen, Halbschlaf auf dem Schoß der

Mutter vortäuschend, aber die Ohren zu großen Horchlöffeln gestreckt, mit denen ich einheimste, was die Tanten sagten und wie ein Onkel Karpfen im Teich beschrieb, die schmatzend am Schilfschaft lutschen.

Es gab so viele Wörter seinerzeit, soviel mehr als heute, die Mundarten der Zugezogenen kräftigten damals die Sprache in Berlin.

Vom Traumkraut angerührt horcht man auf, wenn einmal jemand ein altes sinnliches Wort gebraucht und zum Beispiel ›umwricken‹ sagt, anstatt zu vermelden, er sei umgeknickt mit dem Fuß – aber geknickt wurde der Fuß ja gar nicht. ›Umwricken‹ ist soviel anschaulicher, die Lautfolge macht das Heftige, Erschreckende, Unkoordinierte des Vorgangs deutlich. Außerdem: ein Knick bleibt ein Knick, ein Weg, beispielsweise, kann mehr als einen Bogen, er kann einen Knick machen, eine gerade Linie kann abgeknickt werden, dem Fuß geschieht das am ehesten noch beim Skilaufen; gewöhnlich wrickt man nur mal so um, beim Gehen.

Ja, man redete miteinander in unserer Familie, und auf dem Schoß meiner Mutter lagerte ich am Rande der Erwachsenengespräche wie an einem schönen wärmenden Feuer, es wisperte und zischelte in den entflammten Reden der Großen, prasselte von Gelächter, Behauptungen flackerten auf, Widerworte knackten wie feuchtes Holz in der Flamme, es gab erhellende Sätze, die auch mir so sehr einleuchteten, daß ich mich zu Reaktionen hinreißen ließ, an denen meine Mutter sehen konnte, daß ich keineswegs schlief, aber sie wiederholte dann nur freundlich, was ich begriffen zu haben schien, und die anderen wandten auch ein paar Sätze an mich, reduzierten ihr Vokabular für einen Moment, bis es wieder zu wuchern begann und silbenreich um Themen züngelte, die man vorhatte. Schöne Wörter eignete ich mir an, klaubte sie aus glühenden Sätzen und verleibte sie mir ein, hungrig und freudig.

Hirtentäschelkraut, mein Traumkraut, mit dem ich sie wiedererwekken kann, die Schlafenden, die mich nicht mehr vernehmen, obwohl sie doch einst so bereitwillig hörten und sich über die kleinen Sätze freuten, mit denen ich sie ansprach. »Und sind wie Gras und wie die Blume des Grases« Hirtentäschelkraut, mit dem in der Hand ich sie finde, die lebendigen Toten.

»UND WAS SONST NOCH HEISST, DASS ES NICHT BLEIBT«[1]

Von einer Reise zurück, eile ich, Titus zu besuchen. Er ist fünf Jahre nur erst alt; ein halbes Jahrhundert, fast, habe ich ihm voraus oder ich hinke um diese Zeitspanne seinen frischen Entdeckungen hinterher, sollte man meinen. Es ist auch so; aber ein feines geheimes Fädchen hat sich angesponnen zwischen uns, und an diesem Seilchen, zarter, als ein Spinnchen es spinnen könnte, doch zu reißen scheint es nicht, zieht Titus mich, ohne daß ich mich wehren könnte oder es wollte, in sein Kinderleben hinein, ziehe ich ihn ins Reich meiner Wörter und meiner gesammelten Schätze.

Diesmal empfängt mich Titus mit Erklärungen, mit Deklarationen, er bringt sie emphatisch hervor, als gälte es nichts als das zu sagen:

»Ich bin nicht mehr mit Mami befreundet!

Papi ist auch nicht mehr mein Freund!

Ich bin nicht mehr mit Omama befreundet!

Auch mit Frau Sywerberg nicht mehr!«

»Ich nehme an, du bist nun auch nicht mehr mit mir befreundet«, sage ich, um ihm zu ersparen, mich kränken zu müssen. Er ist sichtlich dankbar, daß ich ihm zuvorgekommen bin mit meiner Feststellung, denn natürlich hätte er an diesem Tag, an dem etwas ihn veranlaßte, heftig mit den Menschen zu brechen, mich nicht ausnehmen können, andererseits wäre er nicht gern unhöflich geworden, da ich nach Wochen zum erstenmal wieder kommen konnte. Aber auf meine Unterstellung kann er antworten:

»Ich bin nur noch mit meinem Kaninchen befreundet.«

Das hoppelt denn auch, in seiner Stellung zu Titus unangefochten, im Spielzimmer zwischen Eisenbahnwägelchen, Blechautos und Schaukelpferd umher und scheint sich ohrenwackelnd seine eigenen Gedanken zu machen. Ich halte für angebracht, zu sagen:

»Wie schade, daß nur noch das Kaninchen dein Freund ist, ich dachte, auch wir seien befreundet, deswegen bin ich gleich nach der Reise gekommen um dich wiederzusehen.«

Darauf beginnen wir übergangslos zu spielen; mit Leidenschaft zeigt Titus, was er sich eingerichtet hat im Kinderzimmer: eine Müllabfuhr; ich muß begutachten, was sonst noch neu bei ihm ist, und dann sagt er, teils, weil er mir das Kaninchen nicht zu deutlich vorgezogen haben möchte, teils, weil er fühlt, daß er noch einen Schritt weitergehen muß, um sich auszudrücken in einer Situation, die das Äußerste von ihm verlangt:

»Ich bin nur noch mit mir selbst befreundet.«

Etwas Schreckliches muß geschehen sein.

Wir vertiefen uns in ein Spiel mit Glaskugeln, die wir auf unterschiedlich schrägen Bahnen abwärts rollen lassen. Plötzlich hält Titus seine Kugel auf und fragt:

»Stimmt es eigentlich, daß du gleich gekommen bist, um mich wiederzusehen?«

Niemals hätte er früher eine solche Frage gestellt, immer ist ihm natürlich gewesen, daß Menschen ihm zugewandt sind, niemals hätte es ihn früher nach Bestätigung verlangt.

Etwas Schreckliches muß geschehen sein.

Die Mutter findet Gelegenheit, mir unauffällig mitzuteilen, was im Kindergarten vorgefallen ist. Titus und ich gehen zum Bus um zu meiner Wohnung zu fahren. Ein Wintertag, es hat früh gedunkelt, wir besteigen einen Doppeldeckerbus und klettern in den Oberstock, finden Platz in der ersten Reihe, Berlin liegt uns zu Füßen, die Stadt tut was sie kann für ein fünfjähriges Kind, sie blinkt mit den Leuchtscheiben aller Verkehrsampeln, Funkwagen mit kreisendem Blaulicht sausen vorbei, eine Feuerwehr läßt sich hören, der Bus fährt über eine Brücke und durch Tunnel. Titus sieht auch nach allem hin, nur die sonst so freudig gezwitscherten Kommentarworte bleiben aus und nicht ein einziges Mal streckt er sein Fingerchen aus um mir etwas zu zeigen.

Und dann teilt er es auch mir mit, das Schreckliche, das seine Welt verändert hat:

»Bastian hat mich abgefreundet.«

Ich begreife, es wäre dem Ernst seiner Lage nicht angemessen, wenn ich Titus jetzt zu trösten versuchte damit, daß Kinder eben manchmal – und daß auch Bastian schon wieder, eines Tages, vielleicht schon morgen –

Aber von anderer Seite versuche ich Titus das Ereignis zu zeigen.

»Wie dumm von Bastian. Nun kann er ja gar nicht mehr schön mit dir spielen!«

»Er spielt ja schön. Aber mit anderen. Er hat nur mich abgefreundet.«

Hier ist Trost nicht am Platze. Ich bestätige Titus, wie schrecklich sein Kummer ist, und unversehens reißt eine alte vernarbte vergessen geglaubte Wunde wieder auf.

Es war auch an einem Winternachmittag und als es klingelte an unserer Tür, stand zu meiner großen Freude Hilde da und fragte, ob ich herunterkommen möchte. Nur zu gern wollte ich das, ich war sonst nicht wohlgelitten im Kreis ihrer Freundinnen. Mit Bällen waren sie auf der Straße zugange, spielten ›müde-matt‹, in der Dämmerung flog ein Ball als dunkle Kugel im Kreis herum. Aber ich durfte nicht mittun. Auch bei der nächsten Runde nicht. Schließlich bot ich arglos und tumb die entsetzliche Blöße, in die sie hineinstoßen konnten, ich fragte:

»Warum hat Hilde mich denn abgeholt, wenn ich nicht mitspielen soll?«

»Um dich zu ärgern«, rief Hilde aus und strahlte, weil die Verhöhnung ihr so vollkommen gelungen war.

Wie lange ich damals gebraucht habe um mich aus der Gruppe zu entfernen, wie vielzulange ich zögernd herumstand, hoffend, daß vielleicht Helga oder Margritta – aber nein. So ging ich schließlich zurück ins Haus und stieg auf den Treppenstufen über mich hinweg.

Die Stunde des Vertrauens und der Verständigung ist gekommen, wir fahren über unser Ziel hinaus und ich erzähle Titus von Hilde. Titus fühlt, wenn er jetzt anfinge zu weinen, hätte er einen Grund, der nicht allein seinem treulosen Bastian gälte, aber er unternimmt eine kleine Anstrengung und begegnet meiner Geschichte wie ich der seinen, er sagt mit seinem kleinen Mündchen:

»Sowas Schreckliches kommt eben vor!«

und fühlt sich selbst nun wieder eingebettet in das, was allen geschieht. Der Schaffner erscheint, wir sind an der Endstation, müssen noch einmal zahlen um zurückzufahren, sagen, wir führen spazieren und erzählten uns Geschichten und wir beenden die Geschichten indem wir uns gegenseitig versichern, es ginge auch ohne Bastian und Hilde. Und nun kann ich es wagen, Trost anzubringen:

»Außerdem kann es gut sein, daß Bastian schon nächste Woche wieder mit dir spielt.«

Titus sieht mich an. Was eine überwältigend schöne Wahrheit werden könnte, taucht vor ihm auf, er tritt unter die Pforte der Hoffnung:

»Hat denn Hilde wieder mit dir gespielt?«

»Ja, ich habe sie einfach eingeladen.«

Nun hat unsere Stadt Erfolg mit ihren Lichtern, ihren Spiegelungen, den Feuerwehrautos; ihre Motorräder, ihre S-Bahnzüge fahren nicht mehr vergeblich an uns vorbei, Titus dreht und wendet den Kopf, verfolgt sie alle mit Enthusiasmus, sein Gesichtchen wird rosig, er streckt den Finger aus und zeigt auf die erleuchtete Rathausuhr. Wir sind am Ziel, wir steigen aus, Titus hüpft an meiner Hand.

»Aller Sprachen Schmerz- und Schattenlaut.«[2]

»Und was sonst noch heißt, daß es nicht bleibt«

In unserer Sprache Schmerz- und Schattenlaute nun einer, mit dem ein Kind seine Betrübnis ausgedrückt hat, ein Wort, das es fand für ein Geschehen, von dem es verletzt wurde: abgefreundet.

1 Verszeile aus dem Gedicht ›Lebe wohl‹ von Gottfried Benn, in: Gesammelte Gedichte, Limes Verlag, Wiesbaden 1956, S. 61.

2 Siehe Fußnote 1

Niemals zuvor gab es ein Kind wie dieses und keines wird wieder so sein

Bändeweis haben sich Psychologen, Psychiater, Pädagogen mit den Schwierigkeiten der Wohlstandskinder beschäftigt. Recht so. Die Probleme mußten aufgestöbert und eingekreist werden. Jedoch die Erörterungen laufen Gefahr, zum Fachsabbern zu entarten, mit dem sich Buchseiten so langwierig füllen, daß über den Sätzen die Kinder entweder vergessen werden oder nur noch willkommener Anlaß für Habilitationsschriften sind.

Wohlstandskinder – der Begriff wurde gebildet um Kinder zu klassifizieren wie eine Pflänzchengruppe in der botanischen Systematik.

Wohlstandskinder – ein Schlagwort, und es hinterläßt seine Prügelspur.

In Berührung kommend mit Kindern wohlhabender und (diese Zusammenstellung interessiert mich besonders) zugleich gebildeter Leute, kann man nicht umhin, darüber nachzudenken, warum Wohlstand und Bildung der Eltern sich oft auf deren Kinder so wenig wohltuend auswirken, daß diese zu unleidlichen Wisse- und Habekindern werden. Dem geistigen und materiellen Besitz der Eltern ausgesetzt, geraten sie leider nicht selten nörgelig, befehlssüchtig, besserwisserisch, bis man sie nicht leiden mag und sie darunter leiden, daß man sie nicht leiden mag, jedoch nicht herausfinden können, welche Mittel tauglich wären, diesem circulus vitiosus zu entkommen und wieder nur mit dem, was sie wissen und haben, auftrumpfen um zu versuchen, uns zu erobern.

Mit ganz anderen Worten als den gewohnten müßte man sich zu diesen Kindern hinüberschnellen, die im Zuvielmeer zu schwimmen suchen, aber immer wieder schwappt ihnen neues Spielzeug über den Kopf, noch ehe die alte Schulmappe verbraucht ist, schnallt man ihnen eine neue auf den Rücken, Kleider werden nach Wunsch beschafft und wenn kein Wunsch laut wird, führt man die Kinder in ein Geschäft um Wünsche zu wecken, der Herbst kommt, und das Ritual erfordert, neue Hosen und Röcke zu kaufen; Geld muß ausgegeben, Reichtum angewandt werden – nicht zugunsten von Armen, das nicht, die Wohlhabenden, die Reichen haben ein unstillbares Bedürfnis, sich selber wohlzutun.

Wie die körperlichen Bedürfnisse, wird auch der Intellekt dieser Kinder sorgfältig gepflegt. Sie erhalten gewissenhafte Auskünfte auf alle Fragen; aber so häufig schon bevor sie solche überlegt zu stellen wußten, so daß ihre Fragen sich niemals zu dringlichen Fragen entwickeln können, schon vorher werden sie aufgefangen und in eingehender Zuwendung beantwortet, keinen Zweifel müssen diese Kinder je mit sich herumtragen.

Ihre Wünsche werden selbstverständlich respektiert, man enttäuscht sie nicht, sie werden ins Theater geführt, sie fahren Ski, reiten, sorgen sich um nichts, sie sind die Opfer sorgender Eltern, und schon in der Gesellschaft der Kinder stellen sie Vertreter der privilegierten Klasse dar, es ergeht ihnen stets zufriedenstellend, doch sind sie nie zufriedengestellt, die so häufigen nörgeligen Unzufriedenheitsäußerungen, das immerwährende Ansprüchestellen dieser Kinder macht, daß Antipathien gegen sie entwickelt werden, die sie natürlich spüren und beantworten, meistens aggressiv.

Wie erreicht man sie? Es muß doch möglich sein, auch für sie die Spreu vom Weizen zu trennen, so daß all die Nebensächlichkeiten, die ihnen erkauft werden, fortfallen und auch diesen Kindern zurückbleibt, was zählt: Unglück und Glück, Not und Hilfe, Schmerz, dessen Ursache es zu beheben oder, wenn das nicht möglich ist, den es auszuhalten gilt, und Freude, auf die sich zu freuen Zeit bleibt, so daß sie als Freude empfunden werden kann. Wissen muß auch geschüttelt werden im Sieb, um Nützliches vom Überflüssigen zu trennen.

Aber gerade vor dem Schütteln, vor der Erschütterung suchen die hier besprochenen Eltern ihre Kinder zu bewahren. Sie geben ihnen Auskünfte um sie sicher zu machen, wo es besser wäre, ihnen den Zulaß zur Unsicherheit unseres Daseins zu gewähren. So ermuntern diese Eltern die Kinder zwar zum Griff in die Bestände der Kultur, lassen sie aber nur am Rande zugreifen, da, wo Kultur noch gefällig ist, denn angegriffen werden von Erkenntnissen oder Kunst sollen die Kinder nicht, davor hütet man sie wie man sie mit einem Schal vor Niesschnupfen und Bellhusten bewahrt – diese beschützten unausgesetzten Kinder werden aber doch ausgesetzt: der Antipathie derjenigen, denen sie außerhalb der Familie begegnen.

Allgemeine Überlegungen, die noch zu nichts verpflichten, solange man von einer Gruppe spricht, der gewisse Merkmale anhaften, die man beschreiben kann, und wie man auf diese eingehen könnte, läßt sich auch beschreiben – aber gar nichts mehr ist mit Schreiben getan, tritt ein Kind dieser Gruppe einem gegenüber. Dann muß gehandelt werden oder es müßte gehandelt werden, kein Lehrsatz läßt sich mehr anwenden, er würde sich als Leersatz erweisen, denn vor uns steht ein Kind, auf das uns vorzubereiten wir keine Gelegenheit hatten, es gibt nämlich keinen Analogiefall zu diesem Kind, es gibt nicht zwei gleiche Kinder, auch die Behauptung, daß es ähnliche Kinder gäbe, ist nichts als falsch, nach Gruppenmerkmalen wurde ja nur aus Verlegenheit gesucht, weil man ökonomisch verfahren muß, die Kräfte reichen nicht aus um in jedem Kind den neuen nie dagewesenen unwiederholbaren Menschen zu erkunden.

Da helfen nur Spontaneität, Instinkt und der Wunsch, dem Kind etwas Gutes zu tun, und das kann gelingen und es kann mißlingen und manchmal weiß man gar nicht, was man einem Kind angetan hat, mit dem man in Berührung kam, das uns ansah mit forschenden Augen, das wir ansahen mit Augen, die dieses nie zuvor dagewesene Kind zu ergründen versuchten. Man lächelt, Wohlwollen soll signalisiert werden, das Kind und sein Gegenüber balancieren auf dem Schwebebalken.

Wie ich mir vorwerfe, Irmingard im Stich gelassen zu haben an jenem Weihnachtstag, als ich sie mit Eltern und Schwester im Kino traf. Ich hatte mich gefreut, die Familie zu sehen. Als der Film zu Ende war und man auf der Straße stand, kaufte der Vater den Kindern noch Eis. Das teuerste natürlich. Eiskonfekt. Jedes Kind hatte eine Schachtel voller mit Schokolade überzogener Speiseeiswürfel in der Hand.

Der Vater bat, uns Erwachsenen auch jedem ein Konfekt zu geben. Sofort protestierte Irmingard. Und wie häßlich sie aussah mit der Quengelflabbe, die sie zog, unwillens, auch nur auf einen einzigen Eiswürfel zu verzichten. Die kleinere Schwester fiel echoartig ein in die Neinerei. Leise, sanft versuchte der Vater, seine Töchter zu überreden, resignierte aber bald, weil er bemerkte wie sehr er Irmingard zu immer abstoßenderen Reaktionen provozierte. Die Mutter gab den Mädchen recht: »Sie meinen eben, wenn wir Eis essen wollen, können wir uns ja welches kaufen.«

Ich stieg mit der Familie ins Auto, sie besuchten mich noch und es wurde ein unangenehmer Abend, weil ich außerstande war Irmingard auszustehen und mir zu verzeihen, daß auch ich klein beigegeben hatte anstatt mich im rechten Moment, nämlich sofort und auf offener Straße, platzen zu lassen und Irmingard mit Donner, Blitz und Wolkenbruch anzubrüllen, sie getrost eine blöde Ziege zu nennen, die sich anstellt, wenn sie ein bißchen Eis abgeben soll, nachdem sie Weihnachten sowieso zuviel von allem bekommen hat, im Pelzmantel dasteht, grade im Kino war und für den nächsten Tag auch schon schöne Pläne machen darf – mit Stentorstimme hätte ich dem Kind zubrüllen sollen, was es der Zuvielzahl leiser gepflegter Sätze offenbar nicht mehr entnehmen kann. Wie feige habe ich mich dem Verhalten der Eltern angepaßt!

Was ich hier schildere wie eine versäumte Großtat, wäre mir vermutlich wie eine Missetat erschienen, hätte ich sie ausgeführt. Das Entsetzen der Eltern wäre mir sicher gewesen. Aber weder sie noch ich hätten die Wirkung eines solchen Eclats auf Irmingard voraussagen können. Auch ihren Reaktionen wäre diese später nicht eindeutig abzulesen gewesen. Denn auch wer sie kennt, kennt sich nicht aus mit Irmingard, es ist nun einmal nur bis zu einem geringen Grade möglich, sich in einem anderen Menschen zurechtzufinden, und denjenigen, die professionell so tun, als wäre das gut zu erreichen, will ich jetzt auf den Pelz rücken: ich meine die berufsmäßigen Hausfriedensbrecher, die in ihren tränenwasserdichten Theorieschuhen in anderer Leute Gemüt latschen, die sich ihre Lust an der Indiskretion auf der Universität mit Diplomen legitimieren lassen, ich meine Psychologen und Psychiater. Nach kurzer Berufspraxis und manchmal schon während der Ausbildung erkranken sie an der auch für ihre private Umgebung so unangenehmen Urteilssucht, immer glauben sie zu wissen, wo jemandes Verhaltensweise herrührt und wie sie sich unter welchen Bedingungen entwickeln würde, für die feinste Regung eines Menschen haben sie einen groben Begriff, den sie obendrein noch zum Schlagwort degradieren, und rechthaberisch, wie sie gewöhnlich sind, können sie es nicht lassen, auch die gesunde Umgebung mit den Expectoraten ihrer Urteilssucht zu belästigen. Jedermann sollte trachten, nicht so weit herunterzukommen, daß er der Hilfe dieser Helfer bedarf. Es ist nicht zu bestreiten, daß sie zu helfen verstehen und zwar denen, die sich selber nicht helfen wollen, und ich will denjenigen, die sich allein nicht mehr helfen können, den Respekt nicht versagen, und auch die Leistung nicht mindern, die Psychologie und Psychiatrie erbringen. Wenn ihre Adepten doch nur nicht so erbärmlich unkritisch wären gegen das, was sie wissen. Sie haben einen Kasten voller Schablonen entwickelt. Mehr nicht. In vielen Fällen kann man sich mit diesen Schablonen einigermaßen behelfen. Das ist noch kein Grund, zu glauben, man verstünde sich auf das menschliche Gemüt. Davon gibt es Milliarden von Varianten. Schablonen haben Psychologen und Analytiker, na, sagen wir Stücker fuffzich (also gut, es können meinetwegen auch achtundachtzig sein) in ihrem Bauchladen, in dem sie unauffällig nach der passenden wühlen, wenn ein Kranker sie in die Sturzflut seiner Träume horchen läßt.

An Irmingard sind noch andere Beobachtungen und Vergleiche geknüpft, die mich beschäftigt haben: Wieder einmal war ich mit der Familie im Auto gefahren, eines Winterabends auch diesmal. Irmingard hatte einen Luftballon bei sich. Als wir ausstiegen und bevor wir zu mir ins

Haus gingen, ließ sie ihn fliegen. Nicht versehentlich, absichtlich entließ sie die bunte Kugel in den Winterhimmel, der so dunkel war, daß sie den Aufstieg des Ballons nicht einmal mit den Augen verfolgen konnte.

Das Kind, das ich einmal gewesen bin, hatte sich erschrocken in mir gerührt und Irmingard dringend widerraten, den schönen Ballon fliegen zu lassen, eifrig hinweisend auf Freuden, die man mit ihm noch haben könne. Irmingard ließ sich nicht überreden, sie lockerte den Griff ihrer Finger, denen die Schnur sogleich entglitt, und fort war der Ballon.

Gar nicht auszudenken, welch unterschiedliche Schlüsse die von mir so ungeliebten (jadoch! Ausnahmen mache ich!) Psychologen und Psychiater aus Irmingards und meinem Verhalten zu ziehen sich nicht entblöden werden. Für die einen ist Irmingard die Freiere, nicht an ihren Besitz Geklammerte, während ich ein behalteriges Kind bin, das die Ballonschnur krampfhaft in seine Finger gepreßt hält um nur ja keinen Verlust zu erleiden. Andere interpretieren vermutlich Irmingard als ein gleichgültiges Kind, das seine Freuden nicht auszudehnen vermag und seinen Ballon auch getrost fliegen lassen kann, weil ihm sowieso jederzeit ein neuer gekauft wird, wenn es einen möchte, während sie in mir das freudefähige Kind sehen, das sich schon ausmalt, wie es den Ballon zur Nacht an sein Bett binden wird um ihn morgens beim Aufwachen gleich vor Augen zu haben – in der Tat, so habe ich es gemacht, und die Schnur habe ich verlängert um ihn bis an die Decke zu lassen, nicht genug konnte ich bekommen von dem sonderbaren Schwebewesen in meiner kleinen Umwelt, und wie betrübt war ich, wenn das Gas aus der Kugel entwich und sie zu schrumpfen begann, sich aber gottlob wenigstens mit gewöhnlicher Luft wieder aufblasen ließ, wenn sie nur noch ein schlappes Gummiläppchen war. Ein langes Glück war mir allemal mit einem Luftballon beschieden.

Aber ich kann nicht sagen, daß es ein größeres Glück gewesen ist als es vielleicht die Sekunde war, in der sich Irmingard von ihrem Ballon trennte, ich weiß ja nicht, welche Gedanken sie ihm in den Winterhimmel nachschickte, welchem ihrer Götter sie ihn zum bunten Geschenk machte, und wenn auch kein Name an der Schnur befestigt war, vielleicht hing unsichtbar ein Wunsch daran, ein geheimer, den das Kind nicht über seine Lippen lassen wollte. Ich weiß es nicht, ebensowenig wie ich je wissen werde, warum Irmingard an jenem Weihnachtstag nichts von ihrem Eis hergeben wollte, in welchen Menschenhaß sie die Geschichte, die der Film erzählte, vielleicht gestürzt hat, oder ob sie sich nur verheddert hatte in mißlaunigen Reaktionen.

Denn niemals zuvor gab es ein Kind wie dieses und keines wird wieder so sein. Jedes Kind ist jemand, der noch nie da war, auf den niemand sich vorbereiten konnte und von dem nur wenig zu erfahren ist.

Eltern, Pädagogen, Psychologen und Psychiater sollten dem Irrtum abschwören, sie verstünden sich auf dieses und jenes Kind, wenn es ihnen gerade gelungen ist, an den Rand seiner Existenz zu rühren.

Die Errettung der Meertiere

Es scheint, das Meer hat unsere Stadt überspült obwohl wir es nicht gespürt haben, nicht seine Nässe, seine Flutigkeit, aber es sieht aus als wäre es hier gewesen, vielleicht nicht in der ganzen Stadt, doch in meiner Stube, über deren Boden es hinweggegangen sein muß, großmütig einen Teil seines Reichtums zurücklassend, ein Teil seiner großen Schönheit liegt auf dem trockenen Boden meines Zimmers.

Wenn ich aufwache, morgens, fällt mein Blick entzückt auf Muscheln und Schnecken, die auf dem Teppich liegen. Mit nackten Füßen gehe ich zwischen ihnen umher, hebe hier eine auf, die ›Sturmhaube‹ heißt, dort eine Nabelschnecke, Austern sind da, große Steckmuscheln, Pilgermuscheln, die cypraea tigris und conus generalis, das Argusaugenschneckenhaus sieht mich an, voluta imperialis zeigt ihre Krone her, ich habe meine Meerschnecken- und Muschelsammlung ausgebreitet, an jedem Stück freue ich mich, diese wunderbaren Gebilde, die sich die Meertiere gebaut haben aus Absonderungen ihres Leibes, dieses weichen, wirbellosen Körpers, den es zu schützen gilt und für den sie sich darum ein festes Gehäuse schaffen aus organischen und anorganischen Substanzen, in das sie sich zurückziehen können, wenn sie genug der Nahrung aufgenommen haben, die sie mit ihrer Raspelzunge zerkleinern – oder wenn ein Feind sie bedroht, sie flüchten dann zwischen die zwei Schalen, die ihnen anhaften, oder in das Haus, das sie auf dem Rücken tragen und das sie verschließen können mit einem operculum, das ist ein kalkiger Deckel, der ihrem Kriechfuß angewachsen ist, und wenn sie den eingezogen haben, versperrt der Deckel das Haus wie eine Eichentür das Landhaus eines Lords verschließt.

Seit meiner Kindheit bewundere ich diese Tiere, an allen Meeren habe ich ihre Gehäuse gesammelt, Matrosen, die auf großen Schiffen von fernher kamen, habe ich sie abgekauft, und so ist eine Sammlung entstanden, die ich nun ausgelegt habe um sie zu ordnen und mich an ihr zu freuen.

Natürlich lade ich Titus ein, sie anzusehen. Er kommt voller Erwartung und steht staunend vor den Häusern von Purpurschnecken, Mitren, Olivenschnecken, Herzmuscheln, Spondylaeen. Wir knien uns hin und heben sie auf um zu bewundern, wie schön sie gewachsen sind, wie ihre Farben schimmern, wie wunderbar einige gemustert sind, aus wie regelmäßigen Windungen mancher Schneckenturm gebaut ist.

Da, mitten in der Betrachtung von soviel Herrlichkeit, sieht Titus mich an und stellt eine Frage, und daran, wie groß und dunkel seine Augen geworden sind, sehe ich, daß ihm bang ist vor der Antwort. Er fragt:

»Wo sind die Tiere, die in diesen Häusern wohnten?«

Nein! Nicht jetzt!

Heute nicht. Heute will ich den Tod nicht zulassen. Titus weiß schon, daß es ihn gibt, er rechnet bereits mit seinem Wirken, aber heute will ich Titus nicht still werden hören, ich schiebe den Riegel eines Satzes vor, verbarrikadiere dem Tod die Tür zu Titus' Bewußtsein mit einer Lüge:

»Weißt du«, sage ich, »Schlangen häuten sich doch, sie verlassen ihre Haut, eine neue ist ihnen gewachsen. Vielleicht ist es bei Muscheln und Schnecken auch so und sie geben ihr Haus auf, weil ein neues ihnen wächst!«

Das leuchtet Titus ein, er strahlt mich an und malt sich das Geschehen aus: »ja, sie wohnen in neuen Häusern auf Felsen in der See oder zwischen Korallenbänken, sie haben sich eingesteckt in den Meeresboden.« Wir denken uns aus, was alles die ehemaligen Bewohner der Gehäuse wahrscheinlich tun in den fernen Ozeanen, wir haben sie errettet vor dem Tode und lassen sie leben in unseren Sätzen, Titus in seiner Erleichterung fordert mich zu immer schöneren Meerspielen auf, er ist ein großer Fisch, der über die Muscheln hinwegschwimmt, auch mich verwandelt er, ein Delphin kann ich sein, und wir schwimmen und springen in der Trockenheit der Luft und schlagen mit den Flossen, schließlich sind wir zwei Schiffe, die am Tisch vor Anker gehen und Ladung aufnehmen, das heißt: wir essen. Vom Tisch springen wir dann ins Meer und tauchen nach den schönsten unserer Muscheln, wir sind zwei Seeigel und kratzen uns gegenseitig mit den Stacheln, wir werden große fette Hummer und zwicken uns ein wenig mit den Scheren unserer Finger. Wale sind wir und blasen eine Fontäne, wir sind Nixe und Wassermann und hängen uns Muscheln ins Haar, zuletzt sind wir der ganze große Ozean und schaukeln die Schnecken und Muscheln in unserem Schoß und als das Fest zu Ende geht und Titus mich verläßt, war das ein schöner Tag, zu dem ich den Tod nicht zugelassen habe.

Jedoch, ich hatte ›vielleicht‹ gesagt, und Titus trägt das schwarze Korn eines Zweifels in sich. Er hatte es nicht wachsen lassen wollen, nicht an diesem Tag, und darum sich zufrieden gegeben mit meiner Antwort. Er wollte Glück, seines, meines und er wollte die Tiere unverloren.

Aber als er wiederkommt nach ein paar Tagen, hat er anderswen gefragt. Da er nicht wissen kann, daß ich weiß, beginnt er langsam mich auf das vorzubereiten, was er erfahren hat und mir sagen will, der Wahrheit wegen, die, wie er vermutet, mich traurig stimmen muß.

»Es ist bei Schnecken und Muscheln nicht wie bei Schlangen«, sagt er, und ich weiß sofort, worauf er hinauswill, spüre, daß er es mir Schritt für Schritt sagen möchte: »Es wächst ihnen kein neues Haus.«

Ich bin still, warte ab, ob er aussprechen wird, was zu folgern ist aus dem, was er erkundet hat. Nachdenklich sieht er auf all die schönen Gehäuse, die einstmals bewohnten Stuben lebendiger Tiere. Er will mir Zeit lassen, mich auf das einzustellen, was er mir mitzuteilen hat.

»Ursel«, sagt er schließlich, »die Tiere, die früher in diesen Gehäusen gewohnt haben, sind alle tot.«

Ich nehme das Kind auf den Schoß und sage ihm, daß die Tiere also, wenn es so ist, wieder Meerwasser geworden sind oder dem Meeresboden angehören und das sei doch auch gut und nützlich. Sie haben sich verwandelt und uns ihre Häuser hinterlassen.

»Sie haben sie uns geschenkt«, sagt Titus und nimmt mit großer Zärtlichkeit in die Hand, was ich ihm hinhalte von den kleinen Schneckengehäusen und den flachen Muschelschalen, deren Inneres perlmuttern schimmert, wir betrachten, was sie uns vererbt haben, die schönen Meertiere, und so erretten wir sie ein zweites Mal.

Woldenberg

In der Neumark, zwischen der langsam fließenden Drage und der Netze, umgeben von schilfigen Seen, an der Bahnlinie Stettin – Posen, liegt Woldenberg. Das war einmal rechtens der Name des kleinen Ortes. Heute heißt er Dobiegniew, und diesen Namen trägt die Ansammlung von Häusern und Gärten auch zu Recht.

Woldenberg – Dobiegniew ist ein Nichts von einem Städtchen. Häuschen um eine Backsteinkirche mit vierkantigem Turm, der keinen Helm hat, weil das Geld der Gemeinde für einen solchen nicht gereicht hatte, ein paar Straßen, kopfsteingepflastert, etliche Sandwege, der Ort ist ganz unbedeutend, aber er ist der schönste Platz meiner Kinderwelt.

Nun kenne ich allerdings keinen Ort, der nicht schön wäre, es ist mir noch kein solcher vorgekommen. Zwar, manchmal schon wollte ich mich von irgendwo gelangweilt abwenden, auch angewidert sogar, aber einer Stätte, die von Menschen bewohnt ist oder bewohnt war, haftet immer, und sei es noch so versteckt, etwas Anziehendes an. Spuren von Heimischsein oder gigantischen Träumen, Gewerbefleiß oder Lust am Handel prägen Städte; besondere Schulen, Industrieanlagen legen Zeugnis ab von Bemühungen, jeder Flecken trägt die Handschrift von Menschen, und auch wenn diese einmal trostlos schien oder mißlungen und ich glaubte, nichts erkunden zu müssen, irgendeine Einzelheit fesselte mich dann doch, so daß ich mich teilnehmend umzublicken begann und allemal belohnt wurde mit etwas, das ich so nie zuvor gesehen hatte.

Jede Stadt habe ich gern, jedes Kaff, jedes Dorf hat seinen Reiz, seine Besonderheit für mich, ich will von Amsterdam und Antwerpen nicht reden und Rom aus dem Spiel lassen, brauche Florenz und Dublin nicht zu erwähnen, auch die ganz gewöhnlichen Orte ziehen mich, eine immer glückhafte Reisende, an und halten vor meinem suchenden Blick nichts zurück, ich komme ins Gespräch mit jeder Stadt, dafür bin ich begabt, noch niemals war ich an einem Ort, der nicht einen Funken Liebe aus mir zu schlagen gewußt hätte und sei es die Liebe des Mitleids.

Die geliebteste aller menschlichen Siedlungen – noch in meinen Träumen tauchen Häuserfronten, Brücken, Tore, Türme auf, ich kann mich nach Autun schlafen, kann aufwachen und eben noch war mir Palermo übers Bett gebaut –, die schönste aller dieser heimeligen, kühnen, graudumpfen, strahlenden, blühenden, absterbenden Städte ist Woldenberg.

Zuerst sah ich es, als ich gut vier Jahre alt war, und die Welt stürzte mir ein! Meine Großstadtwelt, meine Berlinwelt galt nicht mehr, als ich nach Woldenberg kam.

An breite Straßen gewöhnt, an hohe Häuser, an Bäume, die in Reih und Glied stehen, an Spielplätze mit begrenzter Anzahl von Büschen und Blumen, an Wälder mit Spazierwegen und Papierkörben, an eine Natur, die dem Stadtwesen zugeordnet ist, fühlte ich mich in Woldenberg der Wildnis ausgesetzt.

Ja, es standen Häuser dort, aber wie klein sie waren und wie wenige es gab! Über die Straßen konnte man einfach so hinwegschlendern und sie waren immer gleich zu Ende, wenn sie doch gerade erst angefangen hatten. Von allen Seiten schob sich Land in die Stadt, Wiesenstreifen drängten herein, das Brotkorn wuchs dem Bäcker fast in die Tür, es wucherte von Blumen in allen Gärten, ganze Häuser wurden von Bäumen überwölbt und es dunkelte schon von Wald am Ende manchen Weges, auf dem Enten watschelten und Hühner vor sich hinpickten – ich hätte das alles nicht als sonderbar benennen können, aber ich empfand, daß hier nichts galt von dem, was ich in Berlin als meine Umwelt begriffen und gelehrig angenommen hatte.

In Woldenberg aber hatte man in eine Natur gebaut, die grenzenlos war und deren Unendlichkeit vor den zu einem Städtchen zusammengerotteten Gebäudchen spürbar anwesend blieb. Felder und Wiesen berandeten immer sichtbar den Ort, Rehe traten abends aus einem Wald, in den ich mich noch nicht wagte, zu dem ich nur hinsah mit märchenverschleierten Augen. Es war schon abenteuerlich genug, am Straßenrand zu sitzen und eine Ziege sich nähern zu sehen, Gras rupfend ging sie seitwärts auf mich zu, hob den hörnigen Kopf, äugte nach mir, weglaufbereit zog ich die Beine an, aber das Tier rupfte weiter seine Halme. Unter dem hängenden haarigen Bauch schwankte das Euter mit Zitzen daran. Ich betrachtete das fremde Wesen, mit dem ich nicht sprechen konnte, das sich aber auch auf der Straße bewegte, und nach und nach entwickelte sich eine Art Geselligkeit zwischen uns. Ich zog Grünzeug aus und hielt es der Ziege vors Maul. Sie fraß es und sah mich an aus gelben Augen, in denen eine rechteckige Pupille saß.

Allmählich wagte ich, einem Schaf den Arm um den Hals zu legen, ließ Kühe an mich herankommen am Rande dieses Landstädtchens, sie näherten sich mit großer Dreistigkeit, ich lernte, mit ihren Bewegungen zu rechnen, mich mit Enten und Hühnern zu verschwistern, und trachtete, mit Gantern auf auskömmlichem Fuß zu leben. Staunend nahm ich in mich auf, daß es mehr Bäume als Menschen gibt, daß die Erde eine Welt des Landes und der Pflanzen ist, nicht eine Welt der Autostraßen und vielstöckigen Häuser.

Wieder und wieder nach Woldenberg kommend, ordnete ich mich in diesem märkischen Ackerbürgerstädtchen auf der Grenze zwischen Natur und Zivilisation neu ein, brachte mich in Einklang mit den Tieren, die an mir schnupperten, fand mich im Moos zurecht, traf kein Rumpelstilzchen im Wald, wußte auf Gras zu schilpen, aus Rohr eine Flöte zu machen und stutzte, wenn ich wieder in die Großstadt kam, ließ mich von der großen Stadt, die mich lärmig anhupte aus Tausenden von Autos, aber wieder in Besitz nehmen, schmiß mich auch lustvoll in die Vergnügungen, die sie Kindern bietet – und wartete insgeheim darauf, an den merkwürdigen Ort zurückzukommen, wo so viele Tiere wie Menschen lebten und Pflanzen an den Straßenrändern nur so wucherten, ich wartete, daß man wieder nach Woldenberg mit mir fuhr, wo es zu allem Herrlichen noch meine drei wunderbaren Großtanten gab.

Jede von ihnen hieß Anna, und um sie zu unterscheiden hieß die eine Annastadt, die zweite Annaberg, die dritte Annadraußen, weil sie vierhundert Meter weiter vom Kirchturm entfernt wohnte als die beiden anderen Annen.

Alle drei trugen stets schwarze Kleider, miteinander verschwägert, hießen sie alle drei Anna Ziebarth, und ich pendelte glücklich zwischen ihren Häusern mit den anheimelnden Stuben darin, ließ mich verwöhnen von den Annen, die über meine Kinderferien wachten und die voneinander so sehr verschieden waren.

Annastadt war klug und scharfzüngig. Wie ein Messerwerfer ging sie mit Sätzen um, schleuderte schneidende Klingenwörter in jedermanns Richtung, verletzte aber niemanden. (Das soll ihr erst einmal jemand nachmachen!) Ich ließ alles stehen und liegen, wenn sie begann, etwas zu sagen, und sah ihr auf den Mund, aus dem die gewetzten Messer flogen, daß es förmlich pfiff in der Luft und alles erstarrte.

Annaberg, ihr rotes Ziegelhaus stand auf einer Sandhalde, die ein paar Meter hoch anstieg, Tante Annaberg also, stets sich rührend und niemals Aufhebens von ihrem Fleiß machend, wußte mich so zu beschäftigen, daß ich mich, mit der Milchkanne in der Hand davontrabend, nützlich fühlen konnte. Sie sagte auch Sachen wie: »Wenn das Kind Zeit hat und Bohnen schneidet, können wir bald zu Mittag essen!« oder: »Heute morgen ist mir eingefallen, daß ich dir zeigen könnte, wie man einen Knopf annäht« – und ich stürzte mich in diese Abenteuer mit dem Eifer eines Schatzsuchers, der sich ans Graben macht, wo er einen Topf voller Gold vermutet, und irn Gegensatz zu diesem gelangte ich auch an den Schatz, der eben in von mir geschnippelten Bohnen und einem am rechten Platz von mir fest angenähten Knopf bestand – aber niemand hat den Pour le merite der Pädagogen an Tante Annabergs schwarze Bluse genäht, dabei war sie so viel kinderklüger als manche der gelernten Lehrerinnen, die Kindern den Spaß am Fleiß verderben.

Annadraußen, jeder ihrer langsamen, sachten und so bewunderungswürdig genauen Bewegungen sah ich gebannt zu. Sie war blind. Aber sie fühlte, was sie nicht sah, und sie hörte den Vorgängen um sie herum alles ab, was andere mit Blicken kaum sich derart klar zu machen verstanden. Immer wußte ich mich erkannt von ihren großen grauen Augen, wenn sie mir ihren Kopf zuwendete, weil sie vernommen hatte, aus welcher Richtung ich sprach. Ihren Antworten hörte ich an, daß sie mich sah wie niemand sonst, ja, einen sehenderen Menschen hätte ich mir nicht vorstellen können. Nicht die kleinste Lüge hätte ich vor Tante Annadraußen gewagt, die mir wie eine große Hellseherin vorkam, schon wenn ich in die Tür trat, wußte sie Bescheid über mich. »Du hast ja Hunger«, rief sie, tastend auf Abhilfe bedacht. Woran hat sie das gemerkt, fragte ich mich, schließlich überzeugt, sie könne in meinen Magen sehen mit ihren Schleiereulenaugen. »Wer kommt denn da mit einer kaputten Sandale«, lächelte sie mir einmal entgegen, griff nach Nadel und Zwirn und stach sich nicht in den Finger, als sie das Riemchen wieder befestigte, das sie vermutlich am unregelmäßigen Klappklapp der Sohlen als abgerissen erkannt hatte. Weil ich nachahmte, wie langsam und fest sie nach den Gegenständen griff, die sie benötigte, wurde ich geschickt und fegte nur sehr selten noch Geschirr vom Tisch, wenn ich aus den Ferien nachhause kam.

Meine heiligen alten Annen, in ihren schwarzen raschelnden Kleidern gehen sie noch manchmal traumein, traumaus durch meinen Schlaf.

Aber um Woldenberg wiederzusehen wollte ich auf die Geschenke der Träume nicht angewiesen sein, und so löste ich denn eines Augusttages, sechsunddreißig Jahre nachdem ich Woldenberg im letzten Kriegsjanuar noch einmal besucht und die Großtanten nicht hatte überreden können, mit mir zu kommen, eine Fahrkarte nach Dobiegniew, preßte sie erregt in der Hand als ich im Zug saß, drehte sie, wie man einen Zauberring drehen soll, der einen an den erwünschtesten Ort bringen kann.

Der Zauber ging langsam vor sich in der alten Bahn, die allerwärts hielt. Eine vorwiegend ländliche Bevölkerung fuhr hier auf Verwandtenbesuche. Auf jedem Bahnsteig küßte man einander heftig. Ich verstand die Sprache nicht, die man um mich herum redete, aber das sanftwellige kornreiche Land sah aus, wie es vor meinen Kinderaugen ausgesehen hatte, die Häuser von damals standen noch, ich erkannte die Bahnhöfchen wieder, die ich schon als Kind hatte passieren müssen, wenn ich nach Woldenberg fuhr, der alte Friedhof tauchte auf, die Schwarzerds, die Nußholz' sind dort begraben und von denen stamme ich ab – und dann fuhr, dann fuhr wirklich und wahrhaftig der Zug unter der alten Holzbrücke weg, schuffelte sich unter ihren Balken voran, auf denen wir als Kinder gestanden hatten, eine Mutprobe war es gewesen, auszuharren, wenn ein Zug unter dem Brückchen hindurchfuhr, das mächtig erzitterte, als würde es zusammenkrachen und brettweis mit einem auf die schwarze Fauchschlange stürzen, die zu besonderen Unzeiten einen auch noch in Rauch hüllen konnte. Wer da standhielt und nicht wegrannte, galt als Held unter uns.

Es gab diesen Holzsteg noch, mit dem einmal quasi vorläufig die Eisenbahnlinie überbrückt worden war, es gab ihn wahrhaftig noch, und das war mehr als ich mich getraut hatte zu erwarten, es gab das würfelige Bahnhofshaus noch, an dem nun DOBIEGNIEW steht, aber die Holzbank davor ist noch aus meiner Kindheit, von Wartenden mit Buchstaben der Liebe verkerbt.

Auf dem einzigen Bahnsteig stand ich nun, den Koffer in der Hand, war nicht mehr klein, war nicht mehr jung, war gar nichts mehr von dem, was ich damals war, bin alles, was ich damals gewesen bin, denn mich macht noch immer froh, was mich damals freute, es ist kein Verlust zu verzeichnen.

Die Steinstufen der Bahnhofstreppe, die Gartenzäune und die Wasserpumpen wiedererkennend, ging ich zurück voran, mein Erbe anzutreten, das in der Erinnerung an all die Freundlichkeit besteht, die ich hierorts einmal erfahren, als ich mich gegen Unfreundlichkeit auch noch kaum zu wehren gewußt hätte.

Das Reden der alten Annen wurde deutlicher in mir, und so verläßlich war da, was ich als erste Landschaft geliebt habe, und nicht die schönste kann so schön für mich sein wie diese felderreiche Gegend mit den großen Waldstücken und den vielen Seen darin, stillen, schilfigen Seen voller Karpfen. An den Straßenrändern die mächtigen alten Linden und Akazien (dieser Duft auf den Landstraßen, wenn sie blühen).

Dann kam ich wohin ich wollte, und siehe da: dunkelgrün wölben sich noch immer die riesigen Kronen der Kastanien über dem Garten meines Urgroßvaters.

Wie damals Woldenberg, so ist heute Dobiegniew von einem freundlichen Menschenschlag bewohnt. Man nahm sich meiner alsbald mit Herzlichkeit an. Aus den Gebieten, die Polen an Rußland abgeben mußte, sind die jetzigen Bewohner der Neumark angesiedelt worden. Langsam nur haben sie sich vertraut gemacht mit ihrer neuen Umgebung, sie kennen die Leiden der Zwangswanderung und sind froh, untergekommen zu sein, wo einmal meine Verwandten wohnten. Man gönnt es ihnen, zufrieden, daß das Land nicht verwüstet wurde, sondern bestellt wird, und daß wieder Kinder auf den Treppen jubeln, die Kinder verstand ich sofort und was sie spielten und von mir wünschten, und nicht nur Woldenbergs wegen, sondern auch um der Menschen willen, die heute dort wohnen, werde ich wieder nach Dobiegniew fahren.

Sie haben mich in eine eigentümliche, verantwortungsvolle Rolle gedrängt: Gekommen war ich um die Kastanienbäume wiederzusehen, und mich darunter in kleinen Schuhen, hoffnungsvoll in die grünen Wipfel hochschauend in der Erwartung, daß von den grünen Stachelfrüchten bald recht viele fallen sollten und mir ihren braunen Kern hergeben, aus dem soviel Kinderreichtum sich machen läßt.

Aber die Einwohner wollten anderes von mir. An meiner Seite gehend, verlangten sie zu erfahren, wie es hier früher gewesen sei, ein paar junge Leute lernen Deutsch in der Schule, sie konnten also reden mit mir und forderten, daß ich ihnen das Land vererbe, in das man sie getrieben hat und das sie nun mit mehr als nur Händen und Füßen besitzen möchten, sie wollten erfahren, was sich früher hier abgespielt hat, welche Sagen sich um die Seen gebildet hatten, was hier und wer einmal dort, wollten sie wissen, und während ich in Dobiegniew bündelweis meine Kindheit wieder an mich nahm und einerseits als Nachfahrin versuchte, das Land mit den Augen meiner Vorfahren zu sehen, die hier gelebt haben und mich als Besuchskind den Lilien auf dem Felde zugesellten, war ich andererseits zugleich eine Urahne des Landes, dessen neue Kinder erbeheischend um mich standen, hergeben sollte ich, was an Geschichten ich kannte aus der Zeit vor ihrer Zeit. Wir gingen umher, ich zeigte, wo früher die Synagoge sich befand, und mit einemmal stand auch meine Mutter wieder vor der roten Klinkermauer – mit dem Rabbiner in endlose Gespräche vertieft, ging sie nicht weiter, wie ich es doch gewollt hätte, als ich noch klein und ungeduldig war, an ihrem Rock zerrte und zum erstenmal erlebte, daß man zwei Menschen nicht auseinandertreiben kann, obwohl sie mit nichts als luftigen Worten sich aneinanderhalten – die alten Geschichten aus Woldenberg habe ich den Leuten von Dobiegniew erzählt, die von Geistern und Bränden, von Lehrern und Pfarrern, den Kindern von Dobiegniew habe ich den Fuchsbau am Katzensteg vererbt, es gibt ihn noch, versteckt, mehr noch unter Grün versteckt als damals, beschworen wurde ich, wiederzukommen, man gab mir einen Stein von unserem Haus mit, damit ich es nicht vergesse, wie sollte ich nicht wiederkommen, ich habe Freunde in Dobiegniew wie ich sie in Woldenberg hatte als es die alten Annen dort gab, die mir sagten, daß man Blumen nicht von ihrer Wurzel trennen soll und seither mag ich Schnittblumen auch in den kultiviertesten Ikebanagestecken nicht. Pflanzen gehören in die Erde, hat Annaberg gesagt, und der Lehrsätze von den Annen sind noch mehr, sie übertreffen diejenigen des Euklid und Pythagoras in ihrer Bedeutung für das Lebenkönnen, und für mich waren sie gesagt als ich das Häschen in der Grube war, über die sie sich beugten, die schwarzseidenknisternden Annen, und taten, was sie konnten, mich das Hüpfen zu lehren zwischen den Kornfelderwäldern von Woldenberg, ein Erbe, nicht aufzuzehren, Zinsen und Zinseszins tragend, wie sollte ich den Kindern von Dobiegniew nicht den Woldenberger Fuchsbau vermachen, sie haben mir einen Stein von meines Urgroßvaters Haus gegeben, die Leute von Dobiegniew.

Alles Gute für die Kinder am Ort meiner Kindheit, die Bewohner haben gewechselt, die Sprache ist eine andere, jedoch die Freundlichkeit ist die gleiche.

Geh mit niemandem, sprich mit keinem

Eine fränkische Stadt, ein klirrkalter Tag, Montag übrigens, zehn Uhr. Die Kinder sind in der Schule, die Lehrer auch, Väter arbeiten in Büros, Geschäften, wer einen Beruf hat, ist an seinem Platz. Auf den Straßen Hausfrauen, dick vermummt, mit Einkaufstaschen über dem Arm stapfen sie durch den harschen Schnee in Lebensmittelgeschäfte, Warenhäuser, sie müssen auffüllen, was von den Vorräten die Familie verzehrt hat an einem räkeligen Wochenende.

Die Art von Geschäften, die ich suche, öffnet ungern um diese Zeit. Hier und da klappert ein Schlüsselbund und gähnend geht die Tür eines Antiquitätenladens auf, in dem um diese Zeit ein Kunde noch gar nicht erwartet wird. Ich streune so umher in der kalten Stadt, auf irgendeinen Fang aus, von dem ich noch nicht weiß, wie er aussehen wird, eine schöne alte Holzpuppe vielleicht – da sehe ich ein Kind! Keine Puppe, ein lebendiges Kind. Einen kleinen Jungen, höchstens fünf Jahre alt. Seine Hände stecken in roten Fäusteln und darin hält er vorsichtig die locker zusammengerollte neueste Ausgabe einer Rundfunkzeitschrift.

Das Kind steht und sieht um sich, hierhin, dorthin, es atmet schwer, kämpft mit den Tränen, weiß offensichtlich nicht, wohin es sich wenden soll an der Straßenkreuzung, an der es steht, es hat die Richtung verloren, starrt alles um sich herum an, kann nicht begreifen, was ihm geschehen ist.

Ich gehe auf das Kind zu, beuge mich vor und frage: »Weißt du, in welcher Straße du wohnst?«

Das Kind fühlt sich angeredet, sieht mich kaum an, macht vielmehr sofort einen Fluchtsatz, am Mantelzipfel kann ich es gerade noch davor bewahren, blindlings auf den Fahrdamm zu rennen. Es reißt sich los und stürzt in ein Warenhaus hinein.

Da weiß es auch nicht weiter, durch die Glastür sehe ich seine Verzweiflung, die Tränen kommen nun wirklich, dabei ist das Kind besorgt, die Rundfunkillustrierte nicht naßzuweinen.

So gut kann ich mir vorstellen, was vor sich ging: eine Radiozeitung sollte geholt werden, der Kleine bewarb sich um den Auftrag, ein großer Junge wollte er sein, allein losgehen, einkaufen, die Mutter fand gut, es ihm zuzutrauen, gab ihm Geld in die Manteltasche und er zog los, so stolz auf seine Mission. Er kaufte, was er sollte, aber einen Moment trödelte er dann vielleicht, es ist ja so schön auf der Straße, und was ist Zeit für ein

Kind und wieviel sind für einen kleinen Jungen ein paar Schritte in die falsche Richtung, er sieht sich um und plötzlich weiß er nicht mehr, wo er ist und wie er weitergehen müßte. Weinend steht er nun bei angebundenen kläffenden Hunden an der Heizung im Vorraum eines Warenhauses.

Ich gehe hinein und versuche die Ansprache noch einmal. Aber das Kind dreht sich mit solcher Angst, mit solchem Entsetzen zur Wand, daß ich mich sofort zurückziehe.

Geh mit niemandem, sprich mit keinem, hat man dem Kind gewiß gesagt, mußte man ihm sagen, ein Blick in die Zeitungen lehrt, wie nötig es ist, Kinder zu warnen.

Ich wende mich an eine großmütterlich aussehende Fränkin, hoffe, daß der Kleine zutraulicher wird, wenn er in der vertrauten Mundart angesprochen wird.

Die Frau versteht sofort, beugt sich zu dem Kind, das schreit auf, läuft zum Ausgang, schlägt sich den Kopf an der Drehtür, gelangt aber ins Freie und rast eine Straße hinauf.

Es rennt, rennt, vorbei ist das Glück, als großer Junge allein einkaufen gehen zu dürfen, das Kind sieht sich offenbar verloren in einer Mörderwelt, wo jeder ihm etwas Böses tun kann.

Ich folge ihm, denn irgendeine Hilfe muß ich doch in Gang setzen! Das Kind geht langsamer, ist wohl erschöpft, dreht sich ängstlich um, bemerkt mich, und obwohl ich doch in ziemlicher Entfernung bin, stürzt es jäh zum nächsten Tor hinein.

War das sein Haus? Hat das Kind es plötzlich gefunden?

Ich nähere mich und sehe vorsichtig durch die halboffene Pforte.

Zwei Autos, ein Motorrad stehen da auf einem Hof, und dazwischen hockt, bitterlich vor sich hinweinend, das Kind an einem Bretterzaun, die Radiozeitung noch immer und so vorsichtig wie eine Reliquie in den Händen haltend.

Irgend etwas muß endlich geschehen! Kein Polizist weit und breit. Auf der anderen Straßenseite sehe ich aber einen etwa neunjährigen Jungen mit einem eingegipsten Arm. Auf ihn gehe ich zu wie auf den heiligen Christophorus, erkläre ihm, daß drüben im Hof in der Kälte ein kleiner Junge hockt und weint, nicht nachhause findet, sich aber von uns Großen nicht helfen lassen will, weil seine Eltern ihm natürlich gesagt haben: Geh mit niemandem, sprich mit keinem.

Der große Junge nickt, er ist schon selbstbewußt, kann die Lage einschätzen, geht nach drüben, durch das Hoftor, und schon bald kommt er heraus, den Kleinen an der Hand.

»Er wohnt am Bohlenplatz«, ruft er mir zu und kommt mit dem Irrläufer über die Straße. Der sieht mich furchtsam an, aber da ich mich sofort an den Großen wende, ihn frage ob er den Platz kennt, und da der Große mir vergnügt antwortet, bleibt auch der Kleine stehen.

Weil ich nun sicher sein kann, daß der Kleine gut nachhause kommt, könnte ich tschüß sagen und gehen. Aber ich möchte noch etwas mehr, ich möchte bei dem Kind eine Lanze brechen für uns Große. Ich wünschte, ich könnte ihm sagen, daß von den etwa 80000 Erwachsenen dieser Stadt 79998 ihn getreulich nachhause gebracht hätten, höchstens zwei von allen wären zu fürchten gewesen. Aber das verstünde das Kind nicht, und ich will es ja auch nicht leichtsinnig machen.

Dennoch, ich möchte nicht, daß der Kleine nachhause geht und denkt, er wäre fast gefangen worden von einer fremden Frau, und sich an den Vorfall noch lange mit Grausen erinnert.

Hauptsächlich an den Großen gewandt, erzähle ich nun vom Sichverlaufen und berichte, wie ich mich einmal in Berlin verirrt habe, als ich noch klein war. Der Große lacht, weil es mir gelingt, die Verwirrung in meinem Kopf lustig zu schildern, er will mir nicht nachstehen, der große Junge, und erzählt auch, wie er sich verlaufen hat einmal, da ging er sogar schon in die Schule. Er gestikuliert mit seinem Gipsarm und dabei fällt die Radiozeitung herunter, die der Kleine ihm anvertraut hat. Ich hebe sie auf, fische einen Gummiring aus meinem Portemonnaie, rolle die Zeitschrift vorsichtig eng zusammen, streife den Gummiring drüber und stecke die Rolle dann dem Kleinen in den Gürtel. Er findet das offensichtlich gut, sagt aber nichts, doch hatte er schon die ganze Zeit sein Gesichtchen erhoben und uns zugehört. Wir reden nun noch davon, daß es gar nicht, überhaupt nicht weit ist zum Bohlenplatz, daß jeder Mensch sich schon einmal verirrt hat, ich gestehe, daß ich heulte damals, als ich mich in Berlin verlief. Der Kleine sieht mich gebannt an, ich merke, er möchte, daß ich weitererzähle, also schmücke ich meinen Bericht aus. Schließlich macht der Kleine den Mund auf und fragt schüchtern aber dringlich, was ich denn hätte einkaufen sollen.

»Denk mal«, sage ich, »ich hatte Eier holen sollen und war sehr in Sorge, daß sie mir alle entzwei gehen.«

Der Große hofft, ich würde nun von einem enormen Pardauz und Eierglibber auf dem Straßenpflaster erzählen, aber ich will nicht zuviel des Dramatischen tun und lenke ihn ab, indem ich nach seinem Gipsarm frage. Er erzählt wichtig, wie er Pech beim Schlittschuhlaufen hatte; das gibt mir Gelegenheit, für den Kleinen zu bemerken, daß ja heute gar nichts

Schlimmes passiert sei, auch die Zeitschrift sei noch prima in Ordnung und ich fände es sehr gut, wenn Kinder nicht mit fremden Männern oder Frauen mitgingen; nach dem Weg fragen könne man aber schon mal und kalt sei es heute und nun wollten wir machen, daß wir weiterkommen, Auf Wiedersehen also!

Damit gehe ich los, möchte aber dann zu gern die beiden sehen, wie sie davontrotten, und wende mich um. Im gleichen Moment dreht sich, an der Hand des Großen stapfend, der Kleine ebenfalls um. Ich entschließe mich zu winken – und siehe da, er hebt auch den Arm, und es gibt als Antwort ein kleines Gewackel und Gewedel von einer Kinderhand in rotem Fausthandschuh, Zeichen überwundener Angst, Signal möglichen Zutrauens.

Die Treppe

Ich kann mich nicht erinnern, ich weiß nicht mehr, wann zuerst ich mir etwas vorstellen konnte unter dem Wort: tot. Meine Schildkröte überlebte einen Winter nicht, und wir begruben sie im Grunewald. Ich war betroffen, hielt aber den Tod lange Zeit doch für etwas, das nur entfernten, mir nicht gleichenden Wesen zustoßen konnte. Fliegen starben und lagen unbeweglich auf dem Fensterbrett in Woldenberg. Daß Tiere geschlachtet werden müssen ehe man sie essen kann, davon sprach man nicht mit mir.

Natürlich wußte ich, daß auch Menschen sterben. Tante Annaberg ging in den Ferien stets auf den Friedhof mit mir, die Gräber zu gießen, das meines Großonkels, die meiner Urgroßeltern, der Nußholz', der Schwarzerds. Ich buchstabierte Namen, Daten und den Spruch:

Sei getreu bis in den Tod,
so will ich dir die Krone des Lebens geben.

Es machte mir Spaß, mit der Gießkanne zum Brunnen zu rennen und sie dann schwer von Wasser heranzuschleppen um die Blumen zu sprengen aus der Tülle, deren viele kleine Löcher ein so feines Auslaufen des Wassers bewirkten, daß ich einen sachten Regen niedergehen lassen konnte auf den Hügel, unter dem Onkel Otto schlief, wie man mir sagte. Merkwürdig fand ich das schon, aber ich hatte Onkel Otto nicht gekannt und hielt, sich in die Erde eingraben zu lassen, am ehesten für eine merkwürdige Gewohnheit von Menschen, die ganz früher gelebt haben. Sorglos ging ich mit der Tante auf den Friedhof, nahm ihn wie ein großes steinernes Buch, in dem man seltsame Sprüche lesen kann und Namen, wie wir Kinder sie nicht mehr hatten: Henriette, Elsabeth, Friderun.

Mit einem Schlage änderte sich das. Mit einem schrecklichen Schlage begriff ich, sterben ist, was nicht nur irgendeinem ganz früher oder weit weg passieren kann, sondern jemandem neben mir, ganz nahe und nicht später einmal, auch nicht nächstes Jahr, sondern heute.

Ich kam aus der Schule wie alle Tage, hopste und wippte die Treppe hoch zu unserer Wohnung wie jeden Tag, zog am Klingelgriff wie immer, aber dann hörte ich nicht wie gewohnt eine Tür sich öffnen in der Wohnung und den Schritt meiner Großmutter auf dem Flur.

Es blieb still. Gelassen zog ich die Klingel ein zweites Mal. Auch nun rührte sich nichts. Als ich die Hand hob um ein drittes Mal zu klingeln, fuhr sie in mich, die entsetzliche Angst, etwas könnte geschehen sein, *es* könnte geschehen sein, nicht irgend jemand, nicht die Schildkröte oder eine Fliege auf der Fensterbank, sondern meine Großmutter könnte gestorben sein! Das und nichts anderes mußte der Grund sein für die Stille, aus welchem Grunde sonst sollte Großmutter mir nicht öffnen, noch niemals war das vorgekommen. Weil sie tot war, öffnete sie nicht. Ich war ganz sicher, daß es so war, preßte aber doch mein Ohr an die Tür. Hörte man sie vielleicht noch stöhnen? Ich äugte durch den Briefschlitz. Sah man vielleicht Blut auf dem Flur? Nichts. Nun klingelte ich noch einmal, riß dann wie wahnsinnig an der Glocke, vielleicht zwölfmal. Es blieb totenstill in der Wohnung. Ich legte den Mund an den Briefschlitz und rief Großmutter, nicht laut, sie sollten nicht hören, die anderen im Haus, was geschehen war. Flüsternd verlangte ich nach ihr: »Wach auf, mach auf, ich bin da, nicht auf den Friedhof, komm doch, spielen, essen, Großmutter, nicht schlafen, nicht tot sein, nicht auf den Friedhof, bloß nicht, ich bin doch da, komm, mach auf!« Sonne schien durch eine Glastür auf den Flur in der Wohnung. Wie konnte nur die Sonne scheinen!

Ich drückte mich in die Ecke neben der Wohnungstür, warten bis Mutter käme, oder der Vater oder Großvater. Wie lange könnte das noch dauern. Wenn nur nicht ein Fremder zuerst da wäre!

Die Haustür öffnete sich, jemand kam die Treppe hoch. Den Schritt kannte ich. Wenn das wahr wäre! Lautlos beugte ich mich vor, drei Stockwerke unter mir sah ich eine Hand auf dem Geländer, eine zierliche Hand mit funkelnden Ringen, ich stürzte die Treppe hinunter, meiner Großmutter entgegen.

Erstaunt sah sie zu mir hoch: »Bist du schon da?«

Sie trug einen Korb. Sie kam vom Markt. Zorn packte mich. Wie konnte sie auf dem Markt sein, wie konnte sie Tomaten kaufen, wenn ich nachhause kam und sie mir doch die Tür aufmachen mußte, wie hatte sie mich so entsetzlich ängstigen können! Erschöpft brach ich in Tränen aus. Sofort stellte Großmutter den Korb ab, setzte sich auf eine Treppenstufe und nahm mich auf den Schoß. Ich war ja erst sechs Jahre alt.

»Ärger gehabt in der Schule? Schimpfe bekommen? Etwas verloren?«

Zu allem schüttelte ich den Kopf.

»Was ist denn, warum weinst du denn so schrecklich?«

»Bloß so.«

Großmutter griff in ihren Korb, holte eine Birne hervor, wischte mit ihrem Taschentuch an der Frucht herum und gab sie mir dann. Auf ihrem

Schoß sitzend, mitten im Treppenhaus, aß ich die Birne. Großmutter bog meinen Kopf zur Seite.

»Laß den Saft nicht auf mein Kleid tropfen!«

Ich lachte, und es war ja auch zum Lachen, meine beinahe tot gewesene Großmutter, nun wollte sie keinen Flecken auf dem Kleid haben.

Das glücklichste Kind der Welt, stieg ich dann an ihrer Hand die Treppe hoch in eine sonnige Wohnung, in der keine tote Großmutter lag, sondern in der eine umherlief, die sich auf dem Markt verspätet hatte und nun eilig an den Herd trat um uns das Essen zu kochen.

So weit, so gut für diesmal. Heute war sie nicht gestorben. Aber übermorgen könnte es sein oder schon morgen. Alte Leute sterben, und Großmutter war die älteste in der Familie, sieben Jahre älter als Großvater, ich wußte es genau. Großmutter würde also zuerst sterben. Eines Tages würde sie nicht öffnen, wenn ich aus der Schule kam, und sie würde nicht auf dem Markt sein, tot würde sie sein.

Nur mit Herzklopfen stieg ich fortan nach der Schule die Treppe zu unserer Wohnung hoch. Mit jedem Absatz steigerte sich die Angst. Nur mit geschlossenen Augen vermochte ich zu klingeln. Öffnete Großmutter gleich, wurde ich lustig und frech vor Erleichterung. Kam sie aber nicht sofort an die Tür, geriet ich in Panik und begann Sturm zu läuten.

»Wolltest du die Klingel abreißen?« fragte sie einmal.

Als es eine Zeit so weiterging und ich wieder einmal wie eine Wilde die Türglocke betätigt hatte, kam Großmutter festesten Schrittes zur Tür, riß sie auf und fuhr mich an: »Was hast du dir denn für eine gottverdammte Bimmelei angewöhnt, muß ich alles fallen lassen und zur Tür stürzen, nur weil du zu läuten geruht hast? Welcher vernünftige Mensch klingelt denn siebenmal? Du lärmst ja das ganze Haus zusammen! Von jetzt an wirst du überhaupt nicht mehr klingeln, verstanden? Du wirst klopfen, das höre ich auch!«

»Aber nicht, wenn du tot bist«, sagte ich, eingeschüchtert von ihrem Zorn, jedoch willens, mich zu verteidigen.

Sie nahm mich an der Schulter, bugsierte mich in die Wohnung:

»Ich bin aber nicht tot, ich bin lebendig und höre dich! Wasch dir die Hände, wir essen sofort, es gibt Makkaroni.«

Damit schubste sie mich ins Badezimmer.

»Mit Tomatensoße?« brüllte ich in die Küche.

»Freilich!«

»Auch mit Käse?«

»Ja, aber nicht den Salat stehen lassen!«

»Nachtisch?«

»Rote Grütze!«

»Mit Vanillesoße?«

»Nein, mit schwarzer Tinte!«

Halb wahnsinnig vor Glück stürzte ich in die Küche, noch mit nassen Händen. »Ich bin lebendig und ich höre dich!« – schönste aller schönen Botschaften, der man glauben konnte, meiner Großmutter konnte man wirklich glauben, die anderen Großen wußten ja auch sehr viel, aber sie wußte immer das Richtige. Ich sprang auf sie zu, wollte sie küssen, auf ihr herumklettern. Meine herrliche Großmutter, die lebendig war und mich hörte.

Sie wehrte mich nicht ab, nie wehrte sie mich ab, sie stellte die Schüssel mit Makkaroni wieder auf den Herd und ließ sich ein auf meine Lust, mit ihr zu schmusen.

»Rappeliger Naßfrosch«, sagte sie oder etwas in der Art, »ich dachte ja, daß du dich freust, wenn ich rote Grütze koche.«

Ich verschluckte mich vor Lachen und Jubel, denn meine kluge, kluge Großmutter, weshalb ich so froh war, das wußte sie doch nicht. Etwas gab es, das wußte ich und nicht sie.

Die Angst fiel ab von mir. Nichts Schreckliches würde geschehen bei uns. Mutter war noch jung, mit mir hatte der Tod überhaupt nichts zu tun, fand ich, ich war ja ein Kind.

Als ich es nicht erwartete, starb jemand. Auf unserer Treppe. Mein Großvater. Ich bin dabeigewesen. Ich habe es mitangesehen.

Alles nimmt Igor wahr. Seine großen sanften runden Augen sind viel in Bewegung. Und wie er horcht und sich dem Kind zuwendet, wenn es etwas sagt. Ich glaube nicht, daß Igor das Kaninchen ist, das er ist, nämlich ein besonders schönes Tier, bräunlich, weichfellig, es ist eine Lust, Igor zu streicheln, das Spiel seiner großen Ohren anzusehen macht Freude, und wie er umherhoppelt in dem Zimmer, dessen rechtmäßiger Bewohner er ebenso ist wie das Kind. Sie hausen zusammen zwischen Bauklötzen, Spielautos, Bilderbüchern, Buntstiften, Spielkarten, Würfeln, Lokomotivchen, nicht aufzuzählen, was alles an Lebensnotwendigem sich angefunden hat im Kral von Kind und Kaninchen, natürlich auch das Bett des Kindes und Igors Heuschlafplatz, auf seinen Kufen wackelt ein Schaukelpferd bedächtig vor und zurück, wenn es angestoßen wird, Bälle rollen über den Boden, man rutscht auf Murmeln aus und dann ist da noch das Pult, an dem Titus jetzt nachmittags thront und Schularbeiten macht.

Igor ist kein Kaninchen oder vielmehr, Igoruschka ist nicht nur ein Kaninchen, er ist ein geheimer himmlischer Gesandter, ein Schutzengel, der sich seiner Flügel begeben hat um sich den Bewegungen des Kindes anpassen zu können, und Titus spricht auch mit ihm wie mit einem Allwissenden, teilt sich ihm vorbehaltlos mit, und Igors große Karnickelohren stehen steif hoch, wenn Titus spricht.

Über einen großen Bogen Papier gebeugt, die Haare wirr im Gesicht, sitzt Titus da und schreibt. Buchstaben haben ihn immer fasziniert. Ein Wort wie ›Schiff‹ zu schreiben war schon sein Glück als er erst vier Jahre alt war. Nun ist er sechs und die Schule verlangt, daß er schreibt. Er tut es mit Hingabe. Sein Eifer gleicht dem der irischen Mönche in ihren Zellen, seine Freude, meine ich, muß der der großen Kalligraphen ähnlich sein.

»Ach, Igoruschka, das A schreibt sich so schön!« sagt er glücklich und hingerissen und dann macht er sich an die Rundungen des B.

»E und F sind sich ziemlich ähnlich«, teilt er Igor mit und Igoruschka blickt verständig.

Titus kann ZOO schreiben, KAMEL und NASE, er hat gestrahlt als er das erste Mal HIMMEL schrieb, und das himmlische Kaninchen hat sich mitgefreut.

Jedes neue Wort, das er mächtig ist auf das Papier zu malen, erfüllt Titus mit Glück und Stolz, er bewegt seine Hand, macht ein paar Striche und siehe, es ist ein Wort, und Titus empfindet noch ungebrochen: das ist Zauber, und ein Zauber, den er auszuüben versteht.

Nicht lange mehr, und er wird mit Leichtigkeit aus dem Handgelenk zaubern, und – wie betrübend daran zu denken – eines Tages wird er seine Kunst auch für einen schlimmen Zauber verwenden und jemandem Zorniges schreiben. Ach, Igoruschka, bewahre ihn davor!

Aber Igor wird nicht mehr sein, wenn Titus seine Macht zu gebrauchen versteht, und Igoruschka wird ihm auch nicht mehr beistehen können an dem schrecklichen Tag, an dem Titus arglos und vielleicht sogar freudig einen Brief öffnen wird und dann stehen die Schriftzeichen darin auf Sturm.

Noch weiß er nicht, was alles sich machen läßt aus den Buchstaben, die er jetzt so voll Eifer auf eine Linie bringt. Er kennt die ganze Kraft des Alphabets noch nicht.

Lettern begriffen zu haben ist vorerst nur was ihn unabhängig machen wird davon, sich vorlesen lassen zu müssen. Er kann lesen, was er schreibt, und wird bald lesen können, was andere schreiben, bald wird er auf die Vorlesestimme der Erwachsenen nicht mehr angewiesen sein, er wird seinen eigenen geheimen Umgang mit geschriebenen Wörtern haben, wird schwarz gedruckten Sätzen Botschaften entnehmen und schwarz auf weiße Botschaften aussenden, dafür übt er jetzt.

»Ach, Igoruschka, das A schreibt sich so schön«, teilt er seinem Kaninchen mit, und er sagt »kuck mal, ganz viele i habe ich jetzt geschrieben«, und wie glücklich wird er erst sein, wenn er jemandem, den er ungern fern weiß, schreiben kann und beginnen: *Liebe* und welche Sorgfalt wird er dann auf den Namen verwenden.

Eine Ahnung hat Titus von der Macht, die das Aufschreibenkönnen verleiht. Von klein an hat er mich gedrängt, zu notieren, was wir gespielt haben, er hatte verstanden, daß man dann ein bißchen wenigstens vom schönen Spiel bewahren kann. Wie gern ließ er sich die Liste unserer vergangenen Feste vorlesen und lächelte dabei in sich hinein.

Es werden Anstrengungen gemacht, alle Kinder der Welt das Schreiben zu lehren. Ein Pinselchen in der Hand, beugen sich kleine Japaner über Reispapier, schreiben anderswo Kinder die schöne arabische Schrift, hebräische Zeichen werden gelernt. Ach, all die wunderbaren Schriften, die sich Menschen ausgedacht haben – auch wenn ich es nicht lesen kann, nie anders als mit Erregung sehe ich auf das Geschriebene fremder Länder, entlegener Kulturen, vergangener Zeiten. Bücher auf Pergament, auf Palmblätter, Bambusplättchen, Tonziegel geschrieben möchte ich besitzen, mit dem Finger über die verschlüsselten Botschaften fahren, aber nur in einer Vitrine konnte ich den vergoldeten Palmblattcodex aus Burma sehen, aus dem Palast von Mandalay. Titus betrachtet, was ich ihm an fremden Schriften zeige, bereits mit Kennerblick. Auch die Schreiber solcher kunstvollen Blätter, sage ich ihm, haben mit dem Schreiben als Kinder begonnen. Titus ist stolz darauf, nun eine Tätigkeit zu erlernen, die auf der Welt so schön anzusehende Ergebnisse gezeitigt hat. Mit noch gesteigertem Elan macht er sich an K G S – er schreibt ein Wort wie ›Seerose‹ und möchte es noch bildlich verzieren, ein Bedürfnis, das die Schreiber unserer kostbarsten Handschriften auch hatten. Nur bei einem Kind hat mich der Umgang mit Schrift mehr ergriffen als bei Titus, und auf dieses Kind möchte ich aufmerksam machen, weil jeder es betrachten kann, denn es lebt in den gedruckten Zeilen des wunderbaren Buches von Henry Roth: ›Nenne es Schlaf‹[1], und nirgends ist der Zauber, das sonderbare Rätsel der Übertragung geschriebener Wörter auf ein Kind bestürzender beschrieben worden als bei Henry Roth.

Er berichtet von David, einem kleinen Jungen aus galizisch-jüdischer Familie. Die Mutter ist mit ihm, dem Vater folgend, etwa 1910 in Amerika eingewandert und lebt in New Yorks Lower Eastside in einem Viertel von Einwanderern ähnlicher Herkunft. David besucht die jüdische Religionsschule, den Chejder, wird im Hebräischen unterrichtet von einem Rabbi, der sich mit Härte des Auswendiglernenlassens und Abfragens als Lehrmethode bedient. Die Kinder müssen auch das lesen, was sie noch nicht wirklich lesen können, sie wissen nur, was der Rabbi sagt, daß es dort geschrieben stünde, und sie leiern es her, auch David, unterwerfen sich dem Zwang, auf nichts bedacht als darauf, Strafe zu vermeiden.

Allmählich aber heben sich dem Kind David Wörter ab aus den Seiten der ehrwürdigen Texte, es stößt auf GOTT, es kann die Stelle ausmachen, an der Gott auf dem Papier vorhanden ist, fixiert an einen kleinen weißen Fleck mit schwarzem Zeichen darauf.

Das Kind in dem alten schmutzigen Chejder, gequält von älteren und kräftigeren Schülern, entnimmt ohne Erlaubnis dem Schrank des Rabbi ein blaues Buch um mit Seite 68 heimlich für sich die Stelle aufzuschlagen, an der Gott geschrieben steht und sich lesen läßt: »beschnos, mas hamelech … im Jahr als König Ura starb, sah Jesaia GOTT.«

Jeder kann lesen, welch verhängnisvolle Folgen es für das Kind David hatte, daß es GOTT zu entziffern verstand.

Wie gut, daß sich das A so schön schreibt, unter den sanften Augen des Gefährten Igoruschka wird Titus bis zum Z gelangen und später vielleicht von alpha bis omega um die alten Weisheiten zu entziffern. Igoruschka, das himmlische Kaninchen, bald wird es nicht mehr da sein können um Titus zu behüten, aber von A bis Z hat Titus dann die Buchstaben im Kopf, aus denen beschützende Worte gemacht werden.

1 Deutsche Ausgabe bei Kiepenheuer u. Witsch, Köln/Berlin 1970.

Es kommt auf mich zu auf allen Vieren, es zischt, faucht, knurrt, »chchchch, rrrrrr, tsssssss, chuuuuuuuu«, es sagt mir auch, wer es ist:

»Je suis la Tarasque, la terrible Tarasque!«

Und da nähert es sich mir schon sehr bedenklich, richtet sich auf, klettert auf meinen Schoß, hält mir zwei winzige sandige Kratztatzen vors Gesicht, sperrt sein Mündchen mit Milchzähnchen darin auf und erklärt, daß es mich jetzt fressen würde.

Ich schließe die Augen und rufe laut um Hilfe, da legen sich zwei Ärmchen um meinen Hals und das Ungeheuer sagt:

»Ouvre tes yeux, je ne suis pas la Tarasque, je suis Luc!«

Also öffne ich die Augen wieder und kann mich gar nicht lassen vor Staunen und Glück, daß ich nicht das Ungeheuer aus der Rhone auf dem Schoß habe, sondern Luc, den vierjährigen Sohn meiner Wirtsleute in Tarascon. Er jubelt, weil die Überraschung ihm so gut gelungen ist, und läuft zu seiner Mutter um ihr zu erzählen, ich hätte geglaubt, die Tarasque wolle mich fressen.

Wie alle Kinder von Tarascon lebt Luc auf vertrautem Fuße mit der Tarasque. Ich weiß auch nicht, wieso gerade das lichte Tarascon dazu ausersehen war, einstmals von einem menschenfressenden Ungeheuer heimgesucht zu werden, das, halb Wasserwesen halb Landläufer, im Rhonefluß lebte, der, breit und den provenzalischen Himmel opalisch spiegelnd, an Tarascon vorbeifließt. In einer Höhle unter dem Schloß des guten Königs René hatte die Tarasque ehedem ihre Höhle, und wehe wenn sie heraufkam auf sechs Beinen unter dem gepanzerten Buckelrücken, mit dem Stachelschwanz schlagend vor Lust auf Beute, den heißen Feuerrachen mit den vielen spitzen Zähnen darin weit aufgerissen im Hunger auf einen Menschen. Man weiß nicht, wie viele die Tarasque gefressen hat, bis die Heilige Martha kam und sanft auf das Untier einsprach, bis es sich an ihrem Gürtel in die Rhone zurückführen ließ für immer.

Nunmehr liebt Tarascon seine Tarasque, gibt sie ihm doch seit Jahrhunderten alljährlich Anlaß zu einem großen Fest, an dem der grüne Drache aus Holz und Pappmaché auf Rollen durch die Stadt getrieben wird, die Kinder jauchzend vorneweg und hinterdrein.

Merkwürdig, nicht wahr, welche Faszination von Drachen ausgeht, durch Jahrtausende nun schon und überall auf der Erde. Man stellt sie sich so und so vor, mit mehreren Köpfen, feuerspeiend, auch geflügelt, mit giftigem Atem, geschuppt, fürchterliche Krallen an den Zehen, mit dem Schwanz können sie Bäume fällen, manche bewachen einen Schatz im Berg, schlafen dabei ein, und es ist nicht ratsam, sie zu wecken, aber ein Ungeheuer, einen Tatzelwurm zu überwältigen ist die große Mut- und Kampfprobe tapferer Helden. Siegmund war ein berühmter Drachentöter, sein Sohn Siegfried bezwang den Lindwurm, dessen Blut machte ihn unverwundbar, da, wo es über die Haut des Mannes geflossen war. Auch Thor, der Gott, rang mit einem Unwesen als er die Midgardschlange würgte, und all diese sagenhaften Drachenkämpfe wurden dargestellt, mit Worten, in Stein gehauen, auf den Goldgrund von Ikonen gemalt tötet der Heilige Georg den zähnefletschenden Riesenwurm, und immer wurden die Bilder verstanden.

Was für Ungeheuer leben eigentlich in den Drachensagen weiter als alte Erinnerungen der Menschheit? Saurier, die sich hier und da noch gezeigt haben, oder die ersten Krokodile, denen Menschen begegneten?

Gib einem Kind ein Blatt Papier und einen Stift und fordere es auf, einen Drachen zu zeichnen, das Untier wird flugs auf dem Papier erscheinen, befrage einen Erwachsenen, wenn er ehrlich ist, gesteht er, wie gern er möchte, daß im Loch Ness wirklich ein Fabelwesen lebt.

Von China bis Island lassen rund um den Erdball Kinder Drachen in den Himmel steigen, die haben riesige Augen, lange Zappelschwänze, die Kinder beugen den Kopf zurück und schauen nach ihren hoch entflogenen Monstern und verkennen die von rotem Licht zurückgehaltene Meute, die am liebsten schon bei gelb losmöchte, aber bei grün fegt es dann ab, das Rudel von Ungeheuern auf so fix rotierenden Rädern, laut, Gift auspuffend, stark, fürchterlich stark, nicht so schnell zu bremsen, wie es nötig wäre, wenn ein Kind vor seine scheinwerfenden Augen läuft, und so starben dann 28563 Kinder in den Jahren 1960 bis 1975 den Verkehrstod und das ist doch wohl ein verkehrter Tod. Im gleichen Zeitraum wurden 1199400 Kinder im Straßenverkehr verletzt, gequetscht, geschleift, beschädigt, manche für immer.

Man muß sich das vorstellen: mehr als 28000 Kinder wurden von Autoungeheuern zur Strecke gebracht. Nebeneinandergestellt, ergäben die so ausgerotteten Kinder eine Reihe von etwa 14 Kilometern Länge und die Reihe der verletzten Kinder wäre 599,7 Kilometer lang; dabei handelt es sich nur um die in unserem Lande getöteten und zu Schaden gekommenen. Die Zahl derjenigen Kinder, die weltweit im gleichen Zeitraum Opfer der Blechungeheuer wurden, ist nicht exakt zu ermitteln, ihre Höhe kann man sich vorstellen, aber die Menschheit schreit nicht auf gegen die moderne Kinderfresserei, und auch diesen Drachen gilt die Liebe der Kleinen, mit kunstvoll geschnurrtem Rrrrrrr lassen sie ihre Spielautos über den Tisch sausen, inszenieren Zusammenstöße, wünschen sich sehnsüchtig ein Tretmobil, sitzen stolz hinter den Vätern im großen Auto, ahmen Papis Lenkbewegungen nach – und sehen so jämmerlich verloren aus, wenn sie am Rande einer verkehrsreichen Straße stehen und den Strom der Fahrzeuge an sich vorbeilassen, all diese Personenwagen, Laster, Krafträder, Busse, deren Marken sie kennen –, aber sie können sich nicht vorstellen, von welch ungeheuren Kräften sie weggeschleudert, überrollt, zerquetscht würden, wenn sie in den Bewegungsbereich der Motordrachen gerieten, dazu genügt ein vorwitziger Schritt, und es gibt Große, die den Kindern noch Leichtsinn vormachen indem sie schon bei Rot über die Straße rennen, als hätten sie etwas zu tun, das wichtiger wäre als wenigstens einen geringen Teil dazu beizutragen, daß nicht in den nächsten fünfzehn Jahren ebenfalls mehr als 28000 Kinder den verkehrten Tod sterben – das heißt, nicht den biologisch erwartbaren Alterstod – und nicht wieder mehr als eine Million Kinder Beschädigungen hinnehmen müssen in unserem Lande. Auch die Größeren, die man schon über die Verkehrsgefahren unterrichtet hat, halbwissen ja nur, was ihnen zustoßen kann, der Aufprall der Wirklichkeit übersteigt, was sie sich in ihrer von schwanzwackelnden Drachen belebten Phantasie vorstellen können.

Mit dem Elektronenmikroskop haben wir nach den Viren gesucht, die Dyphterie, Kinderlähmung und andere Kindern gefährliche Krankheiten erzeugen. Die Nichtsichtbaren, unendlich Kleinen haben wir gefunden und mit viel Aufwand zum Glück so gut wie unschädlich gemacht, aber den plumpen großen Krachautos vor unserer Nase verstehen wir so wenig ihre Gefährlichkeit zu nehmen, wie die Bürger von Tarascon es verstanden, sich vor dem Drachen zu retten, der unterm Felsen in ihrem Fluß hauste, jedoch immer wieder an Land schlurfte und Menschen fraß, die das Unheil, das er anrichtete, für ebenso unabwendbar hielten wie wir offenbar unfähig sind, etwas Wirksames dagegen zu tun, daß Kinder Opfer des Autofahrens werden.

»Er saß, allen behördlichen Vorschriften zum Trotz, rittlings auf der Kanone Zam-Zammah, die auf ihrem Backsteinsockel gegenüber dem alten Ajaib-Gher stand – dem Wunderhaus, wie die Eingeborenen das Museum von Lahore nennen.«[1]

Wer saß dort? Kim. Sein Spitzname im ganzen Stadtviertel war »Kleiner Freund aller Welt«, und er trieb »mit großartigem Erfolge garnichts.«

Wird man Kim vergessen, wenn man ihn sich erlesen hat in Kiplings indien- und abenteuerblühendem Buch, das nach ihm, nach Kim, genannt ist? Kim ist der kindliche Held des Buches, der, heranwachsend, in die trüben Dienste des British Empire gezogen wird, und man erträgt die Bewunderung, die Kipling dem Secret Service zollt, um Kims willen, der, auch als er seine Kindheit langsam verlassen muß, noch immer aus den Kräften dieser Kindheit für die Freude optiert. Man vergißt Kim nicht.

Wer vergäße Mignon? Wer behielte nicht die entsetzliche Gespensterfurcht eines Kindes vor dem Erlkönig im Gedächtnis, wer, der ihm begegnete, schwarz auf weiß, erinnerte sich nicht an David Copperfield?

Auch gelesene Kinder sind unsere Kinder, wir sehen ihnen zu ohne daß sie es bemerken, begleiten sie ohne zu stören oder sie zu beschämen, zum Beispiel den kleinen Louis, das blasse Einzelkind besorgter Eltern, es ist in Paris zuhause, und als es einmal wieder angegriffen aus der Schule kommt, schickt die Mutter es vor den Schularbeiten auf die Straße zum Spielen. Louis nimmt seinen Reifen und beginnt einen grand tour du quartier, bei dem er sich als Könner beweisen muß: der Reifen darf seinen Lauf nicht unterbrechen, über Fahrstraßen und Steinstufen muß Louis ihn geschickt hinwegbringen, so daß er nicht ins Trudeln kommt, und auch bergauf muß er mit dem Ring, hoch zum Montmartrehügel. Louis konzentriert sich auf nichts als auf die geheime schwierige Aufgabe, die er sich gestellt hat, keinen Beifall, keinen Lohn wird es geben, wenn der große Lauf mit dem Reifen gelingt. Das Spiel eines einsamen Kindes, es macht sich den Reifen nicht untertan, der bunte Holzring ist sein Kamerad, den es unter Kindern nicht hat, es behandelt ihn verständig, zärtlich, passt sich dem an, was der Reifen vermag, nimmt vorsichtig die Hand zuhilfe, wenn der Stock allein als Bremse nicht genügt und es bergab geht – geschriebenes Kinderleben kann man bei Jules Romains[2] lesend begreifen –, und noch ein französisches Kind fällt mir ein, Poil de Carotte[3]. Was das sommersprossige Kerlchen mit dem roten Schopf unvergeßbar macht, ist das mit

Sätzen dargestellte Empfinden und Verhalten eines kleinen Jungen, der so oft nicht weiß, was er tun und lassen soll um mit den Großen zurechtzukommen. Er ist das wenig geliebte Kind in einer ohnehin spröden Familie, die Eltern bemerken nicht, daß sie mit ihrem Jüngsten noch weniger herzlich sind als mit den beiden Größeren. Poil de Carotte kann sich die Kälte, mit der man ihm entgegenkommt, nicht erklären, er wirbt um Augenblicke der Gunst und Zuneigung seiner Eltern. Angstvoll bemüht, sie zufriedenzustellen und also die von ihnen erwarteten Leistungen zu vollbringen, ersinnt er all die Listen, die Unterdrückte sich ausdenken müssen, und die beschämende Wirklichkeit, die Menschen den Menschen bereiten, überall da, wo Macht ausgeübt werden kann – und wie leicht ist es für die Großen, sich der Kleinen zu bemächtigen –, diese Wirklichkeit also wird ausgelegt in den schwarzen Zeilen des Buches von Renard.

Unlängst las ich einen Bestseller. Warum sollte man denn ein Erfolgsbuch, ein Saisonbuch nicht lesen, halb Frankreich las ja Emile Ajars Buch ›La vie devant soi‹,[4] allerdings, das wird's nicht gewesen sein, daß ich mit der halben Grande Nation mitlesen wollte, vielmehr: Diem[5] hatte mir geschrieben: Lesen Sie das Buch.

Da muß er Momo schon bei sich gehabt haben, voller Erbarmen unzertrennlich geworden sein mit ihm, dem kleinen Mohammed im Pariser Belleville. Ein Hurenkind, das einen Mörder zum Vater hat und bei einer alten dicken halb meschuggenen Jüdin aufwächst, die ihm Treue hält und er hält sie ihr, die beiden lieben einander, jeder ist dem anderen das, was gut, zärtlich, zugeneigt ist, »il faut aimer« heißt es in Ajars kindschilderndem Buch, in dem beschrieben wird, wie Momo angstvoll und hilfebringend das ausgehende Leben der alten Frau, bei der er wohnt, begleitet, ihren Tod nicht wahrhaben will und so früh hinter sich bringen muß, was glückliche Kinder nicht einmal ausdenken können, drum, als man ihm sagt, verheißungsvoll, er habe ja das Leben noch vor sich, getraut er sich kaum, dem etwas Gutes zuzutrauen, denn er weiß, was er hinter sich hat.

Man kann das Buch weglegen, das Sellerschillern belächeln, aber Momo hockt in einem, hat Unterschlupf gefunden, nicht bei dem wohlhabenden, hübsch aussehenden, stets flott gekleideten und überdies in perfekter Weise für gestörte Kinder sorgenden Ehepaar, das Ajar als dei ex machina auftauchen läßt und das man ihm nicht glaubt. Momo hat sich anders geholfen, zu Diem und zu mir hat er sich in Sicherheit gebracht, bei uns wird er bleiben und wir werden nicht vergessen, daß es diejenigen gibt, die er stellvertritt mit seinem geschilderten Leben, das Ajar nicht erfunden, sondern erfahren hat und uns anvertraute, damit wir in Zukunft einen Namen haben, den Namen Momo, für Unglück, das aus der Welt geschafft werden muß.

Man versteht sich besser auf Kinder, nachdem einem geschriebene begegnet sind, Louis, Poil de Carotte, Momo, was ein paar Klugköpfe sicher sophistisch bestreiten werden, weil diese Kinder ja nur auf dem Papier existieren und wer sich mit ihnen beschäftigt, angeblich noch lange nichts von lebendigen Kindern wisse, ja, diesen durch Flucht in die Lektüre womöglich sogar ausweiche, sich also von der Realität entferne.

Auch Literatur ist eine Realität, schließlich dichten, schreiben, lesen Menschen spätestens seit dem Gilgamesch-Epos, und sie werden schon wissen, warum sie so beharrlich Leben schildern und geschildertes Leben in sich aufnehmen.

Also:

Wer vergäße Mignon, wer behielte nicht die entsetzliche Gespensterangst eines Kindes vor dem Erlkönig im Gedächtnis?

Manchmal wird Liebe zu Kindern von einem einzigen Wort in einem Buch vertieft, zum Beispiel bei Robert Walser, der ein Kind, das er schildert[6], ein ›verschuggtes‹ Kind nennt, ein Wort, dem alles schlimme Leiden anzuspüren ist, dem ein Kind ausgesetzt war, bis es ganz und gar mutlos wurde.

Der Verfasser von Oliver Twist und David Copperfield hat mehr für Kinder bewirkt als so mancher Fachliteraturverfertiger der pädagogischen Disziplin in seiner Unfähigkeit, Empfindungen für Kinder zu wecken, weil von Kindern in der Fachsprache nicht anders als von Objekten gesprochen wird, die es zu beobachten, zu untersuchen, zu beurteilen gilt.

Ein Mann wie Andersen-Nexö aber hat nichts getan als ein Kind geschildert[7]: Ditte – und später die Kinder von Ditte. Wer das Buch liest und danach noch einem Kind etwas zuleide tut –

Das Kind im Mittelpunkt oder auch nur am Rande eines Kunstwerkes aus Sätzen weckt, was Überlegungen übertrifft: Zuneigung, anwendbare, auf lebendige Kinder anwendbare, nicht begrenzbar auszudehnende Zuneigung zu allen Kindern dieser Welt in ihrer Wehrlosigkeit.

Die großen Fürsprecher der Kinder sind nicht die Erfinder pädagogischer Instrumentarien, nicht die Empfehler angeblich optimaler Verhaltensweisen, sondern die uns zum Mitempfinden hinreißenden Darsteller kindlichen Lebens, die uns zwingen, Momo, Louis, Ditte und wen nicht sonst noch alles zu adoptieren und die Substanz an Liebe, die ihre wörtliche Existenz in uns Lesern sich ansammeln läßt, zu verwenden auf jedes

Kind, das unseren Weg kreuzt. Sie, die Kunstmacher, sind die Prediger in der Wüste.

Dieser Behauptung wegen habe ich auf zu lesende Kinder hingewiesen, nicht um einen Essay über das Kind in der Literatur zu schreiben, und lasse darum bedeutende Kinderschilderungen unerwähnt. Sie werden ja selbst auf das Proustkind gestoßen sein und auf das Bruno Schulzkind aus den ›Zimtläden‹ auch.

Aber ein Kind will ich Ihnen noch nennen, denn es gehört vielleicht nicht zu denen, die Sie von selber aufsuchen in der Bücherwelt: Bernward, das ist ein Junge, der auf einem Gut in Niedersachsen aufwächst, und seine Geschichte[8] zu vernehmen ist, wie wenn einem jemand einen Stein an den Kopf wirft. Politiker und unter ihnen besonders diejenigen, die sich mit der Jugend, mit Schulen, Bildung, Fragen der Innenpolitik und der inneren Sicherheit befassen, möchte ich überreden, das Buch zu lesen, besonders solche Passagen, die mit ›Einfacher Bericht‹ überschrieben sind. Ich habe die Hoffnung, daß es Politiker gibt, die unter dem Eindruck des Ernstes und der Wahrhaftigkeit dieser ›einfachen Berichte‹ sich der Phrasen schämen werden, mit denen man bisher glaubte, über in diesem Buch angesprochene Probleme reden zu können. Dem Verfasser leibhaftig zu begegnen muß nicht befürchtet werden. Er ist tot. Er hat sich umgebracht. So ernst war die Lage, die sich aus seiner Kindheit, die er ›einfach berichtet‹, ergeben hat.

Auch den Hinweis auf dieses Buch bekam ich von Ludwig Diem. Ihm sei gedankt dafür.

1 Rudyard Kipling, Kim. Deutsche Ausgabe: Dtsch. Buchgemeinschaft 1947.
2 Jules Romains, Am 6. Oktober. Deutsche Ausgabe: Rowohlt Verlag, Reinbek 1935.
3 Jules Renard, Rotfuchs. Deutsche Ausgabe: Hebel Verlag 1946.
4 Emile Ajar: La vie devant soi. Deutsche Ausgabe unter dem Titel: Du hast das Leben noch vor dir, S. Fischer Verlag, Frankfurt 1976.
5 Diem, wer das ist, erfährt man noch in diesem Buch, wenn man ihn aus der ›Hexenspeise‹ nicht schon kennt. Hier ist nicht mehr zu sagen als: auf Literatur versteht er sich, und was er mir empfiehlt, lese ich.
6 Robert Walser, Der Gehülfe, Kossodo Verlag, Genf 1955.
7 Martin Andersen Nexö, Ditte Menschenkind. Deutsche Ausgabe: Dietz Verlag, Berlin 1950.
8 Bernward Vesper, Die Reise. Verlag Zweitausendeins, Frankfurt 1978.

Kinderwunder

I

In einem Flecken am Rande der Pyrenäen – das Gebiet ist seit Urzeiten besiedelt, in Höhlen dort fand man Gravierungen und Elfenbeinskulpturen – wurde am 7. Januar 1844 Maria Bernarda geboren. Mit Geschwistern wuchs sie bei den Eltern auf, die manch Unglück hatten, dem Vater, er war Müller, mißriet vieles. Er konnte schließlich keine Mühle mehr halten, wurde auch in keiner mehr beschäftigt, geriet sogar in Haft wegen eines Diebstahls, den er, wie später festgestellt wurde, gar nicht begangen hatte. Die Familie mußte am Ende froh sein, daß man ihr ein Quartier zuwies, dessen Bewohner, nämlich Sträflinge, man anderswohin verbracht hatte, weil die feuchten, verliesartigen Räume allzu gesundheitsschädlich waren, sie wurden nicht trocken, nie schien Sonne herein, die Wände schimmelten.

Von Maria Bernarda gibt es eine Photographie, wir sehen ein schönes Mädchen, dessen Blick ebenso intensiv ist, wie er träumerisch scheint, das Kind sieht vital aus, über Kräfte verfügend, und obwohl von vielen Krankheiten berichtet wird, Maria Bernarda überstand sie, Asthmaanfälle und sogar die Cholera. Zeitweise wurde Maria Bernarda aufs Land gegeben und dort hütete sie Schafe.

Man kann nicht annehmen, daß dem Mädchen seine Lebensumstände gleichgültig waren, daß es nicht litt unter der Demütigung seiner Eltern, daß es nicht gern reichlicher und besser zu essen gehabt hätte, nicht gern schön gewohnt hätte, mit bunten Vorhängen an unvergitterten Fenstern, mit Sonne auf der Bettdecke und hübschen Kleidern im Schrank, wie es sie bei den reichen Mädchen des Städtchens sah.

Die miserablen unwürdigen erniedrigenden Verhältnisse in denen sie lebte, müssen als ein untragbarer Druck auf Maria Bernarda gelastet haben, und was sich ereignete scheint mir die Revolte eines kindlichen Gemütes gewesen zu sein, das kraftvoll war und sich wehrte, auf seine Weise, gegen ein beschämendes Dasein, in welchem dem Kinde nicht gewährt wurde wonach es doch verlangte wie jedes andere Kind auch: Freude, Schönes, Lob, Auszeichnung, Sichsehenlassenkönnen, Glück, Besonderes, ihm Zugewandtes.

Mit ›Revolte‹ meine ich hier keinen beabsichtigten geplanten Auf stand, sondern die geniale Kraft eines Kindes, dessen Gemüt einen Ausweg fand aus der Misere, die seine Umwelt ihm täglich bereitete. Die unbewußten Kräfte in der Seele dieses Kindes schufen sich das Wunder, mit dem es befreit wurde, so daß es nun auch in seinem Leben etwas Herrliches, Einzigartiges gab, und die Kraft des Kindes reichte aus, seine Umgebung von seinem Wunder zu überzeugen.

Am 11. Februar 1858 ging Maria Bernarda mit zwei anderen Mädchen Feuerholz sammeln, zuhause war es wieder zum Erstarren kalt gewesen. Sie sammelten am Ufer des Gave, es war trübe, regnerisch, wurde neblig, die Kinder liefen bis zur Grotte Massabielle, keine tiefe Grotte, in deren Felswand ist, etwas erhöht, eine Nische, und in dieser Nische sah Maria Bernarda jemanden, der ihr zulächelte, eine Dame, die schön aussah, in weißem Kleid mit blauer Schärpe, auf jedem Fuß eine gelbe Rose.

Wie sehr wird dieses Kind des Zulächelns und des Schönen bedurft haben, das ihr aus der Nische der Grotte erschien.

Es wurde befragt, wen es denn gesehen habe.

Wen zu erblicken konnte Maria Bernarda sich gewünscht haben, wenn nicht die Maria der Kirche, zu der zu beten das Mädchen angehalten wurde seit eh und je und deren Anblick sicher das Schönste gewesen ist, was dem Mädchen bis dahin vor Augen gekommen war. Die Statue der Muttergottes, erleuchtet von Bittkerzen oder im Blumenschmuck, wenn der Marienmonat Mai herangekommen war, Maria mit dem Schutzmantel, die Hilfreiche, war gewiß das Wunderbarste, dessen das Kind hatte ansichtig werden können in seinem Leben; Marias Altar war, wo es zugelassen war zum Schönen, Guten, Hilfebringenden, Tröstenden, Fürbittenden, Strahlenden, Außerordentlichen.

Märchenbücher besaß das Kind doch wohl nicht, und was wäre auch eine Prinzessin gewesen verglichen mit der Gottesmutter, von der das Kind zuhause und bei den Katecheten mit soviel Verehrung sprechen hörte.

Zweifellos sah Bernarda in der Kirchenmaria die hochhimmlische Instanz, an die sie Wünsche richten durfte, und die Bedrängnis und die Kraft des Kindes waren so groß, daß es sich seine Maria aus dem Himmel herabholen konnte, und das Kind warf sich so in sein Wunder, daß dieses sich mehrmals ereignete. Das Mädchen hatte sich die Hilfe herangezogen, die es brauchte, die Gestalt einer ihm zugewandten, zulächelnden Frau, der Maria Immaculata, die es kannte und die die Kirche, wo sie für alle da war, verlassen hatte, um sich in der Grotte Massabielle einzig Maria Bernarda zu zeigen.

Es spricht für die Gestalt der Maria in der Geistes- und Heilsgeschichte der Menschen, daß sich ein solches Wunder zugunsten eines Kindes mit ihr bewirken läßt.

Maria Bernarda wurde allgemein Bernadette genannt, ihr Nachnahme war Soubirous, der Ort war Lourdes, jährlich pilgern dorthin etwa zwei Millionen Menschen, bitten in der Grotte um die Erfüllung von Wünschen, suchen Heilung von Gebrechen im Wasser einer Quelle, die zur Zeit der Erscheinungen zu sprudeln begonnen hat. Im Jubiläumsjahr 1958 waren es sechs Millionen Menschen, die den Ort aufsuchten, der seine Bedeutung, seinen Ruhm der Sehnsucht, der Wunschkraft, dem Glaubenswillen und Überzeugungsvermögen eines armen Kindes verdankt.

II

Fatima ist der Name der jüngsten Tochter von Chadidscha und Mohammed, dem Propheten Allahs. Sie spielt eine Rolle in der islamischen Welt, ihre Hand soll Unglück abgewendet haben, darum trägt man noch heute ein Abbild von Fatimas Händchen als Amulett. Kein Wunder, daß unter dem Einfluß der Moslems auch Ortschaften den Namen der Prophetentochter bekamen.

So geschah es einer kleinen Siedlung im Herzen Portugals. Es fällt einem jedoch nicht Mohammeds Tochter ein, wenn man an das portugiesische Fatima denkt, das in der katholischen Welt als Wallfahrtsort so berühmt ist, daß auch Nichtkatholiken davon wissen.

In einer robusten kleinen Blechkiste durch das Land juckelnd – keine schlechte Straße war uns ein Hindernis, dem englischen Autochen brach in keinem Schlagloch eine Achse und es nahm jede holprige Steigung –, gerieten wir schon in die Nähe von Fatima, ehe wir noch in Fatimas Nähe kamen, denn die wunderbaren Straßen Portugals, die noch für alle da sind und nicht einzig für Leute, die erst beim Tempo 130 zu leben und zu fahren meinen, hatten wir außer mit unverdrossenen Eselchen und behäbigen Ochsengespannen auch mit Wanderern zu teilen, die, einer fast dicht hinter dem anderen, am Straßenrand voranschritten, freilich immer nur in einer der beiden möglichen Richtungen. Alte und Junge, Männer, Frauen, Kinder, Bündel auf dem Kopf, Körbe am Arm, die Frauen meist in schwarzen Umschlagtüchern, barfuß oder in Sandalen gingen sie stetig voran, als habe sich ganz Portugal aufgemacht, anderswo zu leben, alle gingen so zielsicher.

Wir erfuhren, die Leute pilgerten zur Muttergottes von Fatima, am 13. August wollten sie dort sein. Uns faszinierte dies geduldige Wandern, die Zielstrebigkeit, mit der diese Menschen in nicht endender Reihe an solch heißen Tagen voranschritten, etwas übertrug sich auf uns aus den erwartungsvollen Blicken der Pilger, wir schlugen schließlich ihre Richtung ein, schneller als sie alle gelangten wir an den berühmten Ort, dem sie als Ziel so feierlich sehnsüchtig entgegengingen – wo es aber nicht ist wie in Altötting oder um die Wieskirche herum, Fatima hat nichts Heimeliges, verschwiegene Gnadenbitten Begünstigendes, wir sahen uns einer riesigen Anlage gegenüber, die Plätze, die Kirche, die Zuwege, alles ist für Massenveranstaltungen eingerichtet.

Was müssen die Menschen denken, fragten wir uns, die aus ihren Dörfern das erste Mal nach Fatima kommen, müssen sie nicht erschrecken vor einem Platz, der wie ein Exerzierplatz groß ist, vor einer Kirche, die so weiträumig ist, daß das Wort des Priesters die Gläubigen nur durch enorme Lautsprecher erreicht, sogar in der Zelle der Andacht, der kleinen Kapelle der Marienstatue, betet der Priester in ein Mikrophon.

Vielleicht empfinden die Pilger aber die Ausmaße von Fatima als etwas überwältigend Großartiges.

Die Menschenmenge auf dem Platz wäre unübersehbar gewesen, hätten wir den Ort nicht um die Mittagszeit erreicht, da lagerten die Pilger im Gras, aßen von den Vorräten, die sie auf ihren Köpfen hergetragen hatten oder saßen in den kleinen Beiseln, von denen es viele gibt dort. Einige Kranke wurden aber auch um diese Zeit zur Madonna geführt, manche nahten sich der Gottesmutterstatue auf den Knien, sie steht auf einem Sockel in einer Kapelle, deren Seitenwände offen sind, eine gekrönte Maria, lieblich im Ausdruck.

Was ist hier einmal geschehen, wollten wir wissen, das den Ort so anziehend macht für die katholische Welt, denn nicht nur Portugiesen kommen zum Gebet nach Fatima.

Wir gingen an den entsetzlichen Andenkenbuden entlang, wo aber mancher kauft, was ihm ein Leben lang lieb und wert sein wird: einen Rosenkranz aus Fatima.

Zwischen den überall angebotenen Postkarten entdeckten wir eine, auf der drei Kinder zu sehen sind, links ein kleines Mädchen, in der Mitte ein kleiner Junge, rechts ein etwas größeres Mädchen. Alle drei in bäuerlicher portugiesischer Kleidung, stehen sie in Positur, blicken aber eher mürrisch als ernst. Ihre Namen sind, wie vermerkt ist, Jacinta und Francisco Marto und Lucia Santos.

Einer Broschüre entnahmen wir, daß es diese Kinder, Hirtenkinder aus sehr armen Familien, waren, die zuerst am 13. Mai 1917 und dann mehrmals am 13. eines Monats berichteten, dort, wo jetzt die Gnadenstatue steht, die leibhaftige Mutter Gottes gesehen zu haben. Sie erschien den Kindern als sie in einer Mulde dreißig Schafe hüteten, und sie sprach zu ihnen.

Auch diesmal also haben Kinder sich des Wunders bemächtigt und es in ihr armseliges Leben gebracht, einander in der Schau des Außerordentlichen gewiß bestärkend, und wie schön muß das Wunder gewesen sein in den ersten Sätzen, mit denen die Kinder davon erzählten, noch unbedrängt von inquisitorischen Fragen, auf nichts bedacht als darauf, den anderen die Herrlichkeit des Wunders mitzuteilen, das frisch und kinderglückbringend aus ihnen herausgebrochen war und sich mit Sonne und Helligkeit eines flimmernden Tages vereinigt hatte, so daß die Kinder eine wunderschöne weiße Dame sehen konnten, die Kirchenmaria war zu ihnen ganz allein gekommen und versöhnte sie mit einem ärmlichen Leben, in dem sie von einer Dame niemals angeredet wurden.

Es spricht für die Gestalt der Maria, ich kann es nur wiederholen, daß sie Kindern so erwünscht ist in ihrer Sanftmut, Freundlichkeit, Schönheit – der Anblick der Marienstatuen in den Kirchen vervollkommnet zweifellos noch alles, was Kindern daheim und im Unterricht von Maria berichtet wird –, so erwünscht also, daß sie sie leibhaftig herbeiwollen, und denen, die das Gemüt für Wunder haben, erscheint sie dann in der Grotte von Massabielle oder über einer Steineiche am Rande einer Mulde, in der Schafe weiden.

Den Kindern schließen sich bald Erwachsene an, die teilhaben möchten an einem Vorgang, der ihrem bedrückten Leben eine glückliche Wendung geben soll.

Damit beginnt dann die Zeit, in der die Kinder das so poetisch aus ihnen herausblühende Wunder verlieren. Von den Institutionen der Kirche bedrängt, suchen sie zu verteidigen, was sie gesehen haben, sie werden befragt, ihre Aussagen protokolliert man, sie geraten in den Streit der Skeptiker mit den Wundersüchtigen, an dessen Ende die Kirche sich entschließt, den Schwarmwillen und die Glaubensbereitschaft einer immer größer werdenden Menge mit den Dogmen in Einklang zu bringen.

Es scheint, daß in Fatima die beiden jüngeren der drei Kinder nicht die Kraft hatten, diese Phase durchzustehen, sondern daß der Streit um ihr unschuldiges Kinderwunder ihnen so zugesetzt hat, daß sie an Lebenskraft verloren. Jacinta und Francisco starben bald und kurz hintereinander. Lucia, die ältere, sie war sicher auch immer die Anfeuernde gewesen, hielt den Zudringlichkeiten, die an Quälereien grenzten, stand. Wie Bernadette Soubirous trat sie später in ein Kloster ein.

Umhergehend im heutigen Lourdes, in Fatima und beschäftigt mit den Schriften, in denen das Ausbrechen von Kindern in das Glückbringende eines Wunders durch Kleriker in den Rahmen gebracht worden ist, wie er der katholischen Kirche als Institution erwünscht, tragbar, nützlich erschien, sollte man sich mit der Abneigung gegen diesen Rahmen (bigottere Verlautbarungen sind mir noch nicht vorgekommen) nicht den Blick verstellen auf die ursprüngliche schöpferische Kraft, mit der in Lourdes und Fatima Kinder die Hürde eines beengten Daseins übersprangen und aus der Intensität ihres phantasievollen Gemütes sich in unmittelbare Beziehung setzten zum Inhalt ihrer häuslichen und kirchlichen Unterweisungen und in einem Akt ekstatischer Anstrengung sich das Verborgene sichtbar und das Geheimnisvolle offenbar machten in der Kinderherrlichkeit eines geschauten Wunders, in dem sie eine schöne sanfte Dame als eine überwirkliche, zugleich freundliche und entrückt erlesene Muttergestalt vor ihren Augen erscheinen ließen.

WUNDERKINDER

I

Isaak Babel hat sie so faszinierend beschrieben, die armen kleinen Wesen, aus denen in Odessa Wunderkinder gemacht werden sollten: »Und tatsächlich stellte unsere Stadt im Laufe eines Jahrzehnts eine Menge Wunderkinder auf die Konzertpodien der Welt. Aus Odessa stammen Mischa Elmann, Zimbalist, Gabrilowitsch, und auch Jascha Heifetz hat bei uns angefangen.

Sobald ein Knabe vier oder fünf Jahre alt war, nahm die Mutter das zerbrechliche, zarte Wesen an der Hand und führte es zu Herrn Zagurski. Zagurski betrieb eine Wunderkinderfabrik, eine Fabrik für jüdische Zwerge mit Spitzenkragen und Lackschuhen. Er fing sie in den Winkeln der Moldowanka, in den stinkenden Höfen des Alten Marktes zusammen. Zagurski gab ihnen den ersten Schliff. Dann wurden die Kinder zu Professor Auer nach Petersburg geschickt. In den Seelen dieser winzigen Geschöpfe mit ihren geschwollenen Köpfen wohnte wundervolle Harmonie. Aus ihnen wurden gefeierte Virtuosen. Mein Vater beschloß, an diesem Wunderwettbewerb teilzunehmen. Ich war über das Alter eines Wunderkindes zwar schon hinaus – ich war vierzehn – da ich aber so klein und schwächlich war, konnte man mich für einen Achtjährigen ausgeben. Darauf baute mein Vater seine ganze Hoffnung ...

Die Wunderkinder brachten ihren Eltern Reichtum ...

Dreimal in der Woche begab ich mich, mit Geigenkasten und Noten beladen, widerwillig in die Wittestraße, früher Dworjanskaja, zu Zagurski. Dort saßen an der Wand lauter kleine Juden, die ganz erhitzt und hysterisch darauf warteten, daß die Reihe an sie kam. Sie preßten die Geigen zwischen ihre schwachen Knie. Sie hätten nicht aufgeregter sein können, wenn sie im Buckingham-Palast hätten vorspielen müssen.

Die Tür zum Heiligtum öffnete sich. Aus Zagurskis Arbeitszimmer wankten großköpfige, sommersprossige Kinder mit Hälsen, so dünn wie Blumenstengel, und epileptischer Röte auf den Wangen. Die Tür schlug zu und verschlang den nächsten Zwerg.«[1]

So sind sie geschildert, die bedauernswerten Sprößlinge, aus denen ehrgeizige Eltern Wunderkinder machen möchten.

Über wirkliche Wunderkinder ist mit dieser Schilderung freilich nichts gesagt, und man muß fragen, was ist das eigentlich, ein Wunderkind? (Als ob es ein Kind gäbe, das kein Wunder wäre!)

Ab und zu taucht eines in Zeitungszeilen auf: Der kleine Robert Soundso kann mit nur fünf Jahren die schwierigsten Rechenoperationen im Kopf ausführen, Yves X ist mit sechs Jahren auf dem Schachbrett kaum noch zu schlagen und wird demnächst gegen einen Großmeister spielen, Rosalie Y beherrscht schon mit vier Jahren sechs Sprachen und kann fließend aus den Zeitungen in diesen Sprachen vorlesen – und dann die musikalischen Wunderkinder, mit sechs Jahren spielen sie die Appassionata, geigen sie Brahms, ein kleines Notenpult muß für ihr Auftreten eigens angefertigt werden, wenn sie nicht gar auswendig spielen, die Menschen strömen, das Wunder mitzuerleben, ein Achtjähriger geigt Mendelssohn, sein Ausdruck sei bereits reif, berichtet am nächsten Morgen die Presse, doch wäre er im Wesen noch ganz kindlich.

In der Natur kommt vieles vor und hier und da auch einmal ein Kind mit ungewöhnlicher Hirnstruktur, die ihm ja aber gar nicht bewußt ist, auf die es erst hingewiesen wird von Eltern oder Lehrern, und dann muß es sich zurechtfinden mit seiner Sonderbegabung, die von Erwachsenen zu Geld gemacht wird. Das Kind wird ausgebeutet.

Ich bin noch keinem leibhaftigen Wunderkind begegnet und weiß nicht, wie solch ein kleines fühlendes Wesen zurechtkommt mit dem harten Part, der ihm zugewiesen wird. Man kann hoffen, daß der Spieltrieb des Kindes die Oberhand behält und es Spaß an seiner Begabung hat und Vergnügen an der Rolle, die es sich nicht aussuchen konnte.

Alle, die ich nach Wunderkindern befragte, nannten als erstes das Wunder aller Wunderkinder. Von dem gibt es Bilder, Noten, sehr früh schon schrieb es Briefe, und seine Zeitgenossen berichteten lebhaft vom Salzburger Wolfgangerl.

Jedes Kind ist eine Ausnahme von allen Regeln! Aber das Kind Wolfgang Amadé Mozart verfügte über Besonderheiten, die wirklich weit über alles hinausgehen, was man an Kindern kennt. So ist denn natürlich auch seine Kindheit bis heute Gegenstand von Beschreibungen, Romanen, Filmen, denen hier eine neue Darstellung gewiß nicht hinzugefügt werden soll. Aber weil von Kindern die Rede, wollen wir einen Augen-Blick auch auf dieses Kind werfen.

Mit Goethes Augen zuerst. Er sah – selber erst vierzehnjährig – den siebenjährigen Mozart in Frankfurt. Goethes Eltern waren mit dem Sohn in ein Konzert gegangen, das vom Kinde Mozart vor Adel und Patriziern der Stadt gegeben wurde. Auch damals schon empfand man also das Auftreten eines Kindes mit besonderen Leistungen als Sensation, die man sich in wohlhabenden Kreisen nicht entgehen ließ, und so wurde dem Kinde

Johann Wolfgang das Kind Wolfgang Amadé vorgeführt. Noch als Erwachsener erinnerte sich Goethe an das Konzert, er schildert Mozart als kleinen Mann, mit weißgepuderter Zopffrisur und winzigem Degen wie ein Cavalier gekleidet.

Daines Barrington, ein englischer Naturforscher, wollte mehr als das konzertierende Kind sehen und suchte die Familie Mozart auf, die sich gerade in London berühmt machte.

Barrington schildert, man liest es mit Erleichterung, den kleinen Wolfgang als ein ganz kindliches Kind:

»Während er mir vorspielte, kam eine Lieblingskatze herein, worauf er sogleich sein Klavier verließ, auch konnten wir ihn eine gute Zeit hindurch nicht wieder zurückbringen. Zuweilen ritt er auf einem Stecken zwischen den Beinen im Zimmer herum.«

Aber Mozart spielte, fünfjährig, eben nicht nur mit Katze und Steckenpferd, er spielte auf der Geige vom Blatt und auf dem Klavichord auch, und wenn man sich vergegenwärtigt, daß Kinder anfangs durchaus Mühe mit Buchstaben haben und jedenfalls nur mit ihnen umgehen können, wenn sie groß und deutlich geschrieben sind, bedeutet allein das geschwinde Entziffern von vielen, vielen klein geschriebenen Noten während des Spielens eine ungewöhnliche Hirnleistung. Das erste Menuett komponierte Mozart mit fünf Jahren, er konnte schon mühelos selber Noten schreiben, schrieb überhaupt, sein Vater lehrte die Schrift wie das Rechnen, und das Wolferl rechnete mit Leidenschaft, malte Zahlen auf Tisch, Sessel, Wände, auch der Fußboden war über und über mit Ziffern beschrieben, das Kind muß fasziniert gewesen sein von Chiffren wie Zahlen, Buchstaben, Notenzeichen es sind. Der Vater verstand ein Gewerbe aus seines Sohnes unbändiger Lust am Musizieren zu machen, hinzu kam, daß auch die Tochter sich früher schon als Musikerin hören lassen konnte.

So reiste die Familie Mozart, Eltern, Töchterchen, Söhnchen, durch europäische Lande, im Reisewagen zuhause, Musikzigeuner, und die Kinder spielten vor der behäbigen Kaiserin Maria Theresia in Wien und vor der ungekrönten unumschränkten Herrscherin Madame de Pompadour in Paris.

Wolferl spielte, was man ihrn vorlegte, improvisierte über Themen, die man ihm angab, legte Kompositionen mit artigen Widmungen vor, wurde herumgezeigt, von jedermann angeredet, gestreichelt, gelobt, bewundert. Gedrillt wurde er aber auch, denn das vom Vater verordnete Arbeitsprogramm war stattlich, in eine Schule ging der Junge nicht, jedoch bei seinem Vater war er ständig in der Schule und die machte ihm Spaß, und jedenfalls ist er trotz all dieser Belastungen Mozart geworden.

Kinderschmerz wird, denke ich, so manches Mal hinter dem Podium auf dem Wolfgangerl spielte empfunden worden sein, nämlich von Wolfgangs fünf Jahre älterer Schwester, dem Nannerl. Sie war ein sehr begabtes kleines Mädchen, dem man entzückt zugehört hatte, wenn es auf dem Cembalo musizierte, ein anmutiges Wesen, von der Mutter auf das Reizendste gekleidet. Uneingeschränkte Bewunderung hatte Nannerl geerntet, bis sie vom jüngeren Bruder überholt wurde, der spielte zunehmend besser, improvisierte, komponierte, war überdies noch weit kleiner, also noch erstaunlicher und zog die Aufmerksamkeit bald ganz und gar auf sich.

Dagegen half nur musizieren, musizieren, immer besser und noch besser, und das hieß für Nannerl üben, üben. Einem Brief des um Ausgleich für Nannerl offensichtlich besorgten Vaters kann man entnehmen, zu welchem Konflikt es wohl gekommen war:

»...Das Nannerl leidet nun durch den Buben nichts mehr, indem sie so spielt, daß alles von ihr spricht und ihre Fertigkeit bewundert.« Auf die Italienreise von Vater und Sohn wurde Nannerl nicht mehr mitgenommen; da sie nun bereits ein junges Mädchen war, schien es wohl schicklicher, sie bei der Mutter daheim zu lassen. Sie mag sich aber ausgesöhnt haben damit, daß ihr Bruder so über alle Maßen ungewöhnlich war, so daß gar niemand mit ihm mithalten konnte, auch der Vater nicht. Überdies schrieb der kleine Bruder der großen Schwester von dieser Italienreise die zärtlichsten Briefe, so aus Mailand am 18. Dezember 1772.

»... Lebe Wohl, mein Lungel. Ich küsse Dich, meine Leber, und bleibe wie allezeit, mein Magen, Dein unwürdiger frater Bruder Wolfgang

Bitt, bitt, meine liebe Schwester, mich beißts, kratze mich!«

Es ist die Kindheit eines Genies, in deren Verlauf man einen Blick zu werfen versucht, in den Ausgaben alter Briefe und Berichte blätternd, und manchmal kann man sich das Wolfgangerl vorstellen im Reisewagen schuckelnd, umsorgt von Vater und Mutter, Späße treibend mit der Schwester, musizierfreudig offenbar alle Tage. Manchmal freilich erschöpften die Strapazen dieser Lebensweise die Kinder bis sie kapitulierten und krank wurden. Noch vom dreizehnjährigen Sohn berichtet der Vater, daß das Wolferl am Ende einer Reise von Neapel nach Rom – siebenundzwanzig Stunden hatten Reisende damals bei der Bewältigung dieser Strecke zu kutschrumpeln – auf den ersten besten Sessel gefallen und so fest eingeschlafen sei, daß er den Jungen habe ausziehen und ins Bett tragen müssen.

II

Mit dem Leben eines in diesem Maße ungewöhnlichen Kindes beschäftigt, sucht man nach anderen Beispielen, und das verführt mich, noch weiter zurückzugehen, viel weiter, ein Jahrtausend, bis zu einem Kaiserkind, das 980 geboren und auf den Namen Otto getauft wurde, wie auch sein Vater und sein Großvater hießen. Als Kaiser Otto III. ist jenes Kind in die Geschichte des europäischen Mittelalters eingegangen. Otto wurde das Wunder der Welt genannt, war vielleicht kein Wunderkind den oben beschriebenen Kriterien nach, wunderlich und wunderbar waren aber die Umstände unter denen er aufwuchs. Absonderlich sind die Verhältnisse allemal, in denen Herrscherkinder groß werden müssen, aber Otto geriet in ein Spannungsfeld, das mir noch zerrender gewesen zu sein scheint als es von den Einflußnehmenden an Höfen ohnehin immer geschaffen wird.

Das Kind, von dem wir hier sprechen wollen, der spätere Kaiser Otto III. also, war der Enkel des machtbewußten Kaisers Otto I., eines kräftigen, bärtigen, niedersächsischen Mannes, der erst als er um die dreißig Jahre alt war lesen und schreiben lernte, aber zweifellos die bedeutendste Herrschergestalt nach Karl dem Großen war, der zielbewußte Wiederbegründer des mitteleuropäischen Kaisertums, in Rom hatte sich dieser deutsche König denn auch zum Kaiser krönen lassen.

Otto III. war zugleich der Enkel von Ottos I. Gemahlin, der Kaiserin Adelheid, einer klugen burgundischen Königstochter, erzogen in den alten fränkisch-burgundischen Traditionen, eine lebhafte Frau, die den Enkel nachhaltig beeinflußte.

Der Enkel eines Kaiserpaares war auch der Sohn eines solchen, nämlich des Kaisers Otto II. und der Kaiserin Theophanu, einer byzantinischen Prinzessin.

Hatte Otto I. schon dafür gesorgt, daß sein Sohn eine umfassendere, verfeinerte Erziehung genoß, als sie ihm selbst zuteil geworden war, so wurde noch ungleich mehr Sorgfalt auf die Erziehung des Enkels verwendet, überdies hatte Theophanu die ältere, sublime, überlegene Kultur von Byzanz an den norddeutschen Hof gebracht. Vielen Einflüssen war das Kind also schon in der engsten Familie ausgesetzt. Dazu erhielt es als Erzieher den späteren Bischof Bernward von Hildesheim, einen Intellektuellen von Rang, und obendrein hatte Theophanu für Otto auch griechische Höflinge und Lehrer gesucht, das Kind sprach natürlich auch die Sprache seiner Mutter und das heißt, es hatte Zugang zum Reichtum der Kultur des alten Byzanz.

Den Jahren von Ottos geistiger Erziehung waren aber schon merkwürdige Ereignisse vorausgegangen:

Da nämlich die Zeiten wirr waren und ein Kaiser ständig handeln mußte um sich und seine Dynastie an der Macht zu halten, hatte Otto II. im Jahre 983, besorgt um die deutsche Herrschaft in Italien, seinen kleinen Sohn bereits sicherheitshalber zum König wählen lassen. Das Kind war drei Jahre alt, als es den versammelten Reichsständen und italischen Würdenträgern auf dem Reichstag in Verona zur Wahl vorgestellt wurde. Anwesend war auch der Erzbischof von Ravenna, dessen Kaiservorstellungen sicher von der goldglänzenden Mosaikdarstellung des Kaiserpaares Justinian und Theodora in der Ravenneser San Vitale-Kirche mitgeprägt waren, was erwähnenswert ist um zu zeigen, mit welchen Augen man auf das kaiserliche Kind sah, das einige Monate später, nämlich Weihnachten 983 im Münster Karls des Großen in Aachen feierlich zum König gesalbt und gekrönt wurde.[2]

Während des Festessens nach der Krönung traf jedoch eine katastrophale Nachricht ein: Der Vater des Kindes, eben Kaiser Otto II., er hatte der unsicheren Verhältnisse in Italien wegen nicht zur Krönung seines Kindes über die Alpen ziehen können, war im Süden einer Krankheit erlegen, vielmehr nicht der Krankheit, sondern dem so dringenden Wunsch nach Genesung, der ihn hatte zuviel von der helfenden Medizin nehmen lassen.

Der dreijährige König war Halbwaise und geriet vollends unter den Einfluß von Großmutter und Mutter, die, Adelheid in Italien und Theophanu in Deutschland, an seiner Stelle regierten, Theophanu sehr kräftig, kundig in der Machtausübung offenbar dank ihrer Erfahrungen am byzantinischen Hof.

Otto wuchs zwischen den Regentinnen auf und nahe seiner Tante, der Äbtissin Mathilde von Quedlinburg, auch sie eine Frau von großem Einfluß und ebenfalls an der Regentschaft beteiligt.

Das Kind wurde so ungewöhnlich wie es wohl hatte werden müssen bei einer es in so vielfältiger Weise entwickelnden Erziehung, die es in Berührung brachte mit allen geistigen Bewegungen der Zeit, mit dem straff organisierten sittenstrengen cluniazensischen Mönchtum einerseits und den eschatologischen Vorstellungen einzelner, aber viel beachteter italischer Eremiten andererseits, die für das Jahr 1000 den Weltuntergang sicher erwarteten und zur Buße aufriefen. Zudem hielt man dem heranwachsenden Knaben gewiß gegenwärtig, daß er bestimmt war, dereinst der deutsche Kaiser zu sein und das hieß damals: der Herrscher in Mitteleuropa nördlich wie südlich der Alpen, designiert, gekrönt zu werden in Rom als Nachfolger der römischen Kaiser und Karls des Großen.

Die Vielfalt der Einflüsse und Eindrücke hat aber nicht nur Reichtum in die charakterliche und geistige Entwicklung des Kindes gebracht, sondern offenbar auch eine Unruhe, die nicht förderlich war und Otto sein ganzes Leben zwischen hochgestimmtem Schwärmen und zernagenden Ängsten schwanken ließ, Ängsten, die er später sich geißelnd und bei Eremiten verweilend zu beruhigen trachtete.

Seine Zeit ist zu entlegen, die Quellen sind zu spärlich, und so ist man nicht zufriedenstellend erfolgreich, wenn man versucht, sich ein Bild vom Verlauf dieser Kindheit zu verschaffen, die so gar nicht exemplarisch ist, aber gerade deswegen wohl die Phantasie der Nachfahren angeregt hat.

Älter als einundzwanzig Jahre ist Otto nicht geworden. In diesen Jahren ist er von Quedlinburg nach Rom gezogen, und von Ravenna aus hat er es unternommen, bei Nacht und Nebel heimlich Venedig aufzusuchen. Den Machtbereich des Dogen durfte ein deutscher Kaiser an sich nicht betreten, jedoch dem damaligen Dogen war so sehr am Gespräch mit dem kaiserlichen Jüngling, von dessen Kenntnissen, dessen Ideenreichtum die Welt redete, gelegen, daß er eine nächtliche geheime Zusammenkunft mit ihm in Venedig verabredete; es wird den jungen Kaiser gereizt haben, in die sonst für ihn unbetretbare berühmte Lagunenstadt zu gelangen, und so kam es zu diesem romantischen Treffen der beiden Potentaten.

Otto holte den bedeutendsten europäischen Gelehrten, Gerbert von Aurillac, an seinen Hof, er ritt nach Gnesen und nach Ungarn, mit der kirchlichen Organisation dieser Länder befasst, er machte einen Deutschen, seinen Onkel Brun, zum Papst, was eine unerhörte Macht bewies. Nach dessen Tod brachte er seinen Freund und Lehrer Gerbert von Aurillac auf den Petristuhl, jedoch trotz solcher kraftvoller Machthandlungen zog er sich immer wieder in die Einsamkeit weltabschwörender Eremiten zurück, versprach gar, seinen Thron dereinst freiwillig einem Besseren zu überlassen, ging aber doch gegen das aufsässige Rom an, war ein Phantast, der realisieren wollte, was man einst seiner kindlichen Phantasie an Vorstellungen von herrscherlicher Größe eingegeben hatte, deswegen mußte ihm auch in Aachen der Sarg Karls des Großen geöffnet werden, als Ausdruck einer wahrhaft grenzenlosen Bewunderung für den vorbildhaften Herrscher, der zweihundert Jahre vor ihm die Macht in Europa innehatte. In Karls des Großen Münster zu Aachen ist Otto III. auch auf seinen Wunsch begraben worden[3], und da er in Italien gestorben war, bei der Belagerung Roms, hatten seine Getreuen alle Mühe, ihn in diese Grabeskirche über die Alpen zu bringen. Sie mußten dem Leichnam den Weg dahin mit Waffen frei machen.

Otto III., er ist ein Schwärmer gewesen, der als Jüngling auszog, zu verwirklichen, was man ihm, als er ein Kind war, gesagt hatte, daß es erstrebenswert sei. Aber gerade das noch immer Kindhafte seiner Erscheinung und seiner Taten, gepaart mit einem liebenswerten Charakter und reichen Kenntnissen, hat die Phantasie abendländischer Geister noch über Jahrhunderte belebt:

Zuerst bei Otto von Freysing, dem Chronisten der Staufer, können wir lesen, daß Otto das Wunder der Welt war, und immer wieder taucht der noch kaum erwachsen Verstorbene als der Traumkaiser auf. Um 1600, also sechshundert Jahre nach seinem Tod, wurde er die Hauptfigur eines Ritterdramas, und Gegenstand von Heldendramen war er auch noch im 18. und 19. Jahrhundert. 1833 verfasste August von Platen das »Klaglied Kaiser Ottos des Dritten«, in dem er ihn sagen läßt:

> Nun fühl ich erst wie eitel
> des Glücks Geschenke sind,
> wiewohl ich auf dem Scheitel
> schon Kronen trug als Kind!
>
> Was je mir schien gewichtig,
> zerstiebt wie ein Atom:
> O Welt, du bist so nichtig,
> Du bist so klein, o Rom!
>
> Bedeckt das Grab mit Rosen,
> das ich so früh gewann,
> und legt den tatenlosen
> zum tatenreichsten Mann![4]

Als den tatenreichsten Mann verstand man von Ottos bis zu Platens Zeiten Karl den Großen, dem hier Otto III. an die Seite geschrieben wird. Daß er tatenlos war, nicht im Sinne von Handlungen, sondern im Sinne langfristig wirksamer von ihm geschaffener politischer Fakten, hat ihm das deutsche Gedächtnis nicht übel genommen, im Gegenteil, das Unrealistische, Hochgestimmte, Schwärmerische an diesem jungen Kaiser scheint seine Nachwelt für ihn gewonnen zu haben, zusammen mit dem anderen Kaiserkind, dem staufischen Konradin, taucht er in Stefan Georges Gedicht ›Rom-Fahrer‹ auf, 1910, 1947 und 1951 wurden historische

Romane über ihn verfaßt[5], und ich kann es auch nicht lassen, ihn aus der Gruft der Zeit zu ziehen.

Offenbar vermag man sich nicht zu beruhigen über ihn, der vermutlich wurde, wie er geworden ist, weil seine Kindheit war, wie sie gewesen ist, als er, ein Dreijähriger, erwählt, gesalbt, gekrönt wurde, angesprochen deutsch, griechisch, kirchenlateinisch und in den Sprachen der damaligen Lombardei und Burgunds, hingewiesen auf die glänzendsten seiner Ahnen, die schon ins Legendäre entrückt waren.

Wie großäugig wird das Kind, ein Häschen in der Grube kaiserlicher Pfalzen und Paläste, auf all das gehorcht und geschaut haben.

1 Isaak Babel, Erwachen, in: Geschichten des Isaak Babel, Goldmann Taschenbuch Nr. 794, S. 8f.

2 Die Krone des Kindes, ein Reif aus Gold, Perlen, Edelsteinen, kann man noch heute nach tausend Jahren bewundern, sie wird im Essener Münsterschatz verwahrt; etwas enger gemacht, dient sie jetzt als Krone der berühmten Goldenen Madonna von Essen.

3 Eine Grabplatte für ihn wurde dort in den Boden eingelassen und ist noch heute sichtbar.

4 August von Platen, Gesammelte Werke in fünf Bänden, Stuttgart/Tübingen, J. G. Cotta'scher Verlag, 1853, Band 1, S. 155, 156.

5 F. Herwig, Wunder der Welt, 1910. Gertrud Bäumer, Der Jüngling im Sternenmantel, 1947. Henry Benrath, Der Kaiser Otto III., 1951

Süppi
oder
Das Erlernen von Feindseligkeiten

Alles in allem war's mir recht, in die Schule zu gehen. Da war was los. Spaß, Ärger, jeden Tag was Neues. Ich hielt die Schule für eine Institution, einzig zu meinem Amusement geschaffen. Keine Antipathien gegen eines der Lehrfächer, nicht einmal gegen Handarbeit. Die Buntheit der Fäden half mir über langweiliges Fitzeln hinweg.

»Gedenke gern Deines Lehrers E. Alter«, hatte mein erster Lehrer mir ins Poesiealbum geschrieben.

Sehr gern gedenke ich seiner! Schon nach einem Jahr verließ er uns, aber der Nachfolger, Blümel hieß er, stand ihm nicht nach, und im dritten Jahr kam Herr Jensch, blickte sanftmütig nach uns aus den grauen Augen eines alten Zauberers, den großen Amethysten, den er an der Hand trug, hielten wir denn auch für den Stein eines Wunschringes, erhofften zwar, daß er ihn einmal drehen würde, verstanden jedoch, daß er das in der Schule nicht tat.

AlterBlümelJensch, eine Trinität von älteren Herren, großväterlich ritterlich, gleichmäßig herzlich waren sie mit uns dreißig kleinen Mädchen umgegangen, und sie haben uns beigebracht, was die Schulbehörde damals für beibringensnötig hielt, jedoch so, als hätten sie es sich erst über Nacht frisch für uns ausgedacht.

AlterBlümelJensch, dankbar nenne ich die wirklichen Namen meiner drei ersten Lehrer, falls es Nachfahren gibt. Auf diese Vorfahren können sie stolz sein.

Nach dem dritten Jahr bekam auch Herr Jensch eine andere Klasse, als Folge der Torheit unserer Schulverwaltung. Zu uns kam Süppi. Eine kleine alte Dame mit hugenottischem Namen. Im Anklang an diesen wurde sie Süppi genannt. Daß kein Lehrer, sondern eine Lehrerin auf Herrn Jensch gefolgt war, söhnte mich aus mit dem Verlust. Das war doch wieder was Neues. Ich erwartete, daß etwas Interessantes sich abspielen würde.

Was sich abzuspielen begann, bemerkte ich eine Weile nicht. Es dauerte, bis ich mir eingestand, daß etwas in unangenehmer Weise anders war als früher. Was eigentlich? Ich wurde nicht mehr angelächelt vom Katheder her. Ich bekam keine Eins mehr, auch wenn ich ein Diktat fehlerlos geschrieben hatte. Für ein Versehen hielt ich das und ging auf Süppi zu. Sie wurde ungehalten. Eigentlich, mußte ich mir sagen, sprach sie immer eine

Spur unwirsch mit mir. Es währte noch einmal ein Weilchen bis ich bemerkte, daß sie mit anderen nicht verdrießlich sprach, mit gewissen Mädchen redete sie sogar überaus freundlich, und die schwärmten geradezu von ihr.

Kamen zum Beispiel ein paar von uns mit mir zu spät aus der Pause in die Klasse, fragte Süppi die anderen fast schelmisch, wo sie denn wohl nur wieder um alles in der Welt gewesen seien. Von mir wollte sie auf barsche Weise wissen, wo ich mich herumgetrieben hätte.

Verwirrt, betroffen war ich, auf diese Situation nicht vorbereitet und ihr nicht gewachsen. Es konnte doch nicht sein, daß Süppi absichtlich unfreundlich war zu mir; mit Abneigung, mit unverhohlenem Widerwillen hatte ich noch nicht zu tun gehabt, da war ich bar jeder Erfahrung, alle Erwachsenen, mit denen ich umging, hatten sich bis dahin als freundlich erwiesen, höchstens, daß irgendwo einmal ein ganz Fremder schimpfte, aber doch kein Lehrer, in der Schule mußte es einem doch gut ergehen, nach dem, was ich drei Jahre lang erlebt hatte.

Hilflos verdoppelte ich meinen Eifer im Unterricht und strahlte Süppi von meiner Bank aus an. Süppi verzog keine Miene.

Allmählich lernte ich – und die Erkenntnis war die berühmte Kröte, die ich schluckend in mich versenkte: jemand mochte mich einfach nicht leiden und ich konnte mir keinen Grund dafür denken, jedoch galt es, die unangenehme Wahrheit hinzunehmen.

Von nun an erwartete ich, bei jeder sich bietenden Gelegenheit schlechter behandelt zu werden als die anderen Mädchen auf der Schulbank, und Süppi übertraf alle meine Erwartungen, so daß ich für eine Zeitlang nicht mehr glaubte, die Schule hätte sich jemand zu meiner Freude ausgedacht. Wahrscheinlich hätte ich manchmal geweint, wenn ich mittags nach Hause trottete und mich fragte, wieso denn überhaupt und warum gerade ich – wäre es mir nicht peinlich gewesen, auf der Straße zu weinen.

Allmählich nahm ich die Lage wie sie war und entdeckte, daß ich mächtig war, Süppis Feindseligkeiten zu erwidern:

»Wenn heute alles klappt, lese ich am Schluß noch ein Stück aus der Palko-Geschichte vor!« verkündete Süppi.

Die Klasse juchzte.

Es klappte alles, in Süppis Sinn. Also holte sie eine halbe Stunde vor Schulschluß das Buch über einen frömmelnden Jungen namens Palko vor. Die Klasse erging sich in Aaaah, alles lehnte sich bequem in die Bänke, zuhörbereit.

Ich meldete mich.

»Was willst *du* denn nun noch, alle möchten doch jetzt die Geschichte weiterhören«, ließ Süppi sich vernehmen, gereizt natürlich.

Ich, sanft wie ein Lamm:

»Darf ich schon nach Hause gehen?«

»Warum denn das, ist dir schlecht?«

»Nein, ich möchte die langweilige Geschichte nicht mehr hören.«

Totenstille in der Klasse.

Süppi sah mich an. Ich sah sie auch an, und sie verstand, daß ich den Fehdehandschuh aufgenommen hatte. Ohne Süppis wörtliche Erlaubnis abzuwarten, nahm ich meine Mappe und ging.

Am nächsten Morgen begegneten mir die anderen Mädchen sehr zurückhaltend.

»Au weia, was du gemacht hast!« sagte eines.

Solche spektakulären Möglichkeiten, mich Süppi rächend zu widersetzen, waren freilich selten. Im allgemeinen mußte ich es dabei bewenden lassen, den Kopf wegzudrehen, wenn sie mich ansah, niemals von selber das Wort an Süppi zu richten und selbstverständlich niemals zu lächeln. Süppi schmiß mir weiterhin die korrigierten Hefte auf den Tisch, nahm mich nur an die Reihe, wenn es nicht anders ging oder wenn sie vermutete, daß ich nicht aufgepaßt hatte. Aber den Gefallen tat ich ihr nicht.

»Süppi kann dich nicht leiden!« sagte meine Banknachbarin.

»Ich sie auch nicht«, antwortete ich. Aber das stimmte nicht. Süppi hatte mich gezwungen, mich zu verhalten als könne ich sie nicht leiden.

Eines Tages bekamen wir beide die Gelegenheit, unsere Sache auszutragen.

Süppi hatte die Gewohnheit, uns manchmal morgens die Hände auf den Tisch legen zu lassen; sie kontrollierte, ob die Fingernägel sauber und gut geschnitten waren. Solche Überprüfungen, bei denen Kinder aus etwas verwahrlosten Verhältnissen grausam bloßgestellt wurden, waren nicht ungewöhnlich in der Schule der zwanziger Jahre.

Eines Morgens nun verlangte Süppi, daß wir nicht nur die Hände, sondern auch unser Taschentuch auf den Tisch legen sollten. Sie wollte sehen, ob es sauber ist. Ich hatte nicht nur kein sauberes, ich hatte überhaupt kein Taschentuch bei mir. Meine Taschen waren Wunderhöhlen für die herrlichsten Dinge, die darin ihr geheimes Beimirleben führten, nie hätte ich sie mit einem Taschentuch entweiht, dessen Zweck mir nicht einleuchtete, weil ich zur Schniefnase nicht neigte. Ich mochte Taschentücher nicht, außer wenn jemand eine Maus daraus machte oder es zu einem Püppchen zurechtknüpfte.

Süppi näherte sich meiner Bank und ich glaube schon, daß ich ein bißchen zitterte vor dem, was nun gleich kommen würde.

»Wo ist denn dein Taschentuch?« fragte Süppi denn auch sofort mit drohendem Unterton.

»Ich habe kein Taschentuch bei mir. Nie.«

»Jedes gepflegte kleine Mädchen hat doch aber ein sauberes Taschentuch bei sich!«

»Wozu? Ich hab nie Schnupfen.«

»Und wenn du deine Finger abwischen möchtest?«

»Waschen, nicht wischen«, wiederholte ich den häufig geschmetterten Satz meines allzeit für Hygiene streitenden Vaters.

»Und wenn du einmal weinst?«

»Ich weine nicht in der Schule.«

Süppi sah mich an und ich sah, wie sie dachte:

»Dich werde ich schon noch zum Heulen bringen.«

Sie sah, wie ich dachte:

»Mich bringst du nicht zum Weinen, du nicht, du verdammte Süppi.«

Süppi ging ans Pult, schrieb einen Zettel an meine Mutter mit der Aufforderung, mir ein Taschentuch mitzugeben.

Zuhause ließ man mich nicht im Stich. Mutter unterschrieb den Wisch mit dem Hinweis: »Meine Tochter mag keine Taschentücher; ich sehe keine Notwendigkeit, sie ihr aufzuzwingen.«

Zweimal in der Woche hieß es nun: Taschentücher vorzeigen. Von Bank zu Bank gehend, lobte Süppi die kleinen Mädchen mit den rosa, grünen und karierten Tüchlein, wetteifernd wurden offenbar in den Familien die wunderbarsten Taschentücher für die Töchter angeschafft. Ich wurde mit ironischen Bemerkungen bedacht. Ob meine Eltern so sparsam seien, daß sie keine Taschentücher kauften; ob ich zusammenbrechen würde, wenn ich ein schweres, schweres Taschentuch bei mir hätte. Die Lacher hatte Süppi immer auf ihrer Seite.

Im Verlauf der Taschentuchaffaire kam ich zu Einsichten; ich wurde mir nämlich darüber klar, warum Süppi mich nicht mochte. Sie liebte die anmutigen hübschen kleinen Mädchen mit Krägelchen, Volantkleidern, immerweißen Söckchen in Lackschühchen, großen Schleifen im Haar.

Meine Kleider waren nicht, was meine Familie sehr interessierte, ich bekam ein kariertes, wenn ich gern eines wollte, und es gab ein rotes, wenn der Sinn mir nach Kirschfarbe stand. Aber niemand hübschte an meiner Kleidung viel herum, brachte Schleifchen an und schickte mich morgens schon im Gedanken daran, daß ich in einigen Jahren Tanzstunden nehmen würde, in die Schule, und ich saute mich ein, wann immer ich eine köstliche Gelegenheit dazu fand, zum Beispiel in jeder Pause auf dem Schulhof. Das gefiel Süppi nicht. Vermutlich mochte Süppi unsere ganze Familie nicht, denke ich heute. Meine Mutter wird sie gewiß erstaunt haben. Ich schließe das aus einem alten Bild, auf dem wir Schulkinder mit vielen Müttern photographiert sind. Die Damen alle mit Hüten, Handschuhen, Handtaschen. Meine Mutter steht da ohne diese Requisiten, im offenen Mantel, die Hände in den Taschen vergraben. Sie sieht hinreißend aus.

Ich begann, die wohlgelittenen Mädchen meiner Klasse zu beobachten, verglich mich mit ihnen, merkte zuhause bei ihnen anders auf als bisher und entschied, daß ich mit niemandem tauschen wollte, denn ganz abgesehen davon, daß sie alle gehauen wurden von Vätern, wenn nicht auch von den Müttern, bei uns war es schöner, da passierte mehr, oft wurden Sachen zum Anschauen mitgebracht, es wurde musiziert, erzählt, gelacht, ohne daß man mich ausschloß, ich durfte immer mithören, mitkucken, dabeisein.

Allerdings, Lotti zu sein wäre auch schön gewesen. Lotti war Süppis Liebling, deswegen interessierte ich mich für sie besonders. Sie sah aus wie eine Prinzessin, wenn man unterstellt, daß Prinzessinnen Rüschenkleider haben und ein blaues Band in lockigem Haar. Lotti schien auch nett. Ich begann auf dem Schulhof mit ihr zu schwatzen.

»Mit wem hast du dich denn da angefreundet«, fragte Süppi die Lotti.

Lotti mied mich sofort.

Gewöhnlich mußten wir unsere Taschentücher dienstags und donnerstags vorzeigen. Am Vorabend so eines Tages, den es für mich wieder zu überstehen galt, klagte ich zuhause über das, was zu erwarten war.

»Wann ist denn endlich Schluß mit den blöden Rotzfahnenappellen!« rief mein Vater aus.

Das war's. So einen Satz brauchte ich!

Aufgeregt ging ich ins Bett, schlief ein mit dem Donnersatz im Kopf, fand ihn noch vor im Hirn am nächsten Morgen, vermochte kaum zu frühstücken, schnallte mir die Mappe auf den Rücken und marschierte los, die Daumen unterm Ranzenriemen, marschierte wie ein Soldatchen von der schweren Artillerie mit Vaters Kanonensatz schon auf der Zunge, schwor mir, nicht zu verraten, daß er von ihm stammte, sicher, daß man meinen Vater ins Gefängnis werfen würde dafür.

»Daaaas Taschentuch heraus,
diiiie Händchen auf den Tisch«

kommandierte Süppi skandierend und beugte sich über Hände und Tüchlein.

Ich ging in Stellung, setzte die Füße fest auf, lehnte den Rücken gut an, holte tief Luft und feuerte meinen Satz ab, laut und klar:

»Wann ist denn endlich Schluß mit den blöden Rotzfahnenappellen?«

Wie im Märchen von Dornröschen erstarrte zunächst jedes der Kinder in der Bewegung, die es gerade im Begriffe war, auszuführen, die Klasse schien in Schlaf zu verfallen, dann aber drehte sich alles mir zu, wie auf ein Ungeheuer sahen neunundzwanzig Mädchen auf mich. Süppi stand da wie Lots Weib. Nur ihre Augenlider flatterten.

Aber Süppi hatte Instinkt. Sie ahnte, daß etwas mich zum Äußersten treiben könnte in eine Richtung, die ihr womöglich außer Kontrolle geriete.

»Urselchen«, sagte sie (diese Anrede aus ihrem Munde!), »ich glaube, du bist ganz furchtbar ärgerlich, weil du kein Taschentuch hast. Ich werde dir ein ganz besonders schönes schenken!« Am nächsten Morgen bekam ich es. Eines mit Spitzen, in einer wunderschönen Schachtel mit aufgedruckten Röschen.

Ich wollte es auch nicht zum Äußersten kommen lassen und nahm das Geschenk an, freilich wie jemand, der den schwarzen Peter in die Hand bekommt. Jeden Tag brachte ich nun die Schachtel mit dem Taschentuch in die Schule. Selbstverständlich nahm ich das Tuch nicht aus seinem Röschenbehältnis.

Eines Tages fiel mir etwas ein: nach dem Unterricht ging ich vor ans Pult, hielt die Schachtel wie ein Heiligtum in Händen und fragte Süppi mit meiner zartesten Stimme, ob sie nicht das schöne Taschentuch für mich in ihrer Schublade aufbewahren könne und es mir herausgeben, wenn wir Nastücher zeigen müßten.

Überrumpelt von meiner Höflichkeit nahm Süppi die flache Schachtel mit dem Politikum aus Batist und Spitzen zu sich ins Katheder, und damit hatte den Schwarzen Peter nun sie.

Das sollte sich ändern. Ich wurde krank, hatte eine Halsentzündung, meine Mutter meldete das in der Schule.

Am Nachmittag klingelte es bei uns. Lotti kam. Mit der Rosenschachtel. Einen schönen Gruß von Süppi und jetzt hätte ich doch bestimmt das Taschentuch nötig.

Bums, verdammt, der schwarze Peter war wieder bei uns.

An meinem Bett wurde Kriegsrat gehalten mit Mutter, Vater, Großmutter, Großvater. Was machen wir mit dem Taschentuch?

Mein schnippelfreudiger chirurgiegelernter Vater hatte den erlösenden Einfall: er holte eine Schere, nahm Maß an meiner kleinen Puppe Traute und schnitt mitten ins Taschentuch ein kreisrundes Loch, zog Traute das Tuch über den Kopf und forderte uns dann auf, ein Übriges zu tun und es als Kleid für Traute zusammenzunähen. Eine Art Hochzeitsponcho erhielt Traute aus dem weißen Spitzentuch. Als ich wieder gesund war, ging ich in die Schule. Samt Traute. Ich wurde nicht unfreundlich begrüßt von Süppi. Stumm holte ich Traute aus der Mappe und hielt sie Süppi hin.

Eine erfahrene alte Füchsin war Süppi. Sie nahm Traute mit beifälligstem Gesicht in die Hand, zeigte sie staunend der ganzen Klasse:

»Seht doch mal, was Ursel ihrer Puppe für ein schönes Kleid aus dem Taschentuch gemacht hat.«

Vielleicht, denke ich mir heute, hatte Süppi sich schon lange Vorwürfe gemacht, weil sie eines der ihr anvertrauten Kinder schlecht behandelt hatte, weil eine Antipathie mit ihr durchgegangen war. Es ist nicht menschenmöglich, alle Kinder einer Klasse gleichermaßen zu mögen, und niemandem gelingt es immer, Widerwillen zu verbergen.

Süppi lenkte ein. Es gab keine Taschentuchappelle mehr. Ich lenkte auch ein. Als wir einen Schulausflug machten, hißte ich die Flagge des Friedens: in Süppis Nähe aß ich eine Birne, Schokolade, und dann wischte ich mir die Finger ab an einem Taschentuch, weiß wie Frischschnee. Süppi sah es und setzte keine Siegermiene auf. Sie sagte auch nichts. Still nahm sie mein Friedenszeichen wahr.

Ich hatte kämpfen gelernt.

Fortan kam ich aus mit Süppi, die als Kind wohl kein anmutiges kleines Mädchen gewesen sein mag, denke ich mir. Deswegen mochte sie vielleicht die Zierlichen, Niedlichen so gern.

Nach dem vierten Schuljahr wechselte damals etwa die Hälfte der Kinder von der Grundschule auf eine Schule mit der hochtrabenden Bezeichnung ›höhere‹ Schule.

Es gab ein Abschiedsfest.

»Also, Ursel«, sagte Süppi, als sie mir am Schluß die Hand gab.

»Also«, sagte ich und machte den üblichen Knicks.

Es ist still auf den Gängen. Kleine und große Mäntel hängen in langen Reihen an Haken wie Kokons, wie leere Schmetterlingspuppen. Die Kinder sind ihnen entschlüpft und sitzen in den Klassen, aus denen hört man jemanden sprechen, irgendwo wird gelacht, aber verhalten. Ein Kind geht über die halbdunklen Flure, wurde geschickt, etwas zu holen, wirft einen kurzen Blick auf mich und verschwindet wieder.

Schön, so eine Schule, denke ich; ich bin gern in die Lernhäuser gegangen, in die man mich schickte als Kind. Nun stehe ich da und warte auf Titus, ich will ihm einen Schulbesuch machen, als Schulkind ist er mir noch neu, ich will sehen, wie es ihm ergeht unter den Fittichen seiner Lehrerin, in der Familie seiner Klasse. Ich warte auf die Pause. Die Hände in den Manteltaschen, besehe ich an den Wänden ausgehängte Zeichnungen, auf denen Kinder die Welt neu erschaffen haben.

Da klingelt es. Nicht gerade schrill, aber doch so durchdringend, so anhaltend wie man es gar nicht erwartet hat, und es hört sich an, als wäre wer weiß was los und müsse durch dieses Alarmsignal bekanntgegeben werden.

Einen Augenblick dauert es noch, aber dann beginnt die große Verwandlung der Schule: heller, heller Stimmenschwall setzt ein, Türen werden aufgestoßen und Kinder stürzen aus den Klassen, belärmen gellend die Flure, rupfen ihre Mäntel von den Haken, schwenken sie um sich herum ehe sie in die Ärmel zu fahren suchen, ziehen sich Mützen über den Kopf, beginnen schon sich zu jagen und streben jedenfalls auf den Schulhof, immer lebhaft mitnander beschäftigt.

Im Nu ist der Hof ein wimmeliger Jahrmarktplatz, es wird gerannt, gepfiffen, gesprungen, von Broten abgebissen, ein Apfel gegen eine Banane getauscht, gelacht und gewütet, die großen Jungen rufen sich mit schon rauhdunkler Stimme zu, die Kleinen zwitschern, vogelkrakeelen, und jedenfalls denkt man, hier sei auf ein Klingelzeichen hin das eigentliche wirkliche schöne Leben der Kinder ausgebrochen, zu dem wir Erwachsenen keinen Zutritt haben. Mich jedenfalls könnte die Tarnkappe aus dem Nibelungenlied nicht so unsichtbar machen wie der Wunsch der Kinder, in dieser ihrer Pause nichts mit Großen zu tun haben zu müssen. Sie nehmen sich das nicht etwa eigens vor, sie kommen gar nicht auf den Gedanken, in ihrer Pause einen Erwachsenen anzusehen. Eine freundliche Lehrerin führt die Aufsicht auf dem Hof, sie schaut nur, daß nichts geschieht, das die Kinder gefährden könnte. Die flitzen um sie herum wie sie um einen gemauerten Turm rennen würden. Mich nimmt überhaupt niemand wahr. Titus schießt quer über den Platz, versucht jemanden zu fangen, ruft Namen, quirlt um sich selbst, verschwindet in einer Gruppe, in einem ganzen Klumpen von Kindern, die aufnander einreden, taucht hinter einem Baumstamm wieder auf, lacht, daß ihm Spucke aus dem Mund fliegt, ein Trupp Kleiner stürzt sich schäkernd auf zwei große Mädchen, die etwas miteinander auszumachen haben und schwatzig in einer Ecke stehen, ein Kind geht ganz für sich umher, aber es denkt, man sieht es deutlich, an etwas Schönes, mit dem es sich während der Schulstunde offenbar nicht beschäftigen konnte, gedankenverloren zerkaut es einen Brötchenbissen nach dem anderen. Anderswo steht ein Kind allein, sieht aber gar nicht froh aus, hat keinen Gefährten, Unglück kommt vor wie das Glück, hier, wo die Kinder unter sich sind und jedes sein kann, wie es ist und nicht, wie die Großen es erwarten, wenn sie es nicht gar verlangen.

Ich mache den Versuch, Titus anzureden, ein Vorhaben, das nicht sogleich glückt. Titus sieht mich an als wär ich ein Gespenst, das aus einer anderen Welt, eben der Welt der Erwachsenen in seinem Pausenleben aufgetaucht ist. Schließlich läßt er sich herbei, mir ein paar hastige Worte hinzuwerfen, aber verlegen, als gehöre es sich nicht für ihn, hier mit mir zu reden, und sogleich ist er wieder am Springen, steht mit sieben anderen auf einem Bein, wer kann es am längsten, dann laufen ein paar Kleine neugierig dahin, wo aus einem Haufen größerer Kinder donnernd gelacht wird, aber ganz bis unter die Großen wagen sich die Winzlinge nicht, nur an den Rand von deren Zusammenballung halten sie Näschen und Öhrchen, neugierig auf Neues, das fabelhaft sein muß, wenn es doch von denen kommt, die schon groß, groß, groß sind, aber eben doch noch keine Großen, sondern nur große Kinder. Einer der älteren Jungen hat ein Herz für die Kleinen, hebt sie hoch und wirbelt sie tüchtig herum, zwei Mädchen haben mit dem Schuhabsatz ein Hüpfspiel in den Sand gezeichnet und beginnen zu hopsen, während andere kiebitzen und schreien, wenn eine Schuhspitze auf einen der Striche gerät, jemand bläst pausbäckig in seine Frühstückstüte und zerknallt sie dann, alles ist voller Unternehmungslust, voller Drang, sich zu bewegen, manche lassen ihre Stimmbänder vibrieren, daß es nur so schrillt, die Leiseren sind nicht minder eindringlich mitteilsam, sie zischeln sich Geheimnisse zu, verflüstern und verschwören sich, ein lautloses Kind lehnt an einer Mauer und haspelt Träume.

Da klingelt es wieder und noch einmal geschieht ein Wunder: all diese Kinder, die doch hier auf dem Hof so sehr in ihrem Element zu sein schienen, glücklich oder jedenfalls doch heftig miteinander beschäftigt, sie bleiben nicht, wo sie jetzt so fröhlich sind, sie laufen auch nicht zum Hoftor hinaus um noch freier zu sein – sie wenden sich der Schulhaustür zu, entschlossen die einen, zügig eintretend, noch rangelnd andere, ballenweis zwängen manche sich durch die Tür, offenbar noch nicht ganz willens, sich zu trennen, dann wieder tröpfeln sie einzeln vom Pausenplatz fort, und schließlich rennen auch die letzten ins Haus, wo noch mächtiges Gekakel auf den Gängen statthat, schlenkernd werden die Mäntel abgezogen, man zupft sich die Mützen vom Kopf und tapst in die Klassen. Titus sitzt schon vor seinem Tisch, legt sich aber noch einmal quer darüber und langt nach etwas, das ein anderes Kind ihm gibt, dreht sich um und geruht, mir zuzuwinken.

Allmählich haben sie alle Platz genommen, jemand striegelt seine Haare mit den Händen, sieht dabei aber schon mal an die Tafel, Hefte werden hier und da vorgeholt, Bücher auf den Tisch geknallt, der und jener blättert schon, es wird stiller, die Kinder warten auf das, was kommt, warten, weil sie müssen, weil sie sich daran gewöhnt haben, weil manche es so schlecht nicht finden, was man in der Schule erfährt, einige sind ganz gespannt auf das, was ihnen gleich unterbreitet werden wird, die Lehrer suchen ihre Klassen auf, ziehen die Tür hinter sich zu, und wer ein Könner ist unter ihnen, weiß nun einen Zauber zu tun mit Buchstaben, Wörtern, Nachrichten vom Wandel der Vokale in der Grammatik, von kleinen Buchstabenverschiebungen, mit denen sich so sehr die Bedeutung der Wörter verändert, er kann das spannend machen, bewirken, daß die Kinder der Sprache unter den Hut sehen, ein anderer kommt mit Neuigkeiten über Tropenvögel, zeigt Bilder von Gletschern, läßt einen Fluß ins Meer münden, erzählt von den Reichen und den Armen, plötzlich weiß man, wie Baumwolle wächst, allmählich kann man rechnen, womit man rechnen muß, kennt die Gewohnheiten von Leuten, die lange tot sind, erfährt schwarz auf weiß, was sie gesagt haben, bekommt mit eigenen Augen durchs Mikroskop die Lebewesen in einem Wassertropfen zu sehen, begreift etwas von den Schallwellen des Donners und dem elektrischen Feuer der Blitze – es ist nicht einzig Zwang, es ist nicht nur Gewöhnung, wenn der Zauber der Schulglocke einen Umkehrzauber tut, der die Kinder aus den Pausen zurückbringt in die Klassenzimmer, es ist die Erfahrung, daß schöne Schulstunden möglich sind und die Hoffnung, die nächste Stunde oder doch die übernächste möge eine solche wunderbare Stunde sein.

Eines Tages kommt man aus der Schule, läßt die Mappe irgendwo fallen, antwortet einsilbig auf Fragen der Familie, will nicht einmal wissen, was es zum Mittagessen gibt, möchte am liebsten überhaupt nichts essen, beugt sich widerwillig über die Suppe, die sich kaum schlucken läßt, warum eigentlich nicht, ist sie so heiß? Gemüse will man nicht, Fleisch auch nicht, höchstens noch Kompott, grade auf dem Stuhl sitzen zu bleiben bedeutet schon Anstrengung, am liebsten würde man den Kopf neben den Teller legen, bis das Essen vorüber ist.

»Kind, bist du krank?«

Natürlich, das ist es, daß man nicht gleich selbst darauf kam!

Einer der Erwachsenen befühlt einem die Stirn, will, daß man den Mund aufmacht, »der Hals ist ja ganz rot«, ein Thermometer wird einem unter den Arm gesteckt, man klemmt es fest, man weiß nun, daß man sich nicht mehr bemühen muß, den Kopf hoch zu halten wie noch eben in der Schule, man ist krank und damit ist erklärt, warum seit Stunden alles keinen Spaß mehr gemacht hat.

»Beinahe 39«, sagt die Mutter, man wird abgeführt ins Bad, bei allem wird einem geholfen, beim Ausziehen, beim Waschen, man bekommt ein Nachthemd an, mitten am Tag, wird ins Bett gebracht, da ist man am richtigen Platz, fühlt man. Wie kühl die Laken sind, man schläft ein bei heller Sonne, wird wach von Stimmen im Zimmer, das schon dämmerig ist, und es beginnt eine Art von Leben, das sich von gesunden Tagen noch in der Erinnerung deutlich und herrlich unterscheidet.

Schönbeck war gekommen, stand lächelnd im Zimmer, ein Mann, nicht viel größer als man selber, seine Schultern wurden überragt von einem Buckel, man hob den Kopf und lächelte Schönbeck an. Schönbeck war da, das hieß, es begann eine wunderbare Zeit.

Er war der Kinderarzt unserer Gegend, zufällig wohnte er im gleichen Haus wie wir, was mich, wie ich fand, geradezu auszeichnete vor anderen Kindern, auch konnte man seine Adresse verkürzt so angeben: im gleichen Haus wie Schönbeck. Welches Kind unseres Viertels hätte nicht gewußt, wo Schönbeck wohnt.

Schönbeck also hockte sich auf mein Bett (vielleicht weil er so klein war, gingen wir Kinder vertrauensvoll wie mit unseresgleichen mit ihm um), sah mich an durch die Brille, fasste nach meiner Hand, dann nach dem Handgelenk, fühlte den Puls, ließ sich Zeit dazu und endlich sagte er auch etwas:

»Na, Urselschnursel lütt Kapursel, tut was weh?«

Kopfnicken.

»Die Haare?«

Kopfschütteln.

»Die Zehennägel?«

Kopfschütteln.

»Linker Ellenbogen?«

Kopfschütteln.

»Rechter Ellenbogen?«

Kopfschütteln und Kichern.

»Die äußerste Spitze der Nase?«

Kopfschütteln und Prusten.

»Also, ich errate es nicht, du mußt es mir sagen.«

»Hals.«

»Aha, du wolltest einen Elefanten verschlucken! Mach mal den Mund auf, ich bitte aber, daß kein Löffel in der Nähe ist!«

Das sagte Schönbeck zu meiner Mutter gewandt, er spielte darauf an, daß ich nicht ausstehen konnte, wenn man mir die Zunge mit einem Löffelstiel herunterdrückte. Schönbeck nahm auf meine Abneigung Rücksicht, er brachte es auch ohne das, was ich für eine Marter hielt, fertig, meine Mandeln zu begutachten.

Natürlich konnte ich den Mund nicht sogleich als er es wollte aufmachen, denn ich mußte lachen und lächeln und kichern und alles zugleich wegen dessen, was Schönbeck sagte, und vor Glück darüber, daß er da war.

Schönbeck wartete.

»So, nun ganz weit auf den Mund, als wolltest du mich fressen!«

Er knipste eine Stablampe an, die er flink aus seiner Tasche gezogen hatte.

»Jetzt ist Festbeleuchtung in deinem Hals. Aaa sagen!«

»Aaaaaaaaa«, ich ahte wie eine Wagnersängerin, Schönbeck zuliebe und zum Ausgleich dafür, daß er den Löffel fortließ.

»Mund wieder zu, ich bekomme Angst vor deinem Rachen. Aber das Hemdchen weg, ich möchte mal anklopfen bei dir und deine Herzmusik würde ich auch gerne hören.« Sein hölzernes Hörrohr kam zum Vorschein, wurde mir auf Brust und Rücken gesetzt, ich wurde behorcht, war ganz still, lauschte, ob ich nicht selber auch etwas vernehmen konnte von dem, was da für Schönbeck so Interessantes in mir vorging, von Herzmusik hatte er gesprochen, sie mußte sich schön angehört haben, denn Schönbeck machte ein zufriedenes Gesicht, als er mir schließlich half, das Hemd wieder anzuziehen, die Knöpfe schloß, mich zudeckte, meine Mutter ansah und meinte, entweder sei es nur eine Halsentzündung oder es käme noch eine Kinderkrankheit, Windpocken könnten es freilich nicht mehr werden, gewindpockelt hätte ich ja schon. Er vergaß nichts.

»Warten wir ab«, sagte er, zog Rezeptblock und Stift hervor.

»Die schönsten Pillen, die mir für dich einfallen, Ursel, sie sind ganz rosa.«

Schönbeck reichte meiner Mutter das Rezept, stand aber noch immer nicht auf. Er hatte Zeit. Er hatte keine Familie, wir kranken Kinder waren seine Familie. Ein buckligt Männchen saß auf meinem Bett und sah mich freundlich an, der Zauberzwerg aller meiner Kinderkrankheiten. Umständlich suchte er seine vielen Taschen ab und dann holte er aus seinem Schuh irgend etwas Winziges, ein ganz ganz kleines Püppchen, ein klitzekleines Hündchen, ein Vögelchen, Schönbeck kam nie ohne daß er irgend etwas im Schuh hatte für einen oder ein Sächelchen, das man behalten durfte, aus seinem Ärmel schüttelte. Dabei bewachte er die Krankheit mit Argusaugen, er übersah kein Symptom.

Noch einmal Schönbeck am Bett haben, wenn man krank ist! Aber sie haben ihn in Auschwitz vergast.

Damals in den zwanziger Jahren praktizierte er, ein Mann in mittlerem Alter, und sein Besuch bei mir war allemal der Auftakt zur Zeit der schönen Schatten.

Es wurde, seinerzeit war das so, kein helles Licht gemacht im Krankenzimmer, man hatte Fieber, man hatte Kopfschmerzen, über die Lampe wurde ein Tuch gehängt, bei Tage wurden die Vorhänge nicht ganz geöffnet, man sah die Welt in anderem Licht. Nur leise wurde gesprochen mit einem, die Erwachsenen betraten lautlos den dämmerigen Raum, brachten Saft, Brote waren in handliche Streifen geschnitten und jemand las einem vor während man aß, die ganze Familie beteiligte sich an der Krankenpflege, häufig lag etwas hübsch Eingewickeltes plötzlich auf der Bettdecke, man zögerte, es auszupacken, dachte lange nach, was es wohl sein könnte, man hatte Zeit, es eilte nichts, man schlief ohne recht zu wissen, ob Nacht war, man wachte auf und Schönbeck saß am Bett, sein Buckel warf einen riesigen Schatten an die Wand, in seinem Buckel schien er mir all das zu haben, was er kranken Kindern mitbrachte, einen Rucksack für kranke Kinder glaubte ich, trüge er auf dem Rücken, voller Geheimnisse war dieser Buckel, denn Schönbeck war kein gewöhnlicher Mensch, er konnte gesund machen, er konnte froh machen, immer hatte er eine Blume im Knopfloch, die stak aber in einem flachen Wasserfläschchen, das hinter seinem Rockaufschlag verborgen war, denn nicht einmal ein Blumenstengelchen hätte Schönbeck verkommen lassen.

»Woran denkst du«, fragte er mich einmal als er an meinem Bett saß und offenbar begutachtete, wie es mir ging.

»An dich!« sagte ich.

Er lächelte.

»Und ich denke an dich«, erwiderte er.

Ich denke noch heute an Schönbeck. Aber wo ist Schönbeck?

Zwei Tage, drei, vier Tage gingen so hin, ich trank Fleischbrühe, bekam ein geschlagenes Ei mit Zucker, Halswickel, Wadenwickel, mit den Händen warf ich Schatten an die Decke, ließ meine linke Hand nach meiner rechten schnappen, schwarze Wichte tanzten an der Wand, wenn ich die Finger vor der Lampe bewegte, nachdem ich gegessen hatte durfte ich das leere Tablett dabehalten, ein ovales braunes Tablett mit goldenem Rand, Kissen wurden mir in den Rücken gestopft und dann begann ich zu bauen, die Stadt Jurrnarowimir erbaute ich, Türme, das Schloß, Tore, Brunnen, ich ließ Schönbecks Püppchen spazierengehen in meiner Dämmerstadt, immer wenn ich krank war habe ich sie aufgebaut, wenn kein helles Licht im Zimmer war, entstand Jurrnarowimir, wo Schönbeck König war, die Stadt wurde bewacht, ich stellte Löwen und Elefanten um ihre Mauern, Tiger lagerten vor ihren Toren, alle meine Holztiere verteilte ich zur Verteidigung von Schönbecks Stadt.

Ging es mir besser, wollte ich basteln.

»Was denn?«

Etwas für Schönbeck. Ein Schloß. Ein ganz kleines. In einer Streichholzschachtel.

»Wann kommt Schönbeck«, fragte ich immerzu, als ich es fertig hatte.

Als er da war sagte ich:

»Mach die Augen zu!«

Er schloß sie.

»Mach die Hand auf!«

Er tat es.

»Was ist das? Rate!«

Er tastete.

»Etwas Rechteckiges. Vielleicht eine Streichholzschachtel?«

»Und was ist darin?«

»Hm. Deine Krankheit?«

»Nein, kuck hin, mach sie auf!«
»Ein Schloß! Zum Wohnen! Für mich?«
»Ein Schloß! Zum Wohnen! Für Dich!«

»Herr Schönbeck, was ist, wenn das so weitergeht?« fragte ich ihn 1935 als ich ihn auf der Treppe traf. Inzwischen war ich vierzehn Jahre, sagte nicht mehr Du zu Schönbeck, aber ihn wagte ich zu fragen, worauf meinen Stiefvater, er war auch Jude, anzusprechen ich mich niemals getraut hätte.

»Herr Schönbeck, wandern Sie aus?«

»Ich ziehe in dein Schloß, Ursel«, sagte Schönbeck, öffnete seine Wohnungstür und lächelte mir zu.

In einen Ofen von Auschwitz ist er gezogen worden.

Wie habe ich seiner wieder gedacht, neulich, in Brixen, es war gerade Kongress der Kinderärzte in der Stadt, und mit ihren Krokodillederhandtaschendamen tauchten die Herren Pädiater in den Museen auf, Klinikleiter, Professoren, sie fügten sich hinzu, was in der Stadt an Kulturgut gesammelt ist, als gebildeter Arzt sieht man sich das ja an. Ich sah mir die Herren an. Gescheit sahen manche aus, auch Freundliche waren unter ihnen. Aber kein Schönbeck!

Schönbeck, der die Kinder unserer Gegend bewacht und betreut hat. Mich kannte er seit meiner Geburt. Wenn er spazierenging und über den Spielplatz kam, liefen die Kinder aus dem Sandkasten weg, verließen die Turngeräte und stürzten auf Schönbeck zu. Er setzte sich auf eine Bank und hatte die Kinder um sich. Er sah uns auch, wenn wir gesund waren, er kannte sich aus mit uns. Wie viele nahmen ihn zum Fürsprecher. Ein Junge wollte gern zu den Pfadfindern. Die Eltern wagten nicht, es zu erlauben. Schönbeck regelte das für den Jungen.

Jeden, der mir sagt, er sei ein Kinderfreund, messe ich an Schönbeck, der fast unter dem Arm meiner Mutter hindurchgehen konnte, wenn er ins Zimmer trat, aber keiner ist dem Vergleich mit ihm gewachsen von denen, die sich Kinderfreunde nennen, worunter sie gewöhnlich verstehen, daß sie freundlich sind zu Kindern, was freilich schon eine ganze Menge ist.

Schönbeck lebte für Kinder.

Für die Häschen in der Grube, die so krank waren, daß sie nicht mehr hüpfen konnten. Alle anderen freundlichen Menschen waren *auch* für Kinder da. Schönbeck war einzig für uns Kinder da. Die anderen waren fähig, sich uns zuzuwenden, aber es bedurfte der Wendung, um uns in den Blick zu bekommen. Schönbeck war uns immer zugewandt. Er hatte kein eigenes Leben, das war aufgeteilt unter die Kinder unserer Gegend. Niemals hätte jemand ihn gehänselt, weil er so klein, weil sein Rücken verwachsen war. Für uns war Schönbeck der stärkste, denn er kam, wenn wir schwach waren, wenn wir überfallen worden waren von etwas, das wir uns nicht erklären konnten und uns unheimlich wurden mit dem Stechen im Kopf, mit den schlappen Beinen, mit dieser Veränderung, die in uns vorgegangen war, ohne daß wir selbst sie bewirkt hätten, denn wir hatten uns nicht angezündet von innen, dennoch glühten wir, wir hatten nichts Böses gehört, dennoch piekte es in den Ohren, wir husteten, daß es rasselte in der Brust, was rasselte eigentlich? Wir hatten Wunden, es kam Blut aus der Nase, in unserem Bauch schien jemand zu sitzen und uns von innen zu kneifen, es passierten die schlimmsten Sachen, aber wenn Schönbeck kam, wurden sie uns erklärt, Schönbeck überredete uns, die Krankheit für ein Weilchen wie einen Gast in uns aufzunehmen, uns hinzulegen mit ihr, zu warten, bis sie wieder verschwand, aber die Zeit, in der sie bei uns war, zu nutzen für besondere Spiele, besondere Träume und lange Geschichten. Wir erfuhren, daß wir einen Körper haben, der sich nicht mißhandeln läßt, »Tu deinen Ohren den Gefallen und setze eine Mütze auf bei Wind«. Wir verkrochen uns ins Bett mit unserer Krankheit, aber Schönbeck trug Sorge, daß unser Bett ein Palast wurde, er verwandelte unsere Welt, wir führten ein anders geregeltes Leben, die Erwachsenen richteten sich nach dem Arzt, er sorgte auch bei den unvernünftigsten Eltern dafür, daß kranke Kinder gute Tage hatten. Alles mögliche passierte, während wir krank waren, wir wuchsen, wir wurden klüger, und dann erlebten wir, wie schön es ist wenn Beschwerden nachlassen, wenn man wieder selber ins Badezimmer gehen kann um sich zu waschen, eines Tages war es soweit, da verfiel die Stadt Jurrnarowimir auf dem Tablett, die Mauern stürzten ein, die Türme brachen um, denn man war aus dem Bett gesprungen und ans Fenster gerannt, weil draußen Kinder zu hören waren, man wollte die Vorhänge weit aufgezogen, wollte wissen, was in der Schule los ist, mit den anderen am Tisch sitzen, nicht mehr im Liegen essen, Schönbeck winkte mit dem Finger und holte einen in seine Praxis, da bekam man eine blaue Brille vor die Augen und es bestrahlte einen eine künstliche Höhensonne, die Quarzlampe knisterte und hatte einen sonderbaren Geruch, »na«, sagte Schönbeck, »morgen wieder in die Schule?«, man nickte, man war einverstanden, das war's was Schönbeck erreichte bei uns Kindern, daß wir einverstanden waren mit dem, was uns geschah.

Er nickte uns zu und wir nickten zurück.
Es würde alles gut werden. Wir verließen uns auf Schönbeck.
Eines Morgens haben sie Schönbeck abgeholt.

Eilig gehe ich hin und her in der Wohnung, rücke hier etwas zurecht, stelle dort etwas um, überprüfe, was ich auf dem Küchentisch vorbereitet habe – hoher Besuch wird erwartet, Titus wird kommen und er bringt so Kostbares mit: seine strahlendste Laune und das Köpfchen voller Erwartungen. Wer hätte das Herz, denen nicht zu entsprechen.

Während ich also alles richte für den Besuch eines Kindes, seine Lieblingstasse herausnehme, russisches Brot in eine Schüssel tue, die zerbrochenen Buchstaben aber aussortiere, weil Titus mit ihnen keine Wörter legen könnte auf seinem Teller, während ich das alles hurtig und mechanisch tue, denke ich an Schweine.

Nicht an Marzipanschweinchen, auch nicht an rosige glückbringende Neujahrsferkel, sondern an paarzehige Borstentiere, die mit stumpfem kurzen Rüssel Erde durchschnüffeln, sich, wenn man sie läßt, von Wurzeln, Früchten, Insektenlarven nähren, auch von Baumfrüchten, die Äcker wühlen sie nach Hackfrüchten auf, fressen das Getreide ab, ich denke an Schweine, wie sie sind, wenn man sich ihrer nicht bemächtigt und sie nicht ausschließlich züchtet um ihr Fleisch in der von uns Verbrauchern gewünschten Beschaffenheit auf die Teller zu bringen – an Schweine, wie sie sind, wenn sie Tiere sein dürfen und nach ihren Instinkten leben.

Titus und ich haben eine Vorliebe für die Grunzer und schauten ihnen lange zu, neulich im Zoo. Begierig wollte Titus die Namen der so verschiedenen Rassen wissen, jedes Schild mußte ich ihm vorlesen. Wir haben das Pinselohrschwein betrachtet, das Larven- und das Maskenschwein, ließen die Hausschweine nicht aus, sahen überrascht, daß es auch ein Tigerschwein gibt und ein schwalbenbäuchiges Mangaliczaschwein, ein Bartschwein, ein Pustelschwein wurden von uns bestaunt, wir waren entzückt vom hasenkleinen Zwergwildschwein, aber alle diese charaktervollen Tiere werden übertroffen vom hubbelgesichtigen Warzenschwein, das Eckzähne hat wie Kleiderhaken und als Mantel eine spröde Rückenmähne trägt.

Voller Spaß und nachahmungslüstern beobachteten wir, wie sich die Schweine aller Erdteile gleich gern in feuchten Kuhlen suhlen, wie ihre Ohren wippen beim Fressen und wie gemütlich es aussieht, wenn sie eng aneinanderliegend schlafen. Unser nächstes Fest, das haben wir beschlossen, soll ein Schweinefest sein!

›Fest‹, was für ein Wort für Kinder, wie schnell sie begreifen, daß mit ihm etwas anderes gemeint sein kann als eine Schleife fest zu binden.

›Fest‹, das ist, was nicht alle Tage ist, hat mit Topfschlagen und Girlanden zu tun, mit Luftballons und Eis auf dem Teller, man kann etwas gewinnen, wenn man ein Ei nicht von einem Löffel fallen läßt, und wenn das Fest so lange dauert, bis es dunkel ist, darf man vielleicht mit Stocklaternen umherziehen.

Es kann auf einem Fest aber auch ganz anderes geschehen. Bei Titus und mir geht das Folgende vor sich: Als erstes beraten wir, was für ein Fest wir feiern wollen. Unser Fest muß einen Namen haben, Titus und ich lieben die Wörter, schon bei einer bloßen Bezeichnung stellen wir uns Herrliches vor und wir trachten, den Namen unserer Feste Ehre zu machen.

Auf ein Eisenbahnfest können wir zurückblicken, auf Vogelfest, Kamelfest, Krokodilfest, Fischfest, Hasenfest, Schildkrötenfest – was werden wir beide klug bei diesen Gelegenheiten, weil wir aus meinen Büchern heraussuchen, was sich nur irgend an Bildern, Geschichten, Gedichten finden läßt zum Beispiel über Schildkröten oder Hasen. Prüfend steht Titus zum guten Ende der Feier noch einmal vor den Bücherregalen und will wissen, ob ich ihm auch wirklich alle Hasensachen vorgelesen habe oder ob nicht doch noch irgendwo ein Hasenbuch oder wenigstens eine Hasenseite zu finden wäre, er hält mit Recht den Schatz des Geschriebenen für unermeßlich.

Jedoch, was wäre so ein Fest, wenn ich nicht manches, das ich gesammelt habe, nutzbar machen könnte, was man sehen wird, wenn ich jetzt schildere, wie das Schweinefest vor sich ging, auf das ich mich am Anfang dieses Kapitels vorbereitete, indem ich in meinem Kopf alles zusammensuchte, was mir nur irgend zu Schweinen einfallen wollte, und da kommt Titus auch schon die Stufen herauf und ruft mir zu:

»Ich bin so stark wie Donner und Blitz!«

»Fabelhaft!« sage ich, »dann wirst du ja die größten Schweine tragen können!«

»Kann ich«, versichert er, »das nächstemal hebe ich Elefanten hoch!«

Erst einmal aber strebt er seinem Platz zu, er will immer an gleicher Stelle sitzen bei mir, es gehört zu seinen festlichen Erwartungen, daß für ihn stets am gleichen Ort gedeckt ist und daß ich auf den Tisch bringe, was er mag, eine Pizza ohne scharfe Auflagen, hinterher Apfelscheiben, später wünscht er Kamillentee mit russischem Brot, das er ›Wörterkekse‹ nennt, abends sollen Teewurstbrote da sein.

Während er mit der Pizza beschäftigt ist, sieht er befriedigt auf einen Stapel Bücher.

»Sind das die Schweinebücher?« will er wissen. Ich bestätige es.

Er ißt und berichtet Neuigkeiten, zum Beispiel, daß er von der fünften Stufe springen kann, daß er in sein Beet auch Radieschen gesät hat, und ich erfahre, in seiner Straße steht eine Dampfwalze. Als die ganze Pizza in seinen Mund gegabelt ist, begibt er sich auf dem Weg unter dem Tisch hindurch ins Badezimmer und seift seine Hände, daß der Schaum fliegt, denn er hat akzeptiert, daß Bücher mit sauberen Händen angefaßt werden müssen, wenn sie schön bleiben sollen.

Dann geht's los. Auf den Tisch mit den Büchern und aufgeschlagen, Bilder zuerst. Sie werden begutachtet, die abgebildeten Tiere mit den Schweinen verglichen, die wir im Zoo gesehen haben. Anschließend lese ich vor, alles was ich in meinen Büchern für Titus über Schweine gefunden habe: Rätsel, Kinderreime, Gedichte, eine Geschichte. Schönes muß zweimal gelesen werden. Noch Schöneres dreimal. Das Schönste dann noch ein allerletztes Mal, an das sich, wenn es Titus sehr gefällt, noch ein alleraller-letztes Mal schließen muß. Danach werden die Bücher wieder auf einen Stapel gelegt, einsortieren soll ich sie noch keineswegs, denn es könnte ja sein, daß irgend etwas am Ende des Festes noch ein allerallerallerletztes Mal gut zu hören wäre, Titus wünscht, daß die Bücher in Reserve bleiben, er vertraut fest darauf, daß er mich zu dem bewegen kann, was ihn freut.

Vorerst aber kommen die beschriebenen Schweine wieder zwischen ihre Buchdeckel, und wir beginnen unsere eigenen Geschichten, treiben eine Schweineherde zusammen indem wir von meinen Spielzeugen, Krippenfiguren, Darstellungen aus anderen Bereichen der Volkskunst alle Schweine heraussuchen. Mit großen Schritten betreten wir die Räume, in denen meine Sammlungsschränke stehen, und rufen: »Die Schweinetreiber kommen!«

Dieses Rufen spielt bei allen Festen eine Rolle. Lärmend will Titus die Tiere aufstöbern, und so sind bei mir schon, daß das halbe Haus es hörte, die Vogelfänger, die Kameltreiber, Krokodiljäger, Fischer, Hasenjäger und Schildkrötensammler gekommen.

Heute stellen wir uns als Schweinetreiber vor. Die Schränke werden einer nach dem anderen geöffnet und es geschieht, was mich immer von neuem erstaunt: Das Kind, es hat doch bislang nur Schweine im Zoo oder bei Bauern gesehen, wir haben Bilder in Naturkundebüchern betrachtet, es kennt also Schweine nur in ihrer anatomischen Wirklichkeit, dennoch greift es ganz sicher in meinen Schränken nach den Schweinen, die doch von den Volkskunstmachern oft weit von anatomischer Genauigkeit entfernt dargestellt sind. Aber Titus fragt nie: Ist das ein Schwein? Er sucht

Bord für Bord ab in den Schränken und entdeckt die Schweine mit sicherem Blick, das heißt, die Schnitzer, die Töpfer haben auch in ihren in Körperbau und Farben von der ›Realität‹ abweichenden Formulierungen verstanden, das Wesentliche dieser Tiere unmißverständlich darzustellen, und Titus ist fähig (alle Kinder sind das), die phantasievoll abgewandelten Formen sofort zu erkennen. Nur Erwachsene nehmen manchmal ein Stück meiner Sammlung in die Hand und fragen: Was soll das denn sein? Offenbar ist manchen Erwachsenen im Lauf der Zeit etwas an Blickschärfe abhandengekommen, sie haben an nachvollziehender Phantasie eingebüßt.

Titus also zögert nicht, er greift Schwein um Schwein, die kleinen sammelt er in ein Körbchen, die großen trägt er einzeln dahin, wo gespielt werden soll. Hat er alles beisammen, wird die Herde erst einmal aufgestellt und gezählt. Ein Hirt muß wissen, was er hat. Danach wird sie begutachtet. Tier für Tier wird in die Hand genommen und betrachtet. Titus prüft, aus welchem Material es gemacht ist, Materialien interessieren ihn und er kennt sich aus mit ihnen, er sagt nicht einfach: dies hier ist aus Stein, er identifiziert zum Beispiel Speckstein. Nachdem er mit der Hingabe eines Handwerkers sich über Stoffe und Herstellungsart Klarheit verschafft hat, will er wissen, aus welchem Lande jedes Tier kommt. In Ländern kennt er sich nicht so aus, hört aber gern die Namen und will wissen, ob das Land weit oder mittelweit entfernt ist oder ob es sich um ein Nachbarland handelt. Sodann beginnt er, die Schweine zu gruppieren, ähnlich aussehende stellt er nebeneinander und erklärt, sie seien Verwandte oder Freunde. Nachdem er auf diese Weise meinen Vorrat an Schweinen gegliedert hat, unternimmt er es, die Umgebung der Tiere einzurichten. Er fahndet nach einem grünen Tuch, damit eine Wiese da ist, ein braunes Tuch ist die Schlammkuhle, in der die Tiere sich suhlen können. Nun geschieht alles mögliche: ein Schwein reißt aus im Schweinsgalopp und muß wieder eingefangen werden; zweie beißen sich und wir müssen sie trennen; eines wird gestohlen, aber Titus findet es, denn es hat gegrunzt im Keller des Diebes; der Herbst kommt, es wird kühl und wir müssen den Schweinen einen Stall bauen; ein Tier wird krank, es hat zwei schlimme Beine, aber das ist gar nicht zum Verzweifeln, denn Titus ist ja Tierarzt, er verwickelt die Schweinebeine und das Tier wird wieder gesund. (Einmal eine Mullbinde für die Hausapotheke gekauft zu haben erweist sich endlich als nützlich.) Wie jeder Schweinezüchter will auch Titus wissen, wie schwer seine Tiere sind. Er will sie also wiegen und bemängelt, daß ich noch immer keine Küchenwaage habe. Wie jedesmal, wenn Titus etwas wiegen muß, gehen wir zur Nachbarin und leihen ihre Waage. Nunmehr stellt

Titus die Schweine nach Gewicht auf, er sondert die Wildschweine von den Hausschweinen. Aber diese kommen nicht auf den Schlachthof.

Einige werden jedoch auf einen Pferdewagen geladen und weggefahren, weil ein reicher Bauer sie erworben hat. Dem Pferdefuhrwerk brummt ein dicker Laster entgegen, da scheuen die Pferde, gehen durch, der Wagen kippt um und sechs Schweine entkommen unter einen Schrank. Mit Hilfe eines Kleiderbügels werden sie wieder hervorgebracht, und nachdem noch einige aufregende Sachen passiert sind, wird die Herde zurück auf das Wiesentuch getrieben. Ich werde gebeten, Papier und Buntstifte zu holen und die Schweineliste zu schreiben. Das Aufschreiben gehört zu jedem Fest. Titus kannte die Bedeutung des Schreibens ehe er schreiben konnte und er wünscht immer, daß ich, was er zusammengesucht und geordnet hat, aufschreibe, es schriftlich festhalte, damit etwas bleibt vom Spiel. Die Liste, sie muß bunt mit farbigen Stiften angefertigt sein, nimmt er mit nachhause und hält sie, kaum daß er in die Tür kommt, Vater und Mutter hin, als könnten die allein schon dem Geschriebenen entnehmen, wie schön er gespielt bat, er vertraut auf die Übermittlung durch Schrift als würden mit den Buchstaben auch die Schweine sichtbar für seine Eltern. Also ich verfertige die Schweineliste: 15 Holzschweine, 9 Tonschweine, 2 Specksteinschweine, 3 Pappmacheschweine, 4 Blechschweine, 8 Pappschweine, 1 Silberschwein, 3 Bleischweine, 6 Zinnschweine.

Auf diesen apollinischen Teil des Festes folgt ein dionysischer Abschluß: Die Schweinemusik! Natürlich, was wäre ein Fest ohne Musik. Wir bedienen uns der Volksmusikinstrumente aus meiner Sammlung, aber wir wählen mit Bedacht. Für die Schweine scheinen uns Saiteninstrumente und Flöten nicht zu passen. Wir entscheiden uns für Pfeifen, Schnarren und eine Trommel. Das braune Tuch, die Suhlkuhle also, wird in die Mitte des Teppichs gezogen und das große Suhlen beginnt, auf den Rücken, auf die Seite werden die Schweine gelegt damit man sieht, wie sie sich wälzen. Derweil lasse ich die Jalousien herunter, denn unsere Musik ist eine Dunkelmusik. So nennt Titus den Festabschluß, seit wir zufällig einmal im Winter kein Licht machten als wir Tambourine schlugen und Schellen schüttelten. Jedes Fest muß jetzt mit so einer Dunkelmusik enden. Bei ganz wenig Licht, das durch die Ritzen der Jalousie fällt, tanzen wir um die Schweinekuhle und pfeifen und trommeln und schwenken die Schnarren, dazwischen grunzen wir den Schweinen zu Ehren bis uns die Stimmbänder rauh werden. Schlußschrei und Licht!

Inzwischen, seit ich dies schrieb, wir feiern die Feste wie sie fallen, hat es Hirschfest, Katzenfest (unsere Katzenmusik erregte Aufsehen bei den

Nachbarn), Igelfest, Elefantenfest, Pfauenfest, Mäusefest gegeben und auch ein Affenfest. Affen lausen sich gegenseitig. Ich weiß nicht, wer sonst noch soviel Läuse hat wie Titus auf mir fand und mit überwältigender Intensität zerknackte.

Der Mann heißt Ludwig Diem. Ich habe ihn ausführlich in einem anderen Buch beschrieben. Man kann das nachlesen oder nicht. Hier soll an zwei meiner Schlußsätze über ihn angeknüpft werden. Sie lauten:

»In letzter Zeit betrachte ich einzig Diems Armmuskeln noch mit Interesse, ich schaue, ob sie schon so beschaffen sind, daß er sich am eigenen Schopf aus seinem Sumpf ziehen kann, wie Münchhausen tat. Er wird das fertigbringen, einmal werden seine Kräfte dazu ausreichen, jede Zigeunerin kann es in seinen Handlinien sehen: Eines Tages wird Diem fortgehen aus den Lebensumständen, die er glaubte, sich geschaffen zu haben, aber dann schufen diese ihn, und eines Tages wird er keine Lust mehr haben, sich mit all den Institutionen, die er jetzt so ehrgeizig und unterwürfig bedient, länger zu schaffen zu machen.«

Um meine Vorhersage überprüfen zu können, suche ich gelegentlich ein schier tausendfenstriges Bürohaus auf. Der Pinglpalast,[1] in dem Diem residiert als einer der Wesire, erhebt sich als ein ungeheurer Protzklotz an einer breiten Straße, jedoch in ziemlich öder Gegend. Ein Glaspalast, aber undurchsichtig, denn man kann Fensterglas herstellen, das von außen undurchschaubar ist. In drei Richtungen strecken sich die riesigen Flügel des Verwaltungsschlosses, fast vierhundert Meter (schätze ich) in der Längenausdehnung, darin erreicht es beinahe Sonnenkönigs Versailles, aber hoch, hoch ist der Pinglpalast, an solche Erhabenheit konnte Ludwig XIV. gar nicht denken, Tausende von Tonnen Beton müssen da verbaut sein, dazu Betonstahl, auch tausendtonnenweise, Profilstahl kann nicht fehlen, wieviel Quadratmeter Glas (getöntes) verwendet wurde vermag ich nicht auszurechnen, die Zimmer sind offenbar hauptsächlich zum Rausgucken da, man arbeitet dort wie in einem Aussichtscafe. Den Eingang markiert ein Wald von Lampenbäumen, an denen große Kugelleuchtblüten hängen. Innen wird man sogleich mit einem Arrangement reflektierender Flächen konfrontiert, es wird einem schon etwas vorgespiegelt noch ehe man zur Pförtnerloge kommt, die so groß ist wie die Wohnung so mancher Familien in der Türkei und einem deutlich signalisiert, in einem wie bedeutenden Haus bei wie bedeutenden Leuten man im Begriffe ist, sich anzumelden.

Das Bedeutendste sind die Klos. Wie gut, daß ich mal mußte. Mir wäre sonst viel entgangen. Nun erwartet und verlangt man ja heutzutage, daß sanitäre Einrichtungen den Anforderungen der Hygiene entsprechen, daß also heißes Wasser, ein geräumiges Waschbecken, Seife, Handtücher vorhanden sind. Jedoch im Pinglpalast sind die sanitären Räume offensichtlich als Gemächer zur Möglichkeit meditativer Selbstbegegnung konzipiert. In riesenhaften, wändeeinnehmenden Spiegeln ist es unmöglich, sich zu übersehen, man wird gezwungen, sich zur Kenntnis zu nehmen, und das an einem Ort, den man doch eigentlich gern schnell verläßt. Aber wer verharrt nicht vor sich, erschreckt oder entzückt, wenn solche Spiegel einem gestatten, sich entgegenzutreten, zumal, was nicht Spiegelwand, mit luxuriösen reliefierten Kacheln bedeckt ist, so daß man sich vor einem Hintergrund von erlesenem Königsblau erblickt – für Semiramis und Kleopatra konnte nicht mehr getan worden sein um sie an einem solchen Ort zu verwöhnen. Dabei habe ich nur die gewöhnlichen Klos gesehen, aber darüber, wie der Waschraum des Pinglfürsten ausgestattet sein könnte, weigere ich mich nachzudenken.

Morgens also sah ich Menschlein kleinklein in den Palast eilen, viele, wie die Mäuschen huschten sie ins übergroße Haus. Erst zum Mittagessen kamen sie wieder zum Vorschein. Wo sie in der Zwischenzeit waren, weiß ich nicht. Die Arbeitszimmer kann man Tür für Tür aufmachen, sie sind leer. Man muß nämlich Tür für Tür öffnen, wenn man vom Lift hochgehoben ist in ein Stockwerk und verängstigt die Gänge entlangrennt wie im Palast des Minotaurus, jedoch ohne den Ariadnefaden; gehört wird man nicht, man läuft auf dicken Teppichen, also klopft man irgendwo an, will nach dem Weg fragen zu dem Mann, den man sucht, aber Zimmer für Zimmer ist leer und kein frischer Zugwind fegt ein fahles Aktenblatt vom Tisch, wenn man die Tür erst einen Spalt und dann bis zur Sperrangelweite bewegt in der Hoffnung, daß doch in einer Ecke ein freundlicher Büroling stehen und einem Auskunft geben könnte, nein, nichts regt sich, kein Lüftchen bewegt einen Notizzettel, die Fenster sind sämtlich geschlossen, das Haus ist vollklimatisiert, ein Treibhaus, aber soviel ich sah, wird nicht irgend jemand zu irgend etwas getrieben, vielleicht sind die Zimmerinsassen alle auf den Klos und spiegeln sich. Recht so! Warum sollen sie nicht von den Akten zu sich aufsehen.

Mittags dann erscheinen sie alle um zu essen, so zahlreich wie sie morgens ins Haus hasten, strömen sie mittags in den Speisesaal, und wie der Dinnersaal eines Sanatoriums lädt der auch dazu ein. Das freut mich. Arbeitenden Menschen müssen freundliche Eßplätze geboten werden. Allerdings scheinen die des großen Saales, so schön sie sind, nicht die schönsten im Hause zu sein. Die Führungskräfte (wohin gelangt, wen sie führen?) können in einem gesonderten Speiseraum ihre Mahlzeit zu sich nehmen. Bedürfen sie besonderer sie bedienender Aufmerksamkeit – oder keine

Zeugen für das, was sie miteinander zwischen Suppe und Pudding abkarten- oder können sie nicht manierlich essen und genieren sich vor der Allgemeinheit? Wo mag der Pinglfürst einschaufeln? Und wieviel?

Jedenfalls, in dieser Umgebung päppelt Diem an leitender Stelle sein Selbstbewußtsein, läßt sich fahren, läßt sich anheben (in lautlosen Liften und auf der Gehälterskala), ansprechen, anrufen, anschreiben und wirkt schon wie eingeweckt im vollklimatisierten Haus, blasser noch als früher, denn das alles bekommt ihm natürlich nicht, und nun will ich mich befreien aus der Gefahr, eine Satire über den Pinglpalast zu schreiben. Allerdings, angesichts dieses Lustlosschlosses muß ich Juvenal zitieren: difficile est satyram non scribere!

Jedoch mein Thema sind nicht die Verwaltungswucherungen unserer Gesellschaft, von denen der Pinglpalast nur deswegen ein dem Bund der Steuerzahler so prominentes Beispiel ist, weil die anhaltende Rezession verhindert hat, daß er von anderen repräsentationsfreudigen Verwaltungsfürsten oder Industriebaronen übertroffen wird.

Mein Thema wäre nicht einmal Ludwig Diem, wenn ich, über Kinder schreibend, vermeiden könnte – ich weiß nicht mehr, wann zum erstenmal, und jedenfalls ohne daß er es bemerkte, ich das Kind besuchte, das Diem einmal gewesen ist. Ich weiß auch nicht mehr, ob es an einem Dornwörtertag oder einem Sanftwörtertag war oder bei einer Gelegenheit, zu der Diem sich zelebriert, nach den Riten verlangt, die sich für Zusammenkünfte herausgebildet haben, aber nur, daß man sie auf ihn anwende, will er, und dispensiert sich selbst von den kleinsten Gesten, die eine leidlich kultivierte Höflichkeit erfordert. Wie ein Schwamm haftet er an solchen Tagen seinem opulenten Arbeitszimmer an, läßt sich bedienen von freundlichen Bachstelzen aus seinem Vorzimmer und wirkt in wahrer Chamäleonmimikry angepaßt an die Institution, in der seine reichlichen Brötchen gebacken werden.

An Dornwörtertagen geht man von ihm davon als wäre man in ein Brombeerverhau geraten.

Warum, frage ich mich, ist Diem nicht davon abzubringen, mit solcher Leidenschaft Sätze zu bilden, die denen Verletzungen beibringen, die sie hören oder lesen müssen. Von dieser Passion scheint er unkurierbar. An gelinderen Tagen tritt sie nur als Spottlust auf, aber vom Spott hat Tibor Dery gesagt: »Vermutlich kennen die Tiere den Spott nicht, diesen arglistigen Zeitvertreib des Geistes, der nur niedrigen, bösartigen Naturen Vergnügen macht.«[2]

Woher Diems Lust an malignen Worten, die Übertrumpfungssucht seiner rechthaberischen Sätze, mit denen er einen bis zum Entsetzen gefräßigen Ehrgeiz befriedigt?

Vermutlich war es an solch einem schlimmen Tag und nicht an einem austauschreichen Sanftwörtertag, als ich mich zum erstenmal rückwärts über die Zeitmauer fallen ließ und auf die Suche ging nach dem gekränkten Kind in Diem, das er täglich von neuem in sich einschläfert mit Fechtersätzen, die er anderen vor die Brust hält, das er absichert mit diesem Gürtel von Stachelworten, den er immer umgeschnallt trägt, damit ihm nicht wieder geschieht, was ihm geschah, als er Wörter noch nicht zur Messerschärfe zu schleifen verstand.

»Ein verkrochenes Kind war ich«, hat Diem mir einmal gesagt.

Ich werde es da finden, wo es sich verkrochen hat, ich weiß wovor, leise und gebückt werde ich da hingelangen, wo es sich verborgen hält, von allen guten Worten die richtigen werde ich dem Kinde bringen, das dem Mann noch aus den Augen sieht. Was meinte ich? Eingeschläfert hätte er das Kind in sich? Ich muß nur flüstern und es wird wach und faßt das Zutrauen zu mir, das es seinen ersten Lehrern vergeblich entgegenbrachte, die es vermutlich beleidigt haben, täglich, vom ersten Schultag an – aber für wie dumm hält man einen Mann wie Diem, er weiß doch längst, wie sehr man die gekränkt hatte, die ihn kränkten, nur mitleidig sieht er sich noch um nach den Toten, die er fürchtete als sie lebten – und ›nichts für ungut‹ würden die Toten sagen, wenn sie mehr wüßten als sie wußten zu der Zeit, als Diem noch das Häschen in der Grube ihrer Macht gewesen ist.

Ein langer Brief könne nicht retten, sagen Psychiater, aber darüber denke ich anders und baue darauf, daß ich dem Kind im Manne zuzureden verstehe. Auch wenn der Mann sich mit Worten wie mit spanischen Reitern verbarrikadiert, ich weiß den Satz, der sogar über Oxer zu ihm gelangt und so nahrhaft ist, daß der Mann noch dem Kind, das er war, davon zu essen geben kann, es lächelt mich an aus Diems Augen und spricht mit mir voller Vertrauen an den Sanftwörtertagen, so daß ich mich der Satire schäme, die ich beinahe geschrieben hätte, warum denn auch nicht sollen die Waschräume in einem Bürohaus große Spiegel haben. Schneewittchen ist die schönste im Land, und wer weiß, welche Hoffnungen das verquexte Glas zu machen versteht, wenn im Pinglpalast ein ermüdetes Mädchen sich vor sich aufrichtet und Kette und Kragen ordnet. Eine Menge gewesener Kinder eilt morgens in das Verwaltungsschloß, alle sind früher den Verbrechen zum Opfer gefallen, wie sie täglich an Kindern begangen werden und nicht einmal wissentlich. Auf ihre Wünsche trat man mit dem

Fuß, aus pädagogischen Gründen mit vernageltem Hirn, doch die das taten, hatten es nicht besser gehabt – aber wir machen uns frei, Schritt für Schritt, von den Vorstellungen, innerhalb derer man früher mit Kindern umging, es ist Hoffnung für die Häschen in der Grube und für die Großen ebenfalls, auch die Geschundenen können es wagen, in ihre Kindheit zurückzugehen, viel bösen Willen werden sie nicht treffen, nur Unverstand. Wer braucht denn einen Psychologen um das zu erkennen?

Folgerichtig muß ich im Krebsgang einige Sätze aufsuchen, die ich schrieb, zwar sprechen Psychiater von der irreversiblen Verhärtung frühkindlicher Schäden, aber »Daß das weiche Wasser in Bewegung mit der Zeit den mächtigen Stein besiegt« hat Brecht gesagt,[3] und auf das Fließen meiner Sätze ist Verlaß, das Kind im Manne wird näher kommen, wenn ich Diem meine Geschichten erzähle, das verkrochene Kind, das er gewesen ist, wird sich nehmen von meinen Worten und langsam genesen von seinen frühen Verzweiflungen, an denen der Mann noch krankt, aber eines Tages wird seine Sprache sich gereinigt haben von Spott, weil der, Tibor aus Ungarn hat Recht, »nur niedrigen, bösartigen Naturen Vergnügen macht« Teufi, ja, Vergnügen kann das Spotten bereiten, drum hätte es mir Spaß in der Tat gemacht, eine Satire übers Lustlosschloß zu schreiben, das sich ein Häuptling der Büroten bauen ließ und in dem er täglich nicht mit Gold und guten Worten, sondern mit Papier aufgewogen wird, was gewiß wöchentlich einen Baum das Leben kostet, (difficile est satyram non scribere) – wer ist nicht verspottet worden als Kind, und dabei hat man das Spotten gelernt, aber man hat auch vom Leid das Mitleid gelernt.

1 Weshalb er im Volksmund so heißt, läßt sich nur vermuten; der Spitzname des Hauses wird sich auf die bürokratische Akribie beziehen, mit der in solchen Großverwaltungen gearbeitet wird.

2 Tibor Déry, Niki oder die Geschichte eines Hundes, Fischer Bücherei Nr. 701, Frankfurt 1958.

3 Brecht: Legende von der Entstehung des Buches Taoteking auf dem Weg des Laotse in die Emigration, in: Bertolt Brecht, hundert Gedichte. 1918–1950, Aufbau Verlag, Berlin 1950, S. 111.

Enfant terribel
oder
Begegnung in Unterzeismering

Schreibend, wird man eingeholt vom Leben. Mir ist das schon öfter vorgekommen. Eben noch so sehr vertrauend auf das Rettende der Wörter, darauf, daß sie, wie das weiche Wasser die Kanten der Steine, schleifen werden, was anstößig ist an einem Menschen wie Diem, weil das verletzte Kind, das er war, diese feinen scharfen Grate zurückgelassen hat, an denen sich Schnittwunden beibringt, wer mit ihm umgeht, sicher, daß die Worte zu finden sind, die das Kind im Manne begütigen, so daß er die Waffen streckt, die er meint in Anschlag halten zu müssen seit er sich fürchtete – sicher, ihn sprechend davor bewahren zu können, angstvoll in eine Richtung zu feuern, in der ein Feind gar nicht steht, bekomme ich Gelegenheit, was ich mir zutraue an der Wirklichkeit zu messen.

Ich laufe an einem See entlang und will in einen Ort, der Bernried heißt, den ich gern habe und wiedersehen möchte. Es ist ein kühlschöner Maientag, windig, das Wasser macht seine Platscher aufs Land, kleine aufgeregte Wellen hoppen tapsig auf den Kies wie junge Hunde, die werben, daß man mit ihnen spielen möge.

Etwas – was eigentlich? – bewegt mich, vom Wasserwege abzugehen in eine Ortschaft, die rechts zur Seite liegt und die ich noch nie besehen habe. Wahrscheinlich ist es der Name, der mich verführt: Unterzeismering. Klingt nach irgend etwas, nicht?

Ich schlendere, sehe ein frisch lüftelgemaltes Haus, neben dem ein Kapellchen hockt, einen Gasthof, dem ich nicht widerstehen kann, Wirtshäuser sind so gemütlich hierzulande, zu einer Seitentür gehe ich hinein, mal sehen, was los ist, wer da sitzt und was da herumsteht an schönem altem Gut vielleicht, nein, niemand an den Tischen, keine Beiselzeit jetzt, auch sonst nichts Besonderes, zur Straßentür gehe ich wieder hinaus, am Garten vorbei, da sind zwei Tische besetzt, ein junger Mann brütet vor einem Bier, neben dem sein Sturzhelm steht und aussieht als wolle er auch saufen, am anderen Tisch irgendwelche zwei Männer, nicht irgendwelche, einer von ihnen ist Diem.

Es dauert allerdings, bis ich von der Beobachtung, daß da jemand sitzt, der sich hält wie Diem und einen Kopf auf den Schultern hat, der aussieht wie Diems Kopf, zu der Erkenntnis gelange, daß hier nicht jemand sitzt, der Diem ähnelt, sondern Diem.

Er hat mich auch erkannt, ich bleibe stehen, ein paar Worte werden gewechselt, bei denen ich sofort ins Hintertreffen gerate, weil ich mich freue, Diem zu sehen, dem diese Freude nicht entgeht, sie animiert ihn, in seinem Kopf zusammenzusuchen, was mich ärgert. Im Nu hat er den Mund voller schnippischer Redensarten, spuckt sie mir fröhlich ins Gesicht. Ich versuche Gegensalven, er bringt seine Sätze aber schneller zwischen den Zahnreihen hindurch, er lacht, räkelt sich, blüht förmlich auf bei dem Vergnügen, mich mit Knallerbswörtern beschießen zu können, die mir auf der Nase platzen. Was soll ich tun? Ich setze mich mit an den Tisch, will Zeit gewinnen, aber es sieht nicht so aus als würde sie mir nützen.

Nur langsam und so umständlich, wie man einen Waggon abkuppelt, vermag ich mich von der Hoffnung zu trennen, dies unvermutete Treffen könne sich zu einem Sanftwörtergespräch entwickeln, zu einem ruhigen Abtausch von Erfahrungen, Erkenntnissen; die meinen Diem zur Verfügung zu stellen und über die seinen nachzudenken, ist, was mir Freude macht – nicht, daß Diem das nicht wüßte und nicht wollte, aber ihm tanzt ein Kobold auf der Zunge und kein vernünftiges Wort wagt sich hervor.

Ich kenne das an Diem, resigniere, lehne mich zurück und betrachte den Mann, wie er aussieht, wenn er nicht in den Pinglpalaispolstern sitzt. Hier ist es ein rostiger Gartenstuhl, auf dem kippelt er, die Knie hochgezogen, die Füße auf einem zweiten Stuhl; der Hintern, den er nicht gelupft hat um mich zu begrüßen, steckt in kurzer Hose; ostentativ streckt er mir die Sohlen seiner Latschen zur Betrachtung entgegen. Ich bestelle Eis. Sicher, daß er nun gut Zeit hat, auch die allerletzte Sottise, die ihm einfällt, anzubringen, erklärt Diem, er wolle jetzt gehen; er möchte zeigen, daß ich nicht zu den Leuten zähle, denen gegenüber er so höflich ist, zu warten, bis sie fertig sind mit essen. Natürlich geht er nicht, es genügt ihm, auf Wörtern davongeflegelt zu sein.

Ich bearbeite mein Eis, schabe mühsam etwas von ihm ab mit dem Löffel, es ist so hart gefroren wie Packeis. Auch das noch. Ich mag gern schon ein wenig schmelzendes Eis.

Der zweite Mann am Tisch ist ein Kurkumpel von Diem. Er flachst ebenfalls mit mir. Freilich zurückhaltender. Er hat auch lange Hosen an. Immerhin sekundiert er Diem, der einen frechen Satz nach dem anderen mundauswärts läßt.

»Enfant terrible«, denke ich, und es würde mich nicht wundern, wenn Diem gleich die Beine auf den Eßtisch legte um sich zu steigern.

Was ist das eigentlich, ein enfant terrible? Schreckliche Kinder gibt es doch gar nicht. Nur Kinder, die wir manchmal schrecklich finden, weil sie uns in Schrecken versetzen, denn unsere Tabus sind ihnen noch nicht geläufig oder sie sind ihnen lästig. Drum stellen sie lautschallend eine unerwünschte Frage, schleppen eine tote Maus vor die Augen einer empfindsamen Großtante, fragen immerzu, wann endlich etwas zu Ende ist, das gerade erst angefangen hat, loben nicht, was sie loben sollen, aber nicht lobenswert finden, bedanken sich nicht für etwas, das sie gar nicht haben wollten, kennen wenig Rücksicht, weil sie noch nicht so lange leben, daß es viel gäbe, auf das sie vergleichend und verstehend zurücksehen könnten, insistieren, weil ihre Kräfte noch nicht gebrochen sind, schreien ihre Neuigkeiten quer durch einen Saal, weil ihnen noch wichtig ist, was ihnen wichtig ist, tun es, nicht wissend, daß sie die Großen schrecken, tun es auch bewußt um die Großen zu schrecken, sie beißen in den Zaum, den wir ihnen anlegen wollen, machen sich lustig, weil wir zu ernst sind, springen auf unserem Nervengeflecht herum wie auf einem Trampolin, denn damit, endlich einmal, haben sie uns in der Gewalt und nicht wir sie, endlich einmal trixen sie uns aus und nicht wir sie, wutboxig ziehen sie zu Felde gegen das, was wir ihnen beibringen zu müssen glauben, die bewußten Attacken mischen sich mit unbewußten, es gibt Verstöße gegen Regeln, die sie noch nicht kennen, und Verstöße gegen Regeln, die sie verstoßen wollen, sie sind mutwillig, sie haben Willen zum Mut, sie nehmen es auf mit uns und können es mit ihrer eigenen Unschuld nicht aufnehmen, es gibt keine schrecklichen Kinder. Damit mich niemand mißversteht: Aufdringliche, bettelnde, stehlende, raubende Kinder, die sich zu Banden zusammenschließen, sind nicht schrecklich, sondern um ihre Existenz, um etwas mehr Wohlergehen kämpfende Kinder, die sich auf eigene Faust in den schlechten Verhältnissen, wie sie ihnen von der Welt der Erwachsenen zugemutet werden, zu behaupten suchen.

Warum soll Diem eigentlich schrecklich sein, nur weil er in Unterzeismering die Berufslebenzeremonien außer Kraft gesetzt hat, in nichts mehr dem Manne gleicht, den ich neulich im Pinglpalast sah, sondern in kurzen Hosen auf einem Lattenstuhl wackelt, sich vom Ubermut immer neue Schnickschnackreden eingeben läßt, mit Lästerwörtern wie mit Kirschkernen Zielspucken übt und schließlich außerrandundbandig davonradelt ohne Aufwiedersehen zu sagen. Eigentlich hätte es ein Dreirad sein müssen, auf dem er lostrampelte um zu entwischen, glucksend vor Lachen und sicher, daß ich ihn auf den Satz, der ihn einholt, nicht vergebens werde warten lassen. (Wie enttäuscht sind wegrennende Kinder, wenn man nicht spurtet um sie einzuholen, nur um gefangen zu werden rennen sie weg, sie wollen, daß wir uns bemühen um sie zu haben.)

Eben suchte ich es doch noch, das Kind im Manne, hatte es aufspüren wollen, da, wo es verborgen ist – und dann erkannte ich es fast nicht in Unterzeismering, wo es sich losgezaubert hatte aus dem Erwachsenen und seinen Mutwillen trieb wie nur je ein enfant terrible. Es gibt keine schrecklichen Kinder, und ich hätte mir denken können, daß irgend etwas Überraschendes geschieht in einem Ort, der einen so silbenhüpfenden Namen wie ›Unterzeismering‹ hat und mit der Arhythmie seiner Laute ein fröhliches Versprechen gibt, das eingelöst wurde vom Kind in einem Manne.

Zahl und Zeit

In jedem Händchen einen Löffel, kam er aus der Küche getrappelt. Er hatte begriffen, was ›zwei‹ sind. Auch drei Löffel verstand er bald zu holen und ich sagte ihm vor:

Eins, zwei, drei,
jemand kocht den Brei,
vier, fünf, sechs,
und dem Titus schmeckt's,
sieben, acht, neun,
da muß man sich ja freu'n,
zehn, elf, zwölf,
da kommen zwei kleine Wölf,
eins, zwei, drei,
die wollen auch vom Brei,
vier, fünf, sechs, sieben,
sie können ja gern welchen kriegen,
acht, neun, zehn,
als sie satt sind, wollen sie geh'n.

Titus lächelte und wollte wissen, wo die Wölfe sind, er wollte sie sehen, die auf die zwölf hin kommen, und er lernte zählen und wurde größer, aber es dauerte noch, bevor er Zahl und Zeit vereinen konnte, zwei Löffel legte er uns zwar vor, aber zwei Tage waren ihm noch die Ewigkeit.

Bald wußte er, daß hundert viel, sehr viel ist. Aber dann lernte er zählen bis zu dieser großen Zahl, und schon hatte die größere es ihm angetan: tausend.

Lange war alles Große ›tausend‹ für ihn, ein Wal war tausend, tausend war das Meer und Gott war tausend, und das hieß für Titus eben groß, sehr groß, weit, sehr weit, unendlich. Tausend war ihm noch so unerreichbar wie viel Zeit.

»Wann ist es soweit?«

»Wenn es Abend wird, Titus!«

»Wann ist Abend?«

»Wenn es dunkel wird.«

»Wann wird es denn dunkel?«

Zwei Tage, sieben Tage, das machte keinen Unterschied für ihn, er wußte, wieviel Jahre er alt ist, aber was war ihm ein Jahr, er steigerte Zeit:

gleich – bald – später, und liebte nur ›gleich‹; ›bald‹ war enttäuschend, ›später‹ kam der Verweigerung nahe.

Jetzt ist das anders. Er geht in die Schule, seine Mengenbegriffe reichen bis tausend und er weiß schon, daß es Millionen gibt.

Steinen ist er zugetan, wiegt sie in den kleinen Händen, freut sich, daß sie von seinen Kräften nicht zerbrechbar sind, er kann sie getrost fallen lassen. Er empfindet ihre Besonderheit, weiß, jeder Stein ist ein Stück Fels, ein Teil von einem Berg. Meine Gesteinssammlung zieht ihn mächtig an, die schweren grünen Basaltstücke, der leichtere graue, ein wenig funkelnde Granit, vielfarbige Geschiebesteine aus Lappland.

»Wie schwer ist dieser Stein?«

»Wir können ihn wiegen.«

»Wie alt ist er?«

»Wahrscheinlich fast so alt wie die Welt.«

»Wie alt ist die Welt denn?«

»Viereinhalb Milliarden Jahre.«

»Ist das beinahe eine Million?«

»Mehr!«

»Haben die Menschen damals auch schon Steine gesammelt?«

»Nein, Titus, damals gab es keine Menschen, noch nicht, zuerst waren Wasser und Steine da.«

Das Kind sieht mich an.

Ich zeige ihm einen Stein, in dem noch Urwasser eingeschlossen ist, man kann es durch eine angeschliffene Schicht schwappen sehen.

»Das ist ein uralter Stein mit uraltem Wasser darin, Titus!«

»Steine sterben nie?«

»Sie leben nicht.«

»Aber sie werden alt.«

»Ja.«

»Gibt es auch Menschen, die Millionen Jahre leben?«

»Nein.«

»Tausend Jahre?«

»Nein.«

»Hundert Jahre?«

»Ja.«

»Ursel, werde ich hundert Jahre leben?«

»Das wollen wir hoffen.«

»Und dieser Stein?«

»Den gibt es immer.«

»Was ist immer?«
»Schon früher und noch lange.«
»Ist die Erde immer da?«
»Nein, nicht ewig.«
»Was ist ewig?«
»Ich weiß es nicht.«
»Dasselbe wie immer?«
»Ja. Nein.«
»Was ist denn immer da?«
»Nichts.«
»Wann sagt man denn immer?«
»Ich freue mich immer, wenn ich dich sehe, und du kannst immer kommen und hier spielen.«
»Ich weiß aber gar nicht mehr, wann ich das erstemal hier war.«
»Da warst du zwölf Tage alt und sechzig Zentimeter lang.«
»Hast du dich da auch schon gefreut, mich zu sehen?«
»Sehr!«
»Weiß ich gar nicht mehr.«
»Es ist soviel Zeit vergangen seither und du bist groß geworden und schon sechs Jahre alt.«
»Ursel, was ist eigentlich Zeit?«
»Das, was wir beide jetzt haben, Titus, Zeit zum Reden, Zeit, um Steine anzusehen.«
»Wieviel Zeit haben wir denn? Wie lange können wir die Steine ansehen?«
»Bis es Zeit ist zum Abendessen, weil wir Hunger haben.«
Verblüfft sieht mich Titus an.
»Zum Essen brauchen wir auch Zeit?«
»Ja, zu allem braucht man Zeit.«
»Haben wir denn genug Zeit?«
»Ja, ebenso wie gestern hast du auch heute Zeit zum Abendessen.«
»Aber morgen? Morgen auch?«
»Auch morgen, glaube ich.«
»Also habe ich viel Zeit. Immer.«
»Ja, Titus, du hast viel Zeit, denke ich.«
»Du auch?«
»Ich auch.«
»Haben Steine Zeit?«
»Diese hier sind seit einigen Jahren in meiner Wohnung, aber seit Mil-

lionen Jahren sind sie schon auf der Erde.«

Das Kind sieht mich an.

»Wir könnten einen Berg bauen aus den Steinen«, schlage ich vor.

»Aus deinen schönen Steinen?«

»Das schadet ihnen doch nicht.«

»Einen großen Berg bauen? Ein ganzes Gebirge? Wann denn?«

»Jetzt«, sage ich und stehe auf um Tisch und Stuhl heiseite zu schieben.

»Jetzt«, jubelt Titus und wirft sich mir in die Arme, » ja, wir bauen jetzt!«

Jetzt, das ist Kinderzeit!

Papstchen und seine Engel

Eine herrliche Stadt, eine nördliche, an den Flanken eines Flusses gelegene Stadt, da, wo der Fluß Strom ist, vor der Mündung, ein Vormeer, mit jeder Flut strömt schon Salzwasser ein, eine Stadt, Lotsen steuern ihr die größten Schiffe ins Hafenherz, eine Stadt, die beinahe das Meer besitzt, dazu Binnen und Butenwasser und stille Fleete, eine reiche Stadt, in der viel Geld gehortet wird, als Summen auf Konten und als raubbare Materie in den Stahlverliesen der Bankhäuser, eine Stadt, in der man alles kaufen kann und alles verkaufen auch, ein Ort hochmütiger Alteingesessener und fröhlicher Zuwanderer, eine Stadt der Bleiber ebenso wie der Ankommer und Abfahrer, mit Bahnhöfen wie Völkerwanderungstreffs, mit Häusern, die seit Generationen von den gleichen Familien bewohnt werden und mit 16260 Mietzimmern für Tage und Stunden, eine Stadt, in der alle Sprachen zu hören sind und in der man die eine alte harte Wasserkantensprache beherrschen muß, wenn man sich ausweisen will als vertrauenswürdig. Diese Stadt, die geliebt, gehaßt, gemalt, beschrieben wird, schmückte sich in diesem Sommer mit Dichtern. Sie kann das. Sie kann es bezahlen. Sie kann es auch organisieren und unter die Leute bringen, sie hat die Bürger dafür und die Fremden dafür hat sie auch, die Dichter sind nicht vergebens gekommen.

»Dichter zum Anfassen« hat die Stadt den Leuten versprochen[1] und die Dichter vorführen lassen auf einem Markt zwischen Bücherbuden von einem Narren mit Schellenmütze. Ein schönes Fest, und es wurde auch Zeit zu zeigen, daß Dichter in Schuhen laufen wie alle Welt, Wurstbrot essen, wenn sie Hunger haben, sich nicht ständig besaufen, sondern auch Limonade trinken und natürlich angefaßt werden können, bis zu blauen Flecken, falls jemand kräftig prüfen will, ob er wen aus Fleisch und Blut vor sich hat. Über Dichter laufen Gerüchte um, man stellt sie sich vor, sehr gut also, daß sie vorgestellt wurden, in ziemlich großer Zahl. Über Kamele und Bären weiß man ja auch erst Bescheid seit diese Tiere vor Jahrhunderten über Europas Märkte geführt wurden von Schaustellern.

Heute ist man zur Bequemlichkeit zoologischer Gärten übergegangen, jedoch bleibt zu hoffen, daß man sich nicht Dichter (womöglich zu Zuchtversuchen und ergiebigen Kreuzungen) in Gärten halten wird, in Poetarien, ausbruchsicheren. Vorformen solcher Poetenbewahranstalten gibt es freilich schon: Künstlerkolonien, Künstlererholungsheime; besonders östlich wurden Künstler schon häufig so untergebracht, unschädlich gemacht, muß man wohl sagen, aber vermutlich sollten sie sich gegenseitig befruchten. Na!

In der Stadt, von der ich spreche, auf dem Markt, den ich meine, waren sie nur für bestimmte Stunden angekündigt. Vorführung von – um –. Ich ging hin, sehen, hören. Um es vorweg zu sagen: Der Narr war ein Narr, schön bunt anzusehen, schellenklingelnd, die Dichter waren Dichter, gute und weniger gute, sie gaben ihre Wörter ab ins Publikum, das vor ihrer Bühne stand, saß, lagerte, Eis leckte oder Schrippe mit Hering aß, davon aber nicht am Zuhören gehindert war, die Reaktionen bewiesen große Aufmerksamkeit. Auch wurden nicht nur Fressalien verkauft auf dem Platz, Bücher, ein Waggon voll, hörte ich, wurden ebenfalls abgesetzt, und ich denke, es war eine gelungene Veranstaltung.

Als ich zusah und zuhörte, waren nicht nur der Narr, die Dichter und das Publikum da, sondern noch anderswer. Ein sehr wichtiger Mann. Nicht der Papst. Ein Papstchen. Nicht vom Kirchenstaat, sondern von einer Zeitung, einer überregionalen, viel gelesenen freilich. Nicht der Chefredakteur, aber ein wichtiger Mann aus einem Ressort, nicht daß er Kardinäle um sich hätte, doch hat er Leute, die seinen Intentionen folgen, sich an ihm hochschreiben möchten. Den Job im Ressort hat er übernommen weil er nicht ist, was er gern wäre, denn egal, ob er Hans oder Franz oder Michael oder Rolf heißt, Augustus möchte er nicht nur heißen, sondern auch sein, ein großer Mäzen, spendend, ermunternd, bedeutende Werke in Gang setzend und viel gelobt, nein, gepriesen, Vergil und wen nicht sonst noch alles zu Füßen. Aber da die Zeiten nicht so sind und er auch nicht so ist, läßt es sich leben im Ressort einer Zeitung, die allerwärts gelesen wird, der Beschäftigung mit Literatur viel Raum gibt und wo Papstchen ausführlich über das Schreiben schreiben darf. Zwar kann er, meine ich, nicht einmal besonders gut lesen, was doch wohl die Voraussetzung wäre angesichts der Themata über die er sich äußert, aber das macht ja nichts, denn darauf, daß sein Job ihm eine kleine schwummerige Aura von Unfehlbarkeit verleiht, kann er sich verlassen, unbequeme Leserzuschriften werden nicht abgedruckt, und wenn er auch nicht wie Augustus goldenen Worten Gold spenden kann, ob Dichter verdienen oder nicht, läßt sich lenken vom Literaturblatt-Thron aus, Lob von Papstchen ist Segen für den Absatz und wem Papstchen eine Bannbulle widmet, der kann sich vom Verkauf seiner Bücher womöglich keine Wurst aufs Brötchen legen. Ganz ansehnlich also, die Macht, die man hat, wenn man seine Haxen um Kritikersesselbeine wickelt, am Bleistift kaut und seine Prestigekriege führt, beispielsweise gegen das Literaturblatt einer anderen großen Zeitung, und sich unter dicker Überschrift auf einer ganzen Seite in die Brust wirft mit seinen Sentenzen und glaubt, davon wüchse Lorbeer hinter den Ohren – manchmal sprießt er ja auch, ist aber Schnellwelklorbeer, und nur weil wir in einem wohlhabenden Land leben, benutzt man Papstchens Literaturseite nicht rüde zum Poputzen.

Es hat weise Päpste gegeben, es gibt weise Papstchen. Es gibt Literaturkritiker, die hervorragend schreiben.[2] Doch manche können nicht einmal abschreiben. Wenn sie zitieren, zitieren sie falsch. Dafür aber haben sie eine Leidenschaft fürs Vorschreiben. Sie machen Vorschriften. Den Dichtern, die sich hiermit: ja, aber damit: keineswegs befassen sollen. Wehe, ein Dichter getraut sich über etwas zu schreiben, das in den Papstchen-Zeitungen nicht erwähnt wurde, so ein Dichter ist dann fern der Realität, was nichts anderes heißt als fern den Zeitungen, und das hält man für ein schlimmes poetisches Verbrechen, denn dieser Dichter hat den Genossen Trend im Stich gelassen.[3] *Wie* ein Dichter schreiben soll, das wollen die Papstchen auch vorschreiben, und wenn sie nicht verstehen, was wie zu lesen ist, denunzieren sie's als Formalismus, Eskapismus, Symbolismus, Verbalismus, Sensualismus, Illusionismus, Manierismus – es ismussiert in ihren Köpfen.

Hoffentlich schnappen die Papstchen an dieser Stelle nicht ein, weil ich zuschnappe. Es könnte nämlich sein, sie glauben, ihnen allein stünde an, über Zähne wie ein Krokodil zu verfügen und mit denen nach Belieben zuzubeißen, wenn sie ein Buch zu packen bekommen. Das macht ihnen Spaß, man merkt es. Mir macht es aber auch Spaß, mal so recht alligatorisch zu schnappen, und über die Qualität meiner Zähne soll man nicht zu klagen haben. Jedenfalls stört es meinen Sinn für Gerechtigkeit und balance of power, wenn nur die Papstchen öffentlich zahnhacken dürfen und obendrein noch verlangen, Schriftsteller müßten einen Schnapp vertragen können. Auch die Papstchen, verlange ich, sollen ab und zu einen ordentlichen Biß hinzunehmen verstehen.

Kopf hoch, es geht weiter:

Auf das für den Literaturmarkt angekündigte Papstchen war ich neugierig und stellte mich ganz vorn hin, als es auftrat.

Papstchen hatte Jeans an. Natürlich. Wer keine Jeans trägt, ist ja beinahe kein Mensch, und wer in Jeans läuft ist eo ipso jugendlich, aufgeweckt, modern, dynamisch, globetrotterig, antiautoritär, praktisch, fortschrittlich, demokratisch, kooperativ, der hat an der Weltordnung gerüttelt und strebt eine bessere Gesellschaft an, läßt sich nichts gefallen, ist Pazifist, kämpft gegen Manipulation durch Massenmedien (sic), ist aufgeklärt, hilfsbereit, ein Feind des Spätkapitalismus, ist auf dem Fahrrad und im Jet zuhause, steht gegen den Bau von Atomkraftwerken und für die Palästinenser, jedenfalls ist ihm zuzutrauen, daß er so denkt, er steckt ja in Jeans. Bei Leuten ohne Jeans kann man nie wissen, einzig bei Jeansern darf man sicher sein, daß sie nicht reaktionär sind, ein gläubiger Katholik in Jeans ist ein guter Katholik und wird demnächst die Hälfte der Dogmen beseitigen (ein Atheist mit Schlips, was ist der schon), wer Jeans trägt, ist jung, und wer alt ist und Jeans anhat, beweist, daß er eben nicht alt ist, wer dick ist in seinen Jeans, ist ein lebensbejahender sinnenfroher Mensch, wer dick ist in anderen Hosen, sieht einfach fett aus. Freiheitsliebend, unkonventionell, weltoffen, ein Individualist, aber ein ansprechbarer, gesund, nett, angenehm anzusehen ist ein Jeanser, alle guten und geschätzten Eigenschaften kann man ihm zutrauen, denn er zog Jeans an, er hat den Beweis auf dem Arsch.

Eine Uniform legt an, wer Jeans trägt, die erste Weltuniform der Konformisten aller Länder und Kontinente. Ohne Uniformität kann, wer jung ist oder es doch sein will, offenbar nicht auskommen, aber Militärkleidung ist nicht mehr, was imponiert oder auch nur anziehend wirkt, man läßt Kinder nicht mehr die Matrosenanzüge von Kreuzerbesatzungssoldaten nachahmen, gottseidank mag man sich auf Militärisches nicht mehr einigen, aber ratlos stünde man nach dieser Abwendung da, denn ohne Uniform, wo bliebe da die Zugehörigkeit, die Geborgenheit in einer Menge, in der man geachtet verschwinden kann, man hätte nichts, das für einen spräche ohne daß man sich beweisen müßte, man wär schier verloren, gäbe es nicht Jeans, und in diese Uniformhosen kann sich jeder stecken, Kinder, die allerkleinsten, Frauen jeden Alters neben Männern jeden Alters, das ergibt die weltweite Gemeinde der Jeanser in ihren genieteten Hosen.

Auch Papstchen trug also Jeans. Was sollte man denn auch von ihm denken, wenn ihm was Grünes um die Beine schlenkerte? Seine Jeans waren, wie man sie um die Mittagsstunde tragen muß, etwas verblichen und eine Spur abgetragen. Papstchens Oberkörper wurde von einem teuren gestreiften Hemd aus einer Herrenboutique geziert. Einer der Streifen war rosa. Papstchen fungierte als Gastgeber auf der Literaturbühne an diesem Tag, er stellte die Dichter vor, wohlwollend, schmelzend von Wohlwollen, die Sätze kamen ihm cremig aus dem Mund, zivilisiert und sahnig sprach er sie ins Mikrophon mit einem leisen, aber wirklich nur ganz leisen Unterton von Gönnerhaftigkeit, und er lächelte amüsiert, wenn dann der

Dichter zu sprechen begann und harte Bälle ins Publikum schlug, Papstchen lächelte verständnisvoll, nahezu beifällig, er konnte sich das leisten, im Wirtschaftsteil seiner Zeitung wird man schon dafür sorgen, daß aus den Dichtersätzen keine Fakten werden, mit denen Papstchen etwas abgehen könnte. Als eine Frau auf die Bühne kam, stellte der Literaturzensurengeber sie als ›hübsches Mädchen‹ vor. Mit Frauen, die schreiben, ist Papstchen stets sehr milde, sofern sie jung sind und hübsch. Die würde er am liebsten andichten. Ich fürchte, er kann nicht dichten.

Also ich hörte mir das an. Abends ging ich wieder hin, da stellte Papstchen, nun nicht mehr auf dem Markt, sondern in einem Saal, nun nicht mehr in verblichenen etwas geschundenen Blauhosen, sondern im tipptoppen Jeansanzug, vier arrivierte Dichter vor. Um es wieder vorweg zu sagen: Die Dichter waren welche. Sie kamen aus allen Deutschsprachen, aus dem Bundesdeutsch, dem ddrlichen, dem helvetischen und dem austrischen, und sie hatten in ihren Sprachen etwas zu sagen, Poetisches, Witziges, es war schön, ihnen zuzuhören, lohnte, gekommen zu sein. Außer, daß sie Dichter sind, bewiesen die Dichter auch, daß sie »in« sind, denn sie trugen Jeans, jedenfalls drei von ihnen hatten sich nicht getraut, ohne Uniform zu kommen, der vierte, älteste, besaß offenbar keine, um diese entsetzliche Scharte auszuwetzen trug er unauffällige graue Gabardinehosen und über denen ein weit offenes Hemd. Einer der Dichtermenschen war weiblich und wurde getätschelt von Papstchen. Sehr, aber wirklich sehr dezent. Der weibliche Dichtermensch kam aus der DDR und auch ich war froh, daß er Erlaubnis erhalten hatte zu kommen, wir alle begrüßten die Frau klatschend. Sie kam in Jeans und als erstes dafür wurde sie belobigt von Papstchen: »Wenn man sie so sieht in ihren Jeans –« und dann meinte er, offenbar der Jeans wegen, sie sei »colloquial« gekommen. Mit seinen Hosen signalisiert man also, daß man gesprächsbereit ist. Die Dichterin kämmte sich erst einmal vor dem Mikrophon. Nicht, daß der Zustand ihrer Haare das erfordert hätte, aber es macht sich gut, paßt zu den Jeans. Ich sah wie ein Handfeger aus um die Ohren, war vom Imgrasliegen am Flußufer, vom Schiffekucken hergeeilt, kämmte mich aber nicht im Saal, ich bin schüchtern und trage keine Jeans. Dennoch hatte ich mich in die erste Stuhlreihe getraut, nicht daß ich meine, ein Prominentenplatz käme mir zu, kurzsichtig bin ich und meine Brille lag in Berlin.

Es ging los. Ein jeder Autor wurde vorgestellt von Papstchen, sahnig wie am Vormittag, aber nicht mehr mit gönnerigem Unterton, sondern mit einem kleinen Tremolo schuldiger Ehrfurcht in der Stimme, besonders gegenüber der Dame. Jedesmal, wenn er einen Dichter eingeführt hatte, verließ Papstchen das Podium, auf dem die vier Dichter saßen und auch sitzen blieben, wenn sie nicht an der Reihe waren. Einzig Papstchen stand jedesmal auf, stieg über Kabel, wand sich zwischen Mikrophonständern hindurch und nahm elastisch die Podiumstufe. Um den nächsten Dichter anzukündigen kehrte er, wieder auf dem Weg zwischen den Mikrophonstangen hindurch, zurück aufs Podium zu seinem Stuhl, über dessen Lehne seine Jacke ohnedies hing, auf dem er aber offenbar nicht sitzen bleiben mochte, weil er so bescheiden ist, daß er es für unpassend hielt, inmitten von Dichtern zu verweilen. Achtmal hatte er so mit vier Auf- und vier Abtritten Gelegenheit, seine elegante lockere Beweglichkeit vorzuführen, derweil die Dichter unauffällig still saßen. Papstchens Zeit kostendes Erscheinen und Verschwinden ließ mir Muße, auch das Publikum anzusehen. Zu meiner Freude entdeckte ich zwei Kinder. Es gefiel mir, daß sie den Großengedichten und Großengeschichten zuhörten, und sie sahen sehr gespannt und eifrig aus. Schön war auch, daß ab und zu jemand Klavier spielte. Heftig. Guten Jazz. Der stimulierte mich zu ein paar frechen Sätzen, die ich mir vornahm, dem Aufundabtrittpapstchen nachher unter die Nase zu reiben. Ich sog am Giftzahn.

Es gibt eine Pause, und weil anderes als Giftigwerden mir lieber ist, beschließe ich, mir erstmal die beiden Kinder genauer anzusehen. Ich möchte beobachten, wie sie sich befinden unter uns, und nähere mich ihnen ein bißchen, sie schwatzen mitnander, ich suche mir einen guten Blickwinkel.

Donnerschlag!

Es sind Papstchens Kinder!

Zumal das größere Mädchen hat grad sein Gesicht. Kein Zweifel, es sind seine Kinder, und mit einem zweiten Donnerschlag ändere ich meine Meinung über Papstchen. Er erscheint mir in anderem Licht.

Ein Vater ist er also, und seine Kinder hat er mitgenommen. Denen macht das Freude, sie strahlen, sind glücklich, sehen sich um, schnobern wie Fohlen an der Veranstaltung der Großen, besonders die Kleinere, sicher darf sie erst seit kurzem mitgehen an solchen Abenden, hat Glanz über Glanz auf ihrem Apfelgesicht, läuft auf den Vater zu, hängt sich an ihn, wird gestreichelt, auch der Großen nickt er herzlich zu, beugt sich zu ihr, sagt ihr etwas, das Mädchen lacht, nickt, ist einverstanden mit dem Vater, zwei fröhliche, gut gehaltene Kinder habe ich vor mir, die Kleinere steigt aufs Podium, sucht des Vaters Jackentaschen ab, vergeblich zunächst, das Stirnchen runzelt sich, »in der Innentasche«, ruft die Größere, und siehe, es kommt zutage, was erwünscht ist, ein Schreibstift nämlich, nun treten die Mädchen auf die Dichter zu, ein bißchen verlegen, aber wer könnte sie abweisen, sie möchten Autogramme, legen den Grundstock für eine Autographensammlung, das größere Mädchen bewegt sich schon sicher, mit einem Anflug höflicher Damenhaftigkeit, ist aber doch noch kindlich beeindruckt von allem, was vorgeht, wendet den Kopf hin und her um nichts zu verpassen, das kleinere Mädchen streckt sein Autogrammpapier mit Patschhänden hin, aufgeregt sind beide, glücklich erregt davon, dabeisein zu dürfen – dank eines auf seine Kinder bedachten Vaters.

Als die Pause vorbei ist und Papstchen wieder auftritt, erscheint für mich ein anderer auf der Bühne. Ein Vater. Ein netter Vater. Unmöglich, ihm gram zu sein. Seine zutraulichen Kinder sprechen so sehr für ihn, sind seine Fürsprecher, und ich beginne, ihn mit ihren Augen zu sehen. Warum soll er denn keinen Jeansanzug tragen, besonders gegen die Jacke habe ich gar nichts mehr, eine Vaterjacke, in deren Taschen sich Bleistifte für die Kinder befinden. Ich stelle mir den Abschluß des Abends vor: Papstchen wird den Dichtern die Hand geben, man wird sich gegenseitig versichern, daß – aber dann wird Papstchen Vater sein, die Kinder ins Auto nehmen und nachhause fahren mit ihnen und sie werden einreden auf ihn, wissen wollen und erzählen, sie werden lachen und beide zugleich reden, der Vater wird auf alles eingehen und sich freuen an den munteren Beiden, im Hause werden sie dann noch ein Brot wollen und etwas zu trinken auch, »nun zieht euch aber aus, es ist wirklich schon spät«, das sehen die Kinder auch ein, tanzen aber nochmal an mit der Zahnbürste in der Hand und Schaum um den Mund, »der hat doch – und hast du gesehen – wer war denn«, so schnell werden sie nicht zu stillen sein und angesichts solcher Vorstellungen ist es mir nicht mehr möglich, am Giftzahn zu saugen.

Jedoch als die Veranstaltung dann wirklich zu Ende ist, nehme ich mir übel, daß ich so bestechbar bin von zwei Kindergesichtern, und beschließe, einen Satz, einen einzigen wenigstens, der das Schalten und Walten auf Zeitungspapier beim Namen nennt, dies Oberlehrergetue, die Klasse auf die ganze Nation erweiternd, einen Satz nur gegen dies papale Schreiben anzubringen.

Gerüstet gehe ich auf Papstchen zu, aber seine Engel sind schon bei ihm, stehen neben ihm, ahnungslos bilden sie eine Schutzmacht, die ich nicht überwinden kann, denn ich bin nicht willens, wissentlich Kinder zu kränken.

Wie des Teufels Großmutter einen schwefelstinkenden Schmähsatz nicht loswerden kann wenn sie Engel sieht, mache ich mich stumm davon, tauche in die Kneipe schräg gegenüber, da ist der Backofen höllisch heiß, ich fühl mich zuhause, bekomme eine Pizza, aus geheimster Küche scharf, und als die Hexenspeise mir den Magen gewärmt hat, fliege ich auf dem Besen davon übers Butenwasser, dahin, wo ein Bett für mich steht, und falle in den Schlaf (der Gerechten).

1 So zu lesen im auf freudig sonnengelbem Papier gedruckten Prospekt der Veranstaltung.

2 Damit meine ich nicht, daß es gälte, Theaterstücke, Romane oder Gedichte von ihnen zu verlangen (obwohl es Kritiker gibt, die sich auch solcher Hervorbringungen mit Recht rühmen können), sondern daß sie über ihren Gegenstand, die Literatur, kenntnisreich und beteiligend sich äußern.

3 Der Berliner Schriftsteller Martin Kessel über Kritiker in seinem Buch »Ironische Miniaturen«, Verlag Hase und Köhler, Mainz 1970 »... Und so behaupten sie auch heute, daß niemand voraussehen könnte, was die Zukunft an künstlerischen Werten beglaubigt. Das sagen sie, weil sie keinerlei Zutrauen zur eigenen Urteilskraft besitzen, weil sie bis über die Ohren von modischen Affekten und Rücksichten beeinflußt sind und weil sie den Trend dessen, was sie für zeitgemäß halten, maßlos überschätzen. Sie haben die Beziehung zur Wahrhaftigkeit der Aussagekraft verloren, die Beziehung zur Lebensfähigkeit des Werkes, und sie verkennen vor lauter technischer Problematik das Beispielhafte des Phänomens und die natürliche Kristallisation des Individuellen im Spiegel des Absoluten. Ihre Fehlurteile sind ihr historischer Makel ...«

Wortprobe

Hommage für eine große Dichterin

Ihrem Tod bin ich zuerst begegnet. Sie war mir nicht von der Schule verleidet worden, zuhaus hatte man mich noch nicht angehalten, etwas von ihr zu lesen, nicht auf sie vorbereitet, trat ich in das Zimmer, in dem sie gestorben ist.

In Schulferien war es, elf oder zwölf Jahre mag ich gewesen sein, noch nicht dreizehn. Wir waren in Meersburg, und natürlich wollte ich in den massiven grauen Trotzklotz von Burg hinein, der sich am Ufer über dem glänzenden Bodenseespiegel erhebt. Drinnen war zu sehen, was ich schaudernd erhofft hatte, ein Verlies, ein tiefer, tiefer Burgbrunnen, Rittersäle, eine Burgküche mit alten unhandlichen Geräten für die Zubereitung von Mahlzeiten, bei denen ganze Hirsche, Wildschweine, Ochsen vertilgt wurden.

Man ging hinter einem Führer her von Raum zu Raum und kam unerwartet in zwei lichte freundliche Zimmer, wie man sie auch hätte bewohnen mögen, in einem stand ein zierliches Bett, an dessen Kopfende ein Lorbeerkranz lag. Der Kustode ließ sich etwa so vernehmen:

»Hier sind wir in den Räumen der Dichterin Annette von DrosteHülshoff, sie lebte hier, wenn sie Schwester und Schwager besuchte, den Freiherrn und die Freiherrin von Laßberg. Die Dichterin kam häufig her um Linderung ihres Lungenleidens zu suchen, sie ist auch auf der Meersburg gestorben, in diesem Bett hier.«

Zum ersten Mal sah ich ein Sterbebett. Da liegt man denn also.

Jemand konnte es nicht lassen zu fragen: »Ist sie an ihrem Lungenleiden gestorben?« und der Kastellan sah eine willkommene Gelegenheit, geschwätzig zu werden, er berichtete, daß man an einem Tage, an dem es der Droste besonders schlecht erging, den Arzt hatte auf die Burg kommen lassen. Der fand nicht, daß ihr Zustand ernster sei als zuvor, verabschiedete sich, und die beruhigte Schwester geleitete ihn ans Burgtor. Während die beiden unterwegs waren auf den Treppen und Gängen, erlitt Annette von Droste einen Blutsturz, und als die Burgherrin zurückkam ins Zimmer der Dichterin, fand sie diese tot vor.

Ich stand da und zerfror fast unter dem Eistau dieses entsetzlichen Berichtes. So also war das, konnte es sein, wenn Leben zu Ende ging.

Es gelang mir nicht, die Erzählung von mir fernzuhalten, sie wie etwas der Erwachsenenwelt Zugehöriges hinter den Damm meiner Welt abzudrängen. Ich machte mir Bilder aus den Sätzen, auf denen spielte der Vorgang sich ab: Der Arzt verabschiedete sich von der Kranken, er hatte sie beruhigt, sie hörte, wie er sich mit ihrer Schwester entfernte und plötzlich stürzte ihr Blut aus dem Munde (helles, schaumiges?), immer mehr, und der Arzt entfernte sich immer weiter, die Schwester auch. Konnte Annette, vom Bluthusten gepeinigt, noch rufen? Wenn sie es versucht hat, es wird nicht laut genug gewesen sein. Wie verhält man sich, wenn man daliegt und hustet, daß das reinliche Bettzeug rotfleckig wird, weil kein Taschentuch mehr auffangen kann, was aus einem hervorbricht. Hat Annette sich aufgerichtet, versucht, hinzulaufen, wo ein Mensch war, der ihr beistehen konnte, oder hat sie nur hingestarrt, woher rettende Luft kam, zum Fenster? Ich schaute hinaus, es war sonnig, es war warm, der See blitzte wie eine große Freudigkeit, aber der Schönheit des Ortes war nicht zu trauen. Denn einmal geschah hier etwas Entsetzliches.

Ein verstörtes Kind, das es verstand, seinen Zustand nicht preiszugeben, verließ ich die Burg. Am Ausgang, dort, wo man Ansichtskarten kaufen konnte, lagen auch Buchbände der Droste aus. Ich bat dringend, daß man mir einen kaufen möge. Mit ungerührtem Gesicht steckte ich ihn ein und konnte die Stunde nicht erwarten bis ich allein war und das Buch öffnen konnte, in dem ich eine Botschaft an mich erwartete, die mir erklären sollte, warum es mit Leben und Nichtmehrleben so Schreckliches auf sich hat. In diesem Buch, meinte ich, mußte das Ende seinen Anfang genommen haben.

Ich schlug auf: Gedichte. Ich las Titel: Die Lerche, Die Linde, Die Steppe, Die Krähen, Der Weiher, Der Hünenstein, Der Heidemann, Der Knabe im Moor.

Dies letzte wollte ich zuerst lesen, denn da mußte doch von einem Kinde die Rede sein und das hieß: beinahe von mir.

Ja. Ein Schulweg wird geschildert. Ein Junge muß auf dem Nachhausweg von der Schule durch Moor. Ich ging durch belebte Großstadtstraßen von der Schule heim, es gab nicht Dünste noch Quellchen, der Boden war fest unter meinen Füßen, nicht durch Riesenhalme mußte ich laufen, kein gespenstischer Gräberknecht war zu erwarten, doch in einem Hauseingang stand ein Mann und entblößte sich, anderswo schalt man mich, weil ich hüpfte und den Turnbeutel schwenkte, grauen Auges starrte ein Blinder nach mir und ein Postauto hupte mich an, so fürchterlich, daß ich schier auf die Straßenbahnschienen stolperte vor Schrecken, und das im schlimmen Moment, der Fahrer mußte klingelnd bremsen, jäh. Ich kannte, was dem Jungen im Nacken saß, als er heim wollte: Furcht. Da stand sie geschrieben, meine Furcht, da waren die flüchtigen Schritte, die Eile, sie grenzte an Hast, und da hatten sie Namen, die Leute, vor denen man sich vorsehen mußte: »Geigemann ungetreu, unselige Spinnerin, gebannte Spinnlenor«, sie tauchten auf, »wo die Ranke häkelt am Strauche«, und das Kind, »es pfeift ihm unter den Sohlen, es rennt, als ob man es jage«, das Kind, von dem da die Rede ist, das war ich; jemand, den ich nicht kannte, dessen Sterbebett ich aber gesehen, hatte aufgeschrieben, wie ich aus der Schule nachhause lief. Und das Gedicht nahm einen so guten Ausgang wie meine Schulwege allemal auch. Ich lächelte.

Nach diesem zum Staunen zutreffenden Anfang begann ich das Buch zu bereisen, fuhr auf seinen Zeilen entlang und erreichte mich, ich kam zu mir ans Ziel, was da geschrieben stand traf mich, denn es lautete schön:

»'s ist eine Wildnis, wo der Tag
nur halb die schweren Lider lichtet«

»Und ihres Panzers goldner Spiegel
ragt kopflos am Gesims hervor«

»Man höret nur die Flügel schwirren
und sieht den Schatten am Gestein«

»Belauschen jeden Farbenstern
Und keinen Sommertag bereun«

»Auf einem Blitze bin ich gesprengt
Aus meinem funkelnden Kellerhaus«

Hier war anderes zu lesen als in den Büchern, die ich kannte, auch wenn man mir gesagt hatte, sie seien von einem Dichter geschrieben und ich mir einen Namen wie ›Storm‹ gemerkt hatte. Das waren alles so begreifliche Bücher gewesen, und was hier stand war unbegreiflich und leuchtete doch so sehr ein:

»Belauschen jeden Farbenstern«

das war, wozu ich Lust hatte

»Wo einsam sich ein Rabe
die rupp'gen Federn kraut«

»Dahinter alles Blume
und alles Dorn davor«

Von ihrem Sterbebett kommend und in ihrem Buch blätternd, wurde ich angerührt vom Dornstab einer Zauberin aus dem Laube, geriet ich in die Erregung, die der Irr-Sinn großer Dichtung bereitet, das Abirren vom Trampelpfad breitgelaufener Sätze unter denen man sich nichts mehr vorstellen kann, zu Wörtern, die einen dahin verwirren, wo etwas zu finden, wo etwas denkbar ist, wo man angestoßen und bewegt wird –

»Und daß wir dort den Phoenix sehn,
Wo unsre liebsten Zedern flammen«

»Sünde wär's, das Messer im Schlund
des Ungewarnten zu bergen«

Ich bin ihr nachgegangen, der Annette von Droste-Hülshoff, in die lodernd stille Wildnis ihrer Worte, und in ihr so lange schon abgelebtes Leben bin ich ihr auch gefolgt mit der Zeit, in jeden ihrer Räume ließ ich mich aufnehmen, nicht nur da wo sie starb, ich bin auch da gewesen, wo sie geboren ist, auf der Wasserburg, der fälischen, und im Meersburger Fürstenhäusle war ich, in ihrem Schwalbennest so steil über See und Weinbergen, ich konnte anrühren was ihr gehörte, ihre Steine, ihre Gemmen, die Vogeleier, all diese Merkwürdigkeiten, die sie gesammelt hat, ich sah ihre Handschrift, wie Tritte kleiner Wesen auf dem Papier, wie Spuren Allerwinzigster, Geheimer, Bedeutender – sah auch was sie geschnitten hat aus schwarzem Papier, unendlich fein, Scherenschnitte, schnippschnipp, ganze Feste, Heuernten mit Pferdewagen aus einer schwarzen Fläche, der man nichts angemerkt hatte. Die Droste hat immer in kleinen, niedrigen Zimmern wohnen wollen, in Stuben, sie war lütt von Wuchs, sie sah nicht weit, war kurzsichtig, aber in der Nähe so scharfsichtig, man sagt, sie konnte die Infusorien in einem Wasserglas erkennen. Als ich fünfzehn war habe ich ihre Liebesbriefe gelesen und die Gedichte für ihren Levin:

»So wisse, dort, dort auf der Scheidung Spitze
Herrscht, König über alle, der Magnet,
Nicht fragt er, ob ihn Fels und Strom gefährde,
Ein Strahl fährt mitten er durchs Herz der Erde«

»So großes Kleinod, einmal sein statt gelten«

»Was noch entschwinden wird und was entschwand
das muß ich alles dann in dir beweinen«

Wer hat nicht schon alles von der Poesie als einer Perle gesprochen, ganze Gedichtsammlungen nannten sich so. Doch wie anders, wenn die Droste sich dieses Vergleiches bedient:

»Gleicht der Perle auch, der zarten,
Am Gesunden tauig klar,
Aber saugend, was da Krankes
In geheimsten Adern war;
Sahst du niemals ihren Schimmer
Grünlich wie ein modernd Tuch?
Eine Perle bleibt es immer,
Aber die ein Siecher trug«[1]

Wo sie auch war, in welcher Landschaft auch immer, trug die Droste wie Goethe das Hämmerchen der Mineraliensammler bei sich, klopfte Felsen ab, ließ sich von keiner Oberfläche täuschen, fand Adern vorlang eingeschossener Materialien, als alles noch flüssig war und heiß, schlug Drusen auf, daß sie sich öffneten, die funkelnden Höhlen der Bergzwerge, zerklopfte die Sichtbarkeit zu etwas anderem Sichtbaren, stieg in eine Mergelgrube und besah, was angeschwemmt war in der Frühzeit der Erde, beschrieb die Herkunft der Steine:

»Der sah den Strand und der des Berges Kuppe;
Die zornge Welle hat sie hergescheucht,
Leviathan mit seiner Riesenschuppe,
Als schäumend übern Sinai er fuhr,
Des Himmels Schleusen dreißig Tage offen«[2]

Sie hat geschildert wie sie wieder auftauchte aus einer Mergelgrube:

»Ich gähnte, dehnte mich, fuhr aus dem Hohl,
Am Himmel stand der rote Sonneball,
Getrübt von Dunst, ein glüher Karneol«[2]

Auf ihren Zeilen habe ich sie begleitet in die Steinbrüche und in die Schenke am See, aber ich bin auch ins wirkliche Rüschhaus gekommen, wo sie gewohnt hat im Münsterländischen, dort, woher sie stammte, mit ihrer alten Amme hat sie da gelebt und mit der verwitweten Mutter. Sie in einem kleinen Zimmer natürlich, im sogenannten Zwischenstock, und diese niedrige Behausung hatte ein Fenster nicht nur zum Garten, sondern auch ein kleines, das eingelassen war in die Wand, die zur Küche führte, wo das Gesinde tätig war und wo manchermann ins Haus kam, auch Kinder, Gesindekinder, Dörflerkinder, an Wintertagen wärmten sie sich und dann öffnete die Droste das Fensterchen, setzte sich dahinter zurecht, begrüßte die Kinder und begann zu erzählen, Geschichten. Es ist keine erhalten, aber es ist überliefert, die Kinder kamen häufig und traten unter das Fensterchen und riefen das feine adlige Fräulein Annette, Freiin von Droste-Hülshoff:

»Frölen, Frölen, vertellen«,

riefen in ihrer plattdeutschen Mundart und Annette erzählte ihnen in dieser Mundart. Was? Es muß schön gewesen sein, die Kinder wollten hören, am liebsten alle Tage, was die Zauberin aus dem Zwischenstock zu ihnen sprach, ein wenig höher sitzend als sie rotbackig und erwartungsvoll vor ihr standen. Was? Eine Wirklichkeit, die aus Wörtern gemacht war, aus Wörtern, die zusammengesucht wurden für Kinder, deren Augen war ablesbar, ob die Sätze dazu getaugt hatten, nicht auf Papier geschrieben zu werden, sondern in ein horchend aufgespanntes Kindergemüt zu fallen, Wort für Wort, ob sie die Schiffchen waren auf denen sich hatte befördern lassen, was Kindern mitgeteilt werden sollte.

Was muß damals gesponnen worden sein aus Horchen und Reden, die Kinder haben sie aufgewickelt, die langen Fäden der Sätze, beantworteten sie mit ihrem Staunen, gerieten der Dichterin ins Garn und in die Grube einer Geschichte, fühlten sich geborgen darin, machten sich ansässig, bewohnten das Erzählte und kleideten es aus mit den Kräften ihrer lebhaften Vorstellungen, zogen mit ihren begeisterten Augen immer neues Wortwerk hervor aus der Frau, die da im Rahmen eines kleinen Fensterchens saß, festgehalten von den Erwartungen der Kleinen, ein herrliches Zusammenwirken muß es gewesen sein, aus Wünschen und Gewähren entstanden die Geschichten, aus Hörenwollen und Sagenkönnen, die Kinder wußten nicht, einer wie großen Dichterin sie zuhörten, doch sie spürten es, denn mit »Frölen, Frölen, vertellen« bestanden sie darauf, daß weitergetan wurde an dem was sie davontrug, alle, die, die horchten und die, die ihre Worte erprobte, Satz um Satz, auch. Daß ich nicht dabei war wenn sie saß und erzählte, die hellhaarige Frau mit den so sehr großen blauen Augen, daß ich nicht eines der hörigen Kinder war, der flachsblonden in Wollmützen, geflickte Joppen und Röcke am Leib, Holzklotschen an den Füßchen, die Nasen kalt, gegen Hunger wurde wohl gleich etwas getan in der Küche, aber noch kauend werden die Kinder haben hören wollen, ein Kind lebt nicht vom Brot allein, es war Feuer im Herd und sachte begannen Wörter zu glühen in Kinderköpfen so wie sie in meinem Kopf Feuer fingen, damals, als ich das erste Mal aufschlug und las was in dem Buch stand, das ich geradezu gefordert hatte, aufschlug und las, was mehr in mir wachmachte als die Schulkindbücher mit ihren öden Begreifbarkeiten.

Sie haben die Wortprobe bestanden, die Kinder in der Rüschhausküche, und die Dichterin auch, die noch mich herausgefordert hat hundert Jahre nachdem sie vergangen war im großen roten Finale ihres sie verlassenden Blutes hat sie verlangt, daß ich ihr folge unter die Judenbuche und mich gelockt in den Schatten ihrer großen Gedichte:

»verblichen sei
die Farbe der wandernden Zeichen«

»Schrieb, schrieb, daß die Feder knirrt und bog,
Lang lange schlängelnde Kette,
Und sachte über den Marmor zog
und schleifte sich die Manschette«[3]

Jemand hat geschrieben vor hundert Jahren, ein Kind las es nach hundert Jahren. Der Funke sprang. Magie!

1 Alle Gedichte in: Annette von Droste-Hülshoff, Die Judenbuche. Gedichte, H. Tikantscher Verlag, Hafis-Bücherei, Leipzig o. J., S. 132f., 140, 177, 114, 162, 261, 166, 171.

2 Annette von Droste-Hülshoff, Gedichte, Insel-Verlag, Leipzig 1914, S. 16, 18.

3 Annette von Droste-Hülshoff, Die Judenbuche, Gedichte, a. a. 0., S. 165, 174.

Sommer, von Schmetterlingen flatternder Juni, dickköpfige Libellen stoßen durch die Luft, Marienkäfer sind unterwegs und bringen das Glück, den Wäldern, den Wiesen entschwärmt, was sich nur irgend in die Luft heben kann, aus Larven gekrochen, Hautflügler, Netzflügler, sie versenken sich in Blumen und tragen dann den Blütenstaub umher, damit auch im nächsten Sommer ein Sommer sein kann, mit Pflanzen, nicht zu übersehen, die Natur vermehrt sich, wo nur eine Ritze voller Erde ist zwischen zwei Steinen grünt ein Kraut, fallen Samen, die Insekten wollen auch mehr werden und tanzen ihre schillernden Hochzeiten, die Welt ist so voller Lebewesen, die Erde hat hergegeben, was sich bei ihr verborgen hielt in kalter Zeit, alles faltet sich auf in der Wärme, die Blätter, die Flügel, läßt sich sehen, scheut uns nicht, ein Falter schaukelt auf unserem Fuß, eine Biene betupft suchend und findend mit ihrem Rüssel den Rand unseres Glases, Fliegen wollen an unseren Mahlzeiten teilhaben, und arglos ist ein Schwarm zartester Wesen durch die offenen Oberfenster des Autobusses gekommen in dem ich wieder in die Stadt fahre; sich dort zu orientieren fällt ihm schwer, ziellos und als wären sie verwundert, laufen auf winzigen zierlichen Beinchen hellgrüne Sylphiden über das Glas der geschlossenen Unterfenster, sie haben vibrierende Fühlerchen, feiner als haarfein, und das Schönste ist, jedes der zu mir verschlagenen Wesen trägt ein paar langer zarter durchsichtiger Flügel wie einen Schleier über sich. Ich sehe ihnen zu, noch wirken sie nicht ängstlich, und ich hoffe, sie werden den Weg durch die offenen Oberfenster wohl finden, die grünen Junigeisterchen, von Blättern genährt.

Der Autobus hält, neue Fahrgäste steigen ein, auch ein Kind, ich höre es, und dann kommt es auf die Bank vor mir, ein fünfjähriger blonder Junge, begleitet von seiner Großmutter. Er setzt sich zurecht, versichert sich, daß auch sein Ball da ist, spricht noch vom Fahrschein und vom Busmotor, betrachtet dann, was um ihn herum los ist, überprüft, ob noch andere Kinder mitfahren oder gar ein Hund, nein, nur Erwachsene, aber wenigstens ist einer von schwarzer Hautfarbe, »sieh mal, der Mann, ganz schwarz, schön, nicht?« sagt er zur Großmutter, »und ganz krause Haare!«

Schließlich aber ist erschöpft, was es unter uns Großen zu sehen gibt, und der Junge schaut aus dem Fenster und mit »Sieh mal, Omi, lauter kleine Tiere« hat er auch die hellgrünen Langgeflügelten entdeckt. Einen Augenblick betrachtet er das feinfüßige Hin- und Herlaufen auf der Scheibe, dann holt er aus und »Wumm« rufend hat er mit seinem Fäustchen eines erlegt und wischt sich »iih« das zerquetschte Insekt von der Handkante. Aber schon holt er wieder aus und sich beschleunigend zerdrückt er Tierchen um Tierchen an der Scheibe, »wum, wumm, wumm« ruft er, ist ganz erhitzt, wie im Jagdfieber, sieht triumphierend die Großmutter an, der aber ist sein Treiben unangenehm, »was haben dir denn die kleinen Fliegen getan«, sagt sie, weiß aber nicht recht, was sie machen soll, traut sich offenbar nicht zu, dem Enkel energisch Einhalt gebieten zu können, der steigert sich noch zu »tschsch, bumm, wumm, zack«, die Geflügelten werden aufgeregt, kommen aber nicht darauf, davonzufliegen, offenbar erkennen sie nicht, daß es die Kinderfaust ist, die sie dezimiert. Der Junge kniet sich auf die Sitzbank, mir zugewendet will er nun auch an meiner Scheibe Sylphiden zerwummen.

»Hör mal«, sage ich, und überrascht hält er inne, »hör mal, laß bitte die Tierchen an meiner Scheibe in Ruhe, mir gefallen sie. Sieh mal, was für wunderschöne, ganz durchsichtige Flügel sie haben, wie aus Glas, nicht wahr?« Der Junge hält sein Gesicht nahe an die Scheibe und betrachtet die Insekten aufmerksam. »Über den Köpfen haben sie ganz feine Fühlhörner«, erkläre ich, »und sie sind so grün, weil sie sich von Blättern ernähren.«

Die Großmutter ist glücklich, daß die Dinge offenbar eine gute Wendung nehmen, sagt »denk mal, wenn du nun grün aussähest von Salat und Spinat« und sie beruhigt ihn sogleich, »bei Menschen hat Gemüseessen aber keine solche Wirkung«.

Der Junge starrt noch immer auf die Tierchen, verfolgt ihren Lauf an der Scheibe und dann holt er doch aus und »wum, bumm, tsch, bumm, zack, peng, peng« erledigt er eines nach dem anderen, wischt die Leichen hastig am Sitzpolster ab um sofort wieder auszuholen mit dem Fäustchen, »peng, wum, zack, tsch, wumm –«

Es gibt keine schrecklichen Kinder. Aber es gibt Schreckliches.

Hastig stürze ich auf die Bustür zu und drücke den Stopknopf, also bremst der Fahrer am nächsten Halt, die Tür öffnet sich, ich steige aus, auf freier Landstraße, stehe da wie blöde, bin verwirrt, erregt, will mir gar nichts klar machen, nicht, daß ich abends wahrscheinlich Wurst essen werde, nicht, daß ich selbstverständlich, wenn ich Wanzen hätte, einen Karnmerjäger bestellen würde um sie zu vernichten, noch, daß dem Kind unklar ist, was es tut, daß es nur ferngesehene Gesten ausführt, Jagdrufe nachahmt, die im Schwange sind schon in Kindergärten, mit Killergehabe aus Westernfilmen, will nicht daran denken, daß ich mich nicht getraute, der Großmutter wegen, das Kinderärmchen festzuhalten und das Kerlchen nicht sich steigern zu lassen ins Massenkillen, es weiß ja noch gar nicht, was leben ist, und was töten ist, weiß es auch nicht, trotz der Vernichtungsraserei, in die es sich hineingeschlagen hat, weiß es das nicht. Mir hätte ja etwas einfallen können, dem Kind hätte gewiß Spaß gemacht, mit meinem Kopftuch die Tierchen zum Oberfenster hinauszuscheuchen, nichts habe ich unternommen, die Flucht ergriff ich und stehe nun auf der Chaussee, Vögel singen und fressen Insekten im Fluge, sicher ist das alles nicht von Bedeutung, mit Insektiziden vertilgt man Blattläuse, ob sie eine schöne Art sind oder nicht, und wer weiß, vielleicht ist es gut für Kinder, wenn sie einmal – sicher gibt es Leute, die das behaupten und begründen, von natürlichen Aggressionen reden und von natürlicher Abreaktion solcher Aggressionen –, nicht willens und nicht fähig, das schlüssig zu beurteilen, stiere ich auf den Fahrplan, der schief an einem Brett hängt und mir verkündet, daß ich eine Dreiviertelstunde werde warten müssen bis wieder ein Bus kommt, und dumpf verbringe ich viele der fünfundvierzig Minuten mit einem Schleier zarter grüner Wesen vor den Augen, wünschend, daß jenes Kind sich nicht an seine frühe Jagd und ihre zerquetschten Opfer erinnern möge.

Avrom Rubin

Warum gerade hier, ich weiß es nicht, er ist mir manchmal eingefallen seit damals, aber noch nie habe ich ihn so deutlich wiedergesehen, in kostbarem Pelzmantel, eine Zobelkappe auf dem Kopf, sitzt er in der Ecke eines altmodischen Eisenbahnwagens und rührt sich nicht fort von seinem Platz.

Warum konnte er gerade hier auftauchen, wo es nicht einmal Eisenbahnen gibt, ich bin weit fort von dem Land, in dem ich ihm einst begegnete, er muß auf einer Wolke gereist sein, ein Nebel muß ihn hergetragen haben, einer dieser verwehenden Nebel muß ihn gebracht haben, sie treiben an einem vorbei während man dasteht und der Bus nicht kommt, Schafe grasen jenseits der Chaussee, Pferde schütteln die dichten Mähnen, was alles man so genau aber nicht sieht, weil immer wieder Nebel – das hat er wohl nicht gedacht, als er tot war, daß er in Island wiederaufleben würde, nicht nur für Walküren ist hier der Ort, auch Avrom Rubin ist gekommen und fährt an mir vorbei wie er fuhr als ich Kind war und in den Ferien, in Woldenberg, mir alles vor die Augen riß was ich nur irgend zu lesen fand, soviel Kinderbücher wie ich nötig hatte besaß kein Mensch dort, so ging ich auf Raub aus, las was mir nicht bestimmt war, entwendete die Sonntagsbeilage des Lokalblättchens, verkroch mich damit und hatte es zu bereuen, denn da stand die Geschichte von Avrom Rubin.

Wer weiß, wer die geschrieben hat, schlecht kann er sich nicht ausgedrückt haben, denn er verstand, Avrom zu schildern, einen reichen Kaufmann, der von der kleinen Stadt, in der er lebte – in Rußland, glaube ich –, manchmal in die nächste große Stadt fuhr; er hatte Geschäfte dort. Jeder auf dem Bahnhof und jeder Schaffner kannte Avrom Rubin. Auch sein Mörder kannte ihn, erschlug ihn in dem Ersterklasseabteil, das der Reiche für sich allein gemietet hatte, dann beraubte der Mörder den Toten, was wohl lohnend war, und setzte ihn wieder hin, drückte ihn in die Fensterecke, da saß Avrom nun in seiner vornehmen Kleidung, der Kopf sank dem Toten in den Pelzkragen, daß es aussah als ob er schliefe.

Als man ankam in der großen Stadt, bemerkte der Schaffner, daß Avrom Rubin in seiner Wagenecke schlief und geriet in Aufregung, weil der Zug sogleich wieder zurückfahren würde, aber niemals hätte er gewagt, den Schlaf eines Mannes wie Avrom Rubin zu stören und ihn zu wecken. So ließ er ihn wieder zurückfahren ins Zuhausestädtchen, aber auch da wachte Rubin natürlich nicht auf, der Kopf wackelte ihm, er schlief also tief und fuhr wieder hinaus zur großen Stadt und mußte folglich noch einmal dort ankommen. Der Schaffner – er hatte sich mit Lokomotivführer und Heizer beraten – hielt das für ein Glück, denn so würde der wichtige Mann doch noch zu seinen wichtigen Geschäften eilen können.

Ich weiß nicht mehr, wie oft Avrom Rubin so mausetot vom Städtchen zur Stadt und wieder zurück gefahren ist und wer ihn schließlich anrührte und ihm die Zobelmütze vom eingeschlagenen Schädel nahm, ich weiß nur, daß sich meine Ferien änderten nachdem ein Schreiber mich gezwungen hatte, auf den Schienen seiner Zeilen mit einem Toten in der Eisenbahn zu fahren.

Sobald es dunkel wurde sah ich Avrom Rubin. Er saß da, wo die Treppe in Tante Annabergs Haus eine Wendung machte, und darum schob ich den Zeitpunkt, an dem ich abends gutenachtsagen und hinaufgehen mußte, immer mehr hinaus, denn selbst wenn ich an Avrom vorbei den düsteren Treppenabsatz überwunden hatte, der Tote war schneller als ich und saß dann schon in der Zimmerecke, in Pelzstiefeln, mit Pelzhandschuhen; schlief ich ein und wachte auf, war er noch näher gerückt, saß an meinem Bett, und ich schrie, aber sagte nicht, weshalb ich schrie, denn dann wäre Avrom Rubin noch einmal getötet worden, von Tante Annaberg nämlich, die Licht gemacht und gefragt hätte, was das denn für eine Geschichte sei, und ich wäre genötigt gewesen, das versteckte Blatt hervorzuholen, »laß doch mal sehen, was hast du denn da nur gelesen, das ist doch nichts für dich und wahr ist es sowieso nicht, das werfen wir weg, was in den Zeitungen doch alles für Unfug steht!« – ich sagte also nicht, warum ich geschrien hatte, ließ mir zu trinken geben und wollte, daß das Licht nicht gelöscht würde, doch den Toten gab ich nicht her, neun Jahre war ich damals und erhielt mir Schauder und Grausen, was wissen Erwachsene von einem neunjährigen Kind, so dumm, alles zu verplaudern, sind Kinder ja nicht, auslachen lassen sie sich auch nicht, »wie konntest du denn denken, so eine Geschichte sei wahr«, natürlich war sie wahr, schließlich sah ich ja Avrom Rubin, doch sicher würde Avrom sich Tante Annaberg nicht zeigen auf dem Treppenabsatz oder an ihrem Bett. Solange er seine Mütze aufbehielt ging es ja noch, aber wenn er sie einmal abnehmen sollte, was dann geschehen würde, ließ sich nicht vorhersagen, ein eingeschlagener Schädel müßte das schlimmste sein und überhaupt, ich wollte bestimmt nicht in der ersten Klasse von Woldenberg nach Berlin fahren, nicht einmal hineinsehen wollte ich in ein Ersterklasseabteil, wer weiß, wer da saß, da passierten schreckliche Sachen, viel schlimmere als ich den Nachrichtenseiten der Zeitungen entnahm, die ich mir auch verschaffte, von Mord und Totschlag war da zwar reichlich die Rede, aber es klang nie, als wäre wirklich geschehen, was gemeldet wurde, es stellte sich mir nicht vor in den Berichtsätzen, ich gewann keine Vorstellung davon, einzig Avrom Rubin war wirklich ermordet worden, kam aber nicht ins Grab, sondern mir in den Kopf und ist wieder aufgetaucht, hier, wo Nebelzüge vorbeifahren und auf falben Pferden Erinnerungen herbeireiten.

War es schlimm, daß ich Angst hatte als Kind vor einem Toten, den es nicht gab, hätte man mir den Kopf auskehren sollen, weil eine Geschichte darin hauste – das wäre gar nicht gut gewesen, denn dann hätte ich diese Geschichte ja nicht bereit gehabt als ich zehn Jahre war und den Zeitpunkt für gekommen hielt, eines Tages, ich fuhr mit der Großmutter in der Eisenbahn, allein in einem Ersterklasseabteil. An sie gelehnt sah ich aus dem Fenster als es dämmerte und fragte ›,soll ich mal eine Geschichte erzählen« und Satz für Satz ließ ich ihn kommen, den erschlagenen Avrom Rubin, der sich versteckt gehalten in meinem Hirn. »Der Schaffner soll Licht machen«, sagte meine Großmutter, »ich sehe überall Avrom Rubin sitzen« – es war also gut, daß ich ihn mir nicht hatte aus dem Kopf fegen lassen, sondern ihn behielt bis ich ihn abwörtern konnte in die Ohren meiner Großmutter und von ihr gerechtfertigt wurde, »ich sehe überall Avrom Rubin sitzen«, hatte sie gesagt, woraus doch manches zu schließen war. Zuhause forderte ich meine Großmutter auf, meiner Mutter von Avrom zu erzählen. »Wo habt ihr denn diese schauerliche Geschichte eingefangen«, fragte Mutter und machte eine Fröstelbewegung, »wenn wir nicht gleich Licht machen, sehe ich den Rubin in der Klavierecke sitzen«, und so verschwand aus mir die Angst vor dem toten Reisenden ohne daß jemand mir den Schauder verwiesen hätte. Ich halte etwas von natürlicher Überwindung, eine Welle setzt einen auf einer höheren Stufe der Einsicht sehr sachte ab. Man muß warten können, dann verschwindet jeder Avrom Rubin, nicht ohne wiederkommen zu können, und sei es in Island nach fünfundvierzig Jahren, auf Nebeln ziehend als Geschehenes, Erinnertes, nicht mehr Gefürchtetes.

Wer die Geschichte von Avrom Rubin geschrieben hat, weiß ich nicht, nur seinen, Avroms merkwürdigen Namen habe ich behalten. Aber vielleicht kennt jemand ein Buch in dem sie gedruckt steht, der soll mich's wissen lassen, damit ich sie auch noch einmal zu Gesicht bekomme.

Freilich weiß ich nicht, ob die Geschichte so schön geschrieben war, wie ich sie als Kind gelesen habe.

Tante
oder
Pour le mérite

›Tante‹ – in unserer Sprache scheint das ein Schimpfwort zu sein. Die englische aunt wird zärtlich ›aunty‹ genannt, die italienische ›zia‹ verehrt man. Hier aber heißt es: ›Da standen lauter Tanten rum‹, ›Wenn die Tanten bloß bald abhauen würden‹, ›Was will die Tante denn‹ – wirkliche Tanten sind gar nicht gemeint mit solchen Wendungen, vielmehr beliebige schrullige Damen, wir kennen Kaffeetanten, Klatschtanten, glaubt man deutschen Redensarten, ist nach der Schwiegermutter keine Verwandte so unbeliebt wie die Tante, einzig von der Erbtante wird mit Vorsicht gesprochen.

Ich halte etwas von Tanten, von der Funktion, die sie im Leben des Kindes haben und allermeist auch ausfüllen, wobei ich nicht nur an meine Großtanten denke, die als ein so leuchtendes Dreigestirn an meinem Kinderhimmel standen.

Sprechen wir von gewöhnlichen Tanten, die immer noch einmal ›Mensch ärgere dich nicht‹ mit einem spielen, wenn die Eltern längst abgeschlafft sind und keinen Würfel mehr sehen mögen, die es auf sich nehmen, einen zu einem zweiten Mal in den Zirkus zu führen, in dem man doch erst in der vorigen Woche war, aber es nicht aushalten zu können glaubt ohne noch einmal zu erleben, wie der Tiger durch den brennenden Reifen springt und der Clown nicht mit einer Portion Spaghetti fertig wird, mit der Tante kann man es genau sehen, man sitzt ganz vorn, sie hat für gute Plätze gesorgt, außerdem hat sie Nüsse in der Tasche und will am Schluß nicht schnell nachhause, sondern läuft in Gemütsruhe noch in der Tierschau herum mit dem Kind, das sie so selten einmal für sich hat und dem sie sich widmet mit einer Hingabe, die keine Routine kennt. Sie horcht auf die geheimsten Wünsche des Kindes, legt ein gutes Wort ein bei den Eltern, sie ist das Seltene, Nichtalltägliche im Dasein des Kindes, sie will und sie muß das Häschen in der Grube nicht erziehen, sie möchte es nichts als erfreuen, gewährt die Ausnahmen, denkt sich etwas aus für das Kind, kommt angefahren um ihm etwas zu bringen, hätte so gern, daß es ihr schriebe aus den Ferien, und schickt sich doch geduldig in den kindlichen Horror vor aller Schreibmüsserei. Was ließe sich denn auch mitteilen auf einer Karte, was aus dem Sprudelkopf des Kindes fände Raum auf so einem krüppelkleinen Päppchenviereck, das reichlich mit winzigen

Buchstaben zu beschreiben die Kinderhand noch zu ungelenk ist. Die Tante nimmt es nicht streng und das Kind fragt sie, was es die Eltern nicht fragt, das hat etwas von gemütlicher vertraulicher Geheimniskrämerei und bedeutet einen Haltegriff mehr für das Kind.

Nach den Großtanten muß ich nun auch meine Kleintanten erwähnen, Alice und Ilse heißen sie, zum Glück leben sie noch, und zu allen Vorzügen hatte seinerzeit der Umgang mit ihnen einen unentbehrbaren Wert für mich: die beiden machten es mir möglich, deutlichere Blicke auf meine Eltern zu werfen; ich konnte beiseite treten aus dem engen Familienzirkel und die Eltern von außen betrachten indem ich meine Tanten animierte, mir von ihnen zu erzählen, und die Berichte weckten eine ganz neue, heitere, ja belustigte Art von Liebe, denn plötzlich sah ich meine Mutter, klein wie ich selber, spielend, gewinnend, verlierend, weinend, für eine Lehrerin schwärmend, auf ein rotes Kleid versessen, sie wuchs zu mir zurück, kam mir auf ganz andere Weise nahe, und plötzlich war auch mein Vater nicht mehr ein besonnener Mann, sondern ein Steppke, der eine verhaßte Mütze heimlich in die Spree schmiß, sich, etwas größer, in der Schule wegen eines ausgestopften Salamanders so fürchterlich balgte, daß er mit zerbrochner Schreibtafel und kaputten Hosen nachhause kam, dank meiner Tanten wurden meine Eltern Kinder, mit denen zu spielen ich mir lebhaft vorstellen konnte, deren Sorgen den meinen glichen, die Erzählungen der Tanten verringerten den Abstand zwischen den Großen und mir.

Man sieht, sie waren von allergrößtem Nutzen und sind es noch heute, in drei Wochen fahre ich wieder da hin wo sie jetzt leben, wohlgelaunt werden sie die Tür aufmachen, kochen, was mir schmeckt, prüfen, ob ich warm angezogen bin, wenn es schon kühl oktobern sollte, denn daß ich fünfundfünfzig Jahre bin ignorieren meine Tanten, ich bleibe das Nichtchen, sie stecken mir einen Schirm unter den Arm wenn ich ausgehen will und sie am Himmel Wolkenballen wahrgenommen haben, und wenn ich wiederkomme, abends, werden sie mir eine andere Art von Fernsehen ermöglichen als die Rundfunkanstalten, sie werden mir Sätze hinhalten, in denen ich mich wiedersehen kann, wie ich war, als ich klein an ihrer Hand ging, sie werden die Zeit aufheben, die Toten unserer Familie lebendig machen und kein Spiritistenpendel brauchen um sie anwesend sein zu lassen, einzig mit Worten werden sie mir zuliebe ihre Wunder bewirken, den Pour le merite, ein schönes Sternenkreuz der Dankbarkeit möchte ich meinen Tanten anbieten, aus den Sätzen gemacht, die für sie aufzuschreiben ich in der Lage bin und mit denen ich ihren Kräften der Zuneigung und Treue doch nur kümmerlich hinterherhinke.

Ich hab nicht nur gern Tanten, ich bin auch gern Tante und möchte die leiblichen wie die Nenntanten animieren, sich mit Freude in ihre Rolle zu stürzen. Kinder brauchen Tanten! Ihr Leben ist besser ausgestattet mit einer Tante als zusätzlich Wohlwollen und Freude spendender Instanz.[1] Ich such mir Neffen und Nichten wo ich sie finde. Sie laufen mir auch zu, zum Beispiel Hannes, damals, als ich im gleichen Dorf wohnte wie seine Mutter. Der Vater lebte im Nachbarort und Hannes, häufig zwischen den Eltern pendelnd, liebte es, einen Zwischenhalt bei mir zu machen, ein flachsblondes Bürschchen in den vertretenen Schuhen der Nachkriegszeit, unterm Arm immer Bücher und ein Zeichenheft, kurze knubbelige zusammengesuchte Buntstifte in der Hosentasche, den Kopf voller Träume von Bali und dem Auslegerboot, mit dem er dorthin segeln wollte, auf allen Karten meines Atlasses war er zuhause, lieh sich diesen Atlas, schlug ihn in Packpapier ein um ihn mir zu schonen, noch heute steckt mein Atlas in Hannes' Umschlag, von seiner Kinderhand beschriftet, noch jetzt nach Jahr und Tag, nachdem Hannes gehalten hat, was er zu werden versprach als er ein ungenügsames Kind war und uns die Köpfe plünderte um alles, alles über die Welt zu erfahren, das Haar wuchs ihm in die träumerischen Augen, die einen Kompaß schon so genau abzulesen verstanden, der Kopf schien immer zu schwer für das magere Kerlchen, aus dem ein Seemann geworden ist und ein Dichter auch, Johannes Schenk meine ich, »Du bist meine einzige Tante«, hat er gesagt als er groß war.

Als ich ihm einmal, tantig besorgt, zuredete, seine Verse nicht einfach so aufs Papier zu spucken wie sie ihm einfallen (aber ihm fällt etwas ein!) und von Form redete, sagte er: »Was, denkst du etwa, ich könnte kein gereimtes Gedicht machen, kein Sonett oder sowas? Gib Papier!« Und dann grabbelte er die Jackentaschen ab nach einem seiner ungespitzten Bleistiftstummel, beugte sich vornüber, daß die Haare auf dem Papier hingen, und schrieb auf:

Russisches Bad[2]

Er spaziert auf dünnen Stelzen
wenn im Wasser Wogen wälzen
über die grünen Meere hin
mit Algen am Bart, am Kinn

Der Harlekin am Rand der Sonne
betreut von bellender Bonne
dreht Kreise und Räder
und stakt in die russischen Bäder

Das Lachen und Kreischen der Armen,
der spackelnden Leiber im Warmen
und dazwischen der Harlekin

schlägt Räder, geht Stelzen
und auf den Kacheln wälzen
sich Bäder und Bäderin.

Ein Junge war er noch, als er mir so beweisen wollte, daß er auch reimen und beinahe sonetteln kann, und ein Dichter war er schon als Kind, von einem Dorf ins andere zottelnd und sich bei mir einen Korb voller Wissen abholend um in seinen Kinderkopf Nachrichten über die transsibirische Eisenbahn zu sammeln, deren Geleise er aber sogleich weit kühner verlegte als alle, die mit ihrem Bau beschäftigt gewesen waren.

Heute sind seine Gedichte ein Zittern, er hält es mit der Genossin Utopie, dem Fisch aus Holz, weiß alles über Zwiebeln, Präsidenten, Bilanzen, Ziegenkäse und Schiffsköpfe.[3] Das Kind mit dem Atlas und dem Zeichenheft unter dem Arm hat später die wirklichen schiffeschluckenden Meere befahren und ist ein Dichter geblieben, und eines Tages hat er mir den Pour le merite verliehen, den schönen, weder mit Taten im Krieg noch mit zivilen Ordensregeln verbundenen, sondern den, den nur ein Kind oder das Kind das jemand einmal gewesen, berufen ist zu verleihen.

Es ging so zu: Johannes Schenk, der Hannes also, las in einer Stadt aus seinen Büchern. Ich war auch grad an jenem Ort, eilte zu der Veranstaltung, verhedderte mich aber in den Buslinien und kam zu spät. Hannes hatte schon begonnen zu lesen als ich mit der Tür knarrte. Gestört sah er auf, erkannte mich, unterbrach sich, lächelte und sagte: »Komm rein, Ursel, setz dich, hier vorn ist Platz!«, und dann erklärend zum Publikum: »Das ist nämlich meine Tante!«

1 Auch in Tierfamilien, z. B. bei Elefanten und Walen gibt es ›Tanten‹. Nicht trächtige Weibchen schützen zusammen mit dem Muttertier das Jungtier.

2 Unveröffentlichtes, bei mir wie beschrieben zum Scherz entstandenes Gedicht von Johannes Schenk.

3 Es wird angespielt auf die Titel der Bücher von Johannes Schenk:
Fisch aus Holz (1967)
Bilanzen und Ziegenkäse (1968)
Zwiebeln und Präsidenten (1969)
Die Genossin Utopie (1973)
Jona (1976)
Zittern (1977)
Schiffskopf (1978)

Kinder dort

I

wo Feuer, Schwefel, Nebel, Regen, Wind

Es gibt Gründe über Gründe Island zu lieben und nicht zu vergessen, sich festzusiedeln mit den Gedanken dort, wo Unterirdisches sich so vehement äußert in aufspringenden heißen Geysiren, wo der Boden bedeckt ist mit dem was die Tiefe ausspie in erdbebender Feuerwut, und nun liegen die glühenden Fortschleuderungen kühl und dunkel als Lava, als Felder und Felder von Lava an der Oberfläche, und immer noch faucht es schweflig dampfend aus unscheinbaren Erdspalten und man weiß nicht, was auf dem Grunde der rötlichen Krater geschieht, in denen sich Wasser gesammelt hat.

Im Landnahmebuch steht geschrieben, wer sich ansässig machte einst samt Schafen und ein paar Pferden auf dieser Nordinsel mit den schwärenden Feuern unter den Wiesen und dem sich in die Küstenlinien einfressenden Atlantik, mit nebelblinden Wintern und regenverschleierten Sommern, in ihren legendären schmalen flutenüberreitenden Booten sind die Wikingersiedler gekommen und unter Grassodendächern in Torfhäusern hat man Jahrhunderte gewohnt auf Island. Die Sagas vom Altalten, auf Häute geschrieben, liegen im Schatzhaus von Reykjavik, kostbarer als die Diamanten des Britischen Empire im Tower, denn die beschriebenen Häute sind mehr als Kronjuwelen, sie sind Kronzeugen, auf deren Aussage es ankommt für den, der die Augen aufschlägt in diesem Land, wo Geschriebenes so sehr verehrt wird und jeder weiß, wo er hingehört, denn er schließt sich den Sagas an.

Es gibt Gründe über Gründe das Land zu lieben, wo es einen Mann wie Snorri gab und einer lebt, der erzählen kann wie Halldor Laxness, wo der Premierminister seine Amtsgeschäfte mitten in Reykjavik in einem kleinen Haus führt, das keiner Sicherheitsvorkehrungen bedarf, und wo täglich um die Mittagszeit dieser fröhliche Lärm ausbricht, wenn die Nachfahren der wikingischen Landnehmer über die meist feuchten Straßen segeln, kleine Jungs mit blauweiß gestreiften Taschen über der Schulter und sofarbiger Mütze auf dem Kopf, zumeist einen Wust von hellen Haaren über Ohren und Stirn, »Vísir«, »Dagbladed« rufen sie, Jungen von neun, zehn, elf Jahren sind es, die Mittagszeitungen werden in Reykjavik von kleinen Schuljungen verkauft, die sich ihr Taschengeld verdienen, »Vísir, Dagbladed!«, verwegen entern sie Autobusse und bieten das Neueste an, die vom Vfsir liefern denen vom Dagbla ded fröhliche Verkaufsschlachten, von Kinderarbeit scheint mir hier keine Rede zu sein, es sieht so sehr nach Kindervergnügen aus, die Knirpse können rufen, daß die Glasscheiben in den Schaufenstern klirren »Víiiiisssir – Daaaaagbladed«, zu dieser Mittagstunde ist ihnen alles erlaubt, sie stürmen die Geschäfte und klappern die Restaurants ab, machen vergnügte Jagd auf Passanten, ihr Rufen verkündet der ganzen Stadt Reykjavik, daß der halbe Tag um ist, daß man Pause machen und lesen kann, was los ist in der Welt, mittags regieren auf den Straßen die Kinder, wer könnte ihnen widerstehen, Trinkgeld nehmen sie nicht (niemand in Island nimmt Trinkgeld), ein Teil des Kaufpreises gehört ihnen und wird in einen Fußball oder Bücher, Eis, ein eigenes Schachspiel verwandelt werden.

In Reykjavik ist auch das Parlament in nicht mehr als einem Häuschen untergebracht – da sitzt man denn gern mittags auf dem Platz vor diesem Parlamentchen, die Masten der Schiffe ragen vom Hafen her über die Dächer der Häuser, ganz kleine Flugzeuge hummeln über einen hinweg, kommen von Heimaey oder Akureyri und landen auf dem Stadtflugplatz, es gibt keine Eisenbahnen auf Island, mit Ponys, Bussen oder diesen kleinen Luftbrummern bewegt man sich vorwärts – in Reykjavik auf einer Bank sitzen also, Wasservögel beobachten mitten in der Stadt, die fast im Atlantik liegt und sogar von Eiderenten beflogen wird, auf einer Bank sitzen bis Schulschlußzeit ist und man erst entfernt hier und da, dann immer näher und von überall her dies helle gellende Kinderrufen hört, »Víiisssir«, »Daaagbladed«, die Invasion der Kinder hat begonnen, die kleinen Wikinger segeln herbei unter ihren gestreiften Mützen, schmeißen mir einen Vísir in den Schoß, denn es kann ja nicht sein, daß ich keinen will, woher sollen sie wissen, daß ich die Sprache nicht verstehe, in der er geschrieben ist, ich möchte durchaus eine Zeitung, gebe Geld in die Kinderhand, ernte ein Lächeln, kaufe glatt auch ein Dagbladed, werde schon herausbekommen, wovon da auf dem Papier die Rede ist, im Überschriftenlesen bin ich große Klasse, deren Sinn buchstabiere ich mir in allen Ländern zusammen und an zweihundert Tagen im Jahr lese ich auch zuhause nicht mehr von der Zeitung als die Überschriften, beim Busfahren, im Blatt des Nachbarn, einzig in Reykjavik habe ich mir, unfähig, den kindlichen Händlern etwas abzuschlagen, jeden Tag Zeitungen gekauft und dann Seite um Seite begrübelt, über Wörtern und Sätzen gebrütet, wie Spasski oder ein anderer Weltmeister über seiner Schachpartie, und meine phantastischen Schlüsse gezogen, den Zusammenhang zweier Substantive hergestellt, deren Bedeutung sich ausmachen ließ ohne daß ich das Verb erkannt hätte, das sie in diese und keine andere Beziehung zueinander setzte.

Allmählich dann werden die Rufe der Kinder seltener, sie haben ihre Beute gemacht, zählen die Kronen und die restlichen Zeitungen, laufen nachhause, sind hungrig, stürzen sich auf Fisch, frisch aus dem Ozean ist er hier immer, verlangen einen Teller voll Skyr zum Nachtisch zu löffeln, und wir Großen können denken, daß nichts mehr geschieht auf der Welt, ehe nicht anderntags und von neuem die Kinder rufend ihre Zeitungen hochhalten, als seien sie die geheimen Urheber aller Taten, von denen berichtet wird, und hätten beschlossen, daß wir zu dieser und keiner anderen isländischen Stunde von ihnen erfahren sollen.

II

wo Eisberge kalben

Einmal im Norden, einmal so jenseits von Wärme und ausgeliefert dem Licht, auch in der Nacht, warum nicht noch weiter, die Flugzeuge heben einen ja an, hundertfünfunddreißig Minuten habe ich gebraucht um über den breiten Wassergraben der Dänemarkstraße zu fliegen bis zum Cap Dan, wir Passagiere sprangen von den Sitzen als die ersten Kälber zu sehen waren, schneeweiße im Wasser schwimmende Eisbergkälber, abgelöst von den riesigen weißen kalten Mutterkühen, die langsam dem Meer zurutschen, vor sich diese Kälberherde weißer Gletscherbrocken, die sich schon ins Meer davongemacht hat. Das Wasser ist so klar, daß man nicht nur die Spitzen der Eisberge sieht, eisweißgrün sieht man aus der Luft auch die breiten Untermassen der Gletscher.

Die Maschine setzt auf grönländischen Boden, ein Holzschuppen zur Abfertigung der Passagiere, nicht mehr, man blickt um sich, die Luft ist klarer als alles Klare, das man bisher gesehen hat, man muß zu Fuß weiter, leere Blechfässer weisen einem den Weg ins erste Dorf der Eskimo, man geht los.

Felsig ist Grönland, der Boden funkelt von glimmerreichem Granit, wie von Göttern hergeschleudert liegen auch riesenhafte runde Steine da, im August muß man Schneeflächen passieren, hier und da sieht man jedoch Moos, auch Pflänzchen mit Blüten, kleinen weißen und gelben, sie spielen die Rolle der Rosen, Wollgras wächst, man geht den Tonnen nach, der einzigen Markierung. Als würde man von seiner Mutter im Stich gelassen, wendet man sich um als man das kleine Flugzeug wieder starten hört, das einen abgesetzt, ausgesetzt hat auf Grönland. Man geht weiter, man läuft eine Stunde.

Plötzlich hört man Hundegebell, sieht vereinzelte Hausdächer in der Ferne, plötzlich hört man Stimmen, plötzlich stehen Kinder vor einem. Auf nichts war man weniger gefaßt als auf Kinder, obwohl man sich hätte denken können, daß sie den Touristen entgegenrennen, sie haben das Flugzeug ja auch gehört und erwarten, daß ihnen merkwürdige Menschen aus der Luft gebracht werden, Wesen von einem anderen Stern, denen sie sich nicht verständlich machen können, sie schauen uns an, lächeln dann, noch nie haben sie schlechte Erfahrungen gemacht mit der Handvoll Touristen, die das Flugzeug zweimal in der Woche direkt aus dem Himmel anbringt.

Ich traumwandele auf die Kinder zu und glaube mir noch nicht, daß ich wirklich in Grönland bin und bei den Eskimo, so einfach kann das doch nicht sein, in meiner Kindheit las es sich anders bei Rasmussen und Nansen, so sehr fern schienen sie damals, als könne einem nie vergönnt werden, zu diesen Schneewohnern zu kommen und nun ist man da, wurde von Kindern schon erwartet, sie stehen vor einem, aus Fleisch und Blut, mit bräunlicher Haut, dunklen schräg stehenden Augen und feinen schwarzen Haaren, die Weichheit und Feinheit der Haare dieser Kinder fällt besonders auf, daß so Feines und Zartes in dieser steinigen Landschaft gedeiht! Angezogen sind die Kinder, es ist Sommer, wie die hiesigen im Spätherbst, Pullover, warme Hosen, dicke Wollstrümpfe, feste Schuhe. Sie laufen nun zwischen uns, wollen uns ins Dorf führen, reden eifrig miteinander auf das Unverständlichste. Ein ganz kleiner Junge fällt hin, weint, ich beuge mich zu ihm, fasse Mut und nehme ihn auf den Arm, er läßt es sich gefallen, sieht geradezu triumphierend auf die anderen, die laufen müssen. Ein großes Mädchen nimmt mir die Tasche ab, trägt sie für mich.

Mit einem Kind auf dem Arm komme ich ins Dorf, bin schon warm geworden mit einem Menschen hier. Vorm zweiten Haus steht eine Frau, die Mutter des Kleinen, sie nimmt ihn mir ab, wir lächeln uns an, sie bietet mir Platz an vor ihrem Holzhaus, das rot gestrichen ist, die Dachbalken weiß. Über einer Stange hängen Seehundsfelle, offenbar zum Trocknen, zwei Hunde mit hellem dichtem Fell kommen an, Schlittenhunde aus den alten Büchern, um jedes Haus laufen welche herum. Der Kleine hat Spielzeug geholt, zeigt es mir, einen Kajak, den ihm der Vater wohl aus Treibholz gebastelt hat, ein Auto aus der dänischen Handelsniederlassung, es ist gestempelt. Ich sehe mich um von meiner Bank aus, dreißig, vierzig Häuser stehen unregelmäßig verteilt um eine Kirche, Gestelle, auf denen Kajaks liegen, schmale lange Fellboote, denen man ansieht, daß sich mit ihnen übers Wasser tanzen läßt. Auf dem Platz vor einem der Häuser stehen Leute, auch die anderen Touristen. Ich verabschiede mich von der Frau, dem Kind und gehe dahin wo sie alle stehen. Es ist der Kaufladen, Bänke davor, Frauen, die mit einem Messer Seehundsfelle bearbeiten, schaben, manche Felle sind in einen Rahmen gespannt. Schon vor dem Haus wird gehandelt. Die Händler sind Kinder. Kleine Mädchen halten einem alle zehn Finger hin und an jedem Finger hängt ein Kettchen aus bunten Glasperlen, sehr kunstvoll aufgereiht, auch Halsbänder, Stirnbänder, Gürtel aus Glasperlen werden angeboten.

Der Erfinder kleiner bunter Glasperlchen muß der Menschheit mit seinem Einfall einen Urwunsch erfüllt haben, denn sie werden von Naturvölkern Afrikas ebenso begehrt, geliebt und mit Lust verwendet wie bei Indianern Nordamerikas, sie wurden in europäischen Damenzimmern vergangener Jahrhunderte verarbeitet, sind Stolz der Türkinnen, die Freude an ihnen hat nirgends aufgehört, auch bei den Eskimo entstehen Perlarbeiten, bunt, glatt, glänzend, Perlchen über Perlchen zu wunderschönen Mustern aufgereiht, verflochten, verwebt, je nachdem.

Der Handel wird von Kindern getätigt, aber mit sich handeln lassen die Kinder nicht, die bunten Waren, die an den Fingerchen der kleinen Mädchen hängen, haben feste Preise, die werden mit der Schuhspitze in den Sand geschrieben, und dann kauft man oder kauft nicht, auf Kompromisse läßt kein Kind sich ein, die Mütter stehen in einiger Entfernung, ihre Anwesenheit stärkt den Kindern den Rücken, wenn eines mehr als ein Kettchen, vielleicht ein Stirnband oder gar einen Gürtel verkauft hat, stürzt es glücklich seiner Mutter in die Arme, denn das Geld ist ein Beitrag zum Bootsmotor oder sonst Notwendigem. Die Erwachsenen bedienen sich des Charmes ihrer Kinder um Heimarbeiten zu verkaufen, die verstehen die Kunst, zu offerieren ohne im mindesten aufdringlich zu sein, lächelnd bedeuten sie: seht mal was wir Schönes haben, für einen bestimmten Preis, aber nur für diesen, könnt ihr es mitnehmen, wir wissen, was die Arbeiten unserer Mütter wert sind. Kein Käuferherbeischreien, kein Feilschen, man ist nicht in Istanbul, nur diese stille lächelnde Verlockung ohne Überredung. Ein Tourist, der sich für sehr tüchtig hält, malt einen geringeren Preis als den geforderten in den Sand, gelassen fährt seine kleine Partnerin im nicht zustande kommenden Geschäft mit der Schuhsohle über die zu niedrige Zahl und wendet sich ab. Die Perlarbeiten bedeuten den Kindern etwas, Müttern und Vätern auch, einstmals waren alle Frauenkleider reich mit ihnen geschmückt, breite Perlkragen hatte auch die Kinderkleidung. In diesem schneeweißen fahlmoosigen graugranitenen Land ist ein Perlband aus Blau, Gelb, Rot, Grün das Leuchten selbst, das Freudige, in die Augen Springende, den Blick Erweckende, eine Glaspracht wie südliche Blumengärten, so pünktchenklein ein einzelnes Perlchen auch ist, in der Vielzahl macht es diese wunderbaren Zierden aus, die von den Müttern auf Webrahmen erschaffen werden. Die Kinder bieten an, was sie selber herrlich finden.

Kinder in diesem Dorf, es wimmelt von ihnen, sechzig Prozent der Einwohner hier sind unter vierzehn Jahren, erfuhr ich, man sieht es auch, aber es soll schlecht stehen mit der Schule, Lehrer aus Dänemark wollen hier nicht arbeiten, nicht lange jedenfalls, es fehlt an kontinuierlichem Unterricht im Dänischen, und nur über das Dänische können Eskimo teilnehmen an dem was in der Welt vorgeht. Es ist wenig, das ins Eskimoidiom übersetzt wird, besonders hier an der Ostküste kommen die globalen Verlautbarungen nicht über die Sprachhürde.

Im Kaufladen gibt es Kinderbücher, aus dem Dänischen ins Eskimoische übersetzt, zwei kaufe ich; auf den Bildern sieht man Eisbären, vor den Texten jedoch muß ich kapitulieren, Sprachphantasie und Kombinationsvermögen genügen nicht.

Tassa ittuat angisoorsuullunilu nukittoorujussuaq.

Was heißt das? Ich setze mich auf eine Bank und schlage das Buch auf. Sofort habe ich Kinder um mich. Ich bedeute einem größeren Mädchen, vorzulesen aus dem Buch. Es klingt wunderschön. Eine Sprache wie ein Wiegenlied. Die Kinder um mich lauschen, lächeln. Auch das zweite Buch muß ich zum Vorlesen herleihen. Diesmal liest ein Junge, es hört sich an, als sage er Zaubersprüche her.

Als der kleine Wicht wieder ankommt, den ich anfangs auf den Arm genommen hatte, setze ich ihn mir auf den Schoß, spiele schließlich hoppe hoppe Reiter mit ihm, muß es wiederholen, das Plumps gefällt so gut, die anderen Kinder wollen auch so mit mir spielen, jedes mehrmals, also los, das ganze Lied von Anfang an und dann das heiß erwartete: ›fällt er in den Sumpf, macht der Reiter plumps‹, wunderbar finden sie das, immer wieder klettern sie mir aufs Knie, eine ganze Schwadron kleiner Eskimokavalleristen bilde ich aus, ein lebendiges Pferd hat kein Kind hier je gesehen, sie wissen gar nicht, was ich mit ihnen spiele, der Rhythmus gefällt ihnen und das plumpsen, ›plumps‹, das ist ein Wort, das sie am Ende alle sagen können, wenn sie mich später auf dem Dorfplatz sehen, kommen sie angerannt, sagen ›plumps‹ und wollen das Spiel auf meinem Knie.

Nicht, daß ich glaube, mehr als das Alleroberflächlichste von diesen Kindern zu wissen, mit denen zu spielen solche Freude macht. Vor allem weiß ich nicht, welche Zukunft sie haben werden hier, wo die meisten Familien der Unterstützung aus der dänischen Staatskasse bedürfen. Was wird sie entschädigen für die Armut, der sie entgegenwachsen – die Helligkeit der Sommer nach der Finsternis der Winter? Das klarste Licht, das man finden kann auf dieser Welt? Wie werden sie leben zwischen Wasser und Steinen mit Schlittenhunden als Gefährten und Fisch zur Nahrung? Was nützt es ihnen, daß die Dänen Coca Cola in Büchsen und Marzipanbrote aus Kopenhagen liefern? Welche Zukunft wird für diese Kinder vorbereitet, gibt es überhaupt Pläne für sie und sind sie ihnen angemessen? Oder geht es noch immer nach dem alten Eskimolied:

Nur die luftigen Geister wissen
was mich hinterm Berg erwartet,
dennoch treib ich meine Hunde
stets voran, stets voran!

Bei den Eskimo erlebte ich ein Verhalten, wie ich es so manchem in Eton geweihten Cambridgeabsolventen, der sich für einen Gentleman hält, nicht zutraue. Zum Beispiel: ich wollte Post abschicken aus Grönland, eine bunte Karte an Titus mit schönen Briefmarken darauf. Die Kinder begriffen was ich suchte, ein kleines, knapp fünfjähriges Mädchen nahm mich an die Hand, führte mich durch die ganze Siedlung zu einem auf einer Anhöhe gelegenen Holzhaus, das man auch Bretterbude nennen könnte. Drinnen aber hinter einem Tresen Regale mit Fächern, Säcke, eine Blechkassette, Stempel, mit denen ein Mann mittleren Alters hantierte. Ich zeigte meine beschriebenen Postkarten; er legte mir eine Mappe mit den verschiedensten Briefmarken vor und während ich eifrig nach den schönsten für Titus suchte, war ich unachtsam. Nicht so der Eskimo: mit einem entschuldigenden Lächeln nahm er mir die Mappe wieder fort, kam um den Tresen herum, ging in die Hocke und hielt die offene Mappe so hin, daß nun auch das kleine Mädchen die Briefmarken betrachten konnte.

Um die Kinder der Eskimo muß man sich vielleicht gar nicht sorgen, und hierzulande ist mehr Anlaß darauf zu achten, daß nicht Kinder nicht zu ihrem Recht kommen.

III

wo Ödipus König Laios erschlug

Beladen mit allem, nicht nur mit der großen Decke, die ich in Arachowa gekauft habe, weil ich dem Zauber nicht widerstehen konnte, der vom Klappern der Schiffchen und dem Anschlag der Kämme ausgeht an diesem Fleck, wo in jedem Haus ein Webstuhl steht und vor jeder Tür eine Alte sitzt, die Spindel tanzen läßt und den Faden nicht abschneidet, nicht nur beladen mit einem Stoff aus Arachowa, in den grauweiße Vögel eingewebt sind, die etwas zu weissagen scheinen – mit allem auf dem Rücken bin ich auf dem Weg nach 'Osios Lukas, habe nichts hinter mir gelassen, schleife die Orakel der Pythia mit, vergaß nicht, was ich in Mykene sah. All das Dunkle, Blutdampfende, das noch nachgrollt aus den frühen Jahrhunderten als Kassandra vergebens rief, Elektra nicht Ruhe gab, Antigone Kreon zuwiderhandelte und dafür sterben mußte, überkommt den, der unterwegs ist von Athen nach Korinth, nach Mykene, nach Delphi und schließlich nach'Osios Lukas um auch den Tempel zu sehen, wo anderem, späterem Gott geopfert wurde. Zu Fuß bin ich unterwegs von Arachowa, eine Tasche über der Schulter, die Vogelbilddecke unter dem Arm, ich verlasse mich auf meine Füße, die Straße führt ein wenig abwärts, es ist Mittagszeit, kein Mensch zu sehen, nur auf einem knarrenden Eselkarren, der mir entgegenkommt, sitzt ein alter Mann, schlafend, mit hängendem Kopf, der Esel weiß den Weg, nicht so sicher bin ich, als ich an eine Kreuzung komme, schlage ich zur Vorsicht den Reiseführer auf und lese: »An der Kreuzung, wo rechts die Straße nach Distomon abzweigt, soll Ödipus den König Laios von Theben erschlagen haben ohne zu wissen, daß es sein Vater war.«

Alte Schatten, alte Schauder, wieviel Unglück nahm also hier seinen Anfang, das Abendland trägt seit Jahrtausenden daran, hört nicht auf, die alte Schuld nachzuempfinden, warum erschlug, womit erschlug, ob es der Vater war oder nicht, warum dieser todbringende Schlag, warum all diese Gewalttätigkeiten, in Mykene, vor Distomon, dieses unvergessbare Erschlagen, vielleicht sollte ich doch nicht allein auf der Landstraße gehen, wer weiß, wer erscheint und einen Knüppel hat, aber was hilft es, wenn er kommt, kommt er, weiter also, und ungeschlagen erreiche ich Distomon, da ist auch Mittagsstille, nein, es ist nicht ganz still, ich höre Gelächter, gehe ihm nach, an einer Hauswand, im Schatten, lehnen Kinder. Schulmädchen, vielleicht zwölf an der Zahl. Wie es hier Sitte ist für Schülerinnen, tragen sie hellblaue Kleider mit weißen Kragen, Bücher und Hefte haben sie mit einem Riemen zusammengebunden unter dem Arm, sie plaudern, sie lachen, gehen wohl hier im Ort zur Schule, gewiß lernen sie Englisch, ich will es versuchen, ich spreche sie an.

Erfreut über die Abwechslung scharen sie sich sogleich um mich, jawohl, sie lernen Englisch, wir können uns verständigen, auf einen Bus warten sie, der kommt auch nach 'Osios Lukas, ich möge nur mit ihnen fahren, sie wollen mir sagen, wo ich aussteigen muß, möchten wissen, woher ich komme, bewundern meine Decke, holen mir einen Stuhl aus dem Gasthaus, geraten außer sich, als ich mir in einem Heft Notizen mache, können es nicht fassen, daß die lateinische Schrift sich so schnell schreiben läßt, eine Artischocke wird mir angeboten, gemeinsam zupfen wir die Blättchen ab, das älteste Mädchen ist besonders fürsorglich, fühlt sich geradezu verantwortlich für mich, eine sanfte Nausikaa, ich bin zu Nausikaa und ihren Gespielinnen gekommen, nichts von den Schemen der bösen Geschichten, sie sind gewichen vor der freundlichen Gegenwart der Mädchen, die alle gleiche Kleider tragen, aber das macht sie nicht gleich, im Gegenteil, nicht abgelenkt von den Reizen verschiedenartiger Kleidung, nimmt man die Köpfe, die Gesichter der Mädchen um so deutlicher wahr, nicht einmal, daß sie sämtlich dunkelhaarig und dunkeläugig sind, macht sie verwechselbar, auch nicht, daß jede aus den Bildern byzantinischer Kirchen gekommen scheint. Wie verschieden diese ähnlichen Gesichter, welch unterschiedliche Charaktere in den ununterschiedenen Schulkleidern! Aber zufrieden scheinen sie alle mit Ihrem jungen Leben von dem sie, ich weiß nicht was, erwarten, zufrieden offenbar auch mit der Schule, bereitwillig lösen sie die Riemen und zeigen mir ihre Bücher und Hefte, die so ordentlich geführt sind, daß ich staune.

Beinanderbleibend steigen wir ein, als der Bus schließlich herbeigerattert ist, zwölf kleine Reiseführerinnen habe ich bei mir, zu jedem Gehöft, an dem wir vorbeifahren, wissen sie etwas zu sagen, keine ist eine Kassandra, Elektra weilt nicht unter ihnen. Ich will nicht hoffen, daß Schlimmes ihnen beschieden ist, daß sie sich entscheiden wie Antigone, ich will nicht das Ungeheure, Außergewöhnliche für sie, das ihre Namen auf Jahrtausende bekannt macht, werden sie heiraten, sollen sie Penelopes Schicksal nicht erleiden und nicht wie Klytämnestra sein.

Nach und nach verlassen mich meine ländlichen Hostessen, sie steigen aus, eine ist hier zuhause, die andere geht dort auf einen bescheidenen Hof. Jede hat mir die Hand gegeben und noch gewinkt von der Straße. Bei den weissagenden Vögeln in meiner Decke aus Arachowa, die Mädchen sollen glücklich sein!

IV

wo Sieger im Ghetto leben

Die roten Tore stehen noch, sind nicht gerammt worden von Panzern, nicht aus der Luft von Bomben zertrümmert. Nur die Zeit, die Zeit hat ihnen etwas anhaben können, so daß dieser und jener Backstein verloren ging, aber es sind noch genügend da, mit denen sie trutzen können, allem und jedem.

Seinerzeit gewährten sie als Pforten in einer Ringmauer Einlaß in die Stadt Jüterbog, Provinz Brandenburg. Das Stadtwappen zeigt einen sich aufbäumenden Bock mit gewaltigen Hörnern. Eine fromme Stadt wohl in katholischer Zeit, mächtige Kirchen, die Zisterzienseräbte vom Kloster Zinna residierten in Jüterbog, Tetzel trieb sein Ablaßunwesen hier, ließ die Seele aus dem Fegefeuer springen, bis aus dem benachbarten Wittenberg Luthers Reform kam, und es begannen andere, aber auch fromme Zeiten. Dann erschienen Soldaten, Jüterbog wurde preußische Garnison, bekam eine Artillerieschule, einen riesigen Schießplatz, zudem wurde, die Artilleristen machten das offenbar notwendig, ein Mädchenrettungsheim eingerichtet. Geschossen wird heute noch in Jüterbog. Aber davon später.

Zurück zu den Toren. Entweder zum Dammtor oder zum Zinnaer Tor, wenn nicht zum Neumarkter Tor kommt man hinein in die Innenstadt, alle drei sind so schön, daß man stehen bleibt, sie zu betrachten, und wer leidlich scharfen Auges ist, kann an jedem eine Keule hängen sehen links oben am Bogen, sie ist schwärzlich, man kann nicht recht ausmachen, ob es des berühmten lieben Gottes berühmte eiserne Keule oder einfach ein schwärzlicher Holzschlegel ist, der in einer rostigen Halterung hängt. Neben jeder Keule ist eine Tafel angebracht, auf der in altertümlicher Schrift zu lesen steht:

> Wer seinen Kindern giebt
> das Brodt und leidet nachmals
> selber Noth den schlage
> man mit der Keule todt.

Ein Spruch wie ein Keulenschlag! Schlagetotmoral, zu drosselnde Kinderfürsorge an den Stadttoren gepredigt? Ich habe mich entsetzt, bin ins Heimatmuseum gegangen und verlangte Aufklärung. Sie stand in der Stadtchronik zu lesen, derzufolge die Keulen als Zeichen dafür angebracht sind, seit alters her, daß Jüterbog ein Ort der Gerichtsbarkeit ist, die man offenbar als mit der Keule versehene Strafgerichtsbarkeit verstand. Die Tafeln neben den Keulen hängen auch seit eh da, jedenfalls stammt der Vers von 1394, als nämlich ein Tuchmacher der Stadt bei Lebzeiten sein Vermögen unter seine sieben Söhne teilte, von denen aber keiner willens war, dem alten Vater dann ausreichend zum Leben zu geben, so daß er zur Warnung die Tafeln an die Stadttore hing. Väter sollen sich hüten, ihren Besitz aus der Hand zu lassen. Ist ein Vater aber großzügig, gutmütig, möchte er die Unternehmungen von Söhnen und Töchtern fördern mit seinen Mitteln, muß er gewärtigen, später von den Nachkommen keineswegs unterstützt zu werden, und wenn er auf solche Weise der Dumme ist, wenn er nicht mißtrauisch war gegen die eigene Brut und versäumt hat, es so einzurichten, daß er nicht auf ihr Wohlwollen angewiesen ist – schlage man ihn mit der Keule tot.

Auch so interpretiert, bleibt der Keulenspruch – an den Stadttoren als Wahrzeichen Jüterbogs bekannt – fürchterlich. Daß sich keine Generation von Stadtvätern gefunden hat, die ›weg damit‹ gesagt und getan hat!

Nachdenklichen Sinnes war man wohl nicht in Jüterbog, auf den Schießplätzen wurde nicht das Überlegen, sondern Treffen verlangt.

Noch heute knallt es um die Stadt herum, viel Gelände ist militärischen Übungen vorbehalten, wird von den Ketten der Panzer zerfurcht, zum Ödland gemacht, nur haben Uniformen und Hoheitsabzeichen gewechselt, die Soldaten sprechen russisch. Stationiert so fern von den Samowaren der Heimat, leben sie Kasernenleben, müssen unter sich bleiben, es wird nicht fraternisiert. Manchmal sieht man ganz junge Kerle, Milchbärte, in der Stadt, im Bahnhofsrestaurant bestellen sie zum Essen nicht mehr als einen Wodka, so höflich zurückhaltend, wie es den Siegern dreißig Jahre nach Kriegsschluß befohlen ist.

Ältere Offiziere haben ihre Familien bei sich im Ghetto, und die können nicht immer vermeiden – falls sie es überhaupt wollen –, das Städtchen aufzusuchen: da stehen dann zuweilen mitten auf dem Marktplatz der harschen keulenbehängten soldatenumgebenen Stadt rosige Kinder, die kleinen Töchter der Sieger, auch die größeren werden von den Müttern so fest an der Hand gehalten als befänden sie sich auf dem Ratsplatz von Jüterbog in Feindesland und bedroht. Oder sind die Mütter so stolz auf ihre Kinder, daß sie sich in deutlichen Zusammenhang mit ihnen bringen möchten?

Die kleinen Mädchen sehen nicht wie Soldatentöchter aus und ähneln in nichts den haareschwenkenden, in Hosen laufenden Jüterboger Schulmädchen, die, lässig ihre Taschen schlenkernd, über den Markt schlendern. Die kleinen Siegertöchter scheinen aus einer anderen Epoche zu kommen, sie scheinen ein Geschenk, das uns Renoir mitten in die sandige Mark Brandenburg gesandt hat, aus seinen Bildern müssen sie hergewandelt sein mit ihren zartfarbigen Rüschenkleidern, Schleifen im Haar und am Hals, die Beine in weißen Strümpfen, die Füße in ausgeschnittenen Lackschuhen. Jedes seiner Pracht bewußt, fixieren die Kinder einander, stehen still an der Hand der Mutter, höchstens daß sie ein wenig die Hüften drehen um ihre Röckchen zur Geltung zu bringen. Kinder einer klassenlosen Gesellschaft sind das nicht, hier stehen die Töchter einer Offiziers-elite, die sich nach dem Willen ihrer Eltern unterscheiden sollen, auch von den Jüterboger Verliererkindern natürlich, und sie setzen sich ab mit den Requisiten der Bourgeoisie, die den Sprößlingen des Sozialismus fremd sein müßten, aber nein, nicht die Revolution hat ihre Kinder, sondern diese scheinen die Revolution gefressen zu haben, oder ihre Mütter adaptieren für sie Privilegien des Bürgertums um an ihren Kindern nachzuholen, was ihnen selber verwehrt war. Freilich stößt es auf Gelächter bei den Verlierern, daß diese Mütter sich nicht daran orientieren, wie alle Welt sich kleidet, ihren Kindern keine Jeans gestatten, nichts von bequemer Spielkleidung – kleine Rührmeineschleifennichtan, stehen die russischen Mädchen auf dem Markt, machen keine Anstalten, die Hand der Mutter auch nur für einen Augenblick zu lassen, sie sind kostbare Prinzeßchen, die ausgeführt werden in eine Welt, die nicht die ihre ist, deren Sprache sie nicht verstehen und in der sie sonderbar wirken, woher sollen sie wissen, daß mit und an ihnen ein Feinsein, ein Schönsein, ja eine Art Luxus demonstriert werden sollen, die der Sozialismus den Vätern und Müttern offenbar versagt, so daß diese Eltern ihr Bedürfnis nach Verfeinertem, Verschwenderischem in den riesenhaften Haarschleifen ihrer Töchter verwirklichen, und so abgeschnitten von der Welt sind sie in ihren Ghettos, daß sie nicht bemerken, wie bizarr, wie zum Verwundern, um nicht zu sagen: wie komisch ihre Töchter in dieser Zeit und an diesem Ort aussehen.

Da ich wissen möchte, was das für Kinder sind, die so in Samt und Seide stecken, stelle ich mich, wie zufällig, einem der Kinder gegenüber und sehe es an. Das Kind sieht mich auch an und denkt: was denkst du? Es sieht auf seinen Rock, seine Schuhe, prüft, ob alles in Ordnung ist. Es faßt an seinen Kopf, tastet nach der Schleife. Die Augen des Kindes schauen zaghaft, es beißt auf seine Lippe, was hat es doch für saubere Hände für diesen Ausgang, was für runde Kinderknie über den weißen Halbstrümpfen, gar nicht aufgeschürft sind die Knie, tobt es nie herum, fällt es nicht hin?

Das Kind beginnt, von meinem Gesicht Wohlwollen abzulesen, noch ehe ich wirklich lächle strahlt es mich an, wer könnte dem widerstehen, ich zwinkere dem Kind zu, es zwinkert auch, unbeholfen kneift es seine großen blauen Augen ein wenig zu, bricht dann schier in Gelächter aus, sieht an seiner Mutter hoch, sagt aber nichts, was ich für einen Akt sublimen Taktes halte, es will nicht etwas Russisches sagen, das ich nicht verstehen kann, es beläßt die Verständigung im Stummen. Die Mutter schaut aufs Kind, auch wortlos, sieht dann mich an, beginnt ebenfalls zu lächeln, zieht zärtlich die Tochter ein wenig an sich, tätschelt sie, so stehen wir da, aus Zeit und Raum gerückt, geben uns stumm Gedanken zu lesen, spinnen einen Kokon von Wohlwollen um uns mitten auf einem Marktplatz zwischen drei Toren, an denen Keulen hängen, und wo schicke auf den Westen schauende Mütter und Kinder den Kopf über Rüschen und Schleifen schütteln, die doch als Ausdruck der Sehnsucht nach ein wenig Glanz etwas Anrührendes haben.

Die russische Frau könnte meine Tochter sein, das Mädchen meine Enkelin, sind es nicht, wir kommen aus einander fremden Nationen, haben die Geschichte unserer Völker aber für heute verlassen, beiseitegeschoben; auf nichts angewiesen, auf keinen Laut, keine Vokabel, hissen wir, ein ganz kleines Grüppchen, die Flagge einer Internationale der Freundlichkeit, und als mein Bus kommt, bedeutet, daß ich einsteigen muß, schon eine Trennung.

V

wo Zelte der Baumwollpflücker stehen

Karatepe – eines Tages hatte der Name dieses Berges Besitz von mir ergriffen wie eine Verlockung von der ich sogleich wußte, daß ich ihr nicht würde widerstehen können, und so ging ich zwar noch umher in Ankara, wurde aber schon untreu in meinen Gedanken, dachte mich schon weg, wünschte mich über den kilikischen Taurus, und eines Tages fuhr ich los in einem der türkischen Autobusse, die so verläßliche Reisevehikel in Anatolien sind, nichts Böses kann ihnen widerfahren, denn über dem Fahrersitz baumeln Amulette über Amulette, bunt, bunt, aus tausend Perlchen gemacht, im Räderrhythmus schaukelnd wehren sie jeden Schaden ab. Auch sonst wird für die Fahrgäste gesorgt, die Betreuung durch den Schaffner ist umfassend, im Abstand von einer Stunde, wenn nicht öfter, geht er durch die Bankreihen und teilt aus riesengroßer Flasche freigebig

Duftwasser aus, gießt es einem über die Hände. Der Fahrer tut das Seine, die Passagiere zu verwöhnen, immer eine Kassette nach der anderen schiebt er in den Rekorder, Musik quillt dem Bus aus allen Fenstern, als wäre er ein rollendes Freudenhaus, scheeßt er in einer Wolke von Parfum auf den Landstraßen dahin.

Kreuz wie quer bin ich inmitten von Fahrgästen aus immer anderen Bevölkerungsgruppen der Türkei so gefahren, den schönen Ortsnamen nach, den Vorstellungen, die sich mit ihnen verbinden, Bursa, Muradije, Iznik, Gordion, Ürgüp, Konya, Boghazköy, und als ich es eigentlich in Ankara ein bißchen aushalten wollte, überfiel mich dieser Name: Karatepe – zog mich zum Berg der Hethiter, teilzuhaben an König Asitawandas' Gastmahl, zog mich vor die steinernen Augen der Sphinxen, deswegen also hockte ich nun wieder im Bus, saß bald nicht mehr, sondern stand vorn in der Tür, die der Fahrer der Hitze wegen offen gelassen hatte, in der Türkei wird einem noch nicht verboten, in offener Bustür zu stehen, vielmehr wird einem zugetraut, daß man sich gut festhält, man wird nicht wie ein Stück Federvieh im fest geschlossenen Kasten transportiert, man ist noch für sich selbst verantwortlich.

Der Fahrer des Busses stammte aus dem Taurus und konnte verstehen, wie sehr ich außer mir war angesichts der Schönheit dieses Gebirges, das eine ausgedehnte Höhe ist, nirgends wird einem der Blick von schroffen Felsen verstellt, man behält die Übersicht über wellige Weiten, auf dem bröckeligen ockerfarbenen Boden wächst selten ein Baum, aber für genügsame Tiere sprießt Nahrung, ganze Herden pechschwarzer Ziegen weiden im Taurus, große zottige Hunde bewachen sie, die tragen ein Metallverhau von einem Stachelhalsband wie einen Königskragen, damit Wölfe ihnen nicht die Kehle durchbeißen können.

Bei Silifke wird das Mittelmeer sichtbar, das Gebirge fällt zum Ufer hin ab, man kommt auf die Küstenstraße nach Mersin, muß nach Tarsos weiter, dann nach Adana, wie nahe das schon an Syrien ist, die Moscheen sehen anders aus, streng aus schwarzen und weißen Steinen sind sie gemauert. Syrien, das Land, in dem unser Alphabet erfunden wurde, im Altertum umfaßte es das Gebiet, auf dem Judentum und Christentum entstanden und der Islam zu seiner größten Bedeutung kam, weswegen es heißt jeder gebildete Mensch auf Erden habe zwei Vaterländer, sein eigenes und Syrien – was ich erwähne um gegenwärtig zu bringen, auf wie altem Kulturland sich abspielte, was ich berichten werde-, Adana also, Syrien so nahe, die Straße führt durch Baumwollfelder, Erntezeit, immerfort begegneten uns große, mit Baumwollballen hoch überladene Lastwagen, an den Feldrändern Zelte und davor Kinder, die Jungen halbnackt, die Mädchen in langen Kleidern, auch die ganz Kleinen, sie schauten zwar nach den vorüberfahrenden Wagen, winkten aber nur selten zurück, wenn ich den Arm aus der Bustür schwenkte.

Weiter als bis Kadirli fahren die Autobusse nicht. Hinter diesem Dorf beginnt der Stechginsterdschungel des Karatepe. Ich mietete einen grünen Jeep samt Fahrer, auch dieser Wagen war von Perlamuletten geschützt, und hinauf ging es zur hethitischen Königsburg. Links und rechts in der Wildnis sah man Reisighütten, Sommerbehausungen, im Winter werden sie mit Lehm beworfen, erklärte mir der Chauffeur. Daß doch Menschen in dieser Unwegsamkeit wohnen – es ging steiler hoch, ein letztes Stück zu Fuß, und dann stand ich vor denen, die hier ausharren seit zweitausendsiebenhundert Jahren, Sphinxe, Löwen, steinern und stetig blicken sie in die Ebene, wo man den Ceyhanfluß sich heranwinden sieht, und der König eines vergangenen hethitischen Provinzreiches auf dem Karatepe sitzt noch immer an festlicher Tafel, ein Diener wedelt ihm Kühle zu, Früchte, Wein werden ihm gebracht, jemand führt einen Stier herbei – aber ich schreibe nicht um über die Hethiter zu schreiben, würde keinen meiner Leser überhaupt auf den Karatepe gezogen haben, nicht in diesem Buch, stünde nicht auch ein Kind auf dem Thronberg seit Jahrtausenden.

Geht man nämlich an der Reihe der Orthostaten entlang, der senkrecht in der Erde stehenden Steine auf denen Jäger und Krieger, Götter und eben der tafelnde König Asitawandas in Reliefbildnissen dargestellt sind, kommt man auch an einen Stein, der einen in anderer Weise berührt als die übrigen – nichts aus der männlichen Welt der Götter, Herrscher, Krieger, Bärenjäger, Hirten, Musikanten-, ganz ohne Attribute sieht man auf diesem Stein zwei Menschen unter einer Palme, eine Frau und ein nacktes Kind. Das Kind steht vor der Frau, hält sich an deren Hüfte, reckt den Kopf hoch und trinkt an der Brust, die Frau reicht sie dem Kind hin mit ihrer linken Hand, die rechte liegt auf dem Rücken des Kleinen, sie stützt das stehend trinkende Kind, zieht es ein wenig an sich, die beiden sind einander zugewandt mit einer kreatürlichen Innigkeit, die dem Beschauer eine Teilnahme abverlangt, die über das hinausgeht, was man den anderen Steinen auf dem Karatepe an Interesse und Bewunderung zollt. Hier ist Leben, Nähren, Gedeihen, Zusammengehörigkeit, ein Kind umfaßt seine Mutter, trinkt bei ihr, nimmt von der Mutter in sich auf, die hält still, gewährt sich, offenbar ließen sich hethitische Frauen Zeit bis sie ihre Kinder entwöhnten, diese hier hält ja nicht einen Säugling im Arm, ein kräftiges großes Kind steht Nahrung wollend vor der Mutter.

Man sieht das alles lange an, möchte sich nicht trennen vom Berg über dem Ceyhanfluß, aber einmal muß man wieder fort vom Karatepe, von Asitawandas speisebegehrendem Blick und den Augen der ihrem noch so fernen Untergang entgegenstarrenden Sphinx, fort auch von der unter einer Palme ihr Kind zufriedenstellenden Mutter, zurück, wieder an den Baumwollfeldern entlang, ein junges Schweizer Ehepaar hatte mich freundlich in seinem Auto mitgenommen diesmal, bei den Feldern wieder Zelte, und als vor einem ein Feuer rauchte um das man herumsaß, bat ich, anzuhalten. Wir berieten, ob man aussteigen könne, es war nicht klar, ob, die sich hier zur Baumwollernte verdingt hatten, zu den Kurden gehörten oder Yürüken waren. Kurden sollen sehr unfreundlich gegen Fremde sein, von Yürüken wußten wir gar nichts. Jedenfalls sahen alle, die da am Feuer saßen, bereits scharf zu unserem haltenden Auto her.

Ich wollte es versuchen, stieg aus, ließ die Autotür offen, der Motor blieb laufen. Langsam ging ich auf die Menschengruppe zu. Zwei Männer waren sofort aufgestanden, bereit, mir den Weg zu verstellen. Ich hielt an, zeigte auf die Feuerstelle, ging langsam weiter, ließ mich in die Hocke nieder, machte mich so ungefährlich wie möglich, lächelte die Frauen an, die Feuer unter einem schwarzen gewölbten Eisenblech in Gang hielten und darauf kunstvoll ein ganz feines Fladenbrot buken, ich wußte, daß es Yuffka genannt wird, sah die Frauen an, fragte »Yuffka?«, sie nickten, lächelten, wollten mir anbieten, ich machte ein Zeichen, daß ich gleich wiederkäme, lief zum Auto, holte ein Paket Knäckebrot aus meiner Tasche, nun bildete sich schon eine Art Gasse für mich, die Männer und Jungen traten beiseite, die Frauen sahen interessiert auf das, was ich da in der Hand hatte, ich setzte mich ans Feuer, nahm eine Brotscheibe heraus, gab sie den Frauen, die sie, lebhaft mitnander schwatzend, betrachteten, befaßten, prüften, auch die Männer traten näher, die Kinder sowieso, ich biß von einer meiner Roggenscheiben ab, hielt allen das Päckchen hin, die Jungen nahmen zuerst, probierten mal, auch die Frauen, es war ein großes Knuspern, zum Austausch bekam ich Fladenbrot.

Die Schweizer stiegen nun ebenfalls aus, als die Zeltleute jedoch auch einen Mann aus dem Wagen kommen sahen, formierten sie sich wieder zur Abwehr. Der Schweizer tat das Klügste, er legte sich lang ins Gras, seine Friedlichkeit demonstrierend. Ich brachte ihm ein Stückchen von meiner Yuffka, sofort gab man mir neue, bot auch der Schweizerin an. Da ich so in der Nähe ihrer Mütter war, kamen nun auch die kleineren Kinder dichter zu mir, faßten schnell mal meinen Mantel an, untersuchten meine Schuhe, zogen an den Schnallen. Ich konnte wagen, mich umzusehen, in Ruhe.

An der Feuerstelle saßen sechs Frauen, zwei unterhielten das Feuer, eine bereitete den Teig vor, eine ältere strich ihn ganz dünn auf das Backeisen. Fünf Männer schauten zu, um sie herum an die zehn halbwüchsige Knaben. Mädchen saßen in langen Kleidern im Gras, hatten ein Band um die Stirn mit Münzen daran, auch die ganz kleinen trugen fußlange Kittel, über dem Kopf ein Kapuzchen, das mit vielen säuberlich aufgenähten Perlmuttknöpfchen verziert war.

Die ganze Gruppe von Menschen wirkte ausgeglichen, zufrieden, zusammengehörig. Offenbar befand man sich bei einer Siesta und akzeptierte gutmütig, daß unbegreiflicherweise drei Fremde dem Klan zugelaufen waren. Als Tee gekocht wurde, bekamen wir ebenfalls, und auch die Männer hatten sich jetzt unbesorgt niedergesetzt. Die kleinen Buben hielt es natürlich nicht lange still, sie turnten herum, übten Kopfstand, sprachen uns an, konnten nur schwer verstehen, daß wir sie nicht verstanden, auch nicht, wenn sie ihre Sätze Wort für Wort wiederholten, den Mund sich vor Deutlichkeit schier ausreißend. Sie begriffen nicht, daß man so einfache Sachen, wie sie offenbar sagten, nicht begreifen kann, hatten aber Nachsicht mit unserer Stutzigkeit.

Die kleinen Mädchen waren schüchterner. Als zwei ein Fadenspiel begannen, mischte ich mich ein, denn das konnte ich auch. Als Kinder hatten wir es in Berlin ›abnehmen‹ genannt und in der Schule mit solcher Leidenschaft in der Pause gespielt, daß wir während des Unterrichts hinter den Pultdeckeln noch wie in Manie uns die Fäden weiter von den Fingern hoben. Hier spannten sich nun ›Geige‹ und ›Schiffchen‹ zwischen den kleinen bräunlichen Fingern der Kurden oder Yürükenkinder, ließen sich zu immer komplizierteren Figuren verwandeln, auch die Schweizer verstanden sich aufs Fadenspiel, neue Schnüre wurden geknotet, wir haspelten und fingerten, daß es eine Lust war, die Großen schauten zu, feuerten uns an, es machte nichts mehr, daß wir nicht sprechen konnten wie die anderen, wir konnten spielen wie sie, und das bewies, daß die Unterschiede zwischen uns nur unbedeutend waren.

Nun getraute ich mich, den Photoapparat hervorzuholen, legte ihn auf mein Kopftuch ins Gras. Besonders die Männer beugten sich sofort höchst interessiert über die kleine Maschine. Ich gab ihnen den Apparat in die Hand, sie hielten ihn ehrfurchtsvoll vorsichtig, waren begeistert, als ich ihnen zeigte, wie man im Sucher ein Bild finden kann, und ein-, zwei-, drei-, viermal löste ich dann eine Aufnahme aus, ließ Licht in den Kasten auf das empfängliche Bromsilber fallen und wußte, daß es die in der Sonne vor mir stehenden Kinder nun auch als Abbilder auf einem Stückchen

Film in dem schwarzen Apparat gibt, den ich wieder in die Manteltasche steckte als mein Zauberkästchen, mit dem ich einen schönen Augenblick, den Blick der schönen Augen fremder Kinder, wieder sichtbar machen kann an anderem Ort, zu anderer Stunde, unverloren, dank der Erfindung von Niepce und Daguerre konnte ich den Anblick der Kinder jener Baumwollpflücker mitnehmen, an deren Feuer zu sitzen uns freundlich gewährt wurde und wo auch das steinerne Bild vom Karatepe Leben gewann, plötzlich nämlich tapste eines der Kinder auf eine junge Frau zu, die sich auf die Knie hob, mit einem entschuldigenden Lächeln zu mir hin ihre gestickte Bluse aufknöpfte und das vor ihr stehende Kind, das sich an ihr festhielt- und die Frau hielt auch das Kind fest –, trinken ließ, es stillte, während es vor ihr stand wie einst das Kind vor der Frau auf dem Berg der Hethiter vor zweitausendsiebenhundert Jahren.

Allein dorthin zu gehen hätte man mir niemals gestattet. Der Weg war weit, lebhafte Straßen mußten überquert werden, und welche Eltern ließen 1930 ein neunjähriges Mädchen allein auf einen entfernten Rummelplatz laufen. Die Meinen hätten verstanden, daß Rummelplätze mich mächtig anzogen, und jeder Erwachsene in unserer Familie hätte mir angeboten mich zu begleiten.

Was aber ist ein Rummelplatz über den man neben einem Erwachsenen geht, der immer bereit ist, einen zu beschützen, dafür zu sorgen, daß man das schneeweiße Karussellpferd reitet und sich nicht mit einem braunen begnügen muß, der ›kuck mal hier‹ und ›kuck mal da‹ sagt und erwartet, daß man sich äußert.

Abneigung, allerheftigste, gegen Kuckmalbegleitung hatte ich jedoch immer schon, weswegen ich bis heute so gern allein unterwegs bin, denn besonders auf Reisen entwickeln sich Menschen zu elenden Hinweisern, bereden, was sie noch gar nicht begriffen haben, wollen, was sie ihre Begeisterung nennen, mitteilen, und erwarten, daß man ebenfalls Laut gibt, ziehen einem unausgegorene Bemerkungen und Gefälligkeitslügen von den Stimmbändern, man will kein Spielverderber sein.[1]

Wie herrlich dagegen, wenn man schlendern kann wie man will, stehen bleiben wo man möchte, keinen Eindruck, den man grad erst durch Augen oder Ohren aufgenommen hat, sogleich wieder zum Maul hinausjagen muß, weil jemand neben einem einen Kommentar erwartet, wenn man schön in seinem Kopf sich einnisten lassen kann, was man wahrnahm.

Ich wollte nicht mit einem Erwachsenen auf den Rummel, auch nicht mit anderen Kindern, ich wollte allein dorthin und stiefelte herzklopfend heimlich los eines Septembernachmittages, ein Portemonnaiechen mit Groschen in der Faust.

Der Rummel war in einer Gegend, die damals in Berlin ›Rauhe Berge‹ genannt wurde, es war ein eher trübseliger kleiner Jahrmarkt, wenn ich es heute bedenke, der Boden matschig, am Nachmittag gab's noch nicht viel Publikum, um so lauter die Animierschreierei vor den Buden.

Ich stand da und gaffte. Rührte mich kaum vom Fleck. Drehte mich nur um die Achse. Entschied mich für nichts. Ließ mich vollaufen mit Drehorgelmusik, Schießbudenknallen, Losradsurren, Kinderkreischen, Räucheraalanpreisen, Würfelbecheraufstuken, sah es flimmern, leuchten, sich drehen, stand in einer Wolke von Kartoffelpuffergeruch, war glücklich und rannte wieder nachhause ohne auch nur einmal den Bügel meines Geldtäschchens geöffnet zu haben.

Anderntags wieder hin. (Nach den Schularbeiten ließ man mich auf Spielplätze, zu Freundinnen oder zum Schaufensteransehen loslaufen.) Diesmal zu den Karussells. Ich wartete lange bis die beiden Schimmel, sie trugen Spiegelchen am Rande ihrer königsblauen Schabracke, so vor mir hielten, daß ich ohne Rangelei einen erklettern konnte. In den schneefarbenen Lohengrinvogel am Kettenkarussell, rumpelnd klappte er seine Holzflügel auseinander als es losging, nicht auszudenken, ich flog in einem Schwan, war verzaubert, eine Prinzessin der Luft.

Einem merkwürdigen Knattern nach. Da war ein großes Bassin mit scheußlich schmutzigem schwärzlichem etwas öligem Wasser. Aber darauf fuhren ganz kleine weiße Bötchen. Platz für zwei Kinder in jedem. Eines steuerte. Ich schaute zu. Wie die Kinder einstiegen, ausstiegen. Wie sie fuhren.

Da sah ich den Schwarzen Mann. Er war Herr über das Bassin. Kassierte das Geld, holte mit einer Stange die Bötchen heran, half den Kindern beim Einsteigen, was man aber als Hilfestellung kaum bezeichnen konnte, grob faßte er sie am Arm, stieß sie ins nächststehende Boot und ruppig und mißgelaunt zog er sie auch wieder heraus, über einen klaffenden Spalt schwarzen Wassers zwischen Boot und Steg hinweg. Verkeilten sich mehrere Boote ungeschickter oder mutwilliger Kinder, fluchte er und mußte unter Anstrengungen mit seiner Stange die Schiffchen wieder flott bekommen. Der Mann war mager, hatte schwarzes lockiges Haar, finstere Augen, halb lumpige Hosen an den Beinen, schwarze, auch einen schwarzen Pullover an, der über den Ellenbogen dünn war.

›Wer fürchtet sich vorm Schwarzen Mann?‹ haben wir als Kinder gerufen in einem Spiel, und die Antwort hatte allemal gelautet ›Niemand, niemand!‹

Doch, ich fürchtete mich, ich wollte nicht von ihm gepackt und in ein Boot gestubbst werden, wollte nicht auf das schwarze Wasser, ich konnte nicht schwimmen, hatte Angst, nicht steuern zu können und mit der Stange geholt zu werden, ich rannte weg.

Am nächsten Tag zuerst zum Bassin. Zusehen. Von der anderen Seite, dem Zugang gegenüber, beobachtete ich das Einbooten, Fahren, Ausbooten, sah, wie es die Ungeschickten machten, verglich mit den Geschickten, öffnete die Börse, holte zwei Groschen hervor, die man zahlen mußte, wenn man ein Bötchen für sich allein wollte, stellte mich an den Einstieg, war fast besinnungslos, als ich am Arm gepackt wurde und im Schiffchen saß, zuckte zusammen und fühlte mich sofort gemeint als der schwarze Mann »drufftreten Kleene« schrie, trampelte aufs Pedal, das Boot machte einen Satz, ich steuerte, aber falsch, stieß an, immerzu, kam zu mir, fuhr die letzten Runden leidlich, sah nicht hoch als ich ausstieg, erwartete einen Rüffel, der kam nicht, der Mann war Tolpatsche gewöhnt.

»Ach, so mal rum«, sagte ich, als ich beim Abendbrot gefragt wurde, wo ich denn gewesen sei am Nachmittag. Es gab keinen schrecklichen MirsagtdasKindalles-Menschen in unserer Familie, der einen, kaum daß man zur Tür hereinkommt, schon gierig anzapft und die Preisgabe von Eindrücken und Erlebnissen fordert – verdammt, ich kenne Mütter, die ihre Kinder förmlich auswringen wenn sie aus der Schule kommen, ihnen den letzten Tropfen Nachricht abzupressen suchen, mit dem sie sich wahrscheinlich zuführen, was ihnen an Erleben im eigenen Dasein fehlt, denn was ihre langweiligen Männer zu sagen haben, wissen diese Frauen längst und was die verschweigen wollen, läßt sich nicht erfahren, also müssen die Kinder herhalten und von jeder Freude, jedem Verdruß Geständnis ablegen. Mir widerfuhren zuhause solche Torturen nicht. Ich durfte ein Leben für mich selber haben.

Einen Tag ließ ich aus, ging ich nicht in die Rauhen Berge, spielte ich Hopse auf der Straße mit Olga und Waltraut, aber was ist Hopsespielen gegen Bötchenfahren und was waren Olga und Waltraut gegen den Schwarzen Mann. Einen Tag ließ ich also aus. Aber dann keinen mehr – bis eines traurigen oktoberwindigen Tages die Rummelbuden abgebrochen und auf Lastern weggefahren wurden als Stapel einzelner Wände, bis rauschend und schluckernd und röchelnd das Wasser aus dem Bassin in die Abwässer lief.

Aber ehe es so traurig weit kam, war eine herrliche Zeit täglichen Loslaufens, großer Erwartungen, die von der Wirklichkeit Tag für Tag noch übertroffen wurden.

Am Rummeleingang blieb ich immer erstmal stehen, prüfte die Lage, äugte zum Bassin. Waren zuviel Kinder da, wartete ich, schlenderte an der Knallbude der Schießlore vorbei, an den Karussells, aber nur noch fürs Bötchenfahren gab ich Geld aus.

Nach ein paar Tagen konnte ich fabelhaft mit Pedal und Steuer umgehen, und eines Tages griente der Schwarze Mann mich ganz freundlich an als ich kam:

»Na, Kleene, biste wieda da?«

Ich ruckte mit der Schulter als er mich am Arm ins Boot befördern wollte und veranlaßte ihn, mich bei der Hand zu fassen. Auch beim Aussteigen. Am nächsten Tag hielt er mir von selber die Hand hin.

Am übernächsten Tag lief ich nicht fort nach dem Fahren, stellte mich neben den Schwarzen Mann vor die Bassinbrüstung und redete ihn an:

»Ist schon mal ein Kind ins Wasser gefallen?«

»Nee.«

»Was machen Sie, wenn aber doch mal eins reinfällt?«

»Kann ja nich. Un wenn mussick rin, rausholn. Is ja nich tief. Kann ja keens versaufen.«

»Aha«, machte ich und hatte keinen Gesprächsstoff mehr, sagte aber »Wiedersehn«.

Der Schwarze Mann nickte.

»Heute kannste zweemal fahn fürs selbe Jeld, bist ja schon so ofte jekommn!« bot er mir tags darauf an.

Ein kleines wandelndes Leuchten muß ich gewesen sein, damals, so stolz war ich: auf die Furchtlosigkeit, mit der ich einstieg, ausstieg, über das schwarze gruselige Schmutzwasser fuhr, dem Schwarzen Mann die Hand reichte. All dies Fremde, vor dem die Großen warnten, das man zu fürchten hatte, ich war fertig geworden damit, hatte den Weg nicht verfehlt, war unter kein Auto gekommen, nicht ins Wasser gefallen, mit dem Bötchen verstand ich umzugehen und der Schwarze Mann redete freundlich zu mir.

»Janz scheen langweilich, hia imma zu stehn«, sagte er eines Tages.

Wie konnte es denn langweilig werden, der Schwarze Mann und Herr über das Bassin zu sein. Oder doch? Tagein, tagaus?

»Löst Sie keiner ab?«

»Nee, mit zween könn' wa dat nich machn, so ville Jeld kommt nich in.«

»Und wenn nun Winter ist?«

»Jee'k inne Fabrik, wennick wat krieje. Machick aba nich jerne. Is man nich draussen un ooch keene Musike.«

»Gehören die Boote und das Bassin Ihnen?«

»Nee. Een'n Alten, der kann nich mea rumstehn. Hatta mia allet vapachtet.«

»Wohin kommen die Boote im Winter?«

»In'n Schuppen. Aba erst reparian wa se. Da macht der Alte noch mit. Streichn un so. Ham wa se in Schuß, wenn wa früher Frühja kriejn solltn.«

Der Mann sah mich an.

»Wat macht'n dein Vata?«

Ich erschrak. Die Wahrheit, spürte ich, würde mich vom Schwarzen Mann trennen. Unvorbereitet auf die Frage, lachte ich um Zeit zu gewinnen und stöberte in meinem Kopf nach Informationen, die ich über Berufe hatte.

»Fährt Taxe«, sagte ich dann.

Da lächelte der Schwarze Mann.

»Ach deswejen sitz'te so jern hintan Steua, kommst nach Pappan, wa?« und er klopfte mir den Rücken.

»Muß janz jut sein, sone Familje mit'n Kind ham, kost aba ooch Menge Jeld. Arbeetet deene Mamma ooch?«

Ich nickte, es war auch wahr.

»Siehst aba imma proppa aus.«

»Macht meine Oma.«

»Haste denn so ville Taschenjeld, jeden Tach zwanzich Fennje?«

»Hab ne Sparkasse.«

Auch das stimmte; um meine Bötchenfahrten zu finanzieren, mußte ich meine grüne Blechsparkasse aufschließen, über deren Inhalt ich aber frei verfügen durfte.

»Ick wohn ooch noch bei meene Eltern. Sind aba lange uff Rente. Könn'n se sich nich jroß wat von leistn, ick jebe ab zuhause, is aba imma noch billija wie alleene wohn'n.«

Nun war ich als Gesprächspartnerin überfordert, so ernst und verständig ich den Schwarzen Mann angesehen haben mochte.

»Lotterie«, meinte ich schließlich, »vielleicht können Sie ja mal in der Lotterie gewinnen.«

Die preußische Klassenlotterie war damals so populär wie heute das Zahlenlotto.

»Bei uns kooft keena'n Los. Isset Jeld zu schade zu.«

»Wir kaufen auch keins.«

»Na siehste.«

Wir gewöhnten uns daran, kleine Gespräche mitnander zu führen. Mir kam vor als wartete der Schwarze Mann schon auf mich jeden Tag. Ich ging immer sogleich zu ihm hin, zögerte nicht mehr bis es leer war am Bassin, im Gegenteil freute es mich jetzt, wenn viele da waren, denn entweder ließ der Schwarze Mann mich rigoros vor den anderen Kindern fahren oder er plauderte mit mir bis ich dran war, Gunstbeweise, die ich beide gleich hoch bewertete.

Aber einmal kam der letzte Tag dieser herrlichen Zeit, die vom Spätseptember bis zur Oktobermitte gedauert hatte.

Sonntag Rummelschluß!

An Sonntagen war es schwierig für mich, fortzukommen. Bei uns waren dann alle zuhause, wünschten meine Gesellschaft, nahmen sich etwas vor mit mir. Als ich schon ganz verzweifelt war, hatte ich doch noch Glück und konnte fort für ein Weilchen, rannte den ganzen Weg, dachte, etwas überirdisch Schönes müsse geschehen am allerallerletzten Tag und blieb wie angewurzelt stehen, als ich das Bassin in den Blick bekam. Schießlore stand neben dem Schwarzen Mann. Was hatte die da zu suchen. Das war mein Schwarzer Mann. Ein Weilchen wartete ich, Schießlore rührte sich nicht fort.

Da nahm ich den Kampf auf, ging hin und sagte deutlich »Tach« zum Schwarzen Mann. Der sagte auch »Tach« und erklärte Lore:

»Die Kleene wa meene beste Kundin, is jedn Tach jekomm'n bei mia fahn. Die Spakasse wird nu leer sint, wa?«

Ich nickte, sah der Schießlore ins Gesicht und vermeldete:

»Ihre Bude finde ich auch wunderbar, aber bei Ihnen kann ich noch nicht Kundin sein, ich kann bestimmt kein Gewehr halten. Schießen ist auch mehr für große Jungens, nicht? Ihre Papierblumen sind aber beinahe das Schönste hier auf dem Rummel.«

Lore freute sich sichtlich über meine eloquente Ovation. Ich fuhr Bötchen. Zum letzten Mal. Auch Lore reichte mir die Hand beim Aussteigen. Was wollte ich mehr?

Da sagte der Schwarze Mann: »Pass ma'n Moment uff hier, Lore, kassian weeste ja un rinhelfn ooch, ick jeh ma schnell die Kleene bei dia ne Blume schießn, isn nettet hellet Meechen.«

Es kaum glauben könnend schwebte ich neben dem Schwarzen Mann über den Platz. Er ließ sich ein Gewehr geben bei einem, der wohl Lores Bruder war, und fragte mich:

»Welche willste denn?«

»Mal überlegen«, sagte ich und entschied mich für eine große rosa Nelke, die mit silbernem Flitter besprenkelt war.

Der Schwarze Mann legte an, setzte das Gewehr wieder ab und fragte: »Un wennick nu nich treffe?«

»Is auch nich schlimm, macht trotzdem Spaß!«

Er zielte, es knallte, die Nelke fiel und wurde mir überreicht.

Ein letztes Stehen dann am Bassin.

»Also auf Wiedersehen!«

»Wiedasehn, machs jut, lern man imma feste inne Schule, machste ja woll ooch, höat man ja wie de sprichst. Jrüß Vatan. Taxe fahn is bessa wie Rummelarbeet.«

Meine Reliquie in der Hand, ging ich heim, meinen rosaroten Preis für überwundene Furcht in der Hand, kam ich zuhause an.

»Wo hast du denn die Blume her?«

»Gefunden.«

»Wo denn?«

»Auf dem Rummel.«

»Rummel, wo ist denn hier ein Rummel?«

»In den Rauhen Bergen.«

»Du warst in den Rauhen Bergen, allein, auf dem Rummel?«

»Ja.«

Nun begann ein nachhaltiges Angstrumoren in der Familie:

»Kind, da hättest du uns fragen sollen, das ist kein Weg und kein Platz für dich gewesen, nicht wenn du allein bist. Du hättest Bescheid sagen sollen, es wäre jemand mir dir gegangen.«

»Ich wollte doch so gern allein.«

Sie waren still. Vielleicht liebten sie mich zu dieser Stunde besonders, liebten mehr als mich wahrscheinlich das Kind überhaupt, das Wege geht, groß werden will, sein Leben aufnimmt.

Mit dem wichtigsten Anliegen wandte ich mich an meinen hilfsbereiten, gar nicht stiefen Stiefvater.

»Machst du mir die Blume fest?«

»Wo denn?«

»Am Bett!«

Froh, auch an einem Sonntag etwas dem Chirurgischen wenigstens entfernt Ähnliches tun zu können, ging er in die Kammer mit mir, holte den Werkzeugkasten und dann begaben wir uns an mein Bett.

»Kopfende oder Fußende?«

»Fußende, dann kann ich sie sehen, wenn ich aufwache. Nein, doch lieber Kopfende.«

»Gut. Ich werde eine kleine Krampe nehmen, mit einem Nagel machen wir den Stiel kaputt.«

Klippernd und klappernd wurde der Nagelkasten nach einer ganz kleinen Krampe abgesucht. Ein paar Hammerschläge, und für lange Zeit blühte an meinem Bett rosig und flitterflimmernd mein Geheimnis, mein Triumph.

Wer sorgt sich schon, wenn da ein Kind steht, auf der Straße, im Oktoberwind, es ist ja auch alles in Ordnung mit ihm, blankgeputzte Schuhe hat es an den Füßen, die dünnen Beine stecken in weißen Kniestrümpfen, der dunkelblaue Mantel ist mit schimmernden Perlmuttknöpfen geschlossen, das Kind hat einen Schulranzen auf dem Rücken, seine Zöpfe sind sorgfältig geflochten, es steht am Straßenrand und rührt sich nicht.

Gegenüber werden die Buden und Karussells eines Rummelplatzes abgerissen. Das Kind sieht zu. Es ist eine Stunde früher aus der Schule fortgelaufen und hat den weiten Umweg zu den Rauhen Bergen gemacht um zu sehen, wie das Schreckliche geschieht, wie am Montag nach dem letzten Sonntag all das Schöne, das zusammengehörig eine Welt der Freude ausmachte, auseinandergenommen wird, herumsteht als Stückwerk, die Holzpferde, Lampenstangen, Wägelchen vom großen Karussell, alles steht einzeln da, wird fortgetragen, fortgezerrt, aufgeladen, weggefahren auf einem Laster, vor dem ein Traktor tuckert, Kisten voller nicht geschossener Papierblumen, Räucheraale, ungewonnener Gewinne, die Sitze vom Kettenkarussell, gestapelt, die Gondeln vom Riesenrad sind eine Fuhre für sich, mit Hoh, Heh, Hau ruck werden die Mammutteile bewegt und verladen, das schwarze Wasser gurgelt aus dem Bassin in einen Abfluß, der von Feuerwehrmännern beobachtet wird, irgendwo ist der Schwarze Mann, ganz gewiß, er muß ja dabei sein wenn sein Bassin leergemacht wird, alle Rummelleute sind da, aber heute haben sie schmierige Overalls an, man kennt sie kaum auseinander, nur Schießlores rote Haare fallen auf. Dem Bassin werden die Dichtungen abgenommen, es dröhnt und scheppert, als die riesigen Zinkplatten auf einen Tieflader kommen und die Bötchen obendrauf. Ja, da ist der Schwarze Mann, er klettert auf der Ladefläche herum, verzurrt die Bötchen.

Das Kind geht nicht näher, es muß auch nachhause, beginnt vor sich hinzutrotten bis es bei seiner unwissenden Familie ist, in der niemand ahnt, daß gerade die Welt zerstört wurde und das Glück auch.

Man wird nicht getröstet, wenn man nicht weint.

Wenn man so geht, als Erwachsener, über Plätze, Straßen, in einem Park, sieht man manchmal ein Kind stehen, irgendwohin sehen, ein stilles wohlgehalten anzusehendes Kind, das nicht stört und über das man sich keine Gedanken macht.

Man weiß gar nichts von Kindern.

1 An dieser Stelle braucht niemand schlau zu lächeln, weil er mich in einem anderen Buch bei der enthusiastischen Schilderung glücklicher Zuzweitreisen ertappt hat. Die wunderbaren Ausnahmen bestätigen die klägliche Regel.

Pablito
oder
»Dieses Kind hat sich nicht verderben lassen.«

Nachrichten über Pablito und erst recht Lichtbilder, auf denen er zu sehen ist, begeistern mich. Nichts Aufregenderes als beim Blättern in einer Zeitung, einem Magazin von den zwei dunklen Brennpunkten getroffen zu werden, die seine Augen ausmachen, und dann beim zweiten Hinsehen die Fläche seines Gesichtes wahrzunehmen, die kräftige Nase, den breiten Mund, ein starkes Kinn, manchmal ist der stämmige Körper mitabgebildet.

Jedoch es kommt nur noch selten vor, daß Pablito auftaucht in den Tagesblättern. Er ist tot.

Ich nenne ihn Pablito seit ich weiß, daß seine Tochter Paloma als sie klein war ihn so anredete. Pablito ist die Koseform von Pablo; Kinder ruft man so in Spanien, und Paloma rechnete ihren Vater mit Recht zu ihresgleichen.

In Zeiten, als auch Markstücke bei mir noch umgedreht wurden, habe ich von den Nickelscheibchen gehortet und gehütet bis es so viele waren, daß ich mir das Zusammenleben mit Pablito erkaufen konnte. Ich wollte ihn bei mir haben, wollte an meiner Wand seinen herrlichen Aufstand gegen die Gewohnheiten fauler Augen wie eine Stütze bei mir wissen, wollte betrachten können, was er, der erklärte, nicht zu suchen, sondern zu finden, ins Dasein brachte, seine Scherbengerichte über das lähmend Mittelmäßige, ich verlangte nach dem Aufprall seiner Intensität an allen vier Wänden meiner Stube, wollte die wahnwitzige Schönheit, die Pablito mit seinen kurzen kräftigen Händen aus den unterschiedlichsten Materialien zu sprengen verstand, nicht missen müssen, wollte sein Hirn bloßliegen sehen auf einem Blatt Papier, denn er hat gesagt »ich male nicht, was ich sehe, ich male, was ich denke« – ging also das Säckchen Geld vertauschen in eine Lithographie von Pablito, erwarb eine Radierung dazu, später eine Kreidezeichnung und wieder eine Radierung mit seinem Namen darunter: Picasso –, las Bücher über ihn, schlug Photobände auf und kannte mich aus in seinen Wohnräumen und Ateliers, vollgeräumt mit allem, was an Schönem, Sonderbaren zu ihm geraten war und von dem er wünschte, daß es ihm vor Augen bleibe, damit er seine Spiele damit treiben könnte. In Schuppen hielt sich Krempel, der nicht weggeworfen werden durfte, denn ein Fahrradlenker konnte gewärtig sein, zu einem Gehörn zu werden, zur

Krone auf dem Kopf eines Stieres, wenn Pablitos Lust etwas zu erschaffen die Gegenstände verzauberte.

Ich wollte wissen, woher er die Kräfte nahm für solche Verwandlungen, und stieß bei Willy Haas auf den Satz:

»Dieses Kind namens Picasso hat sich nicht verderben lassen.«[1]

Ein Satz, nicht wie ein Schlüssel, der rumpelnd den Riegel vor einer Erkenntnis beiseitedrückt, ein eher unauffälliger Satz in der Fülle der Verlautbarungen über Picasso, die als Betrachterabsonderungen wie Abwässer neben dem Arbeiten Pablitos hergeflossen sind. Alle glauben, sich über etwas äußern zu müssen, das klar dem Lichte standhaltend zutage liegt, manche unterstehen sich, Pablito erklären zu wollen, verstellen die reine Anschauung mit Sätzen, und ich bin sehr in Gefahr, der ganzen Lake Kunstgeplapper noch einen Schluck trüben Spülwassers hinzuzufügen. Jedoch ich kann es nicht lassen.

Der unauffällige Satz von Willy Haas, dem alten klugen Caliban der Literaturkritik, tot auch er, hat es mir angetan.

»Dieses Kind namens Picasso hat sich nicht verderben lassen.«

Ich möchte Caliban beispringen und beweisen: sein Satz ist wahr. Pablito – 33405 Tage hat er gelebt, das ist eine Ewigkeit, eine kleine wenigstens – verfügte über Kräfte, die er hatte, weil er sie sich erhalten, Schul- und Akademieregeln Widerstand geleistet hatte, den Gesellschaften, von denen er umgeben war, nicht zum Munde lebte und sich noch als er neunzig war jeden Tag von neuem nach dem Frühstück unternehmend wie ein Kind auf seine Sachen stürzte; begierig, etwas anzufangen mit sich und mit der Zeit, machte er sich an Ölfarben, Kupferplatten, Lithographenkreiden, Pinsel, Messer, mit denen sich in Linol schneiden läßt, Ton, den man auf Milliarden verschiedene Arten zu etwas verkneten kann, unerschöpflich boten die Materialien sich ihm an, ein Fahrradsattel für einen Ochsenschädel, ein Weidenkorb für einen Ziegenbauch, kein Kind fragt, ob etwas geht oder nicht, es bringt es eben fertig, aus Tisch und Laken einen Eskimoiglu zu machen, es zwingt was es ergreift in seine Vorstellungen.

»Wie oft habe ich, im Begriff, Blau aufzutragen, festgestellt, daß keins mehr da war, ich nahm einfach Rot und setzte es an die Stelle des Blau hin«, sagte Pablito.[2]

Mit der Energie eines Kindes zwang er Rot in seine Pläne wenn kein Blau da war, er übertrug von Blau in Rot, kein Kind läßt sich wegen eines fehlenden Stifts aufhalten, ein Künstler dieses Ranges auch nicht, fehlende Utensilien setzen keinen Gedanken außer Kraft, der läßt sich auch anders kenntlich machen, dem Kind und der Kunst steht alles willig zu Gebote, jetzt und hier soll etwas entstehen, ›jetzt‹, das ist Kinderzeit und Künstlerzeit, ›hic Rhodos, hic salta‹!

Pablito aß, schrieb und zeichnete am liebsten am gleichen Tisch, schob mit Händen und Unterarmen alles beiseite bis eine Tischecke frei war, Platz, groß genug für sein Blatt Papier, auch Kinder machen es so, rigoros und bescheiden wollen sie nichts als Raum um das Flugzeug zu malen, das ihnen gerade vorschwebt – auch zum schreiben, meine ich, muß jeder Zettel recht sein, Wörterkunst muß überall entstehen können wenn die Gedanken da sind, sobald ein Kind Lust überkommt zu erzählen, vom weißen Elefanten, vom blauen Krokodil zu fabulieren, kann es in der Straßenbahn sein, der Einfall setzt sich durch wenn er Kraft hat, auch in der Wissenschaft übrigens, wenn sie mit dem Funken Genie betrieben wird, der allein die großen Innovationen bringt, jemand stellt die neue Frage, rennt aus einer ungewohnten Richtung auf das Problem zu, sieht die Lösung, weil er aus anderem Blickwinkel kam, das hat auch etwas Künstlerisches, nicht auf das Suchen, auf das Finden kommt es an, gar nicht auszudenken, wie schlecht es um manche Wissenschaften stünde ohne die Außenseiter, ohne die genialen Dilettanten, die mit der Intensität und Vorurteilslosigkeit von Kindern auf eine Sache zugingen, an der sich Fachleute schon alle Zähne zerknabbert hatten –

aber davon soll jetzt nicht die Rede sein, sondern von Pablito, der mehr als neunzig Jahre geworden ist und bis ans Ende Lust hatte, einen Haken und ein Stück Blech zu etwas Überraschendem zusammenzubringen, der sich von jedem Stück Papier zum Zeichnen eingeladen fühlte, jeder Tag war ihm ein neuer Tag voller Stunden, in denen sich etwas Herrliches machen ließ, etwas, das von anderen nicht hervorgebracht werden konnte und von niemandem erwartet wurde.

Wie Erwachsene sich oftmals terrorisiert fühlen von den unvorhersehbaren Einfällen eines Kindes, fühlte sich das kunstbetrachtende Bürgertum terrorisiert von Pablitos Einfällen, von dem zerrissenen Gewohnten, das er zu Ungewohntem zusammensetzte, das Reißen am überkommenen Formenkanon tat manchen Leuten im Gehirn weh und beleidigte ihre Augen, in ganz hilflosem, verfehltem Eifer wörterten Gutwillige Theorien, versuchten, Pablito damit wie auf fix angeschnallten Rollschuhen hinterherzuflitzen, der aber hatte sich längst etwas anderes ausgedacht, schuf sich seine Gegenüber, die ihn ansahen aus den eigenen entflammten Augen, diese Intensität, mit der seine gemalten Menschen blicken! Pablito gebar sich Wesen, die ihm standhielten, sie schauen aus den Augen wie er, wie ein Kind schuf er sich Gefährten aus Brettern, Stangen, einem Flatschen Lehm, seine Arbeiten haben dieses Mehr an Daseinskraft um das die Arbeiten derer ärmer sind, denen ihre Kindheit weggetrocknet ist. Aber wie ist das zu lehren: erwachsen werden, Teil einer großen Gesellschaft zu sein, bedacht, verantwortlich zu handeln und doch die Kräfte nicht aufzuzehren, mit denen man sich als Kind die Welt erschuf, jeden Tag nach dem Aufstehen, wenn der letzte Bissen Frühstücksbrot verschluckt war und man sich an seine Spielsachen machte um die Brücke aller Brücken zu bauen, Menschen aus Kastanien zusammenzusetzen, alle anatomische Wahrheit anzufechten zugunsten des krummen Charmes eines Pferdchens aus Eicheln, sich selber neu zu erschaffen indem man sich verkleidete, Pablito besaß ein ganzes Arsenal von Mützen und Hüten, und es gibt Photographien, auf denen man sehen kann wie er alle ausprobiert mit der Lust und dem Buh-Buh-Überraschungs- und Erschreckenswillen eines Kindes. Sich nicht verderben lassen und als Erwachsener noch immer die Berge versetzen, die man als Kind zu rücken verstand, als man sich das Recht auf Freude nicht bestreiten ließ – bei Pablito durften Erwachsene nicht so leicht etwas von seinen Sachen anrühren, den Kindern und Tieren seines Hauses jedoch war alles gestattet, die tobten zwischen Skulpturen und Keramiken herum, versteckten sich hinter den kostbarsten Bildern, Pablito beschnitt ihnen den Spaß nicht, er hatte ihn sich auch nicht nehmen lassen.

»Dieses Kind namens Picasso hat sich nicht verderben lassen.«

Der Satz unterstellt, daß Kinder sich gewöhnlich zu Erwachsenen verderben lassen, in denen die ursprünglichen Kräfte ihrer Kindheit nicht mehr wirksam sind, nicht mehr die Intensität, mit der Kinder sich freuen, nicht mehr das markerschütternde Abstürzen in Schmerz scheint möglich und schon gar nicht die Tatenlust und der Tatenmut der Kinder, das Unverdrossene nicht, man hat ihnen den Elan gekappt mit den Maßnahmen, die wir für nötig halten um Kinder fähig zu machen in unserer Welt zu leben, aber meist sind diese Maßnahmen nichts als Dressurakte, anstatt Kinder zum Urteilen zu animieren, füttert man sie mit Vorurteilen, und die Phantasie wird ihnen auf den Schulbänken zuweilen ausgeblasen wie eine Flamme, die das träge Unterrichten gefährden könnte, zu viele Lehrer, die von unverhofften Fragen nicht angesprungen werden wollen und sich von unverbrieften Ideen nicht entzünden lassen mögen.

Sich nicht verderben lassen, wer ist es, der verdirbt, Lehrer allein doch nicht, so wollen wir die Schulmacht nicht überschätzen, welche Faktoren kommen zusammen und machen Kinder schließlich zu eingetrockneten Erwachsenen?

Wieso können wir nicht dafür sorgen, daß Kinder nicht entmutigt werden,[3] sondern sich getrauen, ihre Talente zu entfalten, nicht um ›etwas zu werden‹ oder es ›zu etwas zu bringen‹, wie man Vorankommen auf der Hierarchieleiter in unserer karrierebesessenen Gesellschaft nennt, sondern um während ihrer lebendigen Anwesenheit auf unserem rotierenden Erdball so glücklich wie möglich sein zu können ohne um des eigenen Glückes willen andere zu beeinträchtigen.

Das muß doch wohl das Hauptlernziel auf den Schulen werden: sich entfalten, nicht nur ohne andre zu behindern, sondern im Gegenteil sein Können zu nutzen um andre zu fördern.

Schwierig genug, da die Balance zu halten, aber wer sie gefunden hat und willens ist, diesen Ausgleich immer von neuem zu suchen, hat jedes Klassenziel erreicht und die Reifeprüfung bestanden und das um so mehr, als es gar nicht so einfach ist auf den heutigen Schulen, dem Stachel des Anreizes guter Zensuren zu widerstehen und nicht auf Kosten anderer sich hervorzutun, weil bessere Noten die besseren Chancen bedeuten bei den Klimmzügen am Karrierehochreck, mit Einskommawas muß der Aufschwung gelingen, so daß man oben zu sitzen kommt und die Beine baumeln lassen kann über den Köpfen der andren.

Nicht, daß ich gegen die Lernschule wäre, ich bin sogar für aus der Mode gekommenes enzyklopädisches Wissen, und dies aus dem einzigen Grunde: es macht Spaß – zum Beispiel etwas über die Gebirge der Welt zu erfahren, unter welchen Bewegungen in der Erde ihre Massen hochgeschoben wurden, unter welchen Erhitzungen und Erkaltungen sich die kristallinen Formen von Mineralien gebildet haben, welche Materieströme frühes Leben überschluckt und in sich eingeschlossen haben, so daß wir heute versteinerte Schnecken aus den Brüchen klopfen können –, es ist durchaus von Interesse, sich einen Überblick über einen Fluß wie die Donau zu verschaffen, und niemand kommt zu Schaden, wenn er erfährt und sich merkt, welche Nebenflüsse den Strom bis zum gewaltigen Schwarzmeermündungsdelta speisen.

Ich bin nicht gegen die Lernschule, gegen die Zensurenschule bin ich, gegen den Kotau vor Zensuren.

Ist heute auf Universitäten noch vom studium generale die Rede? Ich nehme an, Planer zucken nervös zusammen, wenn sie diesen Begriff irgendwo hören, und sie denunzieren ihn sofort, am feigsten als bildungsbürgerlich.

Fachidioten bewegen nicht einmal ihre Disziplin voran, geschweige denn die Gesellschaft!

Wenn ich so weiter mich in Rage schreibe gegen ein Schulsystem, das die libido excellendi fördert auf Kosten der Erziehung zur Solidarität, und dagegen, daß Zensurenexzellieren samt der Hochschulstudienzulassung überdies nur dazu dienen sollen, später nach AH 6 oder B 9 bezahlt zu werden oder wie die dollen Gehaltstufen diskret chiffriert sind, wenn ich also weiter anschnaube gegen ein Schulsystem, das unwissenden Kindern, das den Häschen in der Grube schäbiges Verhalten nahelegt, werden manche meinen, ich müßte den Titel dieses Kapitels ändern, denn mit Pablito hätte mein Eifern nichts mehr zu tun, der sei, reich und exzellierend, eher ein elitärer Sonderfall – so kann ich nur sagen:

erstens macht es gar nichts, wenn ein Autor von seinem Thema abschlenkert, weil ihm was einfällt und keiner da ist, der mit blut- und feuerfarbiger Tinte ›Thema!‹ an den Rand schmiert. (Welche Anmaßung allein schon in der Tintenfarbe liegt, die Lehrer traditionell für ihre Korrekturen und Anmerkungen gebrauchen!) –

zweitens habe ich mich ja vielleicht ebenso tumb wie listig hinter Pablitos übrigens sehr angenehm anzusehenden Rücken gesteckt –

drittens müßten doch Schlüsse daraus gezogen werden, daß Pablito sich nicht mit nach AH 6 oder B 9 bemessenen Moneten begnügen mußte, die den Ehrgierern, meistens sind das auch Geldgierer, so erstrampelnswert erscheinen.

»Dieses Kind namens Picasso hat sich nicht verderben lassen« – und die Welt hat ihm das honoriert, mit Ruhm und Reichtum hat man jemanden überschüttet, der eigensinnig auf sich beharrte und seine Kräfte nicht an solche Erzieher ausgeliefert hat, die man besser Entzieher nennen sollte.

Freilich, Pablito ist ein Einzelfall, und nicht jedem, der aufs käferige Hochkrabbeln in der Hierarchie pfeift, wird auch nur entfernt Ähnliches widerfahren. Aber Glück (Lebensqualität, wie man heute so gedunsen sagt) läßt sich vielleicht für unsere Kinder gewinnen, wenn man nicht schon in diese zarten vertrauensvollen Wesen den verfluchten Keim des Ehrgeizes pflanzt.

Meine verehrenswürdige Großmutter meinte, Ehrgeiz sei immer ein Zeichen von Dummheit. Ausnahmen seien ihr nicht bekannt geworden.

Der Enkelgeneration angehörend und also mit Erkenntnissen der Psychologie unserer Jahrhundertmitte getauft und getrauft, meine ich den Großmuttersatz ändern zu müssen: Ehrgeiz scheint mir immer Zeichen psychischer Schwäche, wenn nicht einer psychischen Erkrankung, jedenfalls Symptom bedrohlicher Instabilität eines Menschen zu sein. Ausnahmen sind mir nicht bekannt.[4]

Aber die Ehrgeizerkrankung ist in unserem weißen Kulturkreis so verbreitet, wir sind so verpestet mit ihr, daß zu Initiativen und Leistungen einzig mit der Aussicht auf Erfolg stimuliert werden kann, und Erfolg wird so gern verstanden als Erfolg vor anderen, als Auftrumpfenkönnen gegenüber weniger Erfolgreichen. Aussicht, die libido excellendi zu befriedigen, spornt an und damit wird kalkuliert, in Weißwest wie in Weißost.

So getrauen sich Bildungsforscher und auch die besten unter ihnen, diejenigen nämlich, die unverdrossen für mehr Bildung werben und die Hochschulen breitesten Schichten zugänglich machen wollen, nicht mit besseren Argumenten aufzuwarten als damit, daß viel Bildung, großes Können deren Inhaber vor Freisetzungen auf dem Arbeitsmarkt schützen.

Existenzsicherung durch Bildung ist gewiß ein energisch anzustrebendes Ziel, aber wie erbärmlich, wenn auf einem Symposion von Zelebritäten der Bildungsforschung nicht ein einziger dieser Experten zu sagen wagt, daß Bildung Freude macht und befähigt, sowohl das eigene Leben vernünftig zu verwalten als auch auf dem sozialen Feld in kundiger Weise tätig zu sein.

Ein besonders weltläufig sich gebender, von weit angereister Mann wartete auf diesem Symposion behaglich sich zurücklehnend ungeniert mit der Feststellung auf:

»Nobody goes to University for reflecting on Socrates, but for getting better jobs«, und weder wurde dieser halbweltläufige Unwissenschaftler wegen Verleumdung rausgeschmissen, noch raffte sich jemand auf, ihm zu widersprechen.

Ich widerschreibe ihm hiermit.

Denn wie kann ich dulden, daß ganzen Jahrgängen von Studenten unterstellt wird, einzig Aussicht auf lukrative Jobs habe sie bewogen, ein Studium aufzunehmen. Es gibt immer noch solche, die des Universums wegen auf die Universität gehen, die wissen wollen, warum und wer und wann und wie, die sich aus Büchern ein Weltbild zusammenlesen, zuhören, experimentieren, über Erkenntnisse noch in Aufregung geraten wie Titus, der mir neulich zur Tür hereinstürmte und verkündete: »Ich weiß, warum alles runter fällt und nicht rauf. In der Erde ist eine Kraft, die heißt Schwerkraft und zieht alles an sich; aber paß mal auf, wenn ich jetzt was hochwerfe«, er sah sich um, schnappte einen Apfel, der bumste sogleich gegen die Decke (und bekam dann davon eine braune Stelle), »so hoch wie ich werfen kann, bin ich stärker als die Schwerkraft!« Titus hatte etwas erfahren, begriffen und war glücklich mit seinen sieben Jahren, weil er ein Naturgesetz beim Zipfel erwischt hatte.

Das muß erhalten werden, die Lust am Wissen, der Spaß daran, sich Erscheinungen erklären zu können, der Wunsch, das Chaos täglicher Wahrnehmungen zu ordnen, sich umzuwenden nach den Vorlebenden, ihre Erkenntnisse zu prüfen, vom Wissen der Menschheit, von ihrem Können nichts in Verlust geraten zu lassen, an der Gegenwart zu rütteln, damit die Zukunft besser wird.

Titus, denke ich, wird auch noch nicht genug haben vom Weltwissen nach der Schulzeit, auf die Universität wird er wollen, auf mehrere vielleicht.

Not only for getting better jobs, but for reflecting on Socrates.

Wir sind nicht nur Gruppenzugehörige, Mitglieder unserer Gesellschaft. Wir und jedes Kind, das wir großziehen, sind auch Einzelwesen, sehr vereinzelte Wesen, jedes nach individueller Geburt seinem individuellen Tod zugehend. Diesen Gedanken ertragen zu können ohne sich aberwundergläubisch Täuschendes vorzumachen und ohne dieses kostbare Einmalnurleben durch Fehlverhalten aus Unkenntnis zu verderben oder zu verkürzen, auch dafür ist Bildung bei unzerstörten Kräften nötig.

Wir sind die einzigen Lebenden, die wissen, daß sie einmal nicht mehr sein werden wie sie sind, ohne jedoch von der Möglichkeit anderen Seins Beweise oder auch nur eine einigermaßen konkrete Vorstellung zu haben.

Jedes Kind ist dem Schock dieser entsetzlichen Erkenntnis ausgesetzt, und mit dem Bewußtsein von der Unvermeidbarkeit des Wiederausgelöschtwerdens, mit diesem stummen Stein von Angst in sich groß zu werden und zu leben ist schwer genug.

Ein Kind, hörte ich, fragte seine Mutter erregt, ob es denn, wenn es plötzlich stürbe, etwa eingegraben würde wie ganz alte tote Leute, und es ließ sich nicht ein auf die Reden der Mutter vom langen Schlaf. Dringlich fragte es weiter:

»Auch der Kopf?«
Und immer angstvoller:
»Auch die Augen?«

Grund, Kindern die Kräfte zu lassen, die ihnen möglich machen, sich zu entfalten in der Spanne Zeit, die sie lebend anwesend sind auf dem Planeten terra, sich zu entfalten und Frieden zu halten mit den anderen Anwesenden, die nach dem Stande unseres Wissens auch nicht mehr haben als dieses eine Lebendigsein.

Denn eines Tages.
Auch der Kopf.
Auch die Augen.

1 Äußerung von Willy Haas in einem Aufsatz in der Zeitung »Die Welt«, das Datum ging mir leider verloren.

2 Pablo Picasso, Wort und Bekenntnis, 1932, Ullstein-Buch Nr. 48, S. 29.

3 Welches Kind verfügt schon über den Schneid von Edison, der, als Achtjähriger von seinem Lehrer ›Hohlkopf‹ gescholten, die Schule verließ, niemals wieder erschien (damals und in den USA war so etwas möglich) und auch ohne Schulunterricht den ersten Filmapparat, Mikrophon, Phonographen, Kohlefadenlampe und noch vieles mehr erfunden hat. Auf seinen Namen wurden mehr als 2500 Patente angemeldet.

4 Um Mißverständnissen vorzubeugen: ich meine nicht Lust an der Arbeit, Spaß daran, sich eine Aufgabe vorzunehmen und sie je nach Temperament mit Elan oder Zähigkeit zu lösen; ich bin nicht gegen das Vollbringen von Leistungen, sondern gegen Ehrgeiz, gegen das widerwärtige Sichhervortunwollen, z. B. bin ich sehr dafür, daß man übt, schnell zu laufen, aber dagegen, daß mit Gold belohnt wird, wenn Oskar 2/10 Sekunden schneller ist als Emil und Emil dann wegen eben dieses Sekundenbruchteils Hintertreffen bemitleidet wird und schier in Tränen ausbricht vor Verzweiflung.

Anderland

Für Dich von mir
vielmehr
von Dir für mich

Jeder kennt den Namen der Stadt und alle den Fluß, der wie der Nil ist, wie Euphrat und Tigris, wie der Guadalquivir, der Tejo, aber es ist der Mitteleuropastrom, die Geister scheiden sich an ihm, Treverer und Sequaner, Gallier, Römer, Franken, Alemannen, Burgunder, Lothringer siedelten dort, heute fließt er durch die Schweiz, Belgien, mündet vor Holland, zulängst aber strömt er durch unser Land, wo Winzerorte, Kaiserorte, Domstädte und selbst das heilige Köln ihm an die Ufer gebaut wurden, und da in der Nachbarschaft liegt eine Stadt, wo heutzutage die alleralleralwichtigsten Akten auf- und zugeschlagen werden, von einem Schreibtisch schiebt man sie auf den anderen, in glatten kleinen schwarzen Koffern werden sie umhergetragen, den Inhalt dieser Dossiers photographiert man und verrät ihn dann, eine Stadt, wo Menschen bewacht werden müssen, damit man sie nicht raubt, wo immer etwas tickt und man froh sein kann, wenn es nur die Fernschreiber sind, wo jemand zurücktreten muß und ein anderer tritt vor, mit Mehrheiten wird gehandelt, es kommt zu Wahlen, aber der Gewählte ist oft kein Erwählter, Zeugnisse werden abgelegt, aber manche sind falsch, Entscheidungen werden getroffen und man weiß nicht, ob sie richtig sind, Gesetze werden geschaffen, weh dem, dem sie gelten, der Staat hat hier seine Zentrale. (Aber gedacht wird anderswo.)

Man fährt in die Stadt wenn man muß, ihr freundlicher Hutzelkern, in dem man sich wohlfühlen kann, ist so klein neben den Bürohausgiganten mit ihren die Nächte zerbrennenden Lampen, die glauben machen sollen, im Aktenbabel würde gewacht über den Geschicken der Bürger, die Telefone klingeln auch wohl und Nachrichten werden ausgegeben, man hört sie gähnend morgens im Bett aus dem Transistorradio.

Eines Tages bekam ich einen Brief, steckte ihn in die Manteltasche und fuhr an jenen Strom in jene Stadt, zog den Brief vor, da stand:

»es ist Zeit, es ist November, nehmen Sie den Weg bergauf, die Vulkanstraße hinauf, Sie werden in die Kraterstraße kommen, auf den Rodderberg gelangen – merken Sie sich den Namen.«

Ich kam ins Anderland, in das Land, wie es seit langem ist, seit 30000 Jahren, als hier ein Vulkan ausbrach, der Erdinnerschlamm liegt, kalt und starr nun, noch heute zutage: Lava knirscht unter den Schuhen, in einem

Brombeerverhau hängen schwärzeste Beeren, sie schmecken nach Asche und Schwefel. Große rauhe schrundige Lavabrocken hob ich auf, sie zogen mir den Mantel fast von den Schultern, so schwer waren sie in den Taschen. Aber das Auffallendste auf dem Rodderberg fällt offenbar noch nicht auf, denn in keinem Reiseführer ist verzeichnet: ein Finger kommt aus dem Krater, ein großer, graualter, krummer Basaltfinger weist auf die Häuser in denen regiert wird. Doch gibt es niemanden in jenen Häusern, der den Fingerzeig verstünde. Nur wer hier Kind war begreift ihn oder wer eingewiesen wurde von einem, der hier Kind gewesen ist – denn dies ist altes Land, Kinderland, die Sieben Berge liegen am anderen Ufer, Schneewittchenzuflucht, es herrschen die Kleinen, die Zwerge, einmal haben sie sich sogar bis Köln gewagt. Die Kleinen, die Zwerge, das sind die Nibelungen, die Herren der erzreichen Tiefe, huschende nebelgraue Hüter ihrer legendären Schätze, über Gold und Geschmeide gebeugt, Künstler im Berginneren, Kindern sind sie wohlgesonnen, verstoßenen zumal, Schneewittchen kann es bezeugen. Hier ist Kinderland, das frühe Land der alten Mythen, hier wurde der Drache besiegt, der spitzzahnig nach Beute gierte und die Phantasie der Kinder in Besitz zu nehmen weiß, die auf den Drachenfels kommen und das Untier scharren hören, seine Krallen auf dem Trochytgestein, ein Hornkamm wölbt sich mächtig längs über seinen Buckel, manchmal schlurft es ans Ufer, hängt seine Feuerzunge ins Wasser und säuft aus dem Fischestrom, Schiffestrom, kühlt sich den Schlund, Kinder kennen seine Höhle und spähen nach einem Ei, wenn er fort ist. Man geht auf Kinderschritt und – tritt im Drachenwald diesseits und jenseits der fließenden Straße so vieler Triumphe, kommt an einen Turm, alt und verblaßt ist sein Ziegelrot, er ist verschlossen, war immer verschlossen, wird immer so sein, der Steingefährte der Kinder, sie kreisen um ihn und wünschen sich auf seine Zinnen wenn sie herkommen durch den Maronenwald und sich die Taschen voll Eßkastanien sammeln, die man platzen lassen kann über kokelndem Feuer, der Maronenwald, felsig die abstürzenden Wege, ich kam dem Kind auf die Spur, das ich lange gesucht habe, es ist noch zuhaus im Novemberwald, der sich hält voller Schlangen auf der Kruste über dem Glutschoß der Erde, keiner errät, wie bald sich der Feuermund des Kraters wieder auftut, ›warum ist es am Rhein so schön‹ wird dann niemand mehr singen, aber ein Haus weiß ich, das verschont bleibt von Feuer und Rauch, um das neunte Schloßhaus habe ich einen Kreis gezogen, den überfließt die Lava nicht, kein Drache wagt sich in diesen Zirkel, dort wird das Kind gehütet, das Einer einmal gewesen ist.

Bald kommt sie, die Glut! Im heiligen Köln bebt schon die Erde, rühren sich die Gesteine, wanken Mauern, zerspringt in den Fenstern das Glas. Es war in der Zeitung zu lesen 1977 am 11. November.

Kinder besingen das Anderland im November, ziehen umher mit Laternen, einem Heiligen zu Ehren, der seinen Mantel mit einem Bettler teilte:

Dä hellije Zinte Mäetes
Dat wor ne jode Mann,
Dä jof de Kinde Käezje
On stoch se seleve an.
Butz, butz, widde butz,
Dat wor ne jode Ma-a-ann.
Hier wohnt ein reicher Mann
Der uns vieles geben kann.

Sank Mäete es ad widde he,
Loft, Kinde, loft!
Wenn dä ons röf: ich ben ad he
Loft, Kinde, loft!
De Lööch en de Hand –
On dat Käezje angebrannt –
'De Stroß eraf on erob,
Loft, Kinde, loft!

Viel soll er geben
Lang soll er leben
Selig soll er sterben,
Das Himmelreich erwerben.
Laßt uns nicht so lange steh'n
Denn wir müssen weiter geh'n,
Weiter geh'n.

Die Kinder zogen die Töne lang und schellten an der Tür als ich Gast war im Anderland, baten um Apfel, Nuß und Mandelkern. Am Ende des Festes wurde ein Feuer entzündet, furchtlos standen die Kinder dabei, das Pferd des Heiligen Martin hat nicht gescheut, wahrscheinlich kam auch der Drache, seine Kratztatzen wärmen, die Kinder haben ihn sicher gesehen, die Kinder, die Kinder im Anderland, wo nicht meine Wiege stand, wo ich Einlaß fand, weil ein Brief in meiner Hand auf dem mein Name stand, frei für das Anderland, das Vorherland.

Jahrmillionen ist es her, daß der Drachenfels glühte und rauchend erstarrte, eine vulkanische Kuppe, aus seinem Gestein hat man am Kölner Dom gebaut, und die großen Glocken haben den Drachenfelsdomstein nicht zum Springen gebracht. Warum hängen Kinder so an Zwergen, weil die kleiner sind als die kleinsten der Kinder, und, siehst du, sie können doch alles, man muß gar nicht groß sein um Wunder zu tun, Zwerge machen Kindern Mut.

Anderland ist das wirkliche Land. Die Hauptstadt, die Heutstadt ist nur Krepelwurz auf dem alten Gestein, vom Rodderberg weist schon ein Finger den kommenden Feuerströmen die Bahn.

Mein Schlüssel, mein Raschelpapier in der Tasche, der Brief, den ein Kind schrieb, damit ich nicht blind sein muß.

Anderland, Kinderland, in einer Kirche dort ist an die Decke gemalt, daß man sein Haar schneiden soll und einen Teil davon verbrennen, den zweiten Teil mit dem Messer zerstückeln, einen dritten Teil in den Wind werfen, aber ein klein wenig soll man im Gewand bergen, in einen Zipfel des Mantels knoten, damit man sich erinnert, wie man war bevor man wurde, was man ist, und zurückkann ins Anderland.

An der Rampe der Wahrheit

I

Er kommt

Kinder doch nicht – denke ich als ich aussteige am Hvalfjördur –, Kinder sollte man nicht hierherbringen!

Aber sie sind da, trampeln auf der Rampe herum, turnen am Geländer der Tribüne, halten Ausschau übers glatte Wasser, reden einheimische Arbeiter an, vergebens, man versteht sie nicht, die Kinder greifen nach herumliegenden Eisenhaken, halten sie an den Holzgriffen, fuchteln damit herum, die Eltern nehmen sie den Kindern aus der Hand, da stürzen die sich auf riesige Harpunen, können sie jedoch nicht einmal anheben, eiserne Harpunen, wie Anker schwer und groß, manche sind verbogen, die Eltern geben ungefähre Erklärungen, können sich aber selber kaum vorstellen, daß man solche schweren Eisenmonstren werfen oder abschießen kann, große Schiffe ließen sich mit ihnen an Ankerketten festhalten, aber es kann doch keine lebendigen Wesen geben, für die man solche Fanggeräte braucht, die Eltern haben Zweifel.

Zufälle, Neugier, Ferienlangeweile führten sie her, Amerikaner und Touristen aus Europas Ländern, sie wollen nicht immerzu auf Islands Ponies reiten, haben genug Geysire gesehen, jetzt sind sie mit ihren Kindern an den Hvalfjördur gekommen, denn es war angezeigt in Reykjavik, daß heute nachmittag gegen drei Uhr ein Schiff mit einem erlegten Wal eintreffen wird, und nun warten sie, daß er kommt, der Wal, ein bißchen unruhig sind sie und erzählen ihren Kindern rasch noch, was sie von diesen Tieren wissen, viel ist das nicht, nur das Oberflächlichste, daß Wale groß sind, riesengroß, keine Fische, sondern Säuger, die im Meer leben, es gibt Geschichten über sie, auch die Kinder haben schon Abenteuerliches gehört, und dann das Bild im Naturkundebuch. Die Eltern verbergen einen kleinen Schauer, sie sind nicht minder gespannt als ihre Kinder und freuen sich, daß ihnen so viel begegnet im Leben, nun werden sie sogar gleich einen Wal sehen.

Unruhig bin auch ich. Mit hochgeschlagenem Kragen, die Hände in den Manteltaschen, stapfe ich auf dem Ufergras am Fjord herum und vergegenwärtige alles was ich von Walen je gehört, gelesen habe seit der Zeit als ich Melvilles unheimliches Buch vom weißen Moby vorhatte bis zu dem wunderbaren Tag dieser Reise als ich auf den Klippen von Vestmannaeyjar stand um Papageientaucher zu beobachten, seltsame Vögel, die wie lutherische Dompröbste aussehen und in den Klippen nisten, zu Tausenden, den Schnabel voller kleiner silbriger Fische, fliegen sie an und füttern ihre Jungen.

Als ich ihrem Brutpflegeeifer zuschaute, sie flattern und schrillschreien hörte, rief plötzlich jemand etwas, schwenkte die Arme, wies aufgeregt aufs Meer und siehe, aus der diesen Tags so sachtwelligen, fast glatten See tauchte Dunkles auf hier und da, und dann sprangen kleine Fontänen in die Luft. Der Atemstrahl von Walen. Eine ganze Schule Wale zog friedlich an der Westmännerinsel vorbei, zwölf Tiere, zuweilen bliesen sie ihre kleinen Atemfontänen, manchmal sah man gewaltige lange schwärzliche Rücken aus dem Wasser ragen, auch einmal eine Flosse. Sogar die Einheimischen waren still, atemlos. Einen solchen Anblick haben auch sie nicht alle Tage.

Vor der herrlichen Wirklichkeit dieses Walzuges, vor der leiblichen Anwesenheit der legendären Tiere verloren sich mir die Geschichten und die alten gemalten Walbilder aus dem Kopf, denn nun hatten sich wirkliche Wale gezeigt, lebendig in ihrem Element, atmend waren sie an der Klippe auf der ich stand vorübergezogen, hatten sich bewiesen, über alle Geschichten hinaus großartig, und jetzt verlangte mich, mehr von ihnen wahrzunehmen. Die Gelegenheit, einen solchen Meergiganten nahe zu sehen, seiner gewaltigen Leiblichkeit gegenübertreten, ihn mit den Augen vermessen zu können, wenn er auch tot sein würde – diese Aussicht hatte mich an den Hvalfjördur getrieben, wo die erlegten Wale auf Island verarbeitet werden. Verarbeitet!

Was eigentlich dabei vorgehen würde konnte ich mir genau nicht vorstellen, aber Kinder hätte ich nicht mitgenommen, nicht Titus, der eine träumerische Beziehung zu Walen hat, sie ziehen ihn magisch an, das beinahe nicht denkbar Große erscheint ihm so wunderbar, er wird nicht müde von diesen Tieren zu hören.

Ich weiß, die Station wird das Ende des erlegten Wales sein, aber vor dem Ende kommt der Wal, vor seinem Ende werde ich ihn sehen. Die Kinder stehen ungeduldig auf dem Kamm des kleinen Hanges und schauen über das Wasser des Fjordes, das blau und glatt ausgebreitet daliegt an diesem stillen, kühlen Augusttag.

Ein Arbeiter ruft etwas, das wird verstanden, herumgesprochen, alles blickt zu einer Landecke, denn um die herum fährt ein Schiff in den Fjord ein.

»Er kommt, er kommt«, rufen die Kinder und laufen los als wäre es sinnvoll, dem Schiff entgegenzurennen, das den so Erwünschten bringt. Zuerst sieht man freilich nur ein scheinbar gewöhnliches Schiff sich nähern.

»Wo ist denn der Wal?« rufen die Kinder mit einem Anflug von Besorgnis vor möglicher Enttäuschung.

Erst allmählich kann man erkennen, daß offenbar etwas Langgestrecktes steuerbord neben dem Schiff mitgeführt wird, eine Andeutung von etwas Dunklem wird manchmal über dem Wasser bemerkbar. Das Schiff kommt schnell heran in dem ruhigen Wasser, immer noch kann man nicht mehr als etwas Schwarzes knapp über dem Wasserspiegel wahrnehmen, und als das Schiff festmacht, ist nicht einmal mehr das zu erblicken, denn zwischen dem Wal und dem Ufer liegt das Schiff, das aber sogleich alle Aufmerksamkeit der Kinder beansprucht. Ein Walfängerschiff, das ist fast so gut wie ein Piratenschiff aus den gelesenen Geschichten, schreiend vor Eifer zeigen sich die Kinder, daß auf dem Vorschiff über dem Bug eine Kanone montiert ist. Die Harpunenkanone! Technisch begabte Väter beginnen, sich die Vorgänge zu erklären, machen ihren Kindern verständlich, daß die großen Eisendinger, die ihnen vorhin als Harpunen gezeigt wurden, aus dieser Kanone abgeschossen werden.

»Auf ein Tier? Auf den Wal?« fragt ein Kind.

Zwei Matrosen bugsieren die Gangway ans Ufer, die Besatzung kommt an Land, wetterfeste Leute in Ölzeug, mit frischen Gesichtern, sie reden isländisch mitnander, sie haben das Ihre getan, reiben sich die Hände, Arbeiter der Station gehen auf sie zu, bekommen Auskünfte, die Kinder drängen sich um die Seeleute, möchten diese Helden, die, aus den Seiten ihrer schönsten Bücher gekommen, vor ihnen stehen, am liebsten anfassen. Wenn sie deren Sprache auch noch verstünden, das wäre zuviel des Wunderbaren, es gehört sich so, daß die Helden eine unverständliche Sprache sprechen, alltäglich dürften sie gar nicht sein, etwas vom Zauber des Entfernten, Unerreichbaren muß diesen Meergöttern bleiben. Ein Arbeiter zeigt auf einen rotbärtigen Mann und sagt:

»Harpunier!«

Die Väter erklären, dieser Mann hat die Harpune abgeschossen und den Wal getroffen. Der Harpunier weiß, daß er der wichtigste Mann ist hier am Ufer des Hvalfjördur, die Fäuste in den Jackentaschen steht er da, blickt zu Boden und läßt sich bewundern von den Landrattenkindern, die heute ihren großen Tag haben.

Man sollte es bald genug des Großen sein lassen, sollte die Kinder noch aufs Schiffsdeck führen, damit sie über die Reling auf den Wal schauen können, der gewiß dicht unter der Oberfläche des klaren Wassers gut sichtbar ist. Hätte ich Titus bei mir, danach würde ich wegfahren mit ihm. Er ist nicht hier, ich habe nur nach mir mich zu richten, ich will wissen, was geschieht, ich will den Wal sehen, ganz und gar, ich bleibe.

»Look, all red!« ruft ein Kind.

Ja, das Wasser vor dem Schiffsbug färbt sich langsam rot. Blut muß austreten aus dem Körper des Wales, der uns noch verborgen ist, Möwen kommen, schreiend, kreischend lassen sie sich auf dem blutvermischten Wasser nieder und hacken und picken ins Wasser, gierig.

II

Er wird sichtbar

An der Rampe, die zur Walstation hinaufführt, wird es jetzt geschäftig. Männer in Wasserstiefeln und Ölhosen, das Ende einer Stahltrosse in der Hand, besteigen einen Kahn und rudern sich hinter das Schiff. Wir begreifen, daß der Wal jetzt aus dem Wasser an Land gezogen werden soll und stellen uns am Holzgeländer der Rampe auf. Rufe vom Schiff zum Land, Winken, dann beginnt eine Dampfwinde rumpelnd zu arbeiten, die Trosse spannt sich, wird ganz straff, wird aufgewickelt von der Maschine an Land und langsam, langsam kommt ein riesiges Dreieck aus dem Wasser, graublauschwarz, die Fluke, die Schwanzflosse des Wales, drei Meter breit, sie klatscht auf die Rutsche.

Als die Maschine oben weiterarbeitet, erkennt man wie die Trosse festgemacht ist: da, wo die Fluke in den Rumpf übergeht, ist sie dick mit Hanf unterlegt, damit das Stahlseil die Fluke nicht einfach abschneidet.

Zehnzentimeterweise wird mehr sichtbar von dem Tier, das unterwasserverborgen in geheimem Verbund mit dem Schiff angekommen ist, ein ungeheurer riesenhafter Leib wird aus dem Wasser gezogen, zu Anfang haben die Kinder noch »Ah« und »Oh« geschrien und »La baleine! La baleine!«, aber als es nicht aufhört, das Hervorkommen aus dem Wasser, als da ein Körper an Land geholt wird, wie man nie vermutet hat, daß ein Körper sein könnte, so über alle bekannten Maße hinaus gewaltig, werden die Kinder still. Man hört nur noch die Kommandos der Arbeiter, die Winde, das Reiben der Trosse auf dem Boden der Rampe und wie der nasse Körper da vor uns hochgeschleift wird, schmatzende, ächzende Geräusche macht seine nasse Haut auf dem Beton.

Das Tier gleitet keinen halben Meter entfernt an uns vorbei, aber niemand streckt die Hand aus und berührt den Wal, nicht einmal der kesseste amerikanische Junge, der sich vorhin vor der Harpunenkanone schon als großer Ozean- und Walbezwinger gefühlt hat. Dabei ist die Haut des Tieres schön und glänzend, man könnte sie zart nennen, aber etwas Entrücktes haftet dem Tier an, es scheint aus anderem, fernem Reich zu kommen, schweigsam und scheu läßt man es an sich vorüber.

Erst als die Wunde sichtbar wird, lassen sich die Kinder wieder hören, erst als ein Klaffen der dunklen blanken Haut zu sehen ist und Rosiges, Verrinnendes, wie Blut mit Schleim gemischt ins Wasser sickert und Möwen sich auf diese Offenbarung einer schlimmen Verletzung stürzen, für die Vögel ist es freilich die Offenbarung von Nahrung, beginnen die Kinder zu murmeln, zu fragen, Laute des Mitleids auszustoßen, Väter erklären, daß dort die Harpune eingeschossen wurde, mit ihren gußeisernen Widerhaken sich eingrub ins Fleisch, das Tier wird geflüchtet sein mit dem Geschoß im Leib, aber die Harpune war fest an einer Leine, der fliehende Wal zog das ganze Schiff hinter sich her, vorhin haben wir Harpunen gesehen, die verbogen, gekrümmt waren von der Kraft eines davonschwimmenden Wales, aber von solcher Harpune und der Leine loszukommen geht über seine Kräfte, auch dieser Wal ist verendet mit der entsetzlichen rosigen Wunde in der Flanke.

Die Dampfwinde pausiert, manche Kinder halten die Hände vor die Augen, sie können die Wunde und wie der Wal sich aus ihr versickert nicht mehr ansehen, es graust sie, sie lehnen sich an die Mütter, die auch nicht hinsehen mögen. Die Männer halten sich, Nachkommen jagender Vorfahren, haben sie noch Sinn fürs Beutemachen.

Wieder beginnt die Winde ihre knarrenden Umdrehungen, der Leib des Wales wird umfangreicher, schließlich kommt das Ungeheuerste, von niemandem Vorgestellte oder auch nur Geahnte (was helfen da Bilder im Naturkundebuch) zum Vorschein: der Kopf des Tieres. Ein Ungetüm von einem Kopf, ein Riesenhaupt, mit toten glasigen Augen und klaffenden Kiefern aus denen die Barten hängen und Wasser rinnt, das Tier entleert sich zum Maul hinaus.

Auch dieser Kopf rutscht in geringer Entfernung an uns vorbei; ein Kind beginnt sich zu fürchten und weint, es wird weggeführt, andere stoßen vor Staunen hörbar ihren Atem aus, stumm bleiben wir alle, ein unbekanntes Lebewesen hat uns überwältigt, obwohl Leben nicht mehr in ihm ist. Allein die Zunge so eines Giganten, las ich, wiegt soviel wie ein

Elefant, aus seinen beiden Kiefern hat man Hoftore gemacht, wird erzählt, aber es ist etwas anderes, das Ungeheuerliche mit eigenen Augen zu sehen.

Als der Wal oben ist, auf der Bühne, die Schlachtbühne ist es, wie wir später feststellen, als die Wunde nicht mehr nahe ist und er daliegt als eine glänzende feuchte dunkle Unermeßlichkeit, ganz und gar seinem Element entnommen, kommt wieder Leben und Bewegung in die Kinder. Sie spüren, daß sie einem außerordentlichen Vorgang beigewohnt haben, sie sahen einen Wal, sie werden davon erzählen können, sie zeigen auf das Tier, sagen Wal, hval, whale, la baleine, nennen es jedes in seiner Sprache, deuten heftig auf die Einzelheiten des nun etwas entfernten Körpers, dessen Fremdartigkeit sie so sehr beeindruckt hat als er ihnen nahe war, so daß sie mit der Hand auf seinen Bauch hätten patschen können. Wie ein glänzender langgestreckter Hügel liegt das Tier da, jetzt, wo man die Wunde nicht sieht, scheint ihm nichts zu fehlen. Es scheint, als wäre das ozeanische Wesen in einer seiner Launen an Land gekommen und ruhe nun aus in unserem Element.

III

Er gerät unter Messer

Wir werden gebeten, auf die kleine Tribüne zu steigen, die der Schlachtbühne gegenüberliegt. Während wir uns dort aufstellen, beklettern einige Arbeiter den Wal, sie haben Steigeisen unter den Schuhen um sich auf der schlibbrigen Haut des Tieres halten zu können. In den Händen führen sie riesige sichelartige Messer, sicher und geschwind legen sie lange tiefe Schnitte in Haut und Speckschicht des Wales.

Gleichzeitig tritt ein Mann zu uns auf die Tribüne und beginnt ebenso sicher und geschwind, in drei Sprachen sich abwechselnd, Informationen über Wale und ihre Verwertung vorzutragen. Er wendet sich besonders an die Kinder, die sich auch gleich um ihn wie um einen Geschichtenerzähler drängen.

Wir alle erfahren, daß man Zahnwale und Bartenwale zu unterscheiden hat, vor uns liege ein Bartenwal. Die größten Wale, hören wir, seien die Blauwale, sie wögen soviel wie fünfundzwanzig Elefanten und würden bis zu 30 Meter lang. Es gäbe keine größeren Lebewesen als Wale, auch das Mammut und die Dinosaurier erreichten nicht ihre Ausmaße. Dies hier sei ein Finnwal und er wöge vermutlich – und habe – und nun wird erklärt, wie Wale atmen, schwimmen, wo sie leben, ihre großen Wasserwanderungen werden geschildert.

Derweil sind die Männer auf dem Wal mit ihren Schnitten offenbar fertig, große Haken, an denen Trossen hängen, werden im Speck nahe dem Kopf befestigt, dann beginnt die Winde erneut zu arbeiten.

Der Erklärende unterbricht sich, alles sieht wieder auf den Wal, die Trossen spannen sich, langsam werden dem Tier in breiten Bahnen Haut und Speckschicht abgezogen.

»Nicht doch«, sagt leise ein Mädchen neben mir als das Schälen beginnt, und umklammert, daß die Knöchel der Händchen weiß werden, das Geländer vor sich.

Bahn um Bahn verliert der Wal seine Haut, die sehr zart und dünn ist, und seine Speckschicht, die dick und weiß ist und das warmblütige Tier im Wasser vor Kälte schützt. Die dunkle Haut nach unten und den weißen Speck nach oben, liegen die Bahnen vor uns. Sogleich machen sich Arbeiter daran und zerstückeln sie in Vierecke, die mit Haken fortgezogen werden, was die Männer Kraft kostet, so schwer sind auch die abgeteilten Stücke noch.

Unser Informant weist darauf hin, daß das Verarbeiten des Wales sehr rasch vor sich gehen müsse, je schneller alles in die Kühlräume käme um so besser sei die Qualität der Produkte, und er beginnt zu berichten, wie aus dem Speck Öl gepreßt, in Separatoren geklärt und dann in Tanks gefüllt wird, wir erfahren, daß eine Walleber beträchtlich viel Vitamin A und B aufweist, der Vertreter der Walverwertungsgesellschaft redet noch viel, aber die Kinder hören nicht mehr zu, sie sehen auf das blutige hautlose Tier vor sich, eine langgestreckte Masse rohen Fleisches ist es jetzt, und schon wieder machen sich Arbeiter an ihm zu schaffen, schneiden tief in den Wal hinein und dann werden ihm mit einem Kran gewaltige Fleischstücke von den Rippen gehoben und zur Weiterbearbeitung in Schächte geschwenkt.

»Der Wal hier, aus dem jetzt Nahrung gemacht wird[1], hat etwa 7000 Kilo schieres Rückenfleisch, das auf einem Kühlschiff nach Japan transportiert werden wird. In Japan sind Walsteaks besonders beliebt. Als er noch lebte, hat dieser Wal mit seinem riesigen Maul mehrere Zentner Nahrung auf einmal zu sich nehmen können, er hat Millionen und Abermillionen kleiner Krebse geschluckt und verdaut. Zahnwale«, so erfahren wir weiter, »fressen zehn Meter lange Tintenfische, sie verschlingen sie in einem Stück.«

Die Kinder hören diese Ungeheuerlichkeiten an, der Wal frißt die Tintenfische, wir fressen den Wal und damit wir ihn zu uns nehmen können, müssen wir ihn fangen, ihm die Haut wegreißen mit einer Maschine und ihn zerstückeln. »Die Knochen«, vernehmen wir gerade, »sind so ölhaltig, daß sie auch ausgepreßt werden«, und es wird hörbar, wie man diese Knochen mit Dampfsägen zerteilt. Zwei riesige Kiefer werden hochgehalten, ein Kirchentor könnte man aus ihnen machen, wenn man sie aufstellte. Ein Arbeiter zeigt den Zuschauern die hornigen Barten, man darf sie anfassen, diese Filter, die das Tier vor dem Maul hat und durch die es das Wasser wieder ausfließen läßt, wenn es seine Nahrungszentner eingesogen hat, nur die kleinen Krebse, das Krill, bleiben dann im Maul und werden verschluckt.

Die Kinder sehen auf die Barten, die ihnen vor die Augen gehalten werden, sie sehen auf die ganze entsetzliche Zerteilung, die Speckstücke, die Fleischklumpen, die zersägten Knochen, das Blut, das immer wieder mit Wasserschläuchen weggespült wird in den Fjord, flammend rot ist das Uferwasser und in Scharen tun sich Möwen an Fleischresten gütlich.

Die Kinder hier auf der Tribüne, nun wissen sie, daß jeder jeden frißt und wie das aussieht. Sie sind Zeugen des Gemetzels gewesen. Die Eltern hatten sich wohl nicht vorstellen können, was heute geschehen würde, manche sind besorgt, nehmen ihre Kinder um die Schultern, sagen, was man sah sei zwar grausam, aber wir alle äßen ja auch Fleisch von Kühen, Schweinen, Hühnern, und Wale hätten so viele kleine Krebse gefressen, die auch lieber gelebt hätten anstatt ins Walmaul zu kommen, hinter die Barten, von wo sie nicht mehr entrinnen konnten. Die Kinder nicken. Die Kinder sind still. Mich verwundert, wie ähnlich sie sich verhalten, obwohl sie doch verschiedenen Alters, verschiedenen Geschlechtes sind, aus unterschiedlichen Nationen kommen und vorhin, als man den Wal noch erwartete, deutlich ihren Temperamenten gemäß sich bewegten und handelten. Jetzt aber scheinen sie alle gelähmt zu sein. Die Wahrheit ist als eine fürchterliche Woge über ihnen allen zusammengeschlagen und hat sie stumm gemacht.

IV

Er ist vernichtet

Wir werden aufgefordert, auch noch die Kühlanlagen anzusehen; die Eltern nehmen das Angebot erleichtert an, sie meinen, es würde die Kinder ablenken. Der Geruch der Trankocherei ist allerdings nur schwer erträglich. Aber dann kommen wir in eine perfekte Fabrik mit riesigen Konservierungskapazitäten für Nahrungsmittel, die Temperatur der Kühlaggregate wird automatisch kontrolliert, Öl fließt aus den Separatoren bereits in die Tanks, Fleisch, sauber in Kühlwannen gepackt, wird eingefroren, auch Leber und Drüsen des Tieres, sie werden in der Pharmazie gebraucht. Eifrig weisen die Eltern ihre Kinder darauf hin um ihnen Nützlichkeit, ja, Notwendigkeit der Schlachtung deutlich zu machen.

Mit leeren, halb abwesenden Augen sehen die Kinder auf Kühltanks, Kühlboxen, auf all die Behälter, in die der Wal, den sie doch gerade noch als ein großes Tier, als eine so eindrucksvolle Einheit gesehen haben, nun verteilt worden ist. Was er war, was eine majestätische Zusammengehörigkeit von Leibeseinzelheiten war, ist nun unvorhanden. Der Wal ist auf Kübel, Fächer, Schubladen verteilt, er ist nicht mehr er, er ist nicht da, aber überall ist etwas von ihm.

Die Kinder stellen keine Fragen, sie reden auch nicht untereinander, manche haken sich bei den Müttern ein, die Kinder haben etwas Welkes bekommen, und wie hatten sie das Schiff und den Wal erwartet als das große Abenteuer dieses Tages, nach dem sie freudig Ausschau hielten.

Sie haben ein Wunder erhofft und sahen die Wahrheit.

V

Er

Es ist vorbei. »Gottseidank!« sagen die Eltern zueinander. Manche steigen in Autos, ich in einen Bus, ein Haufen Eltern und Kinder ebenso. Noch jemand ist im Bus. Der Wal.

Mit blassen Lippen, flüsternd zuerst, beginnen die Kinder von ihm in allen Sprachen zu reden:

»Er ist das größte Tier, das auf der Erde lebt! Er hat das größte Gehirn, das überhaupt ein Lebewesen hat! Er kann schneller schwimmen als manches Schiff fährt! Er hat solche Kräfte, daß er eine eiserne Harpune verbiegen kann! Er hat einen ganz ganz großen Kopf, in seinem Maul können drei Leute sitzen! Mit seinem Schwanz kann er ein Boot umkippen! Er hat ein Darmlabyrinth, sein Darm ist riesenlang und liegt in tausend Schlingen in seinem Bauch!«

Erregt, sich steigernd, laut werdend, rufen die Kinder den Wal aus, einen Wal, der noch heil ist, den Wal, der vor zwei Stunden ankam im Hvalfjördur. Hingerissen wiederholen sie, was sie von ihm gesehen und über ihn vernommen haben:

»Er hat Speck, furchtbar viel Speck! Er hat ganz feine Haut! Er bläst Fontänen aus der Nase, das ist sein Atem! Seine Augen sind blau, aber ganz klein! Er hat ein Sonar! Er hat fast ein Radarsystem in sich! Er kann

Laute von sich geben! Er kann fast sprechen! Er kann singen! Er frißt Krill! Er frißt nicht um die Krebse zu beißen, sondern weil er Hunger hat!«

Satz für Satz machen die Kinder die Vernichtung zunichte, sie beschwören den Wal, wie sie möchten, daß er noch immer sein möge, aus Wörtern setzen sie ihn wieder zusammen, die Eltern, die ihre Kinder, nicht überlegend, welche Folgen das haben könnte, an die Rampe der Wahrheit führten, haben kein Mitspracherecht mehr, und es sieht auch nicht aus, als hätte einer von den Großen die Kräfte, mit denen die Kinder dem erlegten Wal beispringen und ihn nicht zugrunde gehen lassen. Sie sind auf der Seite dessen, den die Großen entrechtet haben, sie wagen den Aufstand gegen die Schlächter, entreißen ihn den Messern wieder, nicht einmal von einer Wunde ist noch die Rede, der Wal ist bei uns, Wörter atmend, hält er sich zwischen uns, er hat überlebt, denn er hat die Kinder für sich, die stellen sich als Wall vor seine Vernichtung, sie erstatten ihm zurück was die Mörder ihm forthackten, er bleibt das große Wassertier, hat die Schlachtung überstanden, die Kinder besorgen die Wiedergutmachung, als wäre es ausgemacht irgendwann, hält jedes Kind mit:

»Er hat ein rosiges Maul! Er hat die stärksten Kieferknochen, stärker als Elefantenzähne, auch länger! Seine Zunge wiegt soviel wie ein ganzer Elefant! Er schwimmt vom Nordmeer zum Südmeer! Er kann ein Schiff hinter sich herziehen! Er kann bis auf den Meeresgrund tauchen! Er fürchtet sich vor keinem anderen Tier! Er tut Menschen nichts! Er!«

1 Man ist sich längst darüber im klaren, daß Wale für die menschliche Ernährung nicht vonnöten sind. Die meisten Walarten sind auch schon streng geschützt, um vor dem Aussterben bewahrt zu werden. Einzig Japan und die Sowjetunion betreiben noch Waljagd oder geben sie in Auftrag. Der Beauftragte der Verwertungsgesellschaft am Hvalfjördur suchte uns natürlich von der Nützlichkeit des Unterfangens, dem wir beiwohnten, zu überzeugen.

Wie oft habe ich diese Tür schon aufgemacht, mit Tabellen, graphischen Darstellungen in der Hand, es gehört zu meinem Berufsalltag, mit solchen Unterlagen Kollegen aufzusuchen um Druckabsprachen zu treffen, Termine auszumachen, aber als ich sie diesmal öffne und ins Zimmer sehe, ist die Welt nicht mehr wie sie dort sonst immer war, nicht mehr die Bürowelt, der Raum ist verwandelt, er hat einen magischen Mittelpunkt bekommen, zu dem man sich sofort hingezogen fühlt, ein Kind sitzt diesmal da, Buntstifte in der Hand, sieht es mir entgegen, und mit nichts als seinem Kinderblick und seiner kleinen Anwesenheit hat es dem Zimmer alles Büroige genommen. Es scheint nicht mehr notwendig, von Strichen auf Tabellen zu sprechen, denn es gibt die Möglichkeit, ein Kind anzureden, und das hat an einem Arbeitsalltag sogleich etwas Festliches.

»Bist du Robin«, frage ich, vermutend, daß ich das Kind meiner Kollegin vor mir habe.

Robin nickt, ernst, geradezu feierlich, als habe er die geheimnisvolle Identität eines Gralsritters bekanntgegeben. Ich trete näher und sehe auf das Blatt vor ihm auf dem Tisch, nicht Zahlen hat er eingekastelt und auch keine Verkehrs- oder Konjunkturkurven aufs Papier gebracht, eine große rote Sonne malte er und einen Wald mit Tieren darin. Da sieht man, wozu Bürostifte gut sein können, endlich hat einer freudigen Gebrauch von diesen Utensilien gemacht und ihnen entlockt, was Schönes in ihnen steckte. Auf unserem Papier für ökonomische Konzepte laufen Hasen, fliegen Libellen; als wäre das Papier bisher immer mißbraucht worden, schauen wir nun auf seine Erlösung vom alltäglichen Übel.

Robins Mutter meint erklären zu müssen, warum sie heute ihr Kind bei sich hat, aber sie strahlt weil Robin da ist, der Vögel und Schmetterlinge ins Zimmer zaubert, von unseren sorgenbringenden Zahlen noch nichts weiß, es aber fertigbringt, daß die Zahlenfexerei mit Längs- und Quersummen uns plötzlich ganz nebensächlich vorkommt, denn einzig mit Robin zu reden kann noch lohnen, er scheint uns derjenige zu sein, der weiß, worum's geht, seine Fragen halten wir für die, deren Beantwortung nötig ist und der Anstrengungen wert.

Vor Robins vom Stuhl baumelnden Füßchen verschwindet, was eben noch so wichtig war, ein Drucktermin, ein Kreuz im Koordinatenschema, lieber will man hören, was Robins Meerschweinchen frißt und daß er einen Drachen steigen ließ.

Anderer solcher Begebnisse in unsrem Institut erinnere ich mich: begeistert sahen wir zu, wie Manuela im Zimmer des Präsidenten die Fähnchen auf einem Organisationsplan endlich so anordnete, daß man zufrieden sein konnte, sich nicht um Prioritäten scherend, steckte sie einen schönen runden Kreis ab aus dem hierarchische Abstufungen eliminiert waren – und was war noch eilig zu erledigen, wenn man miterleben konnte, wie David sich an unserer großen Schwingtür zu schaffen machte, ihren Mechanismus ergründete, sich, ein ganz winziger David, an dieser Goliathtür erprobte, keineswegs von ihrem Schwung, wie wir schon zugreifenwollend befürchteten, umgerissen wurde, sondern höchst pfiffig begriff, wann er vor ihrer Wucht beiseitespringen mußte – nicht ganz richtig im Kopf und im Herzen muß sein, wer da nicht stehenbleibt und zuschaut, sondern meint loslaufen und in Statistiken blättern zu müssen.

Welch fröhliches Ereignis, wenn Ninchen ihre Mutter abholt und, weil die noch beschäftigt ist, zu mir ins Zimmer hüpft, sich auf die Lehne meines Bürosessels schwingt und Ausschau nach ihren Lieblingsbüchern hält, die im Regal hinter mir stehen und es ihr angetan haben mit den sonderbaren Wörtern, die sie golden auf rotem Einband tragen: Encyclopaedia Britannica. Ninchen ist versessen auf das Wort Encyclopaedia, sie liebt es wie ein Feldherr eine Stadt liebt, die er lange belagerte und schließlich einnehmen konnte, denn es hat gedauert, bis Ninchen ›Encyclopaedia‹ buchstabieren und aussprechen konnte, zähe hat sie mit dem schwierigen Wort gekämpft, aber nun weiß sie es, kann es fließend sagen, und ich erzähle ihr, was in der Encyclopaedia Britannica geschrieben steht. Ninchen hört zu und stellt fest:

»Aha, es ist also ein Allesbuch.«

Wie bin ich nur ausgekommen ohne das Wort ›Allesbuch‹, das einen Ausdruck wie ›Lexikon‹ an schlagkräftiger Deutlichkeit doch weit übertrifft.

Ebenfalls Ninchen ist es gewesen, die in meinem Dienstzimmer nicht nur ein Ungetüm gemalt hat, sondern auch ein Getüm – mit der einleuchtenden Begründung, daß, wenn es ein Un-getüm gäbe, auch ein Getüm vorhanden sein müsse.

Warum macht man seine Bürozimmertür auf, wenn man auf dem Flur ein Kind zwitschern hört – wie nach einer großen Erholung und Freude schaut man nach ihm aus. Womit bringt sich ein Kind so sehr in Gegensatz zur profanen Berufswelt der Erwachsenen, welche Kräfte der Verwandlung trauen wir ihm insgeheim zu, wenn wir ihm entgegenlächeln?

Blindlings: setze ich mich in einem Bus dahin, wo Kinder sitzen – wende ich mich um auf einer U-Bahntreppe, wenn ich hinter mir ein Kind sprechen höre – will ich wissen, was es sagt, gewiß, daß das nichts Gewöhnliches sein wird – vertraue ich allein schon deswegen auf einen fröhlichen Tag, weil ich weiß, Titus wird kommen. Sicher, daß, was er aus meinen Vorbereitungen machen wird, alles übertrifft, was ich mir ausdenken konnte, sehe ich seinem Besuch wie dem eines Zauberers entgegen.

Mir ist gleichgültig, daß ein Mann wie Kalanag oder wer sonst an den Litfaßsäulen als großer Zauberer angekündigt ist, auf offener Bühne ein Achtzylinderauto verschwinden lassen kann. Ich weiß, wenn ich Kinder zu Besuch habe, daß die ganz großen Zauberer gekommen sind, die mir ein Schiff ins Zimmer bringen, einen Dampfer aus meinem Tisch machen, den seetüchtigsten der Welt, mit dem sich alle Stürme überstehen lassen. Ich kann auf ein Festessen hoffen, wenn Titus bei mir ist und meinem gewöhnlichen Menu Namen erfindet, wie keine anreißerische Speisekarte berühmter Gaststätten sie so schön verzeichnet. ›Klizza‹ nennt er eine kleine Pizza, sagt ›Wiesenbrühe‹ zum Kamillentee, will nicht nur Nüsse, sondern Knacknüsse essen, stellt fest, die Teewurst sieht wie Rosenwurst aus, schaut nachdenklich auf ein Glas Milch und meint träumerisch: »Wenn das nun Schneesaft wäre!« Trage ich eine Weintraube her, begrüßt er sie als Kullerbündel, Spaghetti sind Langmehlwürmer, es genügt ihm nie, den gängigen Namen einer Speise zu wissen, er erfindet zusätzliche Bezeichnungen, schnell, aus seiner frischen Anschauung sprudelt er sie hervor, richtet meinen Tisch mit schönen Namen an, verlangt Süßkrümel in den Tee, weil er den Zucker auch mal anders nennen möchte, Pfeffer ist Schwarzpulver für ihn, Spargel bezeichnet er als komische Blaßstangen, seinen Kinderaugen ist alles neu, er erprobt sich an dem, was er sieht, verwandelt es sich an und tut damit einen Zauber noch am Gewöhnlichsten. Kinder, mit ihren zum Erleben aufgeschlagenen Augen!

Als sie noch klein waren, wie verändert Diem wirkte, wenn er mit seinen Kindern beisammen war, denen er allen dreien einen einsilbigen Namen gegeben hatte, um sie schnell rufen zu können, Kommandorufe richtete er nicht an sie, aber sein hastiges Rettrufen manchmal, mit dem er einsilbig schon das Kind erreichte, das er gefährdet glaubte, die kurzen Namen gestatteten ihm, schon im ersten Sprachschub bei einem Kind zu sein, das nicht mehr bezweifeln konnte, daß es gemeint war. Diem wollte seine Kinder sich nicht verklingen lassen in Reihungen von Wohllauten, in einer einzigen Silbe wollte er sie gesammelt haben, lebenslänglich sollte man sie in dieser Schnelle identifizieren können ohne die Verzögerungen langer oder doppelter Namen.

Natürlich taten auch diese Kinder unwissend ihren Zauber, denn sie machten für mich das Kind anwesend, das ihr Vater einmal gewesen war; mit einer Kopfbewegung, einem Blick aus dunkelgroßen Augen verrieten sie, wie ihr Vater ausgesehen haben mag vor Jahr und Tag. Lächelnd aufschauend, die Beantwortung einer dringlichen Frage von mir erwartend, gaben sie etwas von ihm preis, zogen sie ein vergangenes Kind aus dem Dämmer alter Jahre ans Licht, zeitabwärts führten sie mich mit ihren ererbten Handbewegungen und Diem selber führten sie auch zurück: das Kind, das er gewesen ist, muß er wieder so in sich gefühlt haben, daß ihm die Augenlider flatterten vor Hellseherei, wenn seine Kinder vor ihm standen. Wohl wissend, wie kränkbar Kinder sein müssen, die von ihm abstammen, bot er ihnen nie ein unhöfliches Wort an. Dem vorwissenden Schonen, das er auf seine Kinder verwandte, war ablesbar, wo man ihm einst Wunden beigebracht hatte und daß es viele gewesen sind. Die Kinder zauberten aus ihm das Kind wieder hervor, nicht wie es vor dem Umhuschen einer kleinen elektrischen Eisenbahn gestanden hatte (wo man immer so plump meint, daß das Kind im Manne wieder manifest würde), sondern wie es geschwiegen, verschwiegen hatte. In der Barmherzigkeit, mit der er seine Kinder schützte, in der Sensibilität, mit der er vermied, sie zu beleidigen, zeigte sich, was Diem für ein Kind gewesen sein muß, denn seine alten Narben waren es wohl, die ihn befähigten, die empfindlichen Bezirke im Gemüt seiner Abkömmlinge so genau zu erkennen.

Angezaubert wird man von Kindern, so oder so oder so. Die Wirkungen, die sie ungewollt ausüben, sind vielfältig, aber alle Kinder verändern einen – und wie sehr – wenn sie sich einem anvertrauen.

Sie zaubern, zaubern Zeit zurück, auch die Frühzeit der Menschheit als die noch nicht todwissend war und, wir erfahren es aus den frühen Religionen, unbegreifend vor ihren Gestorbenen verharrte, sie floh oder entrückte.

Welch Weg von daher für die Menschheit und immer von neuem für jedes einzelne Kind.

Und wenn wir Großen noch so sehr vornander prunken mit dem, was wir im Kopf haben und artikulieren können, die halbe Encyclopaedia Britannica hat ja manch einer parat – wenn Kinder fragen, ob immer und ewig, wer, wann und was denn danach, bleiben wir die Auskunft schuldig. Wenn sie vor uns stehen, ohne Schuld, Himmel und Herrlichkeit erhoffend und ein glückliches Leben für alle Zeit, wissen wir, daß Grund ist zur Trauer.

Es gibt Zusammenstellungen von Wörtern, Sätze, Sentenzen, die weiß man seit immer und ewig, sie begegnen einem mit gewisser Regelmäßigkeit, man erkennt sie sogleich, nur sieht man nichts, wenn man sie hört, liest, sie füllen sich einem nicht mit Vorstellungen, mit Leben, nicht einmal wenn man sie gebraucht denkt man sich viel dabei, bis eines Tages – natürlich kannte ich das Klavierstück von Ravel mit dem Titel ›Pavane auf den Tod einer Infantin‹, mein Großvater spielte es schon, eine zarte schöne Musik, deren Titel ich wußte ohne ihn wahrgenommen zu haben, bis eines Tages – fröstelnd wartete ich irgendwo in Berlin auf einen Autobus und betrachtete, was an einer der Haltestelle benachbarten Litfaßsäule angeschlagen war, sah nur flüchtig hin, quasi nur mit einem Auge um den Bus rechtzeitig bemerken zu können- Kinohinweise, das Theaterprogramm, ein weltweltberühmter Pianist wurde erwartet, was würde er denn spielen, dies und das und: ›Pavane auf den Tod einer Infantin‹ – da geschah es! Als wäre ein Magnet über mich hinweggegangen, ordnete sich manches was ich weiß und zu empfinden fähig bin anders in mir, löste die Titelzeile eines Klavierstückes eine Flut von Bildern aus, sah ich die Infantin wieder, von Velazquez gemalt, erinnerte ich mich ihres Gesichtes, wie es im Prado und in Wien zu sehen ist, die Infantin Margarita als kleines Kind zwischen den Meniñas, war dieses auf Bildern verbliebene Kind zu betrauern?

Während ich begann, an sie zu denken, an die zarte spanische Prinzessin, stieß ich mit Ravel zusammen, heftig, heftig wie mit jemandem Lieben, der endlich und unverhofft vor einem steht. Ich besann mich wieder auf den ersten Aufenthalt in Ciboure, der Zwillingsstadt von St. Jean de Luz, vor zwanzig Jahren hatte ich da zum ersten Mal am Quai des kleinen Hafens gestanden vor einem stattlichen Haus an dem vermerkt war, es sei das Geburtshaus von Ravel. ›Aha‹ hatte ich gedacht, ›Baske ist er also‹, und das hatte meine Liebe zur baskischen Provinz noch beflügelt, das schöne Singen in den Fischerkirchen dort, in jeder hängt ein Schiff von der Decke, priez pour nous, Sainte Marie de la mer – ja, Ravel war Baske, der Mutter nach, er war an der Biskayabucht geboren und kehrte dahin zurück für viele Ferien, der Hispanità ist man nahe dort, und schon Ravels Mutter hatte sich faszinieren lassen von allem Spanischen, eine Habanera ist unter Ravels frühesten Kompositionen, und er ist noch oft auf Spanisches zurückgekommen, aber es klingt an bei Ravel was man meint in baskischen Kirchen vernommen zu haben, in Ascain, in Sare, auch Härten hört man, plötzliche, wie das Aufschlagen von Pelotabällen an der Mauer, scharf mit der Chistera geschlagenen Bällen im baskischen Nationalspiel, das Baskische hat sich baskisch erhalten seit immer und je, auch in Ravel, aber Spanisches ist ihm benachbart wie Französisches, die Infantinnen aus dem Escorial wie die französische Weise, sie zu bezeichnen, im Original heißt der Titel von Ravels Klaviermusik ›Pavane pour une Infante defunte‹ und Ravel hat später gesagt, die poetischen Valeurs der Formulierung, besonders das so wortmusikalische ›Infante defunte‹ habe ihn zu dieser Bezeichnung des Klavierstückes bewogen, aber das wird Abwehrreden des mit Äußerungen von Gemütsbewegungen ungewöhnlich zurückhaltenden Ravel gewesen sein. ›Pavane pour une Infante defunte‹, es ist bekannt, wie sehr Ravel sich zu Kindern hingezogen fühlte. Man berichtete, daß er, zu Gast irgendwo, manches Mal vermißt und im Zimmer der Kinder aufgefunden wurde, ins Spiel mit ihnen vertieft, das er der Unterhaltung mit den Großen vorzog. Er hatte Vergnügen an Spielzeug, sammelte es sogar, regte sich aber auch und verfertigte welches, faltete sorgsam Papierhühnchen für einen kleinen Jean, ich glaube nicht, daß die Titelzeile einzig ein literarischer Einfall war, unter Kindern hatte Ravel überall Freunde und eines hat er angesprochen in der Pavane, ein besonderes, eine Prinzessin, und dieses Kind hatte sich ihm schon entzogen, es war tot, doch ihm schickte er eine Musik nach, keine Totenklage, eine Huldigung an die Anmut der Prinzessin, die er lebend nie gesehen hatte, sie war tot seit mehr als zweihundert Jahren, aber überkommen auf Bildern vermochte sie noch, Ravel anzuziehen.

Die Vorstellung von einer spanischen Infantin, teile ich sie nicht mit Ravel seit den Pradotagen, als Diego Rodriguez de Silva y Velazquez mich so sehr in seine Gewalt bekam, daß ich mich nicht fortrührte von seinen späten Bildern, mich dem Genie aus Andalusien ausliefern und ihm Tribut zollen mußte indem ich anwurzelte vor seinen Bildern, der Venus, die sich abwendet und doch im Spiegel nach einem schaut, vor dem Narren Don Sebastian de Morra, er hält sich jedem zur Verfügung, der Mut hat, ihm über verkrüppelte Füße und Stummelarme hinweg in die vorausschauenden Augen zu sehen, und vor der Infantin Margarita, mehrfach hat Diego Rodriguez sie gemalt, 1656 ist sie Mittelpunkt des wunderbaren rätselhaften Bildes ›Las Meniñas‹. Las Meniñas, das heißt: die Edelfräulein, aber auch: die Schätzchen, Lieblinge, es ist ein Kosewort für Kinder, das Anwendung verdient für die auf dem Bild Sichtbaren: zwei schon Halbwüchsige, einen kleinen Knaben, der spiellustig seinen Fuß auf einen eher schlafsuchenden Hund setzt – und eben die Prinzessin. Beunruhigend ist, daß unter den Kindern auch eine Liliputanerin ist, eine Zwergin, klein, aber kein wirkliches Kind, jedoch die häßlich schöne Gegenfigur zur lieblichen Hauptperson des Bildes, der Infantin Margarita: kleinkindlich noch, steht sie in einer Gloriole blonder Haare da, die mit roten Blütchen geschmückt sind, und solche Blumen trägt sie auch am barocken Kleid. Einzig schauen ist, was sie tut, die Altesse Royale; an sie wird Ravel gedacht haben, wie Velazquez, überwältigt von der Anmut des Kindes, es so malte, daß alles sich um die Infantin gruppiert: außer den anderen Kindern, etwas beiseite, die Kinderfrauen, am Ende des Raumes ein Höfling, der im Begriffe scheint, sich zu entfernen, es aber doch nicht lassen kann, sich noch einmal umzuwenden nach der anmutigen Szene; an der Wand hinten, geheimnisvoll in einem Spiegel erscheinen König und Königin, sehr entrückt, aber man spürt, auch sie wollen betrachten, was vorgeht. Und außer diesen allen ist noch Velazquez selber da, malend, er sieht aus dem Bild heraus, der Andalusier blickte mich an, die ich mich der Gesellschaft ja auch zugeordnet hatte, ich war vor sie getreten und stehengeblieben und hatte mich eine lange Weile ohne Langeweile so wenig gerührt wie die vor Jahrhunderten im Bilde Gebannten, wer könnte sich auch abwenden vor der ermalten Lieblichkeit der Infantin Margarita, ein seidenhaariges Kind, noch kann man in seinem Gesicht von Näschen und Mündchen reden, noch ist der Blick so kindlich, scheint auf etwas gerichtet, das sich gleich ereignen wird, sei's auch nur ein Vögelchenflattern. Das Kind lächelt nicht, es schaut.

Drei Jahre später hat Velazquez Margarita wieder gemalt. Noch immer das liebliche Blond und die hellen Augen des landfremden Kindes. Auch dies, das austrisch Fremde der habsburgischen Herrscherhaustochter mag den an mediterrane Menschen gewöhnten Sevillaner begeistert und entzückt haben. Es werden Aufträge, königliche, gewesen sein, die Velazquez veranlaßten, die Prinzessin zu portraitieren, aber es scheint, er hat sich entzündet an der Aufgabe, und mit diesem Hingerissensein vom ganz Fremdartigen hat er auch dieses Mal[1] die Infantin zu sich hergemalt, jedoch ganz unumgeben erscheint sie nun, verlassen im Kerker einer ernstblauen Hofrobe, nicht mehr mit rosigen Blütchen, mit dunklen Bändern nun geschmückt, die Andeutung einer Ordensschärpe über der Schulter, stolz und traurig, ein unsere Zärtlichkeit still und heftig herausforderndes etwa achtjähriges Kind.

Nur ein Jahr verging, 1660, im Jahr seines Todes, hat der Andalusier seine Prinzessin noch einmal auf eine Leinwand geschildert, in ganz ungeheuerlich breit ausladender Pomprobe nun, wie in einem Gehäuse steht

Margarita in dieser von vielen Drahtstangen gehaltenen Rockarchitektur, kaum zu glauben, daß ein schmächtiger Kinderkörper in der Lage sein soll, dieses Gebäude von einem Kleid mit sich zu bewegen. Hälschen und Taille verraten die Zartheit des Mädchens, ein riesiger Kopfputz ziert das Kind nicht, signalisiert nur, was ihm an höfischem Repräsentieren schon zugemutet wird, unter eine rote majestätisch gebauschte Portiere hat Velazquez die Infantin gestellt, sie sieht uns an mit den gleichen großen blauenden Augen, aber nun ist es der Blick eines zerzwungenen Kindes.

›Pavane pour une Infante defunte‹, welche Infantin hat Ravel gesehen außer dieser einen, und in welchem Sinne hat er an sie als eine Tote gedacht? Margarita starb nicht als Kind, ihr Überleben ist verbürgt. Aber was überlebte noch von der lebendigen Kleinen unter den Meniñas?

Ein Ballett wurde zu Ravels Musik erfunden, die ursprünglich, 1899, einzig für Klavier geschrieben, 1910 von ihm orchestriert worden ist. Auf der Suche nach allem, was mit der Zeile zusammenhängen könnte, die mich eines Tages angesprungen hatte vom Plakat an einer Litfaßsäule aus, ging ich das Ballett zu sehen.

Dargestellt wird auf der Bühne was verborgen bleibt auf Diego Rodriguez' Bildern, was sich allenfalls ankündigt als eine schlimme Möglichkeit, der Blick Margaritas auf dem letzten Bild könnte auf etwas schließen lassen, dem die wirkliche historische Prinzessin widerstanden hat. Auf der Theaterszene erscheint die Prinzessin als ein junges Mädchen, schön, sehnsüchtig nach Erleben, voller natürlicher Impulse, versucht, den sie eingitternden Hofschranken und Hofschranzen zu entrinnen, wirbt um kreatürliches Angenommenwerden bei Menschen, die sie nicht einmal am Saume der prunkenden Gewänder berühren darf und die sie unerbittlich aufs Zeremoniell verweisen, bis das junge Wesen, aufgerieben von seinen vergeblichen Versuchen, freudig unter Menschen zu leben, welkt und stirbt.

Ein wunderschönes Ballett, nur stellt es nicht dar, was über Ravels Pavane geschrieben steht. Dort ist nicht die Rede von einer Prinzessin, die kämpft und stirbt, nicht einer Infante mourante ist die Pavane geschrieben, sie ist einer Infante defunte gewidmet, einer schon Verstorbenen. Ravel wendet sich an eine Tote. Das Schlimme ist geschehen schon als der Titel hingeschrieben wurde. Was ihn bewegte beim Gedanken an ein verloschenes Kind hat Ravel ausgedrückt in seiner Pavane, einen langsamen melancholischen Tanz hat er dem Kinde nachgeschickt.

Ein anderes Libretto scheint mir erfindensnötig um das darzustellen, dieses einem toten Kinde Hinterhermusizieren, diese leise Ansprache an ein entschwundenes Wesen, das so kurz nur anwesend war, über das man vergeblich die Hände gehalten hat, das man nicht ausliefern zu müssen glaubte und das dennoch aus dem Leben gezogen wurde von rätselhafter Gewalt, es gab keine Hilfe, wer je ein moribundes Kind sah, nicht schreien dürfend, nicht anschreien könnend gegen dies Unrecht – und auch Ravel mit nicht mehr Macht versehen als mit der Begabung, dem entrückten Kind eine Musik zu schreiben, nach der es vielleicht gern getanzt hätte.

Er hat ein fernes Kind gesucht, seine Teilnahme in ein anderes Jahrhundert verlegt, an einen ihm entlegenen Ort, zu dem er Zutritt erhielt durch Don Diego Rodriguez, dem Maler aus dem zigeunerischen südflimmernden Sevilla, der auch ein Fremder geblieben war im Escorial; angezogen wie abgestoßen von den nach Iberien eingedrungenen Herrschern, aber hingerissen von einem Kind dieses Hauses Habsburg hat er seinen Malauftrag als einen Akt der Zuneigung erfüllt[2], und Ravel, an der Grenze der Hispanità geboren, anrührbar von allem Spanischen, hat dem Andalusier seine verschwiegen gemalte Geschichte abgenommen, hat sich des Kindes angenommen und ihm einen Verabschiedenstanz geschrieben, hat das velazquezgemalte Kind gewählt, stellvertretend für alle toten Kinder, von denen er erfuhr.

1 Dieses Bild hängt im Kunsthistorischen Museum in Wien.

2 Dreihundert Jahre später hat noch einmal ein andalusischer Maler der Infantin gehuldigt, nämlich 1957 wandte Picasso sich Velazquez' herrlichem Bild von den Meniñas mit solcher bewundernden Intensität zu, eignete es sich mit solcher Heftigkeit an, daß er nicht anders konnte als es mit seinen eigenen malerischen Mitteln wiederzugeben, es entstanden in diesem Jahr die berühmten Variationen Picassos auf das Bild Velazquez'. Sie hängen im Picasso-Museum in Barcelona.

Ein anderes Kind. Auch in Spanien. Niemand hat ihm eine Pavane geschrieben.

Ein Kind in einem Dorf bei Malaga. Der Dorfbäcker dort bäckt kleine, rundlich asymmetrische Brote, die aussehen wie eine von Picasso geformte Hand. Von Zuckerrohrfeldern ist der Ort umgeben. Fast alle ansässigen Männer arbeiten auf diesen Feldern, die meisten Frauen auch. In der Erntezeit sieht man sie abends die Esel heimführen, über und über sind die Tiere mit dem graugrünen Zuckerrohr beladen, sie tragen nicht schwer daran, aber wären sie es nicht gewohnt, es würde ihnen Unbehagen machen, zu laufen mit dieser spitzen Kutte aus Schäften und Blättern über sich, nicht einmal die Beine der Esel sind sichtbar. So schaut es aus, wenn sie die Straße hochkommen, als würden ganze Gebüsche sich herbewegen, als hätten Pflanzen sich zusammengerottet und zu wandeln begonnen. Hufklippklapp auf den Dorfstraßensteinen, dann verschwinden die Eselchen in Verschlägen neben den Häusern, wo ihnen die raschelnde Last abgenommen wird.

Bald darauf kommen Kinder aus den Häusern gesprungen und lutschen auf frischen Zuckerrohrstengeln.

In diesem Dorf lebt Elvira. Bis sie neun Jahre alt wurde ein Kind wie alle Kinder dort. Dann aber, eines Tages, als Elvira im Vorhof die Hühner fütterte, kam das ganze Dach des elenden Hauses herunter. Die abstürzende Masse erreichte Elvira, beide Beine wurden ihr so zerquetscht, daß man nur noch amputieren konnte, unterhalb der Knie. Einem Kind, das zu rennen, zu springen gewohnt war, mußten – nach einem langen Heilungsprozeß freilich erst – Prothesen angepaßt und jedes Jahr ausgewechselt werden, weil das Kind wuchs.

Elvira zu besuchen, fuhren wir von Granada in Richtung Malaga, Lambert[1] und ich, gegen Abend kamen wir an, bogen auf den Dorfplatz, wo sich Katzen und Hunde jagten, Kinder einander fingen und wieder ließen, Männer vor der einzigen Pinte standen und rauchend diskutierten, wo es zuging wie es auf einem spanischen Dorfplatz zugehen muß.

An eine Mauer gelehnt stand Elvira, Krücken neben sich. Ich stieg aus, ›Elvira‹ rufend, lief ich über den Platz. Elvira stieß sich ab von der Wand, wollte auch loslaufen, verlor fast das Gleichgewicht, fing sich durch Armbewegungen wieder, langte aufgeregt nach den Krücken und marschierte mir wackelnd entgegen. Es war nicht anzusehen und mußte doch angesehen werden. Elvira war stolz auf ihre Krücken, ich sollte sie sofort begutachten. Schließlich aber war es dem Kind doch lieb, daß wir ihm die Krücken abnahmen und es sich bei uns einhaken konnte.

Zuhause wußte die Mutter sich nicht zu enthalten, uns wortreich und weinend das Unglück noch einmal zu schildern. Elvira schwieg. Bei Tisch saß sie zwischen uns und schaute glücklich bald Lambert, bald mich an, sie fühlte, wir waren einzig ihretwegen gekommen. Lambert fuhr Elvira spazieren. Niemanden andren aus der Familie nahmen wir mit. Einzig Elvira fuhren wir aus. Ihre Geschwister waren noch nie mit einem Auto gefahren. Elvira sollte ihnen etwas voraushaben, wollten wir. Im Gegensatz zu ihrer Mutter erwähnte sie das Unglück nicht.

Doch eines Abends, als wir zusammen an der Mauer auf dem Dorfplatz standen, sagte Elvira plötzlich leise:

»Ursula, ich weiß noch, wie meine Füße ausgesehen haben.«

Ich verstand nicht sogleich, wenig gefaßt auf diesen Satz und nicht zuhause im Spanischen. Elvira mußte es noch einmal sagen. Und wie wußte ich nichts als Tumbes zu antworten; welch ein Glück es doch sei, daß das Dach ihr nicht auf den Kopf oder die Brust gefallen wäre.

Elvira nickte.

Aber anderen Tages war ihr an einer Auskunft dringlich gelegen:

»Ursula, was haben sie mit meinen Beinen gemacht, wo sind meine Beine jetzt?«

Entsetzliche Frage! Was sollte ich erwidern? Eingegraben irgendwo und verfault? Oder verbrennt man abgetrennte Gliedmaßen? Ich wußte es nicht.

»Wenn man den Menschen gerettet hat«, wie unbeholfen war mein Spanisch und so wissenwollend hing Elvira an mir, »wenn Ärzte also den Menschen gerettet haben, als sie dich gerettet hatten, Elvira, wurden deine Beine, mit denen du nicht mehr hättest leben können, begraben.«

»Auf einem Friedhof? Wo?«

Ich hatte den Eindruck, Elvira wolle uns bitten, sie auf den Friedhof zu fahren, wo ihre Beine begraben sind.

»Gewiß nicht auf einem Friedhof. Arme oder Beine, die jemand verliert, werden nicht auf Friedhöfen begraben, eher in einer Grube bei der Klinik, wo die Operation ausgeführt wird. Deine Beine sind nicht das Wichtigste gewesen an dir, nicht das Wesentliche.«

Elvira dachte nach und nickte.

Im Ganzen wirkt Elvira ausgeglichen. Freilich kann sie nicht jeden Tag in die Schule gehen, weil die sehr entfernt ist, im Nachbardorf, manchmal geht sie wochenlang nicht. Jedoch sie kann lesen. Man weiß wenig über das, was Elvira denkt. Stundenweise hilft sie verkaufen im Laden der Eltern. Das kann sie sitzend bewältigen. Mit Papier, Zigaretten, Briefmarken wird gehandelt in dem Lädchen.

Einmal schlendere ich für mich allein im Dorf umher, will auch einen Blick in die Kirche werfen. Sie ist leer und dämmerig, einzig vor der Madonna brennen Kerzen. Eine Madonna im goldgestickten Mantel, wie die Spanier ihn gern der Muttergottes umhängen.

Plötzlich höre ich Flüstern. Wer flüstert da? Wo flüstert jemand? Bei der Madonna. Ich mache einen Schritt und halte ein. Elvira kniet vor der Muttergottes. Die Krücken liegen neben ihr. Elvira betet kein Ave, der Rosenkranz hängt unbeachtet aus ihrer Jackentasche, sie hat die Hände nicht gefaltet, sie stützt sich auf die Pultleiste der Kirchenbank, sieht zur Madonna hoch und flüstert hastig, erregt, in abreißenden Sätzen, manchmal wird sie nahezu halblaut, zuweilen überstürzt sie sich, dann wieder gibt es Pausen. Elvira spricht die Madonna an, die ein wenig vorgeneigte Figur im goldenen Mantel sieht auf das Kind herab, auf ein kleines elfjähriges Mädchen, das seine Beine verloren hat und sein Unglück nicht begreifen kann. Nur wenn die Erwachsenen dabei sind, gibt also Elvira Ruhe und hält sich verständig, fühlt sich der Wahrheit auch gewachsen, aber was ist nachts im Bett, wenn sie die Prothesen abgeschnallt hat und nach ihren Stümpfen fühlt? Vielleicht ist es das, was sie der Madonna erzählt, der schmerzensreichen Muttergottes, mit ihr scheint Elvira auf vertrautem Fuße zu leben, und ich trachte, die Kirche geräuschlos zu verlassen, damit Elviras Kinderwunder sich ereignen kann.

Als wir abfahren nach ein paar Tagen, wimmelt die ganze Familie samt Hund um unser Auto. Elvira, von der wir uns schon verabschiedet haben, lehnt an der Hauswand, sie verliert im Gedränge noch leicht das Gleichgewicht. Als Lambert das Auto starten will und der Motor sich hören läßt: ein gell gellender Schrei von Elvira! Sie fuchtelt mit den Händen in der Luft, zeigt irgendwohin, auf unser Auto; plötzlich machen auch die anderen, die sich noch zu uns ins Wagenfenster gebeugt hatten, entsetzte Gesichter. Lambert stellt den Motor ab, wir steigen aus und sehen die Bescherung, die sich fast ereignet hätte: Tonwaren, die wir beim Dorftöpfer gekauft hatten, Schüsseln und Krüge, waren von uns, als wir das Gepäck im Auto verstauten, auf dem Wagendach abgestellt und dann vergessen worden. Bei den ersten gefahrenen Metern wäre natürlich alles ins Rutschen gekommen und auf dem Pflaster zerdeppert. Wir fassen uns an den Kopf wegen unserer Vergeßlichkeit, umarmen Elvira, die unsere schönen

Sachen gerettet hat und die lachen, lachen, lachen muß, weil wir Erwachsenen alle so trottelig gewesen sind.

Elvira lebt, Elvira lacht. Sie wird lernen, das Unglück zu bewältigen, das der blinde Zufall ihr gebracht hat. Aber mit welchen Anstrengungen, mit welchem Kräfteverlust und mit welchen Einbußen an Entfaltungsmöglichkeiten.

Im Vietnamkrieg wurden von 1955 bis 1975 den Schätzungen nach 883350 Kinder verstümmelt.[2]

Nicht durch blinden Zufall, sondern durch einen von Erwachsenen angezettelten Krieg, an dem keines dieser zu Schaden gekommenen Kinder – um von den getöteten hier nicht zu reden – schuldig war.

Kriegführende Nationen, das heißt Macht ausübende Gruppen in solchen Nationen nehmen das Unglück von 883350 Kindern um irgendwelcher Ziele willen in Kauf, heißt es.

In Kauf! Zynischer kann man es nicht ausdrücken.

Das Unbegreifliche daran wird nur noch übertroffen von der Unbegreifbarkeit, daß es nicht gelingt, jene Gruppen an ihren entsetzlichen Unternehmungen zu hindern.

1 Lambert, das ist auch jemand aus einem anderen Buch, aber es macht nichts, wenn man hier nicht mehr von ihm weiß.

2 Quelle: Destructions de la Guerre sur le Plan Humain et Socio-Economique. In: Documents Fournis lors de l'Assemblee Internationale pour le Pansement des Blessures de Guerre et pour la Reconstruction du Vietnam. Paris, Dezember 1975.

Das engel- das sternverkündete Kind

I

Es wird angekündigt

Hier, aber auch in Wien, in New York, Nürnberg, Bozen, Paris, Oslo, Moskau, Florenz, Madrid, in Mexico City, gewiß auch in Rio, in selten genannten Dörfern und den abgelegensten serbischen Klöstern kann man Zeuge dieses Vorganges werden: Eine Frau sitzt da, häufig hält sie ein Buch, zuweilen eine Spindel, immer ist sie in ein langes Gewand gekleidet, las sie, so hat sie ihre Lektüre doch unterbrochen, denn jemand ist zu ihr getreten, ungeladen offenbar und unvermutet, manchenorts zeigt die Frau Erschrecken, die da besucht wird von einem Fremden, so nicht Vorgestellten, von dem die Frau nur hat reden hören. Auf einigen der Bilder an den genannten Plätzen und auch anderswo meint man noch das Rauschen der Flügel zu hören, mit denen der Engel sich zu der Frau begeben hat um ihr etwas zu verkünden.

In allen christlichen Jahrhunderten, allen christlichen Landen hat die Verkündigung der Geburt Christi die Gemüter bewegt und Maler haben diesen Vorgang auf Wände, Papier, Holztafeln, Leinen gebracht, Frauen stickten ihn in Altardecken, in Wachs wurde er dargestellt, mit Messern aus Holz geholt, aus Steinen gehauen, in Bronze gegossen, zumeist aber gemalt, still und lieblich manchmal, der verkündende Engel bringt eine Blume und verbeugt sich vor der Frau, die gebären wird, und auf vielen Bildern scheint die Frau glücklich auf das zu hören, was der Engel spricht. Jedoch auf anderen Abbildungen erhebt der Geflügelte in strenger Weise die Hand über der Frau, die ihn, den so sehr Fremden, kaum anzusehen wagt, und man liest ja auch in der Bibel, daß Maria erschrak beim Anblick des Engels und darüber, wie er sie anredete:

> »Gegrüßet seist du, Holdselige! Der Herr ist
> mit dir, du Gebenedeite unter den Frauen.
> Siehe, du wirst schwanger werden und einen
> Sohn gebären, des Namen sollst du Jesus heißen.
> Der wird groß sein und ein Sohn des Höchsten
> genannt werden; und Gott der Herr wird ihm
> den Stuhl seines Vaters David geben;
> Und er wird ein König sein über das Haus
> Jakob ewiglich, und seines Königreichs wird
> kein Ende sein.«[1]

Eine erhabene, erschauern lassende Verkündigung. Aber welche Frau, die guter Hoffnung ist, wünscht nicht, ihr Kind möge ein besonderes sein, sich auszeichnen und ein königliches Geschick haben?

Dem Ungewöhnlichen der Engelsbotschaft ist aber auch etwas Allgemeines zu entnehmen, ein kreatürlicher Vorgang wird angezeigt, alle können sich ihn vorstellen, durch eine Schwangerschaft kam jeder auf die Welt, Schwangerschaft kann jeder in seinem Leben entweder verursachen oder erleiden, sie ist ein Zustand, der allen begreiflich ist, aber im Text der Bibel eine ans Wunderbare grenzende Erhöhung erfährt. Dem Profanen entzogen, läßt sie sich poetisch darstellen und so offenen Auges betrachten, wie man eine Frau nicht ansehen würde, die gerade erfährt, daß sie gebären wird. Die Bildner der Szene waren zumeist Männer und sie stellten Maria häufig vor wie ein Mann wohl wünscht, daß eine Frau ihre Schwangerschaft aufnehmen und annehmen möge. Zweifellos aber war es auch Frauen lieb, ein Bild der Verkündigung anschauen zu können, wurde doch der Beginn von Monaten der Beschwernis als ein bedeutendes feierliches Ereignis gezeigt. Immer wieder drängte es Menschen, diese Szene mit künstlerischen Mitteln zu schildern, und immer wieder verweilten Menschen vor diesen Schilderungen, denn es hat etwas Bestürzendes, den Engel zu Maria treten zu sehen, und ihre Reaktion geht jeden an, weil jeder geboren wurde, zu sein begann in einer Frau und also Grund hat, zu prüfen, wie eine Frau es aufnimmt, daß etwas in ihr seiner Geburt entgegenwachsen wird. Der göttliche Vorwand erlaubte allerorten den Menschen ein Stück Selbstbetrachtung. Die zart gewänderverhangene Maria betrachtend, sieht jeder eine Stellvertreterin der Frau an, in der er zu sein begann.

Königliches hat der Engel dem entstehenden Kind verheißen, und nur eine Mutter, die so niedergedrückt ist von ihren Lebensumständen, daß sie es nicht wagt, wünscht für das kommende Kind keine strahlende Zukunft. Und welche Frau würde sich nicht eine andere als die gewöhnliche profane Schwangerschaftsbestätigung wünschen!

Auf poetische Weise haben die christlichen Künstler einen Evangelieninhalt mit der Wirklichkeit menschlichen Lebens verbunden, sie haben in den Darstellungen der Verkündigung, exemplarisch und schön zu betrachten, die Bestätigung von jedermanns Beginn gemalt, in der mythischen Überhöhung des Geschehens kann jeder sich auffinden.

II

Es ist geboren

Auch in der Krippe kann jeder sich finden. Ein Kind ist geboren. Jeder ist geboren. Wir sind, weil wir geboren sind. Nur dem Tod kommt noch Bedeutung zu wie der Geburt, und während dieser zu beklagen ist, eine Geburt kann befreut werden.

»Siehe, ich verkündige euch große Freude« sagt denn auch der Engel, der den Hirten auf dem Felde verkündet, daß Jesus geboren wurde.

Das Erscheinen des als Gottessohn Angekündigten ist aber zunächst die allen vertraute Geburt eines Kindes, und nicht nur nicht zählbar, nicht einmal schätzbar ist, wie oft das Kind in der Krippe im Stall von Bethlehem dargestellt wurde, wird und noch werden wird.

Die trauliche Szene zu sehen wünschen allweihnachtlich Menschen in allen Ländern, die das Christentum erreicht hat. Immer von neuem werden die Gestalten hergestellt aus Ton, Holz, Papier, Kinderknetmasse: Maria und Joseph, Ochs und Esel und eben das Kind, der kleine mit zärtlicher Sorgfalt geformte Anlaß und Mittelpunkt der Szene. Wie in der Volks- so in der Hochkunst: die heimelige Wochenstube im Stall ist Gegenstand wunderbarer Arbeiten großer Maler.

Die Geburt eines Kindes ist der Anlaß unseres größten volkstümlichen Freudenfestes. Wie optimistisch, lebens- und menschenzugewandt, die Geburt eines Kindes so festlich zu begehen. Daß es Gott ist, der hier Mensch geworden sein soll, kommt mir nur wie ein Grund mehr vor, der angeführt wird, damit der Mensch sich ungehemmt der Freude am Menschen hingeben kann, der Freude daran, daß es ihn gibt und geben wird, denn siehe, es ist wieder ein Kind geboren, und die ärmlichen Umstände dieser Geburt ermöglichen, an ihr teilzunehmen, dem Stall können sich alle nähern ohne Scheu, er ist betretbar, hier kam das königliche Kind nicht im Schlosse zur Welt, sondern inmitten von uns allen. Ein Traum, ein Glück unter einem guten Stern.

> »Denn siehe, ich verkündige euch große Freude,
> die allem Volke widerfahren wird.«[2]

III

Es wird begrüßt

Ein neugeborenes Kind – man kommt, es anzusehen. Nachbarn, Verwandte, Freunde eilen herbei, bringen der Mutter Blumen und dem Kinde ein Mützchen, ein Jäckchen, ein Spielzeug, das es bald wird in den Händchen halten können.

Auch das Kind im Bethlehemer Stall wurde besucht und begrüßt. Engel und ein Stern haben seine Geburt angezeigt. Der Engel ging zu den Hirten auf dem Felde:

»Ihr werdet finden das Kind
in Windeln gewickelt
und in einer Krippe liegen.«

»Und sie kamen eilend
und fanden beide,
Maria und Joseph,
dazu das Kind in der Krippe liegen.«

In den Darstellungen dieser Geburt sind die Hirten selten fortgelassen; verlegen, unbeholfen zumeist, treten bärtige Männer in Felljacken, Schafe hinter sich und den zottigen Hund, vor die kleine Familie und schauen auf deren Mitte, auf das neugeborene Kind.

Aber sie sind der Besucher noch nicht genug, ein Stern über dem Stall hat weit ins Morgenland geleuchtet und Weise haben sich aufgemacht, das Kind zu sehen, über dem der Stern so alles überstrahlend verharrt. Es ist wohl weise, von allem, was »durchaus studiert wurde mit heißem Bemühn« abzusehen und sich etwas Ursprünglichem zuzuwenden: einem Kind. Drum sind die drei aus dem Morgenland denn auch gekommen, und die Volksphantasie hat sich nicht mit denen begnügt, von denen Matthäus berichtet, der die Herwanderer ›μάγοι‹ nennt, was im Lateinischen noch mit ›mages‹ wiedergegeben wird, Luther aber mit ›Weise‹ übersetzt. Im Volke wurden sie zu drei Königen, Kaspar, Melchior, Balthasar genannt, der eine, Kaspar, wird als ein Mohr geschildert, und der Tag, an dem die königlichen Pilger angekommen sein sollen in Bethlehem, ist in vielen Ländern ein Feiertag, der 6. Januar, der Dreikönigstag.

Auch diese Könige fehlen selten in Krippendarstellungen. Mit Kronen und im Prunk herrlicher Gewänder kommen sie auf Kamelen und Elefanten, die großen wie die kleinen Künstler statteten die Szene üppig aus, königliche Besucher sollte das Kind haben, die königliche Geschenke niederlegen: Gold, Weihrauch und Myrrhe, das sind Reichtum, Duft und Balsam für das Kind, es kann gar nicht genug getan werden um ein neugeborenes Kind zu begrüßen. Der Besuch der Könige ist der Höhepunkt der Feiern, und daß sie gekommen waren, dankte man den Königen sehr, sie wurden die Heiligen Drei Könige, 1164 holte man Gebeine, die der Legende nach die ihren sein sollten, feierlich von Mailand nach Köln, und der stolzen Rheinstadt gilt als ihr heiligstes Heiligtum, das von elektrischen Sonnen angestrahlt auf dem Domhochaltar steht, der silberne und güldene Dreikönigsschrein, in dem die ruhen, die einen langen Weg gemacht haben um einem und damit jedem Kind Reverenz zu erweisen.

Alle Feste um die Geburt Christi sind Feste zur Geburt eines Kindes. Weihnachten ist mehr als der Gedenktag einer der großen Religionen. Es ist das Fest, in dem der Mensch seine Geburt feiert und im Kind in der Krippe sich jedem geborenen Kinde zuwendet, freudig willens, ihm Gutes zu tun.

1 Lukas-Evangelium, Kapitel 1
2 Lukas-Evangelium, Kapitel 2

Oft habe ich es mitangehört, auf Reisen, in katholischen Ländern. Einmal auch in Grado, in der Altstadt. Grado ist eine Inselstadt wie Venedig und es ist auch die Mutterstadt Venedigs, aber die Tochter hat sich zu viel mehr Glanz entwickelt als das verfallende Grado, wo ich eines Sommermittags angekommen war.

Die Sonne stand senkrecht über der Stadt und hatte alles in ihrer hellen heißen Gewalt. Kein Mensch auf der Straße, Hunde schliefen wo ein schmaler Mauerschatten war, Katzen streunten, die Lidschlitze so schmal, daß es aussah, als liefen sie mit geschlossenen Augen umher. Man hätte Teig hinlegen können und es wäre Brot gebacken worden von nichts als der Sonne auf heißen Steinen. Setzen konnte man sich nicht, nicht auf die glühenden Mauern. In der Hoffnung auf ein bißchen Wind ging ich ans Ufer, mußte die Augen schmal machen wie die Katzen, so ungeheuerlich blendend strahlte die Sonne aufs Meer, und das Wasser warf ihr Licht, als wäre es süchtig, die Sonne zu vervielfältigen, sie in einem maßlosen Liebesakt zu spiegeln, in Millionen kleinen Blitzen zurück.

Das Innere der Kirchen war der heißen Außenwelt nicht zugehörig, da hatte keine Sonne die Luft zum Hitzflimmertanzen bringen können, im weitläufigen Dom standen die Säulen wie Heilige in einer immerwährend frostigen Klausur, ich zog die Sandalen von den Füßen, ging barfuß über den Mosaikfußboden um mich zu kühlen, ja, es war die rechte Stunde um durch die Kirchen zu wandern, in die Taufkapelle, die Chiesa San Rocco, dann hinüber zur kleinen Kirche Maria delle Grazie.

Schon als ich dort die Tür nur einen Spalt weit offen hatte, wehte mir mit der Kirchenkühle, von brüchigen Stimmen gesprochen, das Ave entgegen:

»Ave Maria, piena di grazia,
il Signore e teco,
tu sia benedetta fra le donne,
benedetto il frutto del ventre tuo, Gesù.
Santa Maria, madre di Dio,
prega per noi peccatori,
adesso e nell'ora della nostra morte.«

Etwas erhöht über dem Altar, in einer Nische der Apsis, saß in langem Gewand die Muttergottes, hielt ihr Kind auf dem Schoß, beide trugen eine Krone. Vor der Mutter Maria in den Bankreihen hockten alte Frauen in schwarzen Kleidern, mit schwarzen Kopftüchern, einmal beteten die in den linken Bänken die Avezeilen, dann wieder die in den rechten.

Was hatte die Greisinnen aus den Häusern getrieben um diese Zeit, wo alles schlaff in der Siesta lag? Wer weiß, wie verlassen sie sich fühlten gerade zu dieser lautlosen Stunde, und darum sind sie aus dem Haus geschlurft in Pantoffeln durch die paar Gassen und haben sich in die Kirche geflüchtet, da sind sie beieinander, die Alten, Gebrechlichen, wenden sich der Madonna zu, ›morituri te salutant‹, und bitten, daß sie sie schützen möge, auch in der Stunde, von der sie wissen, daß sie nicht mehr fern sein kann.

Die Maria in Glanz und Krone, sie ist die Mutter, die ihnen noch zur Verfügung steht, ihr können sie Hilflosigkeit und Angst eingestehen, vor der Frau in der Nische können sie wieder die Kinder sein, die sie nicht mehr sind, aber sie wissen noch, wie gut es damals war, als sie getröstet wurden von einer Instanz wie der Mutter, die sie beschützt hat, wenn sie auf sie zustürzten in Gefahr und sei die Gefahr auch nur ein großer Hund gewesen. Jetzt ist es ein anderer Rachen, der nach ihnen aufgerissen ist.

Da hockten sie nun vor der Himmelsmutter, die ihnen geblieben ist, und grüßten sie und hofften auf sie.

Manches Mal hörte ich sie so, die alten Weiblein, einmal auch in einem österreichischen Städtchen, eines Winterabends als gerade ein Schneetreiben im Gange war, in das man keinen Hund vor die Tür gejagt hätte. Mich lockte das an, ich habe gern, wenn zuweilen Naturgeschehen die Zivilisation überfällt und außer Kraft setzt, also ich kämpfte mich voran, Schnee auf den Schultern, den Wimpern, kaum aus den Augen konnte ich sehen, geriet vor eine Kirchentür, die sich, in den Angeln stöhnend, öffnen ließ, schob eine dicke schwere Lederportiere beiseite und da hörte ich es:

»Gegrüßet seist Du, Maria,
Du bist voll der Gnade,
der Herr ist mit Dir,
Du bist gebenedeit unter den Frauen
und gebenedeit ist die Frucht Deines Leibes, Jesus.
Heilige Maria, Mutter Gottes, bitte für uns Sünder
jetzt und in der Stunde unseres Todes.«

Auch hier waren sie um eine Madonna geschart, alte Frauen in dicken Mänteln, kein Schneesturm hatte sie abhalten können, die freundliche

Mutter aufzusuchen, so sehr bedürfen sie ihrer, sind wohl selber alle Mütter und Großmütter, aber was hilft ihnen das, jetzt sind sie es wieder, die sich anlehnen möchten.

Die kleine Kirche ist wie ein Schoß, der sie noch einmal aufnimmt, die alten Kinder. Den Rücken schon krumm von der Mühsal ihrer vielen Jahre, sind sie hergehumpelt, angstvoll Trost suchend, denn Alter ist eine tödliche Krankheit, flüchten sie sich noch einmal zur Mutter, nicht zu der ihren – wie lange die schon tot sein mag –, aber die Madonna ist immer da, zu deren weit geöffnetem Schutzmantel drängen sie, er wird sie aufnehmen, hoffen sie, bitten sie, jetzt und in der Stunde ihres Todes.

Auch auf einen religionslos lebenden Menschen wie mich überträgt sich das Friedenspendende dieses hoffenden Bittens, der Raum ist erfüllt von der Gegenwart einer Mutter, die sich den Kindern, die keine mehr sind, nicht entzieht. Die Alten finden etwas aus ihrer Kindheit auf im Kirchenraum: die Erinnerung an die Immerhelfende von einst, und sie übertragen, was sie noch wissen, noch im Gefühl haben als Möglichkeit des Zuflüchtenkönnens auf die ganz große Mutter, die sie im Sternenmantel, den Fuß auf der Mondsichel, vor sich mehr schweben als stehen sehen, und die, das glauben sie fest, die Macht und die Güte hat, sich ihrer anzunehmen, jetzt und in der Stunde ihres Todes, und es tröstet die alten Frauen, laut und gemeinsam und immer wieder aussprechen zu können, daß sie der mütterlichen Hilfe bedürfen.

Der Enkel

Unlängst geriet ich wieder an ein altes Tagebuch. Es ist wirklich ein Tage-Buch. Ein Kalender. Zu jedem Datum habe ich Notizen geschrieben, das Diarium war geräumig, sein Hersteller muß sich gedacht haben, daß da einer vielleicht etwas aufschreiben will von dem, was sich ereignete am Soundsovielten und an den anderen dreihundertvierundsechzig Soundsovielten auch. Ein Kalender des Jahres 1947. Am 20. 11. 1947 wurde ich sechsundzwanzig Jahre alt. Ich las nach, was vorgefallen war in jenem entlegenen November und stieß auf zwei Namen: ›Fischerhude‹ und ›Christoph‹.

»Ich bleibe noch in Fischerhude!« »Abends mit Christoph geredet.« »Immer noch in Fischerhude.«

»Der Torf ist zu feucht, die Schuhe bekomme ich nicht mehr trocken, die Kaninchen haben Trommelsucht. Wenn Christoph nicht da wäre, ginge es überhaupt nicht.«

So lakonisch auf dem holzigen Papier eines Kalenders der ersten Nachkriegsjahre auch geschrieben worden war, es ließen sich alte Tage ablesen von den Seiten.

Fischerhude, das ist ein nordwärts gelegenes Dorf, und eines Novembertages 1947 war ich dort angekommen um den Maler Hans Buch zu besuchen, dessen Aufsatz über Stillebenmalerei, »Der heilige Gegenstand« überschrieben, mich fasziniert hatte. Noch andere Maler waren bei ihm, später kam auch eine Bildhauerin, die so schön aussah, daß ich mich auf jeder Straße in jeder Stadt nach ihr umgewendet hätte: eine alte Dame, hochgewachsen, hager, kantig, aber sie bewegte sich anmutig, ihre grauen Haare waren nicht straff zusammenhaltbar, sie wehten ein wenig, den Schnitt des Gesichtes hätte ich streng genannt, wäre die Miene nicht so freundlich gewesen.

›Clara‹ wurde die Bildhauerin von allen genannt, natürlich wußte ich auch ihren Zunamen, aber ich zögere noch, ihn hierher zu schreiben. Sie lud mich ein, am nächsten Tag ihr Atelier anzusehen. Immer schon willens, Reisen sich entwickeln zu lassen, notierte ich in meinen Kalender: »Buchs Bilder gesehen. Seine Stilleben sind so schön wie sein Aufsatz. Helmuth Westhoff war da, später kam Clara R. Morgen kann ich ihr Atelier anschauen. Ich bleibe noch in Fischerhude.«

Im Gasthof Berkelmann nahm ich ein Zimmer, ungeheizt war es, aber allmählich erwärmte sich das klamme Federbett an mir. Vor dem Fenster nebelte es, in grauer Frühe fielen Schüsse. Das war man 1947 nicht mehr gewohnt. Beim Frühstück erkundigte ich mich wer denn, was denn – »Poljagd«, sagte der Wirt norddeutsch karg.

Ich ging, Fischerhude zu erkunden. Novemberschläfrig lag das Dorf zwischen den Armen der Wümme, überall Wasser, in Gräben, lagunenartigen Ausbuchtungen, Holzstege über den Schmalstellen, Entenhäuschen darin, strohgedeckt. Unter grauen moosbewachsenen Rieddächern auch die Bauernhöfe, breite flache Häuser, rote Ziegel zwischen grün oder blau gestrichenen Fachwerkbalken. Auf manchen Koppeln noch Pferde, aber die meisten Wiesen waren quatschnaß, nicht einmal die Wege trocken, in den von Ackerwagen tief eingeschnittenen Furchen stand Wasser, immerzu blieben mir die Schuhe im Modder stecken. Offenbar von außerhalb des Dorfes kam ein Mann in Gummistiefeln und Ölzeug, drei Wildenten hingen ihm schlaff von der Hand, er hatte sie um die Hälse gepackt. Poljagd? Zu schicklicher Zeit ging ich hinaus zur Bredenau, einer Reihe von dem Dorf vorgelagerten Anwesen. Breit im schweren feuchten Boden wurzelnde Häuser auch hier. Der Nebel zerwehte, Spätherbstsonne kam hervor, ein Bauer ließ seine Schweine heraus, grunzend suhlten sie sich sogleich in der regenverweichten Erde. Ein Kind führte zwei Kühe aus dem Stall, die kamen nur sehr bedächtig ins kältliche Freie, fanden aber noch etwas zu rupfen.

Claras kleines Haus zur linken Hand unterschied sich von den imposanten Gehöfthäusern, war also schnell gefunden. Sie öffnete mir mit heftigen Bewegungen, noch wehenderen Haaren. Sehr in Verlegenheit sei sie, denn plötzlich heute früh hätte ihre Haushälterin fortfahren müssen, dabei käme der Gießer aus Bremen, müsse doch etwas Ordentliches zu essen haben, sie verstünde aber nicht zu kochen. Ob ich denn nicht bleiben könne und helfen, zu allem sei nämlich Christoph krank.

»Wer ist Christoph?«

»Mein Enkel.«

Das gab wohl den Ausschlag. Ja, ich könne ein paar Tage helfen.

»Hier ist die Küche, sehen Sie sich alles an, schlafen können Sie im Atelier, Christoph liegt auch oben, ich muß gleich wieder ans Modellieren, am Nachmittag kommt Monsees schon und soll gießen.«

So schnell alleingelassen im fremden Haus, sah ich mich um. Köpfe, gebildhauerte, der von Paula Modersohn, Rudolf Alexander Schröders massiger Schädel und dann der Kopf dessen, der hier Hausherr war, obwohl er das Haus nie betreten hat. Von diesem Gesicht blickte ich weg, es war mir nicht geheuer, zu sein wo er so lebendig gehalten wurde, bronzen gegenwärtig war. Lieber ging ich erstmal in die Küche, sah, daß es nur einen Feuerherd gab, daneben einen Korb mit Torf. Ein paar Vorräte im Spind. 1947, wer hatte damals gefüllte Schränke. Von der Küche aus führte eine Tür direkt in den Garten, da stand ein Schuppen, darin Torf und ein Verschlag für Kaninchen. Hühner liefen umher. Als ich von außen am Haus hochsah, entdeckte ich hinter einem Fenster einen Jungenkopf, jedenfalls die obere Hälfte davon, Wuschelhaar, ein Paar Spähaugen. Doch selbst dieser halbe Kopf tauchte blitzschnell weg. Ich ging die Treppe hoch.

»Christoph?«

»Ja«, wurde hinter einer Tür geantwortet.

»Darf ich zu dir reinkommen?«

»Ja, bitte, natürlich!«

Wie wohlerzogen das klang. Ich öffnete und sah in einem kleinen Zimmer in schmalem Bett, das am Fenster stand, einen etwa dreizehnjährigen Jungen liegen. Nachdem ich ihn begrüßt, meinen Namen gesagt und erklärt hatte, weshalb ich hier sei, wollte ich wissen, was ihm denn fehle.

»Sie behaupten, ich hätte eine Gehirnerschütterung. Aber ich bin gar nicht erschüttert.«

»Bist du gefallen?«

»Aus dem Zug.«

»Hast du denn Kopfschmerzen?«

»Nö. Nicht so richtig.«

Ich zog einen Stuhl ans Bett und begann, den Jungen, der mir nicht unwillig schien, zu befragen. Ich nahm meine Zuflucht zu ihm.

»Hör mal, deine Großmutter ist sehr beschäftigt. Sag du mir doch, wann ihr gewöhnlich eßt und was es zu Mittag so gibt bei euch.«

»Vor allem müssen Sie die Hühner füttern. Können Sie das?«

»Wenn du mir sagst, wo das Futter steht –«

»Haben Sie überhaupt schon mal Hühner gefüttert?«

Ich wurde verlegen. Natürlich, als Kind, da hatte ich wohl mal Hühnern Körner gestreut, in Woldenberg. Lange her.

»Das kann man lernen«, sagte Christoph, meine Pause richtig deutend, »Sie haben die Hühner ja schon gesehen, finden Sie die Leghorns schöner oder die Rhodeländer?«

Ich kapitulierte. »Christoph, ich verstehe gar nichts von Hühnern, ich kann sie nicht unterscheiden.«

»Also kommen Sie mal her.«

Nun knieten wir beide auf seinem Bett vor dem Fensterchen. »Die weißen sind Leghorns, die bunten Rhodeländer. Kucken Sie mal, was alle für fleischige Kämme und dicke Kinnlappen haben. Schneidige Hühner, was?«

Ich hatte nicht gedacht, daß man Hühner auch ›schneidig‹ nennen könnte, wickelte Christoph die Decke um die Schultern und vertiefte mich mit ihm in den Anblick der Hühner, wie sie scharrten und nach Würmern pickten. Der Rhodeländer Hahn hatte einen wunderbaren sichelförmigen blauschwarzgrünbraunbunten Schwanz.

»Christoph, weißt du, daß die Leute in Mexiko Hähne gegeneinander kämpfen lassen?«

»Sage ich ja, schneidige Tiere. Wie kämpfen sie denn?«

»Hacken sich wohl mit dem Schnabel und verletzen sich mit dem Sporn.«

»Mit dem Sporn über der Hinterzehe, ja, muß doll sein!«

»Leg dich wieder hin, Christoph, denn wenn du wirklich eine Gehirnerschütterung hast –«

»Ich bin nicht erschüttert!«

»Es ist besser, du bist vorsichtig. Was soll ich dir denn zu essen bringen?«

»Erst die Hühner füttern. Wegen der Ratten heben wir das Futter nie im Schuppen auf, es ist im Sack neben dem Küchenschrank und man füttert so:« Christoph sprang aus dem Bett und machte Arm- und Handbewegung vor.

»Tanz nicht herum!«

»Na, wenn Sie noch nie Hühner gefüttert haben, muß man Ihnen das doch zeigen.«

In der Küche füllte ich aus dem Sack Körner in eine Schüssel und übte vorsichtshalber die Bewegungen wie Christoph sie vorgeführt hatte. Ich wollte mich nicht blamieren.

Im Garten vor dem Schuppen suchte ich den trockensten Flecken, schaute hoch, Christoph hockte am Fenster und nickte mir zu, ich rief etwas wie ›putt putt putt‹ weil ich mich erinnerte, das in Woldenberg früher so gehört zu haben, die Hühner näherten sich, ich begann zu streuen, da kamen auch die letzten angehastet, zusammen waren es wohl zwölf, großes Gepicke und Flügelflatterabwehr, wenn eines ein Korn wollte, auf das schon ein anderes sein Hühnerauge geworfen hatte.

Christoph riß das Fenster auf und schrie: »Schneidige Hühner, was?«

Ich nickte.

Für sechs Tage, sechs Nächte war ich dem Haus auf der Bredenau ausgeliefert, seinen unvollkommenen Gerätschaften, mit denen ich zu hantieren hatte, und seiner vollkommenen Kunst, die sich abgelagert hatte im Haus in Bildnissen, Büchern, Bildern, Briefen, und das Haus lieferte sich mir aus, »machen Sie nur alles«, sagte Clara und flüchtete aus der Küche, ließ mich allein mit dem rauchenden Torfherd, »sehen Sie nur alles«, sagte sie aber auch und schleppte herbei, von dem sie meinte, daß es mich interessieren könne.

Fortwährend geriet ich in einen Strudel kleiner Katastrophen: im Herd wollte der Torf nicht brennen, das Fleisch für den Gießer Monsees garte nicht, Hühner verlegten die Eier, Karnickel bekamen Durchfall, das Atelier wurde nicht genügend warm, denn auch da blakte der Torf, sechs Tage lang lag ich immerzu pustend das Feuer beschwörend vor Öfen auf den Knien, radelte ins Dorf um die notwendigsten Lebensmittel von den Bauern zu holen, die mich nicht kannten und wie auf eine Zigeunerin fast die Hunde auf mich gehetzt hätten, einer kam aber mit, nach den Kaninchen sehen, »Trommelsucht«, sagte er dann, »entweder sie werden wieder oder sie gehen ein«, meine schlechten Nachkriegsschuhe hielten der ewigen Nässe nicht stand, ich zog Holzklotschen an, lief mit großer blauer Schürze rum und war doch stets voller Torf bis in die Haare, stand bis zum Umfallen still auf einem Tisch weil Clara ein Modell brauchte und ich auch dafür herhalten mußte.

Ohne den Enkel hätte ich das alles nicht bewältigen können. Wie man bei Unwetter in eine rettende trockene Hütte stürzt, so rannte ich mehrmals am Tag zu Christoph ins Zimmer.

»Was is?« fragte er, auf einen kleinen mir bevorstehenden Weltuntergang schon gefaßt und bereit, ihn abzuwenden.

Nicht nur Hühner zu füttern hat Christoph mir beigebracht, er beschrieb, wo im Schuppen der trockenste Torf lag, wie man davon hinter den Öfen stapeln mußte damit er noch besser vortrocknete, wie man mit Torfbröckchen Feuer macht, dann sachte halbe Stücke nachlegt, bei welchem Bauern ich Futter für kranke Karnickel bekommen konnte, wohin schneidige Hühner ihre Eier verlegen, wie man seine durchweichten Schuhe trocken bekommt ohne daß sie die Form verlieren, und als ich nachts wieder aufgeschreckt war von Schüssen, beschrieb er mir die Poljagd, Lockentenjagd ist das, aus den Entenhäuschen locken die zahmen Enten die wilden zum Einfliegen am Abend und wenn die in grauer Frühe wieder auf ihren Himmelsweg wollen, werden sie geschossen von Jägern, die die Nacht, nicht ohne eine Buddel Schnaps, in der Polhütte verbracht haben um den Vögeln am Morgen auflauern zu können. Hinundhergerissen war Christoph zwischen Bewunderung für die Jäger und Mitleid mit den

Wildenten. Ein Kerlchen mit Gehirnerschütterung und Husten, kniete er am Fenster, spähte über die Wasserwiesen wenn die Jäger ihn wachgeschossen hatten und schickte jeder entkommen abstreichenden Wildente ein Frohlocken nach.

Christoph, seinem Großvater zu Ehren trug er den Namen des Cornet. Er hatte den Großvater nicht mehr gekannt und mit seinen dreizehn Jahren den ›Cornet‹ wohl noch nicht gelesen. Christoph war das hilfsbereiteste Kind, an das ich mich erinnere. ›Ritterlich‹ muß ich ihn nennen um in der Sprache des ›Cornet‹ zu bleiben.

Schönes Haus auf der Bredenau, Haus voller Träume und lebender Toter, ich gewöhnte mich, in ihren Bronzeabbildern Paula Modersohn lebendig zu sehen, Schröder, Dehmel, Wolfskehl, und wich auch dem Herrn des Hauses nicht mehr aus: Rainer Maria Rilke. Niemals ist er im Bredenauhaus gewesen, aber Clara, seine wunderschöne, weißhaarige, große, heftig sanfte Frau, die so viel älter geworden war als er, ließ ihn anwesend sein wo sie lebte, malte, modellierte, den Enkel hütete, man vernahm Rilke, schlug man ihn doch auf wo er gedruckt auf dem Tisch lag in den kostbaren ersten Ausgaben:

»DENK: Sie hätten vielleicht aneinander erfahren,
welches die teilbaren Wunder sind –.
Doch da er sich langsam verrang an den alternden Jahren«

»Brau uns den Zauber, in dem die Grenzen sich lösen,
immer zum Feuer gebeugter Geist!«

»Löse mit einigen Tropfen das Engende jener Grenze der Zeiten,
die uns belügt;«[1]

In seinen letzten Jahren sah Clara ihren Mann nur selten, aber sie ist es gewesen, der er die heute so berühmten Briefe über Cezanne geschrieben hatte, sie war es, die er mitsehen könnend wußte.

Damals dachte man gerade daran, diese wunderbaren Briefe über Malerei im Zusammenhang herauszugeben, und Clara las sie mir sämtlich vor im Atelier, wenn der Ofen endlich doch noch Wärme abgegeben hatte, Hühner und Karnickel gefüttert im Stall waren, Christoph gut zugedeckt bei uns weilte und staunend hineinhorchte in das Vorlesen der Großmutter, die nachsprach, was sein Großvater, dieser berühmte legendäre lange verstorbene Großvater, dem er aber doch überall begegnete, ihr geschrieben hatte über den Maler Cezanne, von dem Christoph noch keine Vorstellung hatte, aber nun erfuhr er von seinem Tod:

»Wie in einem alten Totentanzbild, so hat der Tod von hinten nach seiner Hand gegriffen, den letzten Strich selber malend, zitternd vor Vergnügen; sein Schatten hatte schon seit einer Weile über der Palette gelegen, und er hatte Zeit gehabt, in der offenen runden Folge der Farben die zu wählen, die ihm am besten gefiel; wenn die in den Pinsel kommen würde, so wollte er zugreifen und malen … da war sie schon, er griff zu und machte einen Strich, einen einzigen.«[2]

Tod, das waren für Christoph Wildenten mit Blut im Gefieder, morgens, nach der Poljagd. Doch der Großvater beharrte auf anderem Tod, beharrte auf ihm in Jahrtausendversen:

»Mein Tod, Mohr, Träger
meines Herzens«

»Schwarzer riesiger Herzhalter.
Wenn ich auch spräche,
glaubst du denn, daß das Schweigen bräche?
Wiege mich, Alter.«[3]

Der Enkel war still, verhielt den Husten, entzog sich dem Großvater nicht, horchte.

„Wir machen mit Worten und Fingerzeigen
uns allmählich die Welt zu eigen,
vielleicht ihren schwächsten, gefährlichsten Teil.«

»Knaben o werft den Mut
nicht in die Schnelligkeit,
nicht in den Flugversuch.«[4]

1 Rainer Maria Rilke, Ausgewählte Werke. Insel-Verlag, Frankfurt 1948, S. 373, 372.
2 Rainer Maria Rilke, Briefe aus den Jahren 1906-1907, Insel-Verlag, Frankfurt 1930, S. 403.
3 Rainer Maria Rilke, Ausgewählte Werke, a. a. 0., S. 369.
4 Rainer Maria Rilke, Ausgewählte Werke, a. a. 0., S. 291, 295.

Kinder der Luft

Wie Vögel halten sie sich im Kirchenraum, hocken auf der äußersten Kante eines Gesimses, schaukeln in Girlanden, es sieht aus als flögen sie irgendwo ab und anderswo zu, in Schwärmen tauchen sie auf, aber manch eines sitzt allein in hoher Höhe, ein anderes hält sich unten vor unseren Augen auf, wir können sein Gesichtchen studieren, manche lugen aus Büscheln von Goldblättern hervor, Scheu haben sie weder vor Altar noch Kanzel, scheinen jede Predigt anzuhören, das Flüstern in den Beichtstühlen zu belauschen, Flattern müßte vernehmbar sein in der Kirche, denn es sieht doch so aus, als seien sie mit ihren kurzen Flügelchen bald hier bald dort, nicht zu glauben, wo überall sie sich halten können, an glatten Wänden sogar, dabei sind sie nicht zart, nicht einmal zierlich, die Schwerkraft müßte leichtes Spiel mit ihnen haben, sie zu Boden plumpsen lassen, die pralldrallen Kinder, die keine Knochen zu haben scheinen, sondern nur festes Fleisch mit vielen Grübchen darin, wulstige Zusammenballungen weißrosigen Fleisches, Wangen und Lachmündchen dieser Kinder blühen purpurn, ihr Haar ist gelockt, sie werden Putten genannt und bevölkern zu vielvielvielen Kirchen und Schlösser des Barock und des Rokoko, hundert Jahre lang konnte man sich keinen repräsentativen Innenraum vorstellen ohne Schwärme nackter Kinder, ein Paar winziger Flügelchen zwischen den Schultern weist die meisten von ihnen als himmlische Wesen aus, doch irdisch ist, was sie tun, die kobolzenden Kleinen, schelmisch, fröhlich, dreist, nehmen sie teil am Dasein der großen, der ernsten Engel, der Evangelisten, Kirchenväter, Märtyrer und Heiligen, purzeln sogar um die Muttergottes und entweder sie zeigen etwas oder sie tragen etwas, sie flöten und fiedeln, singen, tanzen, trompeten, springen, halten dem Heiligen Hieronymus den Hut, lecken Honig und bändigen einen Fisch, weisen ein Buch vor, haben Kränze und sogar einen Blitz in den Patschhändchen, schauen zu, sehen auf, sehen herab, halten Vögel und Fackeln, es gibt nichts, das sie nicht vermöchten, sogar mit der Weltkugel mühen sie sich ab, verstehen aber den großen Ball zu packen, sie sind ohne Angst, ihrer selbst so sicher – wie Kinder, die wissen, daß sie geliebt werden, haben sie Kirchen und Schlösser in Besitz genommen, Bildhauer wie Stukkateure jener hundert Jahre konnten ohne sie nicht sein, nicht ohne die Anwesenheit kindlicher Körper und ihr fröhliches Treiben, nicht ohne die Lebenslust, die von ihnen ausgeht, und die Kraft, mit der die kleinen Begleiter der Großen sich allem gewachsen zeigen, den Problemen der

Schwerkraft wie den Erschrecknissen der Märtyrer, sie schmücken die Jubelkirchen jener hundert Jahre und sie machen sie zu solchen Freudenkirchen, ein Kinderflor illustriert das biblische Geschehen und die Werke der Kirchenväter, die frohgemute Tatenlust der Engelkinder scheint das Leben besser bestehbar zu machen, sie verkünden große Freude, ihre tausenderlei Initiativen haben etwas Ermunterndes, ihre Vertrautheit mit Märtyrern und Heiligen bringt uns diese in ihr abgesondertes Schicksal Entrückten wieder näher, die Engelkinder übersetzen und erläutern Dasein und Taten jener uns so Fernen, wo Kinder sich hinwagen, dahin können wir uns auch getrauen, die Putten haben keine Bedenken, animieren uns, Kirchen so selbstverständlich wie sie in Besitz zu nehmen, uns den geheiligten Räumen so zugehörig zu fühlen wie sie – nicht erst im Barock, viel früher schon hat man Kindergestalten als Überreder, Übersetzer eingeführt, die Antike kannte Putten, Genien wurden als Kinder vorgeführt, Cupido, Amor, Eros, das sind allemal Knaben, sogar die Ewigkeit soll ein Kind sein, bei Benn heißt es »denn Äon ist ein Knabe, der mit sich selbst auf einem Brette spielt«,[1] wir kennen Satyrknaben, kleine Bacchanten – aber keine Zeit war diesen hindeutenden Kindern so zugetan, von ihrer stimulierenden Anwesenheit so abhängig wie Barock und Rokoko, schon jene hundert Jahre müssen ein Jahrhundert des Kindes gewesen sein, man ließ es triumphieren, vertraute ihm die Welt an, gestattete seiner Unschuld die Nacktheit des unverlorenen Paradieses, sie durften ohne Scham ihren bloßen Körper zeigen und daß er sich wohlbefindet, stehen, wo eigentlich niemand mehr stehen kann, sich jede Tat zutrauen, es muß ein Jahrhundert des Kindes gewesen sein, denn die Großen, die Kirchenväter, Märtyrer, Heiligen lassen die Kinder gewähren, dulden sie um sich und fühlen sich in ihrer Würde nicht beeinträchtigt durch die nackten Buben, von denen sie gedeutet werden, der Honigschlecker in Birnau weist auf die Wortwonne des heiligen Bernhard von Clairvaux hin, dem dieser Engelbengel an die Seite gegeben ist, es nimmt dem Kreuzweg Christi nichts von seiner Schwere, daß es ein Putto ist, der schließlich den Kirchgängern in Birnau das Schweißtuch der Veronika hinhält, denn sie jubilieren nicht nur, die Putten, wenn wir lange hinsehen und beginnen, uns zurechtzufinden in ihrer Vielfalt, erkennen wir mehr als daß sie die Taten der Erwachsenen fröhlich begleiten, mit welch vorwurfsvollem Staunen halten manche der kleinen Wesen uns die Marterwerkzeuge der Kreuzigung hin und zeigen uns Großen, zu wie Entsetzlichem wir fähig sind – wenn wir manchem dieser wohlgenährten Kinder aus der tollenden Bande ins Gesicht sehen, nach wem blickt so forschend der Putto an der Kanzel in Birnau,

Feuchtmayer ist es, der ihn dorthin erschaffen hat, der und jener Putto von Johann Baptist Straub hat eine Melancholie auf dem runden Gesichtchen, die stutzig macht, und wenn wir nach Weyarn, Freising, nach Rott kommen, wo Ignaz Günther in den Kirchen gearbeitet hat – dieses großen Künstlers Kinder der Luft mit den schrägen unvergeßbaren Augen blicken nach uns unter dem Schatten lastender Lider mit allwissender Trauer.

1 In dem Gedicht ›Melancholie‹ aus dem Bandchen ›Apreslude‹, Limes Verlag, Wiesbaden 1955.

Ein Maigewitter verhindert, daß ich Titus, den ich über Tag zu Besuch hatte, nachhause bringe. Feuer über Feuer am Himmel, der zu bersten, krachend auseinanderzustürzen scheint. Sturm saust um Hausecken als wäre er hinter sonstwem her, vermag aber nichts als Papier so aufzustöbern, daß es fluchtwirbelt.

Titus fürchtet sich nicht. Wir stehen auf dem Balkon und er nimmt das Gewitter wie etwas, das sich eigens zu seiner Freude ereignet. Befriedigt stellt er fest, daß die Kaninchen, die eben noch auf der Wiese vor uns grasten, in ihren Bau geflüchtet sind, er malt sich aus, wie sie dort wohl jetzt hocken und mit den Ohren wackeln wenn's donnert.

Auch wir müssen flüchten wie die Wildkaninchen, denn es beginnt zu regnen, in dicken Klatschtropfen zuerst, die machen noch Spaß, aber dann platzen die Wolken vollends und ein Rauschen beginnt, ein Regenrauschen, es sintflutet aus dem Himmel, der ein verborgen gewesenes Meer herzugeben scheint.

Nicht daran zu denken, daß ich Titus bei diesem Unwetter nachhause bringe. Zuerst steht er noch am Fenster, starrt in die Regenwand hinter dem Glas und kann es nicht fassen, daß solch Wasserstürzen möglich ist, aber als es nicht aufhören will und er sich auf die Wohnung verwiesen sieht, schaut er mich Unterhaltung fordernd an. Auf der Suche nach einem uns zusagenden Spiel öffne ich meine Schränke und wir geraten vor die Schachspiele, die ich gesammelt habe, mehr aus Begeisterung für die schönen Figurensätze aus aller Herren Länder als aus Freude an diesem Spiel, von dem Goethe in den Noten und Abhandlungen zum Westöstlichen Diwan schreibt: »Zugleich hatte man aus derselben Quelle [Indien] das Schachspiel erhalten, welches in Bezug mit jener Weltklugheit allem Dichtersinn den Garaus zu machen völlig geeignet ist.«[1]

Titus, in diesem Maimonat ist er kurz vor seinem achten Geburtstag, beherrscht die Schachregeln schon, jubelnd über die Entdeckung der Figuren schlägt er vor, daß wir spielen, und ist ganz betrübt als ich wenig Neigung zeige, möchte eine Partie aber nicht ertrotzen, sucht sich auf anderes einzurichten, schlägt Schreibspiele vor, auch Malen.

Da ich gesehen habe, wie spontan er beim Anblick der Figuren Lust auf das königliche Spiel bekam, lenke ich ein und sage: »Gut, wenn du es gern möchtest, spielen wir Schach!« Titus strahlt mich an. Er wählt ein rotweißes Spiel auf einem Brett aus dem Libanon, aus Zedernholz ist es, reich intarsiert. Wie ein Heiligtum trägt er es zum Tisch und baut die Figuren auf. Ich bin unsicher, wie man zuhause mit ihm spielt, läßt man ihn gewinnen?, frage ihn also, ob wir eine Lernpartie spielen wollen und alle Züge erklären. »Nö, richtig spielen«, kommt es entschieden von Titus. »Wenn wir ohne Erklärungen spielen, könntest du verlieren«, warne ich. »Dann gewinnst du!« meint er generös.

Beim Losen bekommt er die weiße Farbe und zieht eifrig sogleich den Bauern vor seinem linken Turm um zwei Felder vor. Ich halte dagegen, und zwei Bäuerlein auf dem Vormarsch stehen sich nun gegenüber und können vorerst nicht weiter. Titus läßt seine Rößlein springen, alle zwei. Ich mache einem Läufer und der Dame die Bahn frei. Das Spiel entwickelt sich, meine höllenfeuerrote Dame bemächtigt sich eines der Schimmelchen aus Titus' Garde. Er sieht mich an. Er verliert zwei Bauern, wird ernst, aber als ich eines Manövers wegen einen Läufer drangeben muß, schmunzelt er und hofft. Jedoch bald muß auch sein zweites Pferd vom Brett. Titus sieht ihm nach, wie ich es forthebe. Nun denkt er länger nach. Der Abstand zwischen den Zügen wird größer. Aber schon rücke ich mit einem Turm vor und biete: Schach! Titus' Augenlider flattern, er ist unsicher geworden.

Ich frage: »Titus, wollen wir jetzt noch einmal nachspielen, wie wir gezogen haben, und uns über unsere Fehler klarwerden?« Titus fühlt, daß ich ihm keinen guten Zug mehr zutraue, schüttelt den Kopf, will sich noch nicht aufgeben. Er zieht wieder und er zieht ins Verderben, versucht, in meine Reihen einzubrechen und verliert seine Dame.

Ich beginne das Spiel zu hassen, denn es zwingt zu einer Strategie des Überlistens, des Raubens, des Schlagens, die Terminologie dieses Spieles weist es als ein Vernichtungsspiel aus, man ›schlägt‹ den anderen mit einem Turm oder ›opfert‹ um eines taktischen Vorteiles willen den eigenen Läufer und hat gewonnen, wenn man jemanden matt gesetzt hat, der Sieg wird mit dem Wort für einen Schwächezustand bezeichnet, in den man sein Gegenüber zu versetzen wußte.

Ich möchte abbrechen, spüre aber, das würde Titus beleidigen. Er hat sich jetzt darauf eingerichtet, daß er verlieren wird, sein lebhafter Verstand hat ihm das längst signalisiert, andererseits scheint er auf ein Wunder zu hoffen, möchte jedenfalls nicht klein beigeben und durchlebt nun das Verlieren Zug um Zug. Er ist blaß, sieht müde aus, fährt mit den Händen in die Haare. Als ich einmal etwas lange überlege, sagt er: »Du hast Schlimmes im Sinn!« und er kann nicht artikulieren, was er doch so lebhaft und schmerzhaft empfindet: »Du, die du mich liebst, wie konntest du mir meine schönen weißen Pferdchen wegnehmen, alle beide; und meine Königin hast du auch geschlagen.«

Mit Augen, deren Lider Mühe haben, die Tränen zurückzuhalten, sieht er auf das Brett und sagt: »Von allen Seiten bin ich bedroht.« Er sagt nicht, ›mein König ist bedroht‹, er selber ist es, der sich bedroht fühlt in diesem Spiel, in dem man anzustreben hat, daß der Gegenspieler (im Schach gibt es keinen Mitspieler) nicht mehr aus und ein weiß, man hat gewonnen, wenn man jemanden perfekt in die Ausweglosigkeit getrieben hat.

Es gelingt mir, einen Turm so zu placieren, daß Titus ihn mir fortnehmen kann, aber das macht ihn auch nicht mehr heiter, er sieht seiner Vernichtung entgegen, irrt mit den verbliebenen Figuren auf dem Brett umher, muß alle Augenblicke seinen König schützen und das ist nur noch möglich indem sich der König auf die Wanderschaft begibt, er flüchtet vor meinen Pferden von links nach rechts, von vorn nach hinten.

»Bald kann ich nirgends mehr hin«, sagt Titus mit gepreßter Stimme, er identifiziert sich ganz und gar mit seinem König. Er ist dieser gehetzte weiße König, der vor seinem Ende herlaufen muß und weiß, daß er gleich matt sein wird. Titus wirft das Handtuch nicht, er will das wirkliche Ende, er will es durchstehen.

Es ist soweit.

»Jetzt kann ich nirgends mehr hin«, sagt Titus und sieht mich an. Die Lider vermögen die Tränen noch immer zu halten, aber er empfindet mit allen Fasern den desparaten Zustand, nirgends mehr hinzukönnen, er hat mehr als eine Spielerfahrung, er hat eine tiefe, schmerzhafte Lebenserfahrung gemacht, er hat etwas erlitten und er hat es von mir erlitten. Das war etwas anderes als das Wettrennen im ›Mensch ärgere dich nicht‹, wer da rausgeschmissen wurde, kam ein andermal wieder hinein. Heute hat er ein auf Vernichtung zielendes Spiel gespielt und ich war es, die ihn vernichtet hat.

»Der weiße König kann nun nirgends mehr hin«, sage ich und entferne auch meine Figuren vom Brett, »aber du, du kannst doch überall hin, zum Beispiel zu mir aufs Sofa!«

Er kommt sofort und läßt zu, daß ich mit ihm schmuse wie er es eigentlich, seit er ein Schuljunge ist, für unter seiner Würde hält. Heute kommt er halbwegs auf meinen Schoß, legt seinen Kopf auf meine Schulter. Ich halte ihn im Arm und sage, es sei natürlich, daß ein Anfänger verliere. Auch die Schachweltmeister hätten zu Beginn als Kinder ihre Partien mit Pauken und Trompeten verloren, und wenn ich mit jemandem spiele, so erzähle ich, der nur ein wenig geübter sei – die Figuren würden mir nur so vom Brett gefegt oder ein fremder Gaul setzte mich ganz plötzlich matt. Ich schlage Titus vor, daß wir das nächste Mal eine Lernpartie spielen und uns gegenseitig jeden Zug erklären, denn schließlich hätte ich ja auch einige Figuren an ihn verloren.

»Es ist ein schwieriges Spiel, bei dem man ganz scharf nachdenken und immer aufpassen muß. Darum heißt es auch das königliche Spiel!«

Titus, den Arm um meinen Hals, spielt an meiner Kette. Plötzlich flüstert er, was ich die ganze Zeit schon denke:

»Es ist ein böses Spiel.«

Noch immer regnet es. Ich baue die Figuren wieder auf, aber anders, beinahe im Kreis, und sofort tut Titus mit, er hat verstanden, daß ich jetzt ein freies schönes glückliches Spiel beginne, mit dem ich mich lustig mache über die Kampfriten des Schach. Da fällt ihm gleich etwas ein, auf jeden Turm setzt er einen Bauern, der hält Ausschau, und nun rennen die Läufer von König zu König und künden Ankünfte an, denn die königlichen Familien sind befreundet und besuchen einander, jede ihre beiden Pferde vor sich. Einige der kleinen Bauernfiguren sind Kinder, stellen sich rot-weiß im Wechsel auf und spielen zusammen. Schließlich wird sogar getanzt, zuerst dreht sich jeder König mit seiner Königin, dann gibt es Verneigungen vor den fremden Damen und man tanzt weiß-rot, rot-weiß. Ein Pferderennen von Turm zu Turm wird veranstaltet, zwar ist eines der Pferde das schnellste, aber die andern kommen auch ans Ziel. Niemand wird vom Brett verwiesen. Alle bleiben beisammen.

Das war das königliche Spiel.

Die Geschichte ist nicht hier zu Ende, obwohl es ein schöner Schluß wäre. Jedoch weiß Titus einen besseren.

Die Figuren müssen wieder weggeräumt werden, und daß Titus nach dem umgewandelten Spiel versöhnt und guter Dinge ist, sehe ich an der gelassenen Sorgfalt, mit der er Brett und Figuren fortträgt. Ich bin neben ihm als er alles an seinen Platz stellt. Wir betrachten auch die anderen Figurensätze, die aufgebaut sind im Schrank, einen aus Indien, einen aus Korea, einen ungarischen, einen russischen natürlich, und sogar aus Afrika kommt einer.

»Merkwürdig, nicht«, sage ich, »daß überall in der Welt Schach gespielt wird. Es muß doch was dran sein an dem Spiel.«

»Nächstes Mal«, gesteht Titus überraschend zu, »können wir ja mal eine Lernpartie spielen!«

»Na gut«, sage ich und weiß noch nicht, daß Titus sogleich Steinitz, Lasker, Capablanka, Aljechin, Spassky und Bobby Fisher mit zwei Sätzen besiegen wird.

Als ich ihm nämlich von der Geschichte des Schachspieles erzähle, von Schachvereinen, den Weltmeistern und ihren Kämpfen, von den dicken Büchern, die über das königliche Spiel geschrieben wurden, und daß die großen Meister ihr Leben lang über das Spiel nachdenken und darüber, wie sie einen anderen Weltklassespieler besiegen können, sagt Titus mit der ganzen gesunden Erkenntniskraft eines Zweitklässlers:

»Daaarüber denken die immerzu nach? Können die denn nicht über was Wichtigeres nachdenken?«

Titus kleiner Daumen zeigt also nach unten für Bobby Fisher, Spassky, Aljechin, Capablanka, Lasker, Steinitz. Ich muß ein gutes Wort einlegen für sie:

»Weißt du, es gibt mehr als vier Milliarden Menschen auf der Erde, sie machen die verschiedensten Sachen, es schadet nicht, wenn ein paar Leute sich in der Hauptsache mit dem Schachspiel befassen.

»Naaa!« sagt Titus gedehnt.

Schlüssig zu interpretieren weiß ich diese Äußerung kaum, gehe aber wohl nicht fehl, wenn ich vermute, daß den Schachgroßmeistern mit diesem ›Naaa‹ eine Art Narrenfreiheit von Titus gewährt wird.

Lenin hat geschrieben, es habe zwei Dinge gegeben, die ihn von politischer Arbeit hätten abhalten können: Die Beschäftigung mit dem Lateinischen und das Schachspiel. In die logischste aller Sprachen und in das große Spiel strategischen Vorausdenkenkönnens hätte er sich also vertiefen mögen.

Offenbar kam er dann aber zu der gleichen Einsicht wie Titus, daß es Wichtigeres gibt worüber man nachdenken kann.

Ich hab's Schachspielen von meinem Großonkel Paul gelernt, da war ich so alt wie Titus jetzt ist. Großonkel Paul war ein Mann des Tanzes, des Theaters. Er spielte jede Partie wie eine Bühneninszenierung, Läufer und Pferde bekamen ihren Auftritt, seine Türme wurden nicht von x nach y gezogen, sie wandelten, er inszenierte eine Aktion seiner Dame wie das verschwiegene Abenteuer von Madame Bovary, und das Endspiel gruppierte er um seinen König wie eine attische Tragödie.

Mit dieser Überhöhung gewann er mich fürs Schach, und ich folgte ihm in der Poetisierung soweit, daß ich lange nach Großonkel Pauls Tod, aber doch noch in jenen jungen Jahren, als ich mich für eine Lyrikerin hielt, das Schachspiel bedichtete:

Schach

Schwarze Dame,
wenn ich dich berühre,
vor den weißen König führe,

müssen Pferde
tödlich sich bespringen,
schräg die Läufer Botschaft bringen,

kleine Bauern
rotten sich zu Vieren
und der bleiche König kann rochieren.

Schwarze Dame,
sieh, der König wird ermatten,
hält sich schon im Turmesschatten,

schwarze Dame,
laß die Läufer schweifen.
Eines Königs Tod muß reifen.

Bleibe stehen
wenn er um dich wirbt.
Ich weiß das Feld, auf dem er stirbt.

Wenn's auch nur ein Gedichtel ist, vielleicht reicht es aus zu beweisen, daß das Schachspiel nicht so ganz und gar wie Goethe meinte »allem Dichtersinn den Garaus« macht.

Jedenfalls aber will ich es dem Andenken meines Großonkels Paul widmen zum Ausgleich dafür, daß ich den Tanten ein ganzes Kapitel geschrieben habe, obwohl doch auch ein Onkel von Bedeutung ist für Nichten und Neffen, ein augenzwinkernder Nebenvater, der keine Mühe hat, Fünfe gerade sein zu lassen und von mir zum Beispiel ferngehalten hat, daß das königliche Spiel ein böses Spiel ist, wie Titus ganz richtig fühlte, als er nicht mehr wußte wohin in diesem Spiel ohne Gnade.

1 Goethe, Westöstlicher Diwan, Dieterich'sche Verlagsbuchhandlung, Leipzig 1943, S. 168.

Geboren 1921 in Berlin, aufgewachsen auch hier, die roaring twenties waren der Nährboden meiner frühesten Jahre.

Kind einer bürgerlichen Familie, die freilich etwas Schlagseite zur Bohème hin hatte, mein Urgroßvater, beispeilsweise, verkaufte einst Hab und Gut um in einer kleinen östlichen Provinzstadt ein Theater aufzumachen, als ›Ziebarth's Theater und Konzerthaus‹ bestand es, von einem Onkel geleitet, bis es 1945 zerschossen wurde, von vorrückenden Russen oder abrückenden Deutschen, wer weiß das schon.

Wir, der Berliner Zweig der Familie, wohnten, bis das Haus 1944 von einer Luftmine zerstört wurde, in der Kaiserallee, heute heißt sie Bundesallee. Damals war das eine schöne Wohnstraße, von hohen Ulmen bestanden, Rechtsanwälte, Ärzte lebten dort, viele jüdische Namen auf den Schildern, nicht die Grunewald- und Westendrichesse, aber doch Leute in angenehmen Verhältnissen.

1921 bekam Einstein den Nobelpreis für Physik, schrieb Nikolai Hartmann die »Grundzüge einer Metaphysik der Erkenntnis«, erschien Kretschmers »Körperbau und Charakter«, beschrieb Hašek »Die Abenteuer des braven Soldaten Schwejk«, wurde die Berliner Avus eingeweiht und über die Leinwände flimmerte Chaplins «The Kid«, natürlich hat meine Mutter den Film gesehen, in dem ihr das Kind als Kumpel vorgestellt wurde, mit dem man, wenn nicht Pferde stehlen, so doch Fensterscheiben einwerfen kann.

Als ich 1928 zur Schule kam hatte Heidegger »Sein und Zeit« geschrieben, spielte mein Großvater einen Klavierauszug von Ravels Bolero, der gerade das Publikum der Musiksäle verblüfft hatte, sahen meine Eltern die Dreigroschenoper und ich die ersten Mickymausfilme, kam Amánullah, der König von Afghanistan, nach Deutschland, sein Besuch erregte als ein exotisches Ereignis Aufsehen, man sprach darüber in den Familien, auf mich machte großen Eindruck der Trinkspruch, mit dem der gläubige Moslem den Reichspräsidenten grüßte, man las ihn mir vor:

»Ich erhebe dieses Glas reinen Wassers und trinke es auf das Wohlergehen Eurer Exzellenz.«

1932 kam ich in eine Schule, in der unsere Kenntnisse vertieft werden sollten, weshalb man sie ›höhere Schule‹ nannte. Musil hatte seinen »Mann ohne Eigenschaften« geschrieben, Faulkner »Licht im August«, das Werk von Proust, Joyce's Ulysses waren ediert; Dos Passos', Döblins,

Hamsuns Romane wurden gelesen, Kafkas Werke waren postum erschienen und wenn ich es recht bedenke, habe ich bis heute damit zu tun, mich mit der Fülle dessen zu beschäftigen, was in den Jahren meiner Kindheit weltweit hervorgebracht wurde. Wenn man nichts als die Kunst und Philosophie der Zwanziger Jahre zur Verfügung hätte, man wäre nicht ärmlich dran.

Die Philosophen, Dichter, Maler, Musiker, Filmemacher jener Zeit haben mich nicht nur später beeinflußt, als ich alt genug war, mich mit ihnen zu beschäftigen, auf der Universität zu Nikolai Hartmann ins Kolleg ging, die berühmten Bücher las, manchen der Dichter leibhaftig kennenlernte, zu Dix ins Atelier kam – sie haben natürlich schon auf meine Kinderzeit gewirkt, und das von Beginn an, denn: meine Familie sah, las, hörte, was in jener Zeit hervorgebracht wurde, und natürlich färbte das ihren Umgang mit mir, sie setzte ihre Erkenntnisse in Verhaltensweisen um.

Wenn man nach meinen Wahrnehmungen fragt aus jener Zeit:

I

Bettelmann

Kaiser, König, Edelmann, Bürger, Bauer, Bettelmann!

So zählten wir ab. Wer Letzter war, beim Essen, Rechnen, sonstwo, wurde Bettelmann.

Vom Kaiser redete man in Familien der Zwanziger Jahre noch, auch Könige wurden gelegentlich erwähnt, Grafen und Barone wohnten viele in Berlin, Bürger waren wir selber, Bauern kamen mit Kohl, Kirschen, Gurken, Salat zu den Markttagen aus Caputh, Werder, Buckow, Schönwalde in die Stadt. Meine Aufmerksamkeit beanspruchte aus der Hierarchie des Abzählreimes nur der Bettelmann. Nicht einer, viele, denn mindestens viermal am Tag klingelte es bei uns an der Tür und ein Bettler wollte Geld, etwas zu essen, sagte »ham Se nich'n bissken wat übrich für mich?«, forderte es demütig oder frech, warf lauernde Blicke in die Wohnung, je nachdem. Bei uns bekamen alle etwas. Neben der Tür stand ein Körbchen mit Groschen darin, davon nahm meine Großmutter, einen für jeden Bettler, aber denen, die wirklich mager, krank, abgehärmt aussahen, gab sie mehr. Die Tür wurde nur bei vorgelegter Kette geöffnet, denn es war vorgekommen, daß sich Schnorrer gegen die Tür gestemmt hatten und in die Wohnung dringen wollten.

Täglich kam es vor, daß ich einen Bettler auf der Treppe traf. Ich fürchtete diese Begegnungen, suchte sie zu vermeiden; verließ ich die Wohnung, beugte ich mich zuerst über das Geländer um zu sehen, ob ein Bettler im Aufgang war, huschte in die Wohnung zurück, wenn ich einen vermutete, wartete bis er fortging. Aber manchmal war einer nicht hörbar gewesen, stand still vor einer Wohnungstür und lauschte hinein. Erschrocken sprang ich hastig an ihm vorbei. Kam ich von der Straße ins Haus, prüfte ich erst einmal ob an den Türen geklingelt wurde. Nicht immer ließ sich unterscheiden, ob Schnorrer oder Besucher herumgeisterten. Manchmal redete einer mich an, fragte, in welche Wohnung ich gehöre und ob wir was gäben, »jibt deene Mamma wat?«, hin und wieder faßte mich auch einer an, sagte »seid reiche Leute, wa? Hast ja'n Pelzkrajen am Mantel!«, oft brabbelten die Schnorrer auch nur oder schimpften, wenn im Hause wenig gespendet worden war.

Zuweilen, wenn ich hochlief und um eine Wende der Treppe bog, saß plötzlich einer auf den Stufen, in der Mitte, da wo ein weicher grüner Läufer verlegt war, saß da und aß, was er irgendwo bekommen hatte, kaute zufrieden und nickte mir zu, die ich mich an der Seite der Stufen an ihm vorbeidrückte.

War ich allein daheim, stand ich meistens am Fenster, schauen, was draußen los war und ob die Großen nicht wiederkämen. Sah ich einen Bettler ins Haus treten, lief ich an die verschlossene, verkettete Wohnungstür und hörte ihn kommen. Die meisten Schnorrer klingelten zuerst an den Türen der unteren Wohnungen und stiegen dann langsam hoch zu uns in den dritten Stock. Ich nahm wahr, wie unten die Türen geöffnet und manchmal sofort wieder zugeschlagen wurden, anderswo gab man, ich hörte den Bettler sich bedanken. Dann sein Schritt auf den Stufen, immer näher, er trat vor unsere Tür, las murmelnd das Namensschild, auch die Bettlerzinken, mit denen die Männer sich signalisierten, wo gegeben wurde. Schließlich klingelte er.

Reglos und stumm verharrte ich hinter der Tür vor der der Bettelmann stand und aufs Öffnen hoffte. Aber ich durfte nicht aufmachen wenn ich allein in der Wohnung war, auch nicht bei vorgelegter Kette, und ich hätte auch nicht geöffnet, zitternd vertraute ich auf die schwere Eichentür, die mich vor jemandem schützte, den ich ebensosehr fürchtete wie er mir leid tat.

Der Bettler scharrte mit den Füßen, horchte wohl in die Wohnung, klingelte ein zweites Mal. Ich hörte ihn atmen. Ich hörte das Elend atmen.

II

Streichhölzer?

Im Herbst 1977 wurden in Berlin die Zwanziger Jahre gefeiert, man blickte zurück auf eine glorreiche Zeit der Stadt. Veranstaltungen, Ausstellungen. In der Orangerie des Schlosses Charlottenburg hingen Bilder über Bilder, die große Malerei jenes Jahrzehnts.

Auf einem der Gemälde habe ich Lisi wiedergesehen, Liselotte hieß sie eigentlich, aber einen so eindringlichen, beinahe polternden Namen konnte man auf sie nicht verwenden, sie wurde Lisi genannt. Nicht daß sie portraitiert war auf dem Bild, das ich meine, aber ihre Armut war dargestellt, ihre Schüchternheit, die Verschämtheit mit der sie anbot, was sie verkaufen mußte um zwei oder drei Groschen nachhause zu bringen. Das Bild ist von Otto Dix, es heißt »Streichholzhändler«, und auch wer nicht an Lisi denken muß, bekommt einen Stoß wenn er auf das Kind sieht, das da gemalt ist. Ich schlug im Katalog die Jahreszahl nach. 1927. Sechs Jahre war ich damals. Lisi auch. Auf dem Bild ist Winter und Dämmer, ein kleiner Junge steht an einer Portalsäule und hält Passanten eine Schachtel Streichhölzer hin. Er hofft, sie zu verkaufen.

Als Lisi neben der Tür eines Bäckerladens stand nachmittags, war Sommer. Das wenigstens hat es für Lisi vielleicht leichter gemacht als für das Dix-Kind. Auch hatte sie nicht nur eine einzige Zündholzschachtel anzubieten, sie hielt einen grauen Pappkarton hin, in dem sechs oder sieben Schachteln mit gelben Etiketten lagen.

»Streichhölzer?« flüsterte sie, wenn jemand nahe an ihr vorbeiging. So nahe kamen wir nur einmal vorüber auf unseren Nachmittagsspaziergängen, nur einmal kaufte meine Großmutter Lisi Zündhölzer ab. Mich beunruhigte das kleine Mädchen – so klein wie ich –, das da stand und etwas tat, was ich nicht hätte tun dürfen, in jenem Alter wurde ich noch an der Hand geführt. Welten schienen uns zu trennen. Das Mädchen sah zu mir her wie ich zu ihm hinsah, wann immer sich dazu Gelegenheit bot, und beide blickten wir hastig wieder voneinander fort, wir waren geniert, wollten die Neugier aufeinander verstecken.

Ganz unvermutet, denn ich wußte nicht, wie sehr meine Großmutter das Kind beobachtet hatte, wurde ich mit einem schrecklichen Satz in unmittelbare Beziehung zu Lisi gebracht: In einem Spielzeugladen in der Rheinstraße waren Laufpuppen ausgestellt. Jede kostete zehn Mark, und gern hätte ich eine gehabt. Man denke, welche Steigerung, diese Puppen bewegten sich, sie liefen! Ich war versessen auf sie, was ich freilich nicht sagte, aufwachsend in einer preußischen Familie, wußte ich natürlich schon, daß man nicht außer der Festreihe, einfach mal so beim Einkaufen, ein großes Geschenk bekam, oder doch nur sehr, sehr selten. Doch war das Puppenschaufenster der magnetische Punkt, an den es mich und zu dem ich meine Großmutter auf allen Spaziergängen zog.

Eines Tages sagte die: »Ursel, es wäre nicht recht, wenn du eine Puppe bekämest, die zehn Mark kostet, während das kleine Mädchen vor dem Bäckerladen mühsam drei Schachteln Streichhölzer verkaufen muß um auch nur zehn Pfennige zu haben.«

So war das also. Das kleine Mädchen stand nicht zum Spaß da, nicht weil seine Mutter ihm mehr erlaubte, als mir gestattet wurde.

Zu meiner Überraschung ging meine Großmutter mit mir in den Spielwarenladen und kaufte zwei kleine ganz gleiche Püppchen.

Auf dem Rückweg trat sie zu dem kleinen Mädchen, das ihr sofort hoffnungsvoll eine seiner Zündholzschachteln hinhielt.

»Guten Tag, mein Kind, heute brauche ich keine Streichhölzer«, das Kind senkte die Hand und die Augenlider, »aber ich möchte deiner Mutter etwas mitgeben!«

Meine Großmutter zog einen offenbar vorbereiteten Umschlag aus ihrer Handtasche und legte ihn dem Kind in die graue Pappschachtel.

»Außerdem habe ich eben zwei Püppchen gekauft. Eines für dich und eines für meine Enkelin. Meine Enkelin heißt Ursel. Und wie heißt du?«

»Lisi«, wisperte das Kind kaum hörbar, und es nahm die Puppe nicht.

»Hast du einen Platz, wo du das Püppchen hintun kannst?«

Lisi überlegte, nickte, zeigte ihre Tasche im Kleidchen. Sorgfältig bugsierte meine Großmutter das Spielzeug dahinein und sagte zu mir:

»Du kannst dein Püppchen wohl in die Hand nehmen, du hast ja nicht so viel zu tun wie Lisi.«

Ich sah Lisi an. Sie hatte viel zu tun.

Lisi sah mich an. Ich hatte nichts zu tun.

Ich beneidete Lisi. Lisi beneidete mich.

Später sagte meine Großmutter zu mir:

»Bist du dir darüber im klaren: Lisis Eltern sind so arme Leute, daß Lisi Streichhölzer verkaufen muß, weil jeder Groschen gebraucht wird. Es ist entsetzlich wie elend das Kind aussieht.«

Ein Kind sieht elend aus. Nur noch schüchtern sah ich Lisi an, wenn meine Großmutter sie von nun an jeden Tag ansteuerte, ihr gut verpacktes Butterbrot gab oder Bananen oder Schokolade.

Eines Tages überfiel ich meine Mutter mit der Frage:

»Sind wir eigentlich reich?«

»Nein. Aber wir haben was wir brauchen und noch ein bißchen mehr.«

»Können wir nicht das was wir nicht brauchen jemandem geben, der arm ist?«

»Wir heben, was wir jetzt nicht ausgeben müssen, auf für spätere Zeit. Wird zum Beispiel jemand von uns sehr krank, haben wir viel Geld nötig.«

»Ach so. Kann ich nicht arbeiten und auch Geld verdienen?«

»Was möchtest du denn tun?«

»Was verkaufen. Streichhölzer!«

»Das muß nicht sein. Es wäre nicht gesund für dich.«

»Wird man vom Streichhölzerverkaufen krank?«

»Kinder deines Alters sollen spielen, ihre Schularbeiten machen und spazierengehen.«

Ich begriff, daß Lisi nicht tun konnte, was für Kinder gut war.

»Meine Mutter möchte sich bei Ihnen bedanken«, flüsterte Lisi eines Nachmittags meiner Großmutter zu.

»Frag doch deine Mutter, ob Ursel und ich euch mal besuchen dürfen.«

Jenseits der Hauptstraße, ziemlich weit weg wohnte Lisi, nahe dem Gasometer in einer Hinterhofwohnung.

Das ist es, was ich im Berlin-Museum sehen möchte, eine Arbeiterküche wie sie Tausenden, Tausenden von Arbeiterfamilien in jenen Jahren als Lebensraum, den Kindern auch als Schlafraum diente. Das Mobiliar, solche Gerätschaften soll zeigen, wer die Geschichte unserer Stadt dokumentieren will, die in den Jahren der Industrialisierung und erst recht in den zwanziger Jahren auch ein riesiges Armenhaus war und nicht eine Stadt in der man sich vorwiegend mit Straußenfederfächern das tanzerhitzte Gesicht kühlte und Cotillonorden verteilte.

In eine Arbeiterküche also kamen wir mit dem Kirschkuchen, den meine Großmutter gebacken hatte. In eine Arbeitslosenarbeiterküche. Mich machte die ungewohnte Umgebung stumm. Mein Püppchen hatte ich dabei, erinnere ich, Lisi holte den Zwilling, stellvertretend für uns ließen wir die Püppchen sich begrüßen, nur unsere Püppchen bewegten sich aufeinander zu, umarmten sich, saßen dicht zusammen, wir flüsterten, es sollten die Stimmen unserer Püppchen sein.

»Kann nicht Lisi auch mal zu mir kommen?« fragte ich meine Großmutter auf dem Heimweg.

»Das wäre nicht gut für Lisi. Es muß etwas geschehen.«

Warum war es gut für mich, Lisi zu besuchen, aber schlecht für Lisi, mich zu besuchen? Was mußte geschehen?

Manchmal, wenn sie etwas in der Rheinstraße kaufen wollte, ließ mich meine Großmutter jetzt bei Lisi stehen.

»Warte hier auf mich!«

Schüchtern lächelten wir uns an, Lisi und ich.

Einmal überwältigte mich ein an jedem Markttag gehegter Wunsch:

»Darf ich auch mal? Bloß einmal?«

»Was denn?«

»Verkaufen!«

Lisi gab mir ihre graue Pappschachtel. Ich trat einen Schritt vor, dachte an unsere Eierfrau, räusperte mich und schmetterte:

»Streichhölzer, schöne frische Streichhölzer!«

Ich verkaufte sofort. Die Leute fanden mich wohl putzig. Berauscht fühlte ich ungeheure Vorfreude, sehnte die Zeit herbei wenn ich groß sein und auf dem Markt stehen würde, mit der Holzschippe Erdbeeren in eine Tüte füllen, mit Gewichten hantieren, rote Tomatenbälle abwiegen, den Hausfrauen Orangen ins Netz schütten und laut, laut rufen, meine Waren preisen, Wörter schreien, ich würde ja nur die herrlichsten Sachen haben.

Lisi flüsterte: »Streichhölzer sind nicht frisch.«

Sie wurde rot.

Schon bald stand Lisi nachmittags nicht mehr am Bäckerladen. Es war etwas geschehen. Meine energische Großmutter hatte die Männer unserer Familie eingespannt, sie hatten Lisis Eltern Arbeit verschafft.

Lisa sah ich nie wieder.

Nur ihren Namen hörte ich noch manchmal, wenn alte Kleider von mir zusammengepackt wurden, auch Spielzeug.

»Das ist für Lisi, weißt du noch, für das kleine Mädchen, das Streichhölzer verkaufte!«

Lisi!

Ich habe unbändige Lust, mir vorzustellen, daß gerade jetzt, an diesem schönen Maiensonntag, an dem ich hier sitze und klappernd bei weit offener Balkontür Buchstaben aus Lisi und mir mache, daß gerade jetzt Lisi das Wetter auch so schön findet, das Mittagsgeschirr spült und beschließt, in den Zoo zu gehen.

»Ist zwar sehr voll, sonntagnachmittags«, wird sie denken, aber dennoch gehen wollen, denn was macht einer richtigen Spreewasserberlinerin

Menschenfülle, sei's in Wannsee, sei's im Zoo. Wir haben gern viele Leute auf einem Haufen.

Nicht wahr, du mein Berlin, es gibt Lisi doch noch hier?

Ich geh auch gleich in den Zoo. Büffel ansehen, Giraffen, die Elefanten. Umherlaufen da. An Lisi vorbei. Denn nach fünfzig Jahren, nicht wahr – wir erkennen uns wohl nicht. Obwohl ich weiß, daß Lisi mich nicht vergessen hat.

III

Pferdefall

Das Bild des kleinen Zündhölzer verkaufenden Jungen trägt hinter dem Titel eine II. Es gibt auch eine Fassung I des Themas, da sitzt auf Straßenpflaster ein Kriegskrüppel, an dessen Oberschenkelstümpfe Holzstöcke zum Laufen geschnallt sind, er bietet Schwedenhölzer an, und von denen, die an ihm vorbeirennen, sieht man auf dem Bild nur die Beine, sie haben, was dem Verstümmelten fehlt: heile Gliedmaßen.

Wir Zwanzigerjahrekinder sahen täglich Kriegskrüppel[1] an den Hauswänden lehnen, in Ruddelwägelchen sich dicht am Boden fortbewegen oder auf dem Pflaster sitzen, eine alte Decke unter sich. Zerschossene, verstümmelte Menschen, manchmal wenig mehr als ein Rumpf mit dem Kopf darauf. Die Versorgung der Versehrten mit Prothesen war wenig fortgeschritten, Geld konnten sie offenbar nur mit ihren entsetzlichen Leibesverlusten verdienen, die sie dem Mitleid zur Schau stellten.

Wir Kinder schauderten vor ihrem Anblick, erstarrten, konnten Teilnahme nicht zeigen. Was da geschehen war, ging über unser Begreifen.

Mitleidig verschwendeten wir unsere Anteilnahme an andere Kreaturen auf der Straße. Nicht an Hunde, Katzen, Vögel, in erster Linie an die Pferde. In den zwanziger Jahren war Hufgeklapper auf dem Pflaster noch etwas ganz Gewöhnliches, Marktwagen, Kohlenwagen, die schwersten Umzugswagen wurden von Pferden gezogen, Bierwagen sowieso.

Hielt also ein Fuhrwerk am Straßenrand, versuchten wir, die Pferde zu tätscheln, beobachteten sie mit Hingabe, ihr Fliegenverscheuchen mit Schwanz und zuckenden Ohren belustigte uns, befriedigt sahen wir zu, wenn man sie aus großem grauem Zinkeimer tränkte (wir Kinder waren ja auch immer durstig) oder wenn ihnen die Futterkumme umgehängt wurde. Die großen Leiber der Pferde beeindruckten uns anders als die von Elefanten und Giraffen im Zoo, denn diese exotischen Tiere hinter breiten

Absperrungen blieben ferne Wunderwesen, mit denen wir wenig zu tun bekamen. Jedoch die Pferde waren Verkehrsteilnehmer wie wir, benutzten die gleichen Straßen nach den gleichen Regeln, und ein urtümliches Staunen vor dem körperlich Großen, Gewaltigen überkam uns, wenn neben uns diese Tiere plötzlich heftig den Kopf warfen, schnaubten, wieherten oder ausschlugen.

Um so schlimmer, wenn einem etwas geschah. Ein Pferd, das gestürzt war, wurde anders von Kindern umringt als ein Autounfall. Auch Erwachsene blieben stehen, eben noch eilige Männer, die Aktentasche unterm Arm, rührten sich nicht fort, bis das Tier wieder aufkam, und ich glaube, daß der Beweggrund dafür ein anderer war als derjenige, der heute Autofahrer zum Zusehen bringt, wenn Autofahrer Havarie haben.

Dem Leiden von Nichtmenschen, dem Mißgeschick oder gar Unglück einer fremden Art setzt man sich eher aus, weil man sich einerseits nicht so ganz und gar schmerzhaft mit dem Vorfall als einem, der einem selbst in der gleichen Art zustoßen könnte, identifizieren muß, man andererseits aber wissen will, was alles Schlimmes geschehen kann.

Bange traten wir Kinder hinzu, wenn ein großes mächtiges Tier, das doch vier Beine hatte um fest darauf zu stehen, gestürzt war, was im Winter auf glatten Straßen nicht selten vorkam.

An die Deichsel geschirrt lag es dann, versuchte aufzustehen mit heftigen Anstrengungen der Beine, der Rückenmuskeln, des Halses. Schaum trat dem armen Tier vors Maul, die Augen blickten in der Verschrecktheit, wie wir uns die eines wild durchgehenden Indianerpferdes vorstellten.

Der Kutscher nahm es an die Trense, suchte es zu streicheln, ihm beruhigend zuzureden, damit es nicht so ungestüme Bewegungen machte, bei denen es womöglich erst recht zu Schaden kam. Meist mußte man das Pferd zuerst abschirren, ehe man ihm hochhelfen konnte. Rutschten die Hufe auch dann noch auf eisiger Straße, wurden Säcke geholt und ihm unter die Beine gezogen. Angespannt verfolgten wir die erneuten Bemühungen des verwirrten Tieres, atmeten erleichtert auf, wenn es bei seinen Versuchen nicht wieder ausglitt und das Gleichgewicht verlor, sondern den eben noch so hilflos liegenden Körper wieder auf seine vier heilgebliebenen Beine brachte. Die Flanken zitterten dem Pferd von der Anstrengung, Flocken flogen ihm vom Maul, es schüttelte die Mähne, scharrte, probierte seine Hufe, und glücklich, daß seinem Arbeitskumpel nichts geschehen war, klopfte der Kutscher dem Tier den Hals, hielt ihm eine Mohrrübe hin oder holte Zucker, wenn nicht aus der Jackentasche, so aus der nächsten Kneipe, wo er sich rasch einen Korn auf den Schreck genehmigte. Nicht immer war das Tier schon fähig zu fressen, und seine Nachschauer überstandener Gefährdung teilten sich uns mit, wir begriffen, wie verletzlich ein lebendiger Körper ist, nahmen teil am kreatürlichen Mißgeschick und seiner glücklichen Überwindung, lernten mitfühlen auf einer Vorstufe, die uns nicht so beanspruchte wie menschliches Leiden, dem wir Kinder nicht gewachsen waren.

IV

Götter

»Wo, zeigt mal wo?« rief ich, rannte zum Tisch, hing mich auch über die Zeitung und sah auf einem kleinen Viereck aus Grautönen die Garbo oder Brecht, Claire Waldoff, Dix, Chaplin oder Klee, Rosa Luxemburg, Ebert, Stresemann, Erna Berger oder Marlene Dietrich, Cocteau, Josephine Baker, Nurmi oder Shaw, sah einen, dessen Namen ich schon dringlich hatte nennen hören, wenn ich zusammensaß mit den vier Erwachsenen in unserer Familie, die, wenn wir zu den Mahlzeiten zusammenkamen, nicht immer imstande waren, ihre Reden so zu zügeln, daß ich allem folgen konnte. Besonders abends geriet ich gewöhnlich ins Schnellfeuer allgemeiner Mitteilungslust. Freilich bekam auch ich Gelegenheit zu erzählen, ließ meine Neuigkeiten wie Erbsen auf den Tisch prasseln, aber dann redeten die Erwachsenen los, einer war in einer Ausstellung gewesen, der andere wollte gleich in ein Konzert, der hatte gelesen, jener gehört, ein Hagel von Namen ging auf mich nieder, gefiel mir einer besonders, fragte ich: »Wer ist das, Garbo?«, und man antwortete mir sofort, ich konnte ein Klümpchen Information an den Namen hängen, stellte mir eine Person vor, stürzte kuckgierig auf die Zeitung, wenn von jemandes Abbild die Rede war.

»Wo, zeigt mal wo?« und dann war da ein Mann mit Bart unter komischem Hut zu sehen, hieß Shaw.

»Was hat der gemacht?«

»Theaterstücke geschrieben.«

»Auch für Kasperle?«

Großes Gelächter, jemand küßte mich, sagte:

»Nein, mein Schatz, Theater für Erwachsene.«

Für Erwachsene dachten die sich ja alles aus, diese Leute, deren Namen mit soviel Bewunderung ausgesprochen wurden, die göttliche Garbo hieß es und selbst eine Tennisspielerin war vom Himmel, Suzanne Lenglen, die göttliche Suzanne wurde sie genannt.

Jedenfalls war ich mir darüber im klaren, daß es viele ganz fabelhafte Menschen gab, die die tollsten Sachen machten, daß man, wenn man erwachsen war, hinrennen mußte um zu sehen, was diese Fabelhaften hervorbrachten, und daß es darauf ankäme, später, wenn man groß war, auch etwas zu machen, das alle sehen oder hören wollten.

Es war das Zeitalter des Stars, der bedeutenden Einzelleistung, man bewunderte das Individuum, und das um so mehr, je ausgeprägter es seine Individualität darzutun vermochte. Kaiser und Krieg waren abgeworfen, alte Rangordnungen galten nicht mehr in alter Weise, wer etwas konnte, wer etwas zu zeigen hatte, war genehm, Tellerwäscher gewesen zu sein war der amerikanische Pour le merite.

Ein paar Stars hatten auch wir Kinder, den Trapper Tom Mix, Pat und Patachon, den Hund Rintintin, Shirley Temple, Mickymaus, die Rivels, die Fratellinis und Grock, und einen hatten wir mit der ganzen Welt gemeinsam, das war: Charlie, unser Watschelcharlie, der Stöckchenschwinger, der Mann mit dem schwarzen Praliné auf dem Kopf, unser kleiner Charlie, den die Starken immerfort ans Schlawittchen bekamen, aber sie behielten ihn nicht in ihrer Gewalt, denn er entwischte, entwutschte, er war nicht unterzukriegen, wenn er kein Brot hatte kochte er seinen Schuh, Charlie passierten immerfort die schlimmsten Sachen, aber sie nahmen kein schlimmes Ende, er hatte Glücksunglück, wie wir war er auf die Unbilden des Lebens nie gefaßt, sie kamen ihm auf den Hals wie uns die Forderungen der Großen, jedoch Charlie entzog sich, rannte weg, kam davon, fand immer ein Versteck, klopfte sich den Staub von den kaputten Hosen, er war unser aller Charlie.

Daß Enrico unser aller war, daß jemand das sagte, hätte ich nicht zugelassen. Enrico war mein, obwohl ich ihn, wenn ich vor ihm saß, mit tausend anderen gemeinsam sah.

Aber Enrico, da war ich sicher, tat, was er tat, für mich, denn niemand, niemand, niemand von denen, die ihn bejubelten, konnte ihn so bewundern wie ich, die ich mich nie mit Klatschen und Bravorufen um auch nur ein Sekündchen stillen Hinschauens auf mein Idol gebracht hätte.

Ein fliederfarbenes Samtkleid zog ich an, wenn ich zu Enrico ging, bekam weiße Schleifen ins Haar, hängte mir ein Kettchen um, versuchte, den Erwachsenen, der mich begleitete, vom Reden abzubringen, denn ich wollte still und feierlich zu Enrico gelangen. Am Eingang zum Wintergarten kamen wir ins Gedränge, aber dann wurde uns unser Platz gezeigt, und wir saßen unter dem Himmel der elektrischen Sterne im Variete an der Spree, sie erloschen auch nicht, wenn die Vorstellung begann, wenn die Drei Codonas unter diesem Kunststernhimmel durch die Luft flogen, von Trapez zu Trapez, sich fingen, niemand im Publikum wagte zu husten, mit aufgerissenen Augen sah man diese sturznahen, todnahen Schwünge, dann kamen Clowns und das waren die Fratellinis oder Grock oder Akrobat Schööööön, die man belachte, daß die Tränen kamen, und die es alle doch nicht waren, derentwegen der Wintergarten das Schloß war, in dem ich meinen König sehen konnte.

Wie ein Junge, der auch mit mir hätte spielen können, hüpfte Enrico Rastelli auf die Bühne, in kurzen Hosen, offenem Hemd, Kniestrümpfen, Turnschuhe an den Füßen. Er warf einen großen Ball hoch, noch einen, den dritten, vierten, gleich waren es sechs, sieben, acht, manchmal kreisten die Bälle in der Luft, dann wieder kehrten sie zu ihm zurück, rollten ihm nicht wie etwas Totes, sondern wie anschmiegsame runde Wesen über den Körper, über Nacken, Arme, Beine, glitten an diesem herrlichsten aller Jongleure entlang, verhielten auf seinen Zeigefingern, rollten zurück auf die Arme, umspielten seinen Fuß wie Kugelkatzen, die sich jagten, Rastelli tat mit, schlug einen Purzelbaum, stand auf dem Kopf und verlor keinen einzigen der acht Bälle, die kullerten immer noch über seinen Körper als wollten sie schmusen mit ihm, aber auf seinem schräg gesenkten Arm konnte er streng mit einer winzigen, nicht sichtbaren Muskelbewegung einen hinabrollenden Ball anhalten, daß er still stand wie ein stutzendes Tierchen, und ebenso unsichtbar war die Bewegung, die ihn zum munteren Weiterrollen brachte. Enrico sprang auf einen Ball auf, schnellte sich wieder ab und schwupp kam der Ball auf seinen Kopf.

Rastelli jonglierte auch mit Reifen, Stäben, Tellern, das sah hinreißend aus, aber ich kam wegen seines Spieles mit Bällen. Kugeln zogen mich magisch an, ich sammelte Bälle, Bucker, Murmeln, die vollkommen Runden hatten es mir angetan.

Jedoch, was waren meine Kugelkünste – mühsam mit zwei Bällen konnte ich gleichzeitig spielen, wurde dafür schon gelobt, was ich aber abwehrte, so falsches Lob war mir nicht recht, ich wies auf Enrico, dessen zärtlichem träumerischem Spiel mit Kugeln die Welt zujubelte, in New York soll sein Name in Leuchtbuchstaben am Hippodrom gestrahlt haben, jeder einzelne Buchstabe fünfzehn Meter hoch.

Als er ein Kind war wie ich, hatte er das Spiel mit den Bällen begonnen. Im Wohnwagen zogen seine Eltern, Jongleur und Kunstreiterin, umher, ihr Junge nahm sich der Bälle an, die herumlagen im Artistengepäck, bemächtigte sich ihrer, lernte den Lauf der Kugeln bestimmen.

Wenn er nun auf die Bühne kam, die Bälle kreisen machte und ich vor ihm saß im Samtkleid, überkam mich eine allererste Ahnung davon, wie man sich bemühen muß um Wunderbares zustandezubringen. Ich kannte meine Bälle, wußte, daß, was da auf der Bühne so leicht aussah, nicht leicht war. Im Wintergarten bei Rastelli witterte ich, daß es Leidenschaft, Arbeit, Geduld sind, mit denen sich solche Kunst bewirken läßt. An Bällen und überhaupt. Ich dachte nicht Leidenschaft, Geduld, Kunst, solche Wörter sind nicht im Kinderkopf, aber ich glaube, daß ich im Wintergarten den Zusammenhang von Arbeit und Kunst ahnte. Wegen dessen, was er konnte, sich erarbeitet hatte, liebte ich den Jongleur so. Ich meinte: etwas zustandebringen, etwas nicht nur wollen, sondern auch können, und sagte: Rastelli. Erst viel später hörte ich, wie gern Rastelli für Kinder gespielt hat. Es wurde bekannt, daß er in Berlin manchmal in seiner Freizeit in ein Warenhaus ging, ein großes Netz mit bunten Bällen füllen ließ, damit auf einen Spielplatz zog, sich in einem alten Mantel auf eine Bank setzte, und wenn dann die Kinder, angezogen vom Inhalt des Netzes, näher kamen, holte er die blanken Gummikullern heraus und begann zu spielen, mit einem, zwei, drei Bällen, mit ihrer mehr, er zauberte, bezauberte die Kinder, verzauberte sich vom kleinen Mann im alten Mantel zum großen Herrn der rollenden Kugeln, die warf er zuletzt den Kindern zu, schenkte sie ihnen, lachte, winkte, ging weg, hatte sich erholt vom Showbusiness an den Quellen des Entzückenkönnens und Entzücktwerdens.

Nie hatte ich das Glück gehabt, Enrico auf einem Spielplatz zu begegnen, ihm blieb das Kind unbekannt, das ihn im Wintergarten so glühend bewunderte.

»Wo, zeigt mal wo?« schrie ich als jemand in meiner Familie mit dem Ausdruck großer Betroffenheit aus der Zeitung vorlas: Rastelli ist tot.

Ich stürzte mich auf die Zeitung. Da stand es. Über einem Bild, auf dem er mit seinen Bällen spielte. Wie konnte das sein? Ganz plötzlich war er gestorben. In Bergamo. Was hieß Bergamo? Wo war das? Wieso tot? Da spielte er doch. Auf dem Lichtbild. Ich las immer wieder. Das dick Gedruckte, das dünn Gedruckte.

Zehn Jahre war ich alt als mein Rastellistern erlosch und ich begreifen mußte, daß ich mich nur noch an ihn erinnern konnte. Im Dezember 1931 war's.

V

Buckelball

Sie zogen das Grammophon auf, tanzten Charleston wie die Besessenen, umarmten sich, »sieht Mutti nicht schön aus?« fragte mein Vater, »am schönsten riecht sie«, sagte ich, sie lachten, taten mir auch ein Tröpfchen Coty oder Guerlain hinters Ohr und dann zogen sie los, auf einen Fünfuhrtee, was weiß ich wohin, »daß Christiane so gern Charleston tanzt«, wunderten sich meine Großeltern, »sie ist doch eigentlich eine Tangoschönheit«. Was ist eine Tangoschönheit? Meine Mutter war also eine Tangoschönheit und ging irgendwohin um zu tanzen, Pailletten am Kleid und ein Glitzertäschchen überm Arm. Die Eltern schwärmten aus zum Berliner Schickmick, trafen sich zu Schmock und Schock und jedenfalls zum Allerneuesten.

Derweil hatte ich Tribute zu leisten an das vorige Jahrhundert, dessen Forderungen mir von einer alten Handarbeitslehrerin freundlich aber beharrlich vorgetragen wurden. Es hieß, man müsse Wäscheknöpfe annähen können, und ich pflückte die weißen Scheibchen von einer roten Karte auf der zu lesen stand: ›Frauenstolz – Viktoria, die besten Knöpfe der Welt!‹ Ich häkelte Luftmaschen, Stäbchen und mußte stricken mit glatten Metallnadeln, die nichts im Sinn hatten als entweder aus den Maschen herauszurutschen, wenn ich zu lose gestrickt hatte, oder die Maschen nicht herzugeben, hatte ich den Faden zu fest angezogen; die Maschen selber waren auch tückisch, rissen aus, wenn ich sie nur für einen Wimpernschlag meiner ängstlich aufmerksamen Augen frei ließ, rannten nach unten weg und mußten mit einer Häkelnadel wieder eingefangen und umständlich hochgehangelt werden. Wir hatten Fausthandschuhe zu stricken, was nicht schlimm gewesen wäre, hätte der Mensch nicht zwei Daumen, für die es einen kleinen Sonderwärmschlauch zu fabrizieren galt, wir mußten Strümpfe stricken, was ebenfalls keine Pein gebracht hätte, besäße der Mensch nicht zwei Fersen, die Platz haben mußten in den Strümpfen und sehr, sehr kompliziert anzufertigen waren für ein ungeschicktes kleines Mädchen. Nur einen Strumpf bekam ich in der Schule fertig. »Urselchen, du hast zwei Beine«, sagte die Handarbeitslehrerin und trug mir auf, auch einen zweiten Strumpf zustande zu bringen. Zuhause.

Wenn meine Tangoschönheitmutti tanzen ging am Arm ihres Mannes – eine weiße Nelke strotzte meinem Vater aus dem Knopfloch – schlug mir die Strickstunde.

»Nun werden wir beide mal fleißig sein«, sagte meine Großmutter, rückte zwei Sessel nahe zunander. Es war nicht schlimm, mit Großmutter dazusitzen, zu handarbeiten. Aber mit einem Mal wurde es eine herrliche Beschäftigung, die täglich zu beginnen ich kaum erwarten konnte.

»Komm, wir stricken«, überredete ich sie, sobald ich nur vermutete, daß sie Zeit dazu hatte.

Das war, seit ich den Buckelball besaß. Eines Tages nämlich war Großmutter mit einem umfangreichen Wollknäuel gekommen, das nicht kugelrund war sondern dicke Hubbel hatte.

»Hier, Ursel, damit dir das Stricken mehr Spaß macht, ein Wunderknäuel.« Ein Wunderknäuel!

»Wirst schon sehen, was zum Vorschein kommt.«

Ich nahm Maschen auf, kämpfte mich zwei rechts, zwei links voran. Das Knäuel, diese geheimnisvolle füllige Mirakelkugel, lag auf dem Teppich, rollte sachte hin und her, während ich ihm klipperdiklapper einen Dezimeter nach dem anderen abstrickte. Auch meine Großmutter strickte. Mit einem gewöhnlichen Knäuel. Dabei erzählte sie. Fragte vorher, was ich denn hören wolle.

»Von als du noch klein warst.«

Da kam es nahe, das alte vergangene Jahrhundert, es hockte noch in der Großmutter, die 1867 geboren war, ihren Großtanten hatte die Hand küssen müssen und ›Sie‹ zu ihnen sagen, die nicht nur bei Petroleumlampen gestrickt hatte als Kind, sondern auf dem Lande bei einem Kienspan an der Wand, der knackend harzduftendes Licht gab, während er vor sich hinbrannte.

»Und was ist, wenn ich so alt bin wie du?«

Großmutter sah auf von ihren Nadeln, blickte in die Zeit, die sie, die so sehr gern lebte, nicht erleben würde, zuckte die Achseln, sagte, »Du wirst fliegen, wirst mit schnellen Schiffen fahren, ich weiß nicht.«

»Fliegen?«

»Sicher!«

»Ich?«

»Du!«

»Mit schnellen Schiffen fahren?«

»Ja.«

»Stricken auch?«

Achselzucken. Meine Großmutter dachte nicht gern an die Zukunft, auch meine Mutter nicht. Niemand in unserer Familie hatte Zukunftsneugier. Zigeunerinnen gaben wir einen Obulus ohne sie in unseren Händen lesen zu lassen. Wir vertrauten auf uns.

»Erzähl mal von als du in die Schule gingst.«

Derweil wuchs der Strumpf ein bißchen, magerte der Buckelball ein bißchen ab und ein feines rosa Schimmern wurde sichtbar unter den grauen Wollfäden, etwas rosig Eingewickeltes wurde ahnbar. Das Knäuel rollte hin und her, drehte sich um sich selbst, wenn ich ihm strickend langsam den Faden vom Kugelkörper zupfte, und nachdem allmählich immer mehr von einem kleinen Seidenpapierpäckchen zum Vorschein gekommen war, rutschte es plötzlich mit feinem Raschelgeräusch ab vom Knäuel, lag auf dem Teppich. Das erste Wunder gab sich preis. Ich sah Großmutter an. »Jetzt kannst du eine Wunderpause machen«, sagte sie. Sorgfältig legte ich das Strickzeug ab, damit keine Masche entkommen konnte, keine Nadel sich davonmachte, hob's Wunder auf, zog ihm's Zwirnsfädchen ab, mit dem es zugebunden war, entfaltete das Papierchen und hielt jemanden in der Hand, der von einem anderen Stern kam, Mund, Augen, Arme, Beine hatte wie ich, aber klein, so klein war! Ein Püppcken. Aus Holz. Angemalt, lackiert. Glänzend. Es konnte sich aufrecht halten, denn es stand mit beiden Füßen fest auf einem grünen Holzscheibchen.

»Wer hat das gemacht?«

»Vermutlich ein Kind.«

»Ein Kind?«

Ich hatte mir ein Wunder erstrickt und das Wunder hatte ein Kind gemacht. Es war das erste Mal, daß ich über Spielzeug etwas erfuhr.

Und ich vernahm viel, denn während weitergestrickt wurde, wann nur irgend Zeit dazu war, hörte ich von einem Dorf im waldigen Erzgebirge, das Seiffen[2] heißt, wo Häuser mit Fachwerk und Schindeln stehen und in jedem Haus Spielzeug gemacht wird. Während der Buckelball langsam, langsam frei gab, was in ihn für mich verwickelt war: ein Pferdchen, ein Lämmchen, ein Männchen, ein Frauchen, eine Hundehütte mit Hündchen darin, Bäumchen und Reiterlein, erfuhr ich, wie arm die Leute in Seiffen sind, so arm, daß auch die Kinder arbeiten müssen um Geld zu verdienen. Die Väter drechseln und schnitzen, die Frauen leimen und bemalen und die Kinder malen und leimen auch. Man sitzt zusammen in einer kleinen Stube, der Boden liegt voller Holzspäne, es riecht nach Leim und Farbe und die Kinder hocken zwischen den Großen, Spielzeug um Spielzeug in den Händen, aber nicht um zu spielen, sondern weil sie der Familie helfen müssen, die ohne den Fleiß auch der Kinder nicht genug zum Leben hätte.

Großmutter wußte es, hatte es gesehen, war in jenem Gebirge gewesen und nach Seiffen gekommen, hatte mir mitgebracht, was dort gemacht wird, nur sollte ich es nicht einfach nehmen können, sondern auch etwas leisten, drum wurden mir die Wunder zu einem Buckelball zusammengewickelt, und nadelklappernd Masche um Masche produzierend, arbeitete ich mich an ein Kirchlein, einen kleinen Pastor, an Musikantchen heran, entnahm der Wolle ein Puppenwägelchen und eine Puppenwiege, winzig, winzig alles. Der Buckelball gab eine ganze Welt her, die jemand gemacht hatte, damit ich sie haben konnte.

»Die jemand gemacht hat, damit er zu essen hat«, sagte meine Großmutter.

›Sachen aus Seiffen‹ stand fortan obenan auf jedem meiner Wunschzettel. Manchmal kam meine Mutter nachhause, rief »es wiehert in meiner Manteltasche«, dann wußte ich, sie bringt ein Seiffener Pferdchen mit, ein andermal war es eine Kuh, eine Ziege – wie leicht es gewesen wäre, mich mit den Pfennigspielzeugen zu überschütten, jedoch man ließ meine Sammlung langsam wachsen, so langsam wie ich mir die ersten Seiffener Wunder Masche für Masche erstrickt hatte. Den Bestand um ein Pferdl vermehren zu können bedeutete mir schon etwas.

An Samstagen, nach dem Abendbrot, wenn das Geschirr fortgetragen war, zog ich vorsichtig auch die Decke vom großen Tisch, begann meine Erzgebirgssachen auf die Holzplatte zu bauen, die einen schönen erdfarbigen Grund für die winzige Buntwelt abgab, und so anziehend wirkte die, daß die Großen allemal sitzen blieben, mitbauten, Pferdewägelchen fahren ließen, die Hochzeitskutsche vor die Kirche und das Langholzfuhrwerk aus dem Wald der kegeligen Holzbäumchen kommen ließen, wie eine ländliche Ferienstunde war das Abendspiel für die Familie, und wenn wir besonders schön aufgebaut hatten, wollten auch die Großen nicht, daß abgeräumt wurde, blieb alles stehen über Nacht, und am Sonntagmorgen spielten sie dann noch ein bißchen weiter mit mir, verzichteten auf einen komfortabel gedeckten Frühstückstisch, jeder stellte seine Tasse notdürftig ab, hielt das Brot in der Hand, die Großeltern kamen ins Erzählen, die aufgebaute ländliche Szene mit Gattern und Viehtränken erinnerte sie an die Dörfer um Woldenberg, an Schlanow, Wutzig, Lämmersdorf, dahin waren sie mit Pferdefuhrwerken gefahren in ihrer Kindheit »weißt du noch«, »damals war« – wenn wir zusammensaßen, drei Generationen, wurde mir ein anderes Fernsehen erschaffen als den Kindern heute, landeinwärts, zeitrückwärts wurde ich gebracht und immer betraf mich, was ich so staunend hörte, denn es war von uns die Rede: »Deine Urgroßmutter hatte einen Hund, der –«, »Dein Urgroßonkel wollte Kapitän werden, aber –«, Satz für Satz wurde der listige Hund meiner Urgroßmutter auch der meine, segelte mir Urgroßonkels Schiff mit so schlimm schwankenden Masten vor die Augen, daß ich begriff, warum der Vorfahr schon davonlief als er gerade erst Kadett geworden war. Aus nichts als Sätzen waren die Fernsehbilder gemacht, aber wie deutlich, wie farbig sie waren!

VI

Rückwärtsreise

Schrieb ich nicht schon, sein ganzes Leben brauche man um zu ernten, was einem in der Kindheit gesät wurde.

Ein halbes Jahrhundert verging, ehe ich in das von meiner Großmutter so unvergeßbar erzählte Dorf der unvergessenen Spielzeuge kam. Krieg, Anderswowohnen, widrige politische Verhältnisse hatten den Wunsch, ins Erzgebirge zu fahren, lange nicht erfüllen lassen, aber der Gebirgsort Seiffen war auf der Landkarte meiner geheimen Ziele wie Karatepe und Kreml, Kulusuk und die Treppe der Revolution in Odessa. Später als in diese fernen Orte kam ich schließlich ins nahe Seiffen, gelangte am Wollfaden hin, den ich zähe strickend als Kind in einen Strumpf verwandelt hatte, der Handarbeitslehrerinnenaugen vorzeigbar gewesen war.

Von Berlin ins Erzgebirge, das bedeutet über Dresden zu fahren, dort ist ein Wortort den ich sehen wollte, weil ich ihn als Kind schon sah als mir von ihm erzählt wurde, ›Grünes Gewölbe‹ heißt er, daß es dort gleißt von Gold und weißfeurig leuchtet von Diamanten hatte meine Großmutter gesagt als ich die Märchensucht hatte und schatzgraben wollte.

›Grünes Gewölbe‹: wir hatten geflüstert davon als wäre es eine Heimlichkeit, die mir anvertraut wurde von meiner allwissenden Großmutter, und es dauerte, bis mir klar war, daß die Sammlung der sächsischen Könige mit gewöhnlichen Schritten aufgesucht werden kann.

Jedoch als ich versuchte hinzugelangen, wirkte der Großmutterzauber doch, und die Schätze erwiesen sich nicht als erreichbar, es war Krieg, ganz Dresden lag im Dunkel, das Grüne Gewölbe stand leer, die Werke der Juweliere waren in Sicherheit gebracht.

Dreißig Jahre später machte ich den zweiten Versuch weil in der Zeitung von der Rückkehr der Kostbarkeiten zu lesen gewesen war. Als ich erwartungsvoll eilenden unruhigen Schrittes vor das Portal gelangte, hing dort ein Schild: Donnerstags geschlossen. Ich begann zu wüten, wollte den Eintritt erzwingen, dem Schatzhüter, dem Museumsdirektor eine Sondererlaubnis abtrotzen. Wie freundlich er war! Aber helfen konnte er nicht, die Stromanlage war ausgefallen, das Grüne Gewölbe nicht zu erleuchten, die Säle lagen im Finstern, was sie bargen war der Betrachtung entzogen.

›Du mußt es dreimal wagen‹ ist Märchenregel und, ein drittes Mal in Dresden, konnte ich die Eintrittskarte lösen. Lösen! Ich habe sie aufgehoben. Sie trägt die Nummer 48249, ich machte vier und acht und zwei und vier und neun Schritte voran und dann war alles wahr, dann war ich rückwärts gewandert und kam an im Satz meiner Großmutter wo es gleißt von Gold und weißfeurig leuchtet von Diamanten, sah das bleiche Geisterschiff, die Fregatte aus Elfenbein und die geheimnisvoll umeinander rollenden Kontrefaktkugeln aus dem gleichen weißen Material, dem man, wenn es so über die Maßen fein verarbeitet ist, nicht mehr ansieht, daß es vom Kampfzahn eines trampelnden Dickhäuters stammt. Vor einem halben Jahrhundert waren sie mir versprochen worden, all die Herrlichkeiten, die Kanne aus maledivischer Nuß und daß man aus dem Horn des Nashorns trinken kann. Da hingen sie, die Degen mit den Griffen aus Rubinen und Smaragden, mit denen in der Hand ich die Burgen böser Raubritter gestürmt hatte, da stand die goldene Trinkschale Iwans des Schrecklichen – daß er daraus das Blut seiner Feinde zu sich nahm, hatte ich einmal für das Mindeste gehalten –, da waren Schränkchen, Schatullen, so kostbar gemacht, daß man sich nicht vorstellen kann, welche noch größere Kostbarkeit zu enthalten sie geschaffen wurden. Ein Mohr hält eine Smaragdstufe, Pokale aus klarstem nichtsfarbenen Bergkristall sind ausgestellt, durchsichtig wie der Tau, andere aus Bernstein glühen wie Stücke gealterter Sonne, man kann aus Straußeneiern trinken, es gibt eine Brustschleife aus sechshundertzweiundsechzig Brillianten, und das alles ist nur eine Vorbereitung auf den Hof des Großmoguls.

Der steht im Herzen des Grünen Gewölbes, nein, er sitzt, auf kirschrotem Emailkissen, und ist vier Zentimeter klein, Aureng Zeb heißt er, ein Däumlingsherrscher, und Däumlinge sind seine Höflinge, der ganze Hofstaat hat auf einem Tablett Platz, das man in Händen halten könnte, dürfte man es anrühren, das Strahlen von Gold, Silber, 5223 Diamanten, 189 Rubinen, 175 Smaragden, 53 Perlen und einem Saphir, würde man nicht durch bruchsicheres Glas ferngehalten von dieser in Schmelzfeuern erzeugten Schönheit.

Pferde, Kamele, Elefanten werden ihm zugeführt, dem Großmogul, denn er hat Geburtstag an dem Tag, den Johann Melchior Dinglinger darstellt, dieser große Goldschmied, der um das Jahr 1700 das Wunder geschaffen hat, das sich ›Der Hofstaat des Großmoguls an seinem Geburtstag‹ nennt, was ich erst weiß seit ich erwachsen bin, als ich das noch nicht war, wußte ich mehr, da war mir Mir Mirons Name vertraut und daß er der Herr der Herren ist, in einer Sänfte wird er herbeigetragen, während der Fürst des Volkes, Chami Alem, zu Fuß kommt, damals kannte ich Nabab, den Herrn über zwölftausend Pferde, und sah seine Koppeln wie ein Meer von weißen Stuten, weil meine Großmutter leise davon redete, damals bewegten sich all die Leute, die ich nun in ihre juwelierten Leiber erstarrt in der Vitrine sah, damals ließ meine Großmutter sie umhergehen in ihren Geschichten, ich konnte dabeisein als Aureng Zeb mit Gold aufgewogen wurde, der nun so still auf seinem roten Kissen sitzt, aber doch beweist, daß meine Großmutter wahr gesagt hat, all die Papageien, Affen, Hunde, Mohren, Trommler, in ihren Bewegungen innehaltend wie der Hofstaat Dornröschens als er in Schlaf fiel, scheinen verblieben hinter dem Glas, damit ich den Faden ihrer Geschichten wieder aufnehmen kann, mit denen meine Großmutter über Dinglingers Darstellung hinausgegangen war, als sie einmal von einer Reise nach Dresden zurückkam und mir vom Grünen Gewölbe erzählte und damit einen Wortort schuf, der nicht aufgehört hat, in meinem Kopf als ein betretbarer vorhanden zu sein.[3]

Aus dem Gewölbe der sächsischen Könige, die Netzhaut noch flimmernd vom Glanz des royalen Prunkes, weiter, durch Orte wie Brand-Erbisdorf, Dörnthal, Sayda, die Straße schwingt sich in Bögen durch ein Gebirge von sachtem Ansteigen, Abfallen, ein geräumiges Bergland, nirgends rücken Felsen zu Angstschluchten zusammen, die fernen Kuppen scheinen sanft zuzulassen, daß man sie ohne Mühe bewandert.

Ein Ortsschild: SEIFFEN! Man starrt es an.

Es kann doch nicht sein, daß man so plötzlich da ist, wo man ein halbes Jahrhundert schon hinwollte, aber es ist wahr, man ist da, die kleine achteckige Kirche, in der Kindheit war sie ein hölzernes Spielzeug, steht nun steinern hügelorts und beweist, das Ortsschild täuschte nicht. Wer hat hierzulande die Geometrie so verehrt, daß er dem Dorf ein Oktogon in die Mitte baute? Die Häuser, sie sind größer als ich in meiner Kindheit gedacht, auch wohlhabender sehen sie glücklicherweise aus, fünfzig Jahre danach.

Das Museum ist ein grauer Steinkasten, könnte eine Bank, eine Behörde beherbergen, aber muß ein Zauberhaus nicht nach nichts aussehen?

Man tritt ein und ist am Hofe des Kinderkönigs, der, mit Krone und Szepter angetan, dringlich zu warten scheint, daß man endlich kommt, riesengrößer als man selber, steht er schon am Eingang; wie ein Ungeduldiger, dessen Gäste sich verspätet haben, wartet er, daß man kindrückwärts findet, und es fällt einem auch sogleich ein:

»Zwar Euer Mund ist groß und weit,
doch größer Eure Gütigkeit!«

so war er geschildert worden im Buch vom König Nußknacker und dem armen Reinhold, das wir Zwanzigerjahrekinder gelesen haben.[4]

»Heil dir, du Knupperhans!
Hölzern in Pracht und Glanz!
Heil Knacker Dir!
Beißen wie Du, wer kanns?
Nüsse des Vaterlands
läßt du gewiß nicht ganz.
Heil, Knacker, dir!«

Wie hatte es uns gefallen, wenn der arme Reinhold ihn »O knackerige Majestät« ansprach, und hier stand nun der berühmte König mit dem Klappmaul, sorgte dafür, daß man kleingezaubert wurde und vertraute einem die Kindheit wieder an, die sich auftat, Saal um Saal mit dem, was einst zu jedem Christfest gehörte: Räuchermänner mit großem runden Qualmmund, Pyramiden, auf denen die ganze heilige Familie ihre Runden zog, gefolgt von Hirten, Schafen und den drei Weisen aus dem Morgenland – und wo sie in Hülle und Fülle stehen, die winzigen Männchen und Frauchen, die Pferdchen, Kühe, Ziegen, Schafe, Vögel, Gespanne, Häuser, Bäume, Autos, Flieger, mit denen wir uns die Welt auf den Tisch gebaut haben und sie übersehen und lieben lernten, samt Jahrmärkten, Gemüseständen, Eisenbähnchen.

Alles, was hier im Seiffener Museum, dem Louvre der Kinder, ausgestellt ist, wurde aus Holz gemacht, aus Baum; was in der Umgebung wächst und gefällt wurde, gab das unkostbare Material her, das die Dörflerhände kostbar machten. Alles hier ist aus der standhaften Vergänglichkeit der Fichten.

Alles, was hier zu sehen ist, ist für Kinder gemacht, und zu Teilen ist es auch von Kindern gemacht. Aber immer schon hat es auch die Großen entzückt, sofern sie nicht kinder- und kunstblind sind.

Hier im Dorf und in Siedlungen rundum wurde die Welt noch einmal erschaffen samt Menschen, Tieren, Bäumen, Häusern und den Gerätschaften, die wir erfunden haben, Tischen, Stühlen, Geschirr, Wiegen.

Zärtlich wiederholten sie die Welt, zauberten sie klein, die Leute hier, ganze Archen mit allen Tieren darin schnitzelten sie, waren so geschickt, arbeiteten so schnell, daß das Spielzeug Pfennigware wurde und von jedermann gekauft werden konnte. Aber nur mit Kinderarbeit, mit der tätigen ernsthaften Mithilfe der Kinder war es möglich gewesen, das Schöne in solchen Mengen zu einem so niedrigen Preis herzustellen.

Da liegt es nun in den alten Verpackungen und auch diese haben die Bäume hergegeben: die Spielzeuge sind zwischen Holzwolle in Spanschachteln gelegt. Eine solche Spanschachtel voller Pfennigware müßte im Britischen Museum wie in New York im Metropolitan, sollte in jedem Museum von Weltrang zu sehen sein, so vollkommen sind die Seiffener Miniaturen, denen wir uns mit solcher Begeisterung zugewendet haben als Kinder, die ich nun bestaunte im erzgebirgischen Schatzhaus, das dem Grünen Gewölbe nicht nachsteht mit den Juwelen aus Holz, die in ihrer Mannigfaltigkeit für die Erfindungskraft einer armen Bergbevölkerung zeugen, die immer neue Varianten erdachte und in einträchtig arbeitenden Familien vertausendfachte.

Eine ganze Spielzeugmacherstube jener alten Zeit ist aufgebaut im Museum: ein Tisch mit Messern, Leimtopf, Pinseln, Farben, Stühlen, Bank, Schrank, Kachelofen, auf einer Leine darüber trocknet Wäsche, am Fenster hängt ein Zeisigkäfig und auf jedem freien Plätzchen stehen hölzerne Spielzeugchen, halbfertige, gerade geschnitzte, noch nicht bemalte und angemalte, denen die Farbe noch trocknen muß, in der Ecke die Drechselbank.

Vom Museum ins Dorfgasthaus, das heißt ›Erbgericht‹. Es gab Punsch gegen die Herbstkälte, Schinkenbrot gegen Hunger. Auf Borden und Schränken auch dort Seiffener Nußknacker und Räuchermänner. Ab und zu tat die Tür sich auf, ein Mann kam herein und wieder einer, vom Herbstwind schier durch den Türrahmen gestoßen, Lodenjacke über alter Hose, auf dem Rücken eine Kiepe, eine Hucke. Die Männer nahmen die Filzkappe ab, setzten sich, waren so alt wie ich ungefähr, Zwanzigerjahregeneration.

Ob sie als Kinder in so einer Spielzeugmacherstube gesessen sind und Pferdl bemalt haben oder Häuschen, ob sie die Welt geschaffen haben, die mir aus dem Buckelball fiel, ob, die nebendran am Eichentisch sich wie ich die Hände am Punschglas wärmten, die Kinder gewesen sind, die so arm waren, daß sie meinen Reichtum schaffen mußten, mehr noch als meinen Kinderreichtum: mein Kinderglück? Spielen mit Seiffener Ware ist

Glück gewesen. Aber vielleicht war tun, zwischen Vater und Mutter sitzend werkeln, die Seiffener Ware herstellen, gelobt werden, wenn alles gut geriet, auch Glück?

Ein andermal werde ich fragen in Seiffen, wenn ich mich zu reden getraue, werde ich zugehen auf einen, der Zwanzigerjahrekind war, und fragen. Wie er mich wohl ansehen wird. Was wir wohl austauschen werden von gewesenem Kind zu gewesenem Kind.

1 Wie sehr Kriegsversehrte in wirklich auffallender Weise damals das Straßenbild mitprägten, kann man auch dem Bericht Chaplins über einen Berlinbesuch entnehmen: »In der Geschäftsgegend sieht man viele Krüppel mit verbitterten Gesichtern. Sie sehen aus, als ob sie für etwas bezahlen mußten, was sie nie bekommen haben.« Charles Chaplin: Hallo Europa. Paul List Verlag, Leipzig 1928.

2 Der Name rührt daher, daß in den Anfängen des Erzbergbaus Zinn dort noch durch Auswaschen, ›Ausseifen‹ der Lagerstätten gewonnen wurde. Pochwerk und Schmelzhütte entstanden erst später.

3 Obwohl es mir in erster Linie darauf ankommt, vom langen Fortwirken in der Kindheit gehörter Geschichten zu berichten, ist es mir auch ein Vergnügen den Leser zu überreden, einmal nach Dresden zu fahren und sich die Schätze des Grünen Gewölbes anzusehen, unter ihnen vornehmlich Dinglingers wunderbares Werk. Wer so unternehmend nicht ist, Dresden aufzusuchen, dem sei das folgende Buch wärmstens empfohlen:

Am Hofe des Großmoguls. Der Hofstaat zu Delhi
am Geburtstag des Großmoguls Aureng-Zeb.
Kabinettstück von Johann Melchior Dinglinger,
Hofjuwelier des Kurfürsten von Sachsen und
Königs von Polen, August II., genannt der Starke.
Süddeutscher Verlag, München 1965.

4 Heinrich Hoffmann, König Nußknacker, Rütten & Loening Verlag, Darmstadt/Frankfurt, o. J.

Wer will kann die Bibel für ein Buch nehmen wie jedes andere. Nur: sie ist soviel reicher, tiefgründiger, rätselvoller, sie ist poetischer als so gut wie jedes andere Buch, sie bewahrt eine solche Fülle von Empfindungen und Erfahrungen der Menschheit erzählend auf, berichtet von soviel Schmerz, Verirrung, Hoffnung, Glück, soviel Menschenwissen ist in die Bibel eingegangen, daß sie mit Recht das Buch der Bücher genannt wird. Auch die Geschichte von Kain und Abel beweist es.[1]

In einem fremden Tonfall erzählt, lautet sie so: Die ersten Menschen, Adam und Eva, lebten als Vertriebene auf der Erde, waren aus dem Paradies verwiesen worden, sie hatten ein Geheimnis des Vaters der Menschheit verletzt, hatten vom Baum der Erkenntnis zu sich genommen, dessen Früchte den, der sie ißt, das Gute und Böse erkennen lassen, ein Wissen, das der Menschheit Vater seinen Geschöpfen offenbar nicht anvertrauen wollte, denn er verbot Adam und Eva von diesem Baume zu essen, verbot es bei Todesstrafe.

Adam war willens zu gehorchen, bereit, sich von Befehlen überwältigen zu lassen, Eva dagegen mochte sich nicht darein schicken, daß die Kenntnis des Guten und Bösen Privileg des großen Vaters bleiben sollte, und als die Schlange ihr zuzischelte »eritis sicut Deus, scientes bonum et malum«, entschloß Eva sich, dieses Wissen zu erwerben, aß einen erkenntnisbringenden Apfel, ermutigte auch Adam, den Befehl, in Unwissenheit zu verharren, zu ignorieren.

Ganz so wie es ihnen angedroht war, wurden daraufhin Adam und Eva, obwohl sie sich, kleinmütig geworden, zu entschuldigen trachteten, mit Ausweisung und Sterblichkeit bestraft, aber seither ist den Menschen bekannt, daß Gut und Böse zu Unterscheidendes sind.

Adam und Eva hatten zwei Söhne, Kain und Abel, der Bibelgeschichte nach die ersten Kinder der Welt. Unerfahren und nicht durch Beispiele gewarnt, trugen sie miteinander auf tragische tödliche Weise den Konflikt aus in den sie gestürzt wurden, wie nach ihnen so viele Kinder von Menschen: den Geschwisterkonflikt. Es waren nicht Kains und Abels leibliche Eltern, die das Unheil anrichteten, vielmehr war es der Vater der Menschheit, der seinen Geschöpfen Schaden zufügte:

Kain bewirtschaftete die Äcker, Abel hütete Tiere. Von Adam und Eva offenbar zur Ehrfurcht vor dem Schöpfer erzogen, opferten ihm beide von den Erträgen ihrer Arbeit. Kain zündete Früchte seines Feldes an, damit würziger Getreide- und Kräutergeruch den Himmlischen erfreuen möge. Abel schlachtete die Erstlinge seiner Herde und brachte ihr Fleisch und Fett dar.

Jedoch der Vater der Menschheit war nicht geneigt, sich über Kains Pflanzenopfer zu freuen, was er kundtat, indem er den Opferduft nicht zu sich aufsteigen, sondern das Angezündete als Schwelbrand verkommen ließ. Hingegen die Fleisch- und Fettgaben Abels gefielen ihm, es steht geschrieben, er sah Abels Opfer gnädig an und das Kains sah er nicht gnädig an.

Es kam zu dem, was bis auf den heutigen Tag geschieht, wenn ein Vater eines seiner Kinder dem anderen vorzieht: Schmerz wird erzeugt im abgewiesenen Kind und als Folge des Kummers Haß auf das genehme, begünstigte Geschwister.

Kain ergrimmte ob der Kränkung und wurde, auch das trägt sich so zu bis auf den heutigen Tag, wegen seines Enttäuschungszornes zur Rede gestellt; die so verständliche Verbitterung wird dem weniger geliebten Kind noch angelastet, Kain wurde um heftiger Gemütsart willen getadelt und aufgefordert, sich zu beherrschen.

Nur selten noch, glücklicherweise, wird heute von Eltern geschürter Geschwisterhaß ausgetragen wie zwischen der Welt ersten Kindern: Kain redete mit Abel; es ist nicht berichtet, was Abel gesagt hat, vermutlich aber sonnte er sich im Bewußtsein, der Geliebtere zu sein, vielleicht machte er sich lustig über Kains zurückgewiesenes Opfer, jedenfalls am Ende dieses nicht aufgezeichneten Dialogs erschlug Kain seinen Bruder Abel, den Günstling.

Nicht der Mörder noch der Ermordete – so schuldig sich Abel mit höhnischen Reden gewiß gemacht hat und so unabwaschbar blutschuldig Kain geworden war – scheinen mir die verantwortlichen Verursacher des entsetzlichen Geschehens zu sein, vielmehr hat der Vater der Menschheit den Tod seines Lieblings bewirkt und dessen Bruder zum Mörder gemacht.

Der große Vater ahnt, fühlt seine Schuld, es kann nicht anders sein, der unheimliche Fortgang der Geschichte beweist es: Abel liegt erschlagen da, und sogleich und in äußerster Erregung spricht der Vater der Menschheit, in der Bibel wird er »HERR« genannt, den unseligen Kain an, fragt ihn, wo Abel sei, und als Kain ausweichend antwortet, bricht er in Flüche aus gegen Kain, selbst noch die Erde klagt er an, »die ihr Maul aufgetan hat« um Abels Blut aus Kains Händen zu empfangen, und der HERR hört nicht auf mit Fluchen, verwünscht Kain und gibt damit seiner Trauer um

Abel Ausdruck und unausgesprochen auch seinem Zorn auf sich selbst. Es kann nicht anders sein, er empfindet, er hat das Unglück mit seinem Verhalten gegen die Brüder heraufbeschworen.

In Verdammungsrufen, die einander übertreffen, treibt er Kain außer Landes, will ihm gute Ernten vorenthalten und ihn unstet und flüchtig wissen – aber dann hält er inne: als Kain ihm sagt, er fürchte, auch totgeschlagen zu werden, will der HERR soweit nicht gehen, die Todesstrafe will er nicht für Kain, im Gegenteil, er wendet das Blatt und trachtet nunmehr mit Drohungen gegen die möglichen Henker Kains Kain zu schützen, macht ein Zeichen auf seine Stirn, an dem erkannt werden soll, daß Kain geschont werden muß, denn er, der HERR weiß, Kain ist nicht allein schuldig, er wurde in den Brudermord getrieben durch Kränkungen, die er, der HERR, der Vater, ihm beigebracht hat, er scheint zu zittern bei dem Gedanken, daß man Kain erschlagen könnte, und droht den möglichen Tötern siebenfache Rache an.

Kain geht außer Landes, schafft sich eine Familie, nennt seinen Sohn Henoch, und die Stadt, die er gründet, nennt er auch so, nach seinem Sohn.

Ein berühmtes Geschlecht stammt von Kain ab, Jubal ist sein Nachkomme, und von dem stammen die Geiger und Pfeifer, Thubalkain wurde ein Meister der Erzgewinnung und Eisenverarbeitung.

Von Abel rührt nichts her. Er wurde von Kain geopfert als der sich rettete vor einem Vater, der ihn kränkte.

Die Geschichte Kains und Abels warnt, beschwört jeden, der für mehr als ein Kind zu sorgen hat.

Es fällt schwer nach einer Geschichte aus der Bibel, die auch für nicht religiöse Menschen wie mich wegen der Erfahrungen der Menschheit, die in ihr verwahrt sind, die Heilige Schrift ist, von Geschwistern zu erzählen, aber der Leser soll nicht ohne Beispiele aus seiner und meiner Zeit bleiben.

Ich kenne einen Mann (und er steht durchaus seinen Mann), der zusammen mit seinem Bruder in Mexico aufgewachsen ist und noch heute, wenn er von seinem Bruder spricht, nennt er ihn den ›hijo querido‹, den geliebten Sohn seiner Mutter, er sagt es nicht deutsch, er fällt zurück in die Sprache seiner Kindheit, wenn er den Bruder nennt, den er nicht erschlagen hat, er geht freundlich mit ihm um, aber es drängt ihn, wenn er von ihm spricht, vom ›hijo querido‹ zu reden als verweise er auf eine nicht heilbare Wunde.

Wie oft, wenn man irgendwo sitzt, auf einem Spielplatz, in der Eisenbahn, und Kinder beobachtet, sieht man es, das ängstliche Werben um die gleichen Gunstbeweise, die gerade ein Geschwister erhielt und die sich oft gar nicht vermeiden lassen, weil das Geschwister ein Kleinkind ist, das noch ständigen handgreiflichen Hegens bedarf.

An zwei apulische Kinder muß ich denken, sie heißen Franco und Sandra. Sandra war noch sehr klein und immer wenn sie gewindelt und gefüttert wurde half sich Franco über seine Eifersucht hinweg indem er auf meinen Schoß kam und sich erzählen ließ, wie es ausgesehen hatte als er gewindelt und gefüttert wurde, damals, als er noch unangefochtenes Immerrecht auf Schoß und Arme seiner Mutter hatte. Eines Tages kam ich auf den Gedanken, ihm zu erzählen, wie es sein würde, wenn er einmal Vater ist und sich um sein kleinstes Kind am meisten bekümmern muß, weil die kleinen Kinder nun einmal so hilflos sind. Franco lebte sich ein in den Gedanken, Vater zu sein, spielte Vater, behandelte Sandra väterlich.

Die frühen Unausgewogenheiten in der Behandlung von Geschwistern, bedingt durch unterschiedliche Notwendigkeiten im Pflegeaufwand, können später als nur scheinbare Ungerechtigkeit erkannt und verziehen werden.

Aber es gibt das Phänomen des erklärten Lieblings: jemand kommt auf die Welt und ist und bleibt seines Vaters oder seiner Mutter oder gar beider Eltern erklärter Liebling, dem immer ein Mehr an Sympathie, an Beifall zufällt, dem Wünsche freudig erfüllt werden, dem man vieles nachsieht – und es gibt den nicht erklärten Liebling, dem man keineswegs leicht etwas durchgehen läßt, der nicht alles bekommt, was er möchte, denn die große Sympathie seiner Eltern für ihn soll verborgen gehalten werden, Vater und Mutter wollen gerecht sein gegen ihre Kinder und keines kränken, aber das andere, das weniger geliebte Kind bemerkt, was vorgeht, Liebe und Nichtliebe lassen sich nicht heimlich halten und Liebe ist nicht zu befehlen noch zu ersetzen, auch nicht durch Gerechtigkeit, aber diese hilft, den Schmerz des Nichtsogeliebtwerdens zu lindern, das Kind kann Vertrauen dazu fassen, daß man seine Bedürfnisse wahrnimmt und zu befriedigen versucht.

Anstrengungen um Gerechtigkeit und Ausgleich kann sich niemand ersparen, der für mehr als ein Kind sorgen muß, denn wir haben in der Heiligen Schrift die exemplarische Geschichte von Kain und Abel: verwundet davon, zurückgesetzt zu sein, in einem Rausch von Schmerz und Zorn erschlug das ungeliebte Kind das geliebte.

1 1. Buch Mosis, 4. Kapitel

Hinweis auf einen Kinderfreund der als ein solcher wenig bekannt ist weil man den Mann nämlich überhaupt kaum kennt obwohl sein Name von Millionen gewußt wird

»Er ist anspruchslos wie ein Kind«, »Er hat etwas so rein Einfaches, so Kindliches«, schrieb Johanna Schopenhauer 1806 und 1807 an ihren Sohn Arthur; sie meinte: Goethe.

Merck meldete Nikolai 1777: »Ich habe Goethe neuerlich auf der Wartburg besucht, und wir haben zehn Tage zusammen wie die Kinder gelebt.«

Aus Rom ließ Herder sich 1788 so vernehmen: »Goethe spricht über Rom wie ein Kind, und hat auch wie ein Kind, freilich mit aller Eigenheit, hier gelebt, weshalb er's denn auch so sehr preiset.«

Noch 1815 berichtete der Marquis Astolphe de Custine in einem Brief an Rahel Varnhagen über den damals sechsundsechzigjährigen Goethe: »Obgleich seine beständige Würde ein wenig steif erscheinen mag, ist etwas Schlichtes an ihm, und man könnte ihn für kindlich halten.«

Goethe selbst an Frau von Stein: »Herder hat wohl recht zu sagen: Daß ich ein großes Kind bin und bleibe, und jetzt ist mir so wohl, daß ich ohngestraft meinem kindischen Wesen folgen kann.«

Als einen Menschen, der auf viele seiner Zeitgenossen kindlich wirkte, wird man sich Goethe heutzutage nicht vorstellen, sofern man sich überhaupt eine Vorstellung von ihm macht, die über das vage Bild vom in Weimar lebenden Geheimrat mit großen braunen Augen und weißem Haarkranz hinausgeht, sofern man ihn nicht nur als einen Dichter betrachtet, den es nach schulbefohlener Zwangslektüre erleichtert wieder abzuwerfen gilt, wie ein Pferd einen belastenden Reiter abwirft – da man nämlich nicht drauf gekommen ist, daß die Lektüre Goethescher Äußerungen das allergrößte Vergnügen bereitet, weil dieser Goethe so verblüffend viel weiß, sich über eine Unzahl von Gegenständen die originellsten Gedanken gemacht hat, die er klar, oftmals witzig und jedenfalls poetisch – das heißt: schön auszudrücken verstand, der ein Lebenswerk zum beliebigen Gebrauch hinterlassen hat, man kann hineinlangen, nahrhaft ist es allemal, man lebt wie die Made im Speck, wenn man Goethe liest, wo man ihn auch aufschlägt und die Nase zwischen zwei Seiten steckt, wird es gefundenes Fressen geben, denn dieser Mann aus Frankfurt am Main (das war eine Weltstadt seinerzeit), der im Thüringischen verblieben war, weil man ihn da an Dutzenden allerverschiedenster Aufgaben arbeiten ließ, hat so viel erschaut und versteht es zu schildern, hat soviel nachgedacht und seine Resultate frappieren noch immer, man wird nie ans Ende kommen mit ihm, die Sophienausgabe seiner Briefe umfaßt fünfzig Bände, die dichterischen, kunstkritischen, naturwissenschaftlichen Werke samt den Gesprächen sind in dreiundneunzig Bänden gedruckt, man kann sich also niederlassen in seinen Schriften ohne befürchten zu müssen, daß man es einmal knapp bekäme; nicht, daß man nicht auch Ärger hätte mit diesem Goethe und Widerworte geben möchte, aber er hat einem geistiges Terrain zur Verfügung gestellt, fürwahr zum Sichverlaufen groß genug, wer davon keinen Gebrauch macht, kennt seine Rechte nicht.

»Er hat etwas so rein Einfaches, so Kindliches«[1] – damit ist doch wohl gemeint: Daseinslust, Empfindungsfähigkeit, Freude an allerlei Tätigkeiten und am täglichen Dazulernen hatte er sich aus der Kindheit bewahrt wie so mancher bedeutende Mensch, der Überragendes hervorbrachte, von Picasso als ihm darin Gleichenden war schon die Rede.

In allen Epochen seines Lebens unterhielt Goethe zu Kindern lebhafte Beziehungen. Er hatte keine Mühe und war immer willens, den Kontakt zu einem Kind, das ihm gerade vor Augen kam, herzustellen. Noch vom sehr alten Geheimen Rat, Minister, Olympier wird berichtet, daß er Kinder nicht stehend empfing, mit ihnen setzte er sich gleich nahe zusammen und sie mußten ihm erzählen. Eine sublime Verwandtschaft des Gemütes war es wohl, die bewirkte, daß er sich so sehr zu ihnen hingezogen fühlte und: sie sich zu ihm.

Man weiß, wie sehr er die zahlreichen jüngeren Geschwister seiner Wetzlarer Lotte liebte, man weiß es aus dem Werther und aus seinen Briefen an Lotte und die Kinder, und Lottes Bräutigam Kestner bestätigt es: »Er liebt die Kinder und kann sich mit ihnen sehr beschäftigen.« Bei Kindern sei er wohl angeschrieben meint Kestner, der, als Goethe schließlich fortgeht von Wetzlar, vermerkt: »Unter den Kindern im Teutschen Hause bis zum Kleinsten sagte jedes: ›Doktor Goethe ist fort!‹«

Immerfort schreibt Goethe diesen Kindern dann, Pakete postkutschieren von Frankfurt nach Wetzlar, er animiert die Blagen, auch ihm zu schreiben, will von allen Beulen wissen und von den Ratschern im Kleiderzeug.

Er streitet für die Rechte der Kinder. Noch als alter Mann äußerte er laut Eckermann: »Ich brauche nur in unserem lieben Weimar zum Fenster hinauszusehen, um gewahr zu werden, wie es bei uns steht. Als neulich der

Schnee lag und meine Nachbarskinder ihre kleinen Schlitten auf der Straße probieren wollten, sogleich war ein Polizeidiener nahe, und ich sah die armen Dingerchen fliehen, so schnell sie konnten. Jetzt, wo die Frühlingssonne sie aus den Häusern lockt und sie mit ihresgleichen gern vor ihren Häusern ein Spielchen machten, sehe ich sie immer geniert, als wären sie nicht sicher und als fürchteten sie das Herannahen irgend eines polizeilichen Machthabers. Es darf kein Bube mit der Peitsche knallen oder singen oder rufen, sogleich ist die Polizei da, es ihm zu verbieten. Es geht bei uns alles dahin, die liebe Jugend frühzeitig zahm zu machen und alle Natur und Originalität und alle Wildheit auszutreiben, so daß am Ende nichts übrig bleibt als der Philister.«

Als Goethe beobachtete wie ein Polizist vier Jungen ihre Schlitten abnahm, schickte er sofort seinen Diener mit einem Brief zur Polizei, die auf seinen ministerlichen Befehl hin die Schlitten sogleich an die Kinder zurückgeben mußte.

»Wenn ich ihnen zusehe«, äußert Goethe über Kinder, »und in dem kleinen Dinge die Keime aller Tugenden, aller Kräfte sehe, die sie einmal so nötig brauchen werden; wenn ich in dem Eigensinne künftige Standhaftigkeit und Festigkeit des Charakters, in dem Mutwillen guten Humor und Fröhlichkeit, über die Gefahren der Welt hinwegzuschlüpfen, erblicke, alles so unverdorben, so ganz, immer und immer wiederhole ich dann die goldenen Worte des Lehrers der Menschen: ›Wenn Ihr nicht werdet wie eins von diesen!‹ Und nun, mein bester, sie, die unsersgleichen sind, behandeln wir als Untertanen. Sie sollen keinen Willen haben. Haben wir denn keinen? Und wo liegt das Vorrecht? Weil wir älter sind und gescheiter? Guter Gott in Deinem Himmel! Alte Kinder siehst Du und junge Kinder und nichts weiter; und an welchen Du mehr Freude hast, das hat Dein Sohn schon lange verkündet! Aber sie glauben an ihn und hören ihn nicht, das ist auch was Altes – und bilden ihre Kinder nach sich.«

»Das Kind an und für sich betrachtet, mit Seinesgleichen und in Beziehungen, die seinen Kräften angemessen sind, scheint so verständig, so vernünftig, daß nichts darüber geht, und zugleich so bequem, heiter und gewandt, daß man keine Bildung für dasselbe wünschen möchte. Wüchsen die Kinder in der Art fort, wie sie sich andeuten, so hätten wir lauter Genies.«

Auch diese letzteren Ausführungen stammen nicht von den Mentoren heutiger Kinderläden, sondern von Goethe, der sie vor so langer Zeit niederschrieb.

Es hielt Goethe nie bei Theorien. Weimar bot ihm Gelegenheit zum Umgang mit Kindern: »Wieland ist gar lieb, wir stecken immer zusammen und gar zu gerne steck ich unter seinen Kindern«, schrieb er 1775 an Johanna Fahlmer. Der Kinder Herders nahm er sich ebenso an.

Charlotte von Steins Jungen ist er allen dreien zugetan, am meisten freilich dem kleinsten, dem Fritz, den er als Dreijährigen füttert, als Fünfjährigen vor sich aufs Pferd nimmt um mit ihm nach Tiefurt zu traben, das Kerlchen darf übernachten bei ihm, Neujahr 1779 meldet Goethe Charlotte: »Fritz hat mich vor Vieren geweckt und das neue Jahr herbeigegäckelt« – am Ende nahm Goethe Fritz' Erziehung ganz und gar in die Hand, holte ihn zu sich ins Haus.

»Grasaffen, Wasseraffen, Meerkatzen« nennt er die drei Stein'schen Kinder, und als die in seinem Garten einmal von einem Gewitter überrascht werden, schickt er der Mutter einen Zettel in die Wohnung: »Die Grasaffen haben große Lust, das Gewitter bei mir abzuwarten und hier hausen zu kampieren. Eierkuchen haben wir schon gebacken und gegessen, also seien Sie ohne Sorge, gut sind sie aufgehoben. Morgen sollen Sie sie wiederhaben, und großen Spaß macht's ihnen.«

Ein Kindertummelplatz war Goethes weiter Garten, die Stein'schen Buben legten dort Beete an, mit ihnen und anderen spielte Goethe Ball da, animierte die Jungen zum Stelzenlaufen, abends brannte er den Gören manchmal ein Feuerwerk ab, gründonnerstags durften Sprößlinge von Freunden und Nachbarn zum Ostereiersuchen kommen und Goethe hatte gewöhnlich außer den Eiern auch noch andere erwünschte Dinge versteckt in den Büschen.

Bis ins hohe Alter veranstaltete er Kinderfeste in seinem Garten, lud aber wirklich nur Kinder dazu ein, Eltern und Erzieher mußten fern bleiben. Er empfing die Gästchen in feierlicher Gala, eröffnete das Fest wie einen Hofball mit einer der kleinen Damen, nannte die Kinder sämtlich »Ihr kleinen Menschengesichter« und blieb bis nach Sonnenuntergang mit ihnen beisammen. Für den Festabschluß pflegte er eine Naschpyramide vorzubereiten, an der die Kinder Zuckerzeug sich mit Geschicklichkeit erst erklettern mußten, ähnlich wie man in Neapel bei Kinderbelustigungen Süßigkeiten am oberen Ende einer Kletterstange befestigte, die mit Seife eingeschmiert und teuflisch glatt war.

Kinder interessierten Goethe immer; in Mainz fiel ihm ein Harfe spielender Junge auf, und weil die Frankfurter Messe, auf der es für Musikanten etwas zu verdienen gab, gerade vor der Tür stand, lud er ihn zu sich in diese Stadt, versprach ihm Wohnung wie Förderung.

Am Walchensee nahm er das Töchterchen eines Harfenspielers samt dem Vater zu sich in den Wagen und begann mit dem elfjährigen Mädchen zu plaudern, worüber er Charlotte von Stein berichtet: »Ein artiges ausgebildetes Geschöpf, das weit herumgekommen war, mit seiner Mutter nach Maria Einsiedeln gewallfahrtet und seine Reisen immer zu Fuß gemacht hatte. In München hatte sie bei dem Kurfürsten gespielt und überhaupt schon sich vor 21 fürstlichen Personen hören lassen. Sie unterhielt mich recht gut; hatte hübsche große braune Augen, eine eigensinnige Stirne, die ein wenig hinaufwärts zog. War hübsch und natürlich, wenn sie sprach, besonders wenn sie kindisch laut lachte. Wenn sie schwieg, wollte sie was bedeuten und machte mit der Oberlippe eine fatale Miene. Ich schwätzte alles mit ihr durch. Sie war überall zu Hause und paßte gut auf. Einmal fragte sie mich, was das für ein Baum sei? Es war ein Ahorn und der erste, den ich auf der ganzen Reise sah. Den hatte sie gleich bemerkt. Es kamen nachher noch mehr. Sie zeigte mir eine neue Haube, die sie sich hatte in München machen lassen und in einer Schachtel mit sich führte.

Es gäbe schönes Wetter, wenigstens einige Tage, sagte sie. Sie trügen ihr Barometer mit, das sei die Harfe; wenn sich der Diskant hinaufstimme, so geb es gutes Wetter, das hab er heute getan. Ich nahm das Omen an, und hatte noch viel Spaß mit ihr, ehe wir schieden.«

Wem ist schon die Zufallsbegegnung mit einem Kind so interessant, daß er darüber ausführlich briefschreibt?

Nicht nur über, auch an Kinder schrieb Goethe lange Episteln, zum Beispiel im Januar 1787 an Fritz von Stein aus Rom: »In meinen weiten Mantel gewickelt, und meinen Feuernapf bei mir, schreib ich Dir, mein lieber Fritz, denn in meiner Stube ist weder Ofen noch Kamin, und seit gestern weht ein Nordwind«, und dann schilderte er dem Fritz, wie er im Petersdom herumgegangen war und den Papst gesehen hatte, berichtete auf haarsträubend realistische Weise vom Schweineschlachten und endete indem er von einer Opernvorstellung erzählte.

Goethe beließ es nicht beim pläsierlichen Umgang mit Kindern, Verantwortung und Verbindlichkeiten war er durchaus bereit zu übernehmen: Gemeinsam mit anderen hatte er sich an den Ausbildungskosten für einen Hirtenjungen aus dem Berner Oberland beteiligt. Peter im Baumgarten wurde der Junge genannt, weil er als Findelkind in einem Baumgarten entdeckt worden war. Man hatte ihn in einem Schweizer Internat untergebracht. Das verließ Peter aber im Spätsommer 1777 eigenmächtig, wanderte, ein Zwölfjähriger war er erst, von der Schweiz durch Süddeutschland nach Thüringen, wo er eines Augusttages in Weimar im Gartenhaus vor Goethe auftauchte, der sich sofort in die Situation fand und Lavater schrieb: »Der Junge ist nun mein, und wenn ich's recht kann, so soll er, wenn ich die Augen zutue, oder ihn verlasse, oder er mich, von niemandem abhängen, weil er von allem abzuhängen fühlen muß.«

Willens, für den Jungen aufzukommen, behielt er ihn anfangs ganz bei sich, schickte ihn zu den Stein'schen Kindern in die Ferien nach Kochberg und bat Charlotte dringlich um Nachrichten über ihn: »Durch diesen Boten können Sie mir schreiben, auch von Petern was, und recht viel, bitt ich Sie.« »Grüßen Sie Petern!« »Schreiben Sie mir etwas von den Kleinen und Petern!« Peter verursachte bei den nach Hofsitte erzogenen Stein'schen Kindern einigen Wirbel: er nahm seinen schwarzen Spitz Hänsli mit ins Bett und zum Entsetzen aller rauchte er bereits kräftig. Goethe mußte intervenieren: »Bitten Sie Kästnern [das war der Hauslehrer der Söhne Charlotte von Steins] nur einige Pfeifen ihm des Tags auf gute Weise abzubrechen, denn ich halte den Toback denn doch bei so einem Jungen für ein Specificum, sagen Sie Kästnern, er wüßt es schon, und also mag er immer rauchen.«

Später brachte Goethe Peter nach Ilmenau um ihn Försterei und Jägerei erlernen zu lassen. Er schrieb an Kraft, einen erwachsenen Schützling: »Wenn Sie in Ihrem neuen Quartier sind, wünscht ich, daß Sie einem Knaben, für dessen Erziehung ich zu sorgen habe, und der in Ilmenau die Jägerei lernt, einige Aufmerksamkeit widmeten. Er hat einen Anfang im Französischen; wenn Sie ihm darinne weiterhülfen! Er zeichnet hübsch; wenn Sie ihn dazu anhielten!«

Und einige Monate später im Jahre 1779: »Was Sie an Petern tun, dank ich Ihnen vielmals, denn der Junge liegt mir am Herzen; es ist ein Vermächtnis des unglücklichen Lindaus. Tun Sie nur gelassen Gutes an ihm. Wie Sie ihm ankommen können! Ob er liest, ob er Französisch treibt, zeichnet, pp., mir ist alles recht, nur daß er für die Zeit etwas tue und daß ich von ihm höre, wie Sie ihn finden und was Sie über ihn denken. Gegenwärtig lassen Sie ihn ja den Jägerstand als sein erstes und letztes betrachten und hören Sie von ihm, wie er sich dabei benimmt, was ihm behagt, was nicht und was weiter.«

Goethe hat fünf eigene Kinder gehabt. Er war vierzig Jahre alt als das erste geboren wurde und nur dieses erste, der Sohn August, blieb am Leben. Die anderen starben schon wenige Tage nach der Geburt.

Natürlich war Goethe ein entzückter und besorgter Vater seines kleinen August und auf einer Reise mit ihm – nach Ilmenau ging sie – stellte er fest: »Erheiternd war mir die Gesellschaft meines fünfjährigen Sohnes, der diese Gegend, an der ich mich nun seit zwanzig Jahren müde gesehen und gedacht, mit frischem kindlichen Sinn wieder auffaßte, alle Gegenstände, Verhältnisse, Tätigkeiten mit neuer Lebenslust ergriff und viel entschiedener, als mit Worten hätte geschehen können, durch die Tat aussprach, daß dem Abgestorbenen immer etwas Belebtes folge und der Anteil der Menschen an dieser Erde niemals erlöschen könne.« Und weiter aus Ilmenau an die Mutter des Kindes: »Es finden sich der Geschäfte so viele, daß ich wohl noch acht Tage hierbleiben muß. Ich behalte den Kleinen bei mir, er ist so artig als sich nur denken läßt. Er hat schon vieles gesehen: den Schacht, das Pochwerk, die Porzellanfabrik, die Glashütte, die Mühle, worauf die Marmorkugeln zum Spielen der Kinder gemacht werden, und überall hat er etwas mitgenommen und spricht gar artig von den Sachen. Dann hält er sich zu allen Leuten und ist schon überall bekannt. Hier schickt er Dir einen weißen Pfefferkuchen, den er selbst gern gegessen hätte ... Gustl grüßt Dich recht schön, er sitzt eben auf dem Kanapee, ich habe ihn ausgezogen und wir sind die besten Freunde.«

Hatte er den Jungen einmal nicht bei sich, war es Goethe leid um alle hübschen Vorkommnisse, die er August nicht zeigen konnte: in einem Bach wurden Schafe gewaschen und er konnt's den Gustl nicht sehen lassen, als aber irgendwo ein Haus entrümpelt wurde, ließ er den Buben geschwind kommen, damit er an den allerlei Raritäten Freude haben konnte.

An Schiller schrieb Goethe über August: »... und auch mein Verhältnis gegen die Menschen wird durch ihn gelinder und heiterer, als es vielleicht außerdem hätte sein können.«

Wie schwer es freilich später für August sein mußte, allerwärts zuerst als der Goethesohn angesehen zu werden, das hat sein Vater wohl nicht ahnen und natürlich auch nicht ändern können.

Die Enkel waren unbefangener. Mit den Eltern wohnten sie im oberen Stockwerk des Goetheschen Hauses, das sie noch einmal von Kinderlärm vibrieren ließen. Neunundsechzig Jahre war Goethe als der älteste Enkel Walter geboren wurde, der Einundsiebzigjährige wird Großvater eines Wolfgang, und als Goethe achtundsiebzig Jahre alt war, kam zu seiner großen Freude die Enkelin Alma auf die Welt, ein »inkalkulables Frauenzimmerchen« nannte er die Kleine bald, und er wehrte die Kinder nicht ab, auf die er trotz seines Alters etwas Anziehendes gehabt haben muß: »Wolf hält besonders zu mir«, schrieb er, »und hat eine Schublade in meinem Schreibtisch sich zu Kleinigkeiten und anderen Spielsachen angemaßt, die er jeden Tag umlegt.«

Nicht nur in Haus und Schubladen waren die Kinder eingezogen, auch in Goethes Tagebüchern nahmen sie Raum ein; wie einstmals den Sohn, nahm er auch die Enkel mit nach Ilmenau und vermerkte: »Mit Wölfchen gefrühstückt. Der gute Walter setzt sein Morgenschläfchen fort.« »Die Kinder sahen die Porzellanfabrik. Wir fuhren auf die Massenmühle, welche zwischen Felsen ein allerliebstes Bildchen macht. Auch wurde auf dem Weg dahin der Widerschein des Schlosses im Teiche nicht versäumt.« »Die Kinder fuhren zum Vogelschießen.« (Gemeint waren Tonvögel)

Der Ulrike von Pogwitsch, sie war die Schwester seiner Schwiegertochter, schilderte er die Enkel so: »... ich will aber zunächst von den Kindern reden, die gegenwärtig um mich her, in den vordern Zimmern, tumultuieren und ihre Existenz doppelt und dreifach fühlbar machen:

Walther, dem man ein musikalisches Talent zugestehen muß, scheint mir einen Sonnenstich von der ersten Leipziger Sängerin erlitten zu haben; er komponiert Arien, die er, von ihr gesungen, allenfalls hören möchte! ... Wölfchen hält sich wie immer ganz nah an dem Großvater, wir frühstücken zusammen und von da an zieht sichs durch den ganzen Tag durch. Das Theater reißt im Grunde diese guten Kreaturen mit sich fort, er schreibt Trauer- und Lustspiele, sammelt die Kommödienzettel, liest grenzenlos. Mir kommt immer vor, daß unsre Kinder sich wirklich als mit Purzelbäumen bilden.«

Eckermann berichtete wie noch der zehnjährige Wolf auf dem Großvater herumkletterte und bald auf dessen rechter, bald auf der linken Schulter hockte. Als Gäste dem Kind das verwiesen, sagte Wölfchen: »Das hat gar nichts zu sagen, wir gehen bald zu Bette, und da wird der Großvater Zeit haben, sich von dieser Fatigue ganz vollkommen wieder auszuruhen.« Woraufhin Goethe in die Runde bemerkte: »Sie sehen, daß die Liebe immer ein wenig impertinenter Natur ist.« Waren die Kinder einmal mit den Eltern verreist, versicherte Goethe denen, daß er »die Gegenwart ihrer Arten und Unarten jeden Augenblick vermißt«.

Auch die Freunde der Enkel kamen täglich ins Goethehaus, und wenn der Lärm dem arbeitenden Großvater zuviel war, versuchte er nichts als ein ruhigeres Spiel in Gang zu setzen, indem er den Kindern Süßigkeiten hinstellte, um die sie Lotto spielen sollten. Sah er aber etwas Schönes, hatte man ihm etwas Interessantes geschickt, sogleich rief er die Kinderschar zu sich um sie daran teilhaben zu lassen.

Goethe war bereit, Kinder zu nehmen wie sie sind, lärmig, anspruchsvoll, und er beschränkte sich nicht darauf, nur den eigenen Gutes zu tun, wie so manche Eltern, die ich kenne und die zwar eifrig bemüht sind, Söhne wie Töchter zu fördern, auf fremde Kinder jedoch keinen Gedanken verschwenden und nie wieder nach einem Kinde hinsehen, wenn die Eigenbauchkinder groß sind. Wie Karnickeln erlischt ihnen dann der Brutpflegetrieb, eine menschliche, geschweige denn eine geistige Beziehung haben sie nicht zu Kindern und glauben von jeder Verantwortung für das Geschick der Kinder dieser Welt frei zu sein.

Goethe beschränkte sein Interesse nicht auf die Nachkommen, jedem Nachbarkind war er zugetan; als Almas Gespielin, Ida hieß sie, ihm zum Geburtstag ein Gedicht aufsagen sollte, verzog er sich ins Nebenzimmer mit der Kleinen, nahm sie da auf den Schoß, half ihr ein, wenn sie steckenblieb, und so hatten er wie das Kind gewiß eine angenehme Erinnerung an die kleine Pflichtübung, die so häufig qualvoll für Kinder verläuft.

Zeugnisse für Goethes Umgang mit Kindern ließen sich gewiß noch zuhauf finden in den hundertdreiundvierzig Bänden der Sophienausgabe, die ich aber verlassen will, solange ich noch hinausfinde.

Jedenfalls:

Wer von den Goethenichtlesern, die sich unter seinem Namen einen staubigen Geheimrat vorstellen, den sie im Deutschunterricht inbrünstig angähnten, dessen Nachrichten sie versäumten, weil sie sich die Ohren zugeknöpft hatten, den auch heute nicht zur Kenntnis zu nehmen sie für intellektuellen Schick halten und lieber gierig das Kauderplauderwelsch gängiger Soziologen- und Psychologentraktätchen in sich hineinschlabbern, Vokabeln wie ›Kinderproblem‹ und ›Problemkinder‹ fortwährend aufgeklärt im Munde führen, wer von den so hochmütig übers Klassikerwissen Erhabenen wird sich wohl, frage ich mich, bis übers achte Jahrzehnt hinaus in vergleichbarer Weise Kindern zur Verfügung stellen?

1 Um dieses Kapitel nicht mit Fußnoten zum Nachweis eines jeden Zitates zu überlasten, seien Interessierte auf die Arbeit von Karl Muthesius, ›Goethe, ein Kinderfreund‹, Berlin 1903, hingewiesen, und wen die verwegene Lust überkommt, sich überhaupt wieder mit Goethe zu beschäftigen, dem sei Friedhelm Kemps Band: ›Goethe, Leben und Werk in Briefen‹, Carl Hanser Verlag, München 1978, angelegentlich empfohlen – besser: er schlage Goethe auf wo auch immer.

Pferdezauber

I
Scheldegeschichte

Antwerpen im Februar. Gegen Abend nebelt sich die Stadt von der Schelde her ein. Ich geh in die Richtung, aus der ich Schiffe tuten hör, werd schon zum Hafen kommen. Wer führe nur Rubens' wegen nach Antwerpen, nicht einmal ich, so sehr ich die pralle Malerei des Flamen liebe – ich will auch die großen eisernen Lebewesen sehn, die schaukligen Schiffe, und da liegen sie denn, die Überseetüchtigen hinternander am Scheldekai. Angebunden.

Als wären sie Lastwale, die mehr als den Propheten Jonas zu befördern haben, hiewt man ihnen Container um Container und ganze Lokomotiven in den Leib.

Schön, im Februar dazustehn, einen warmen Fellmantel anzuhaben, die Hände tief in den Taschen, dazustehn und über die Schelde zu gucken, vierhundertfünfzig Meter ist die hier breit und nach links wie nach rechts nehmen die Kais kein Ende, einundsiebzig Kilometer Hafenkai, man stelle sich das mal vor, aber nach Hamburg und Rotterdam ist Antwerpen der bedeutendste Seehafen Europas, mächtige Pötte werden hier eingelotst –, muß verdammt tief sein, das Wasser hinter der Kaimauer, dabei beträgt der Tidenhub noch 4,2 Meter, habe ich gelesen im Zug, ganz versessen darauf, alles über die Schelde zu erfahren und nun liegt sie da im Lampenwackeln der Schiffe, breit und schwappig, ein Nutzwasser, Schiffeareal, auf dem unsereins nicht Fuß fassen könnte, alles dümpelt und schaukelt oder bringt sich mit mächtigen Schrauben voran. Schön so zuzusehen, wie die Schiffe von Schauerleuten bekrochen werden, wie geschleppt und gerufen wird –, alle da wissen welche Handgriffe sie tun müssen, man könnte nicht mithalten, wer hat schon das Augenmaß um den Greifarm eines Krans zu steuern, man kann nur bewundern und zuhören, wie gehämmert, gepoltert, über eiserne Gangways getrampelt wird, wie Trossen knarren, eine Ankerwinsch quietscht, Schrauben angeworfen werden, das Wasser an die Kaimauer klatscht. Ich stehe so, daß ich den Steen sehen kann, die Scheldeburg, so alt ist die, daß sie im Jahr 836 schon von Normannen zerstört werden konnte, ist aber bald wieder aufgebaut worden, der Steinklotz im Wasser.

Ein paar Matrosen segeln den Kai herauf, Scheldewasser haben die nicht im Bauch, sie stottern mich an, riechen nach furchtbarem Fusel, ich geh lachend beiseite, werd sie aber gar nicht schnell los, sie umtorkeln mich,was lungere ich auch so im Nebel abends allein an der Schelde herum, gab doch einen Film, ›Quaies des brûmes‹ so hieß er, spielte der nicht in Antwerpen und geschah nicht allerhand Schreckliches an den nebligen Kais?

Aber diese Matrosen hier sind gutmütig, schlingern davon. Immerhin,wer weiß,wer noch kommt, ich will lieber wieder stadtwärts, geh in die, in jene, noch in eine dritte Gasse, kenn mich nicht mehr aus, bin in einem Viertel, das ich nicht sah bisher in Antwerpen, rosa oder rot beleuchtet sitzen Frauen in Schaufenstern, hinter ihnen, auch beleuchtet, eine Stube mit Tisch, Stuhl, Bett die Kunden sehen also gleich alles Zubehör, das sie kaufen oder mieten oder in Kauf nehmen werden, wie soll man sich da ausdrücken –, Männer rufen denn auch zu den Fenstern hinein, Preise werden ausgehandelt,hinter mir schimpfen zwei Frauen her, jeder Kerl will mich anhalten, ich trau mich nicht, nach dem Weg zu fragen, will nicht merken lassen, daß ich fremd hier bin, geh forschen Schrittes, hör eine Sirene, ein Polizeiauto manövriert sich durch die enge Gasse, Pfiffe, jemand flitzt von einem Mauervorsprung zum Anderen, ein dicker Mann versucht mich in eine Haustür zu ziehen, ich schüttele mich los, warum hab ich keinen Stadtplan,wozu bin ich hier allein unterwegs, quaies des brûmes, man weiß doch, was in Hafenvierteln abends passiert, wie lose die Messer sitzen, ich fang zu rennen an und renn mich doch nicht raus – raus aus den Frauenkauf-, Schmuggel-, Was weißichnichtallesgassen -,ein Labyrinth –, an allen Ecken die gleichen schwankenden Matrosen, aus einer Kneipentür fliegt ein volles Bierglas, zerspringt auf dem Pflaster, ein Hund kommt gestreunt und leckt in der Lache herum, ich werde an der Schulter gegriffen, jemand will mich unterhaken, ich schubse ihn weg und böse brüllt er was hinter mir her.

Wenn ich strikt in eine Richtung laufe,muß ich hier mal rauskommen, denke ich, aber die Gäßchen sind krumm, plötzlich seh ich wieder Schiffe, bloß nicht nochmal an die Kais, da kann mich jemand ins Wasser schmeissen, hat übrigens keinen Zweck zu rennen, da fall ich nur auf, also langsam, mich mal zu orientieren versuchen, komisch, es gibt auch ganz gewöhnliche Läden hier, trübe beleuchtet, aber Kartoffeln, Kohl im Fenster, vertrauenerweckend.

Und was ist denn das? Ein Pferd!

Ein kleines Roß in einem Schreibwarenlädchen (wer schreibt hier wem?), ein Holzgäulchen, das keiner gekauft hat, veraltetes Armekinderspielzeug.

Ich äuge in das kümmerlich angefunzelte Fenster, fürwahr, ein muntres Pferdl, es trabt und wirft den Kopf,ein Apfelschimmelchen mit weißer seidiger Mähne und rotem Sattel, stolz und unbekümmert zwischen Schreibwarenkrimskrams.

Plötzlich bekümmert auch mich nichts mehr,schon gar nicht,was in den Straßen vorgeht.

Das Pferd will ich haben!

Für meine schon ganz schön stattliche Herde von Spielzeugpferden. Natiirlich verschlossen der Laden. Aber vielleicht wohnt die Besitzerin in dem kleinen Haus. Ich taste nach einer Klingel, hör es schellen. Nichts rührt sich. Ich läute nochmal.Ein Fenster wird geöffnet.

»Madame?« Eine Frauenstimme.

Leider kann ich nicht flämisch, versuche es französisch:

»Le petit cheval au fenêtre, est'il à vendre?«

»Oui Madame, demain.«

»Madame, je ne suis pas d'ici, et demain il faut partir.« »Je viens!« Das Fenster wird geschlossen.

Mir fällt nicht einmal auf, daß ich gar keine Bedenken habe, herumzustehen in dem doch eben noch so bedrohlich erschienenen Viertel, gemächlich an die Hauswand gelehnt warte ich, bis die Frau runterkommt, das Lädchen aufschließt, der Auslage das kleine Roß entnimmt, beschämend wenig Geld dafür von mir verlangt, fragt, ob sie es einwickeln solle, sie habe aber nur Zeitungspapier – nein, danke, es geht so. Ein richtiges flämisches Pferd, merkt die Frau noch an, ja, stimmt, die berühmte Belgierrasse hat Pate gestanden: kräftiger Hals, breite Brust, pralle Kruppe, aber wie eine Araberstute scheint es auf dem grünen Räderbrettchen zu tänzeln, das Antwerpener Pferdchen, das nun meines ist. Die Ladenbesitzerin sieht mich freundlich an, wünscht mir einen schönen Abend, zeigt vage in eine Richtung, als ich nach dem Weg frage, meint, ich würde schon alles finden. Alles? Das Spielzeug in der Hand geh ich los, bemerke aber nur allmählich daß ich ein ungewöhnliches Pferdchen bei mir habe. Dabei hat es mich gleich als ich es sah aus einer angstvoll durch die Gassen Flatternden wieder zu einer ruhigen Spaziergängerin gemacht, die sich umzusehen versteht. Aber nun verwandelt es das ganze schlimme Viertel von Antwerpen! Niemand schimpft mehr hinter mir her, Frauen, die sich in Haustüren anbieten, lächeln mich freundlich an, sagen »quel beau cheval, Madame«, Matrosen bleiben stehen,wollen nichts von mir, möchten nur das Pferd mal ankucken, ich halte es ihnen hin, behutsam nimmt es einer in seine Seemannspranken.Plötzlich finde ich es sehr gemütlich in diesen Straßen, schließlich gibt es kaum störende Autos, Leute unterhielten sich sorglos von einer Straßenseite zur anderen. In einer Kneipe zieht jemand lange Töne aus einem Schifferklavier.

Hunger spüre ich, na los doch, was essen, warum nicht hier in der Kneipe, sieht doch behaglich hinter den Scheiben aus, pommes frites und Würste auf den Tellern, runter mit der Klinke und rein ins Lokal.

Ansehn tut man mich schon ein bißchen vewundert, als ich nach einem leeren Stuhl schau, aber ich finde einen, frage, ob ich den Platz haben kann, setz mich und stelle das Pferdchen vor mich hin.

Und das zaubert sogleich wieder: die Mitsitzer am Tisch unterbrechen ihr Gespräch, lächeln, fassen schüchtern nach dem Gäulchen, rollen es auf seinen Rädchen hin und her, pusten ihm in die Mähne, drehen es nach allen Seiten,von den Nebentischen schauen sie auch her, die Kellnerin kommt dazu, stemmt den Arm in die Seite, sagt etwas zu mir, aber flämisch, merkt, daß ichs nicht verstehe, wiederholt es französisch, sie hätte als Kind auch immer mit einem Pferd gespielt,mit dem von ihrem Bruder, ja klar, alle hatten sie Pferdchen als Kinder, da gabs ja auch noch welche auf den Straßen, auf dem Lande sowieso, sie käme vom Land, was ich denn bestellen wolle, gut, ein Bier, ein belgisches, Stella Artois, pommes frites und Currywurst, tüchtig Zwiebeln, ich zeige auf meines Nachbarn Teller, jawohl, käme alles schnell. Daß ich Zeit hab versichere ich. Jemand will wissen, ob ich das Pferd einem Buben bringe, ich antworte, daß ich altes Spielzeug so schön fände und darum sammle. Das wird zuerst nicht recht verstanden, aber als ich sage, wir hätten doch alle gern gespielt als Kinder, soviel Spielzeug ginge verloren, umso schöner, wenn man noch etwas findet, ich suche immer danach in fremden Ländern, mich interessiert,womit Kinder spielen und gespielt haben.

Als ich das so erkläre,wird meine Umgebung redselig. Man macht Gesten, solllche Pferdewagen hätt man gehabt, einer nimmt einen Bierdeckel, zeichnet einen Stall auf, anderswer nimmt ihm den Stift aus der Hand, malt ein Schaukelpferd auf seinen Bierfilz, ganz genau weiß er noch, wie es aufgezäumt war, Antwerpener Hafenarbeiter, Prostituierte, alle wollen sie erzählen, was sie besaßen als Kinder: Puppen aus Lappen, Puppen aus Stroh, Holzvögel, nichts ist ihnen verlorengegangen auf den Bierpappen können sie's wieder vorzeigen, sie reden durchnander, ereifern sich, viele stehn jetzt um unseren Tisch, andre ziehn Stühle herbei, man sagt sich gegenseitig wo man herstammt, mir wird geraten aufs Land zu fahren oder in kleine Städte, zum Beispiel nach Lier, sie erzählen davon, ganz Flamland und auch Wallonien blühen auf aus dem Reden hier in der Kneipe alle haben sie noch Verwandte in Lier, Mecheln oder sonstwo, wenn man älter ist, müßte man da wieder hinziehen, sagen sie.

Dann gucken sie zu, wie ich zu essen bekomme, wünschen guten Appettit schieben mir Salz und Pfeffer her, rücken ihre Stühle etwas beiseite, damit ich Platz habe, Matrosen von ganz anderswoher haben längst begriffen, wovon wir reden, einer steckt Streichhölzer so in eine Zündholzschachtel, daß ein Tier mit vier Beinen entsteht, bricht ein Hölzchen in Stücke, piekt der Schachtel Ohren ein, einen Schwanz bekommt das Viech auch, alles lacht, jeder würde am liebsten anfangen,was zu basteln, mit einem Kartenhaus aus Bierdeckeln geht es schon los, eine gewiß verdammt matrosenerfahrene Dame kippt eine Streichholzschachtel leer, malt sie mit dem Lippenstift rot, hat ein Puppenbettchen gemacht, pritzelt ein Püppchen aus einem Fitzelchen Papier hinein, plötzlich wissen viele wieder wie man Vögel knifft und Schiffchen, einer macht aus einer Zeitung einen Helm –, als gälte es Kinder zu versorgen, werden sie alle tätig, aber sie selber sind es, die sie beschenken wollen, die Kinder, die sie waren, haben sich gemeldet in ihnen und wollen noch einmal ihr Recht, von Müttern und Vätern wird geredet, die meisten hier können beide belgischen Sprachen, mir wird alles französisch gesagt, aber ich beweise, daß ich wenigstens eine flämische Zeitung lesen kann,über das Plattdeutsch errate ich, was da steht, das finden sie großartig, flämisch sei ja so schön, aber französisch sei natürlich wichtig, hier und heute wollen sie nicht mitnander streiten, Wallonen und Flamen, jeder lobt des anderen Sprache, man klopft sich auf die Arme, Hendrik soll doch mal spielen, und das tut er dann auch, er knauscht was er kann heraus aus dem Schifferklavier an Tönen, plötzlich scheint es, daß auch Rubens unter uns ist, er muß herübergekommen sein aus seinem Atelierhaus mit dem vornehmen Porticus und der Sammlung von Skulpturen aus der Antike, hier bei uns muß er sitzen oder gesessen haben, es sieht doch alles aus, wie von ihm gemalt, die vollen Teller, das Zechen, die Eßlust, die breiten rötlichen Gesichter, lauter Rubensleute um mich herum, sie haben sich erhalten über dreieinhalbhundert Jahre, ist ja auch keine Zeit für eine Bevölkerung – das Gemächliche, Rosige, Freundliche hat sich nicht verloren.

Stella Artois ist ein gutes Bier. Jaja, die Menschen, sagen sie, meine Mitsitzer, Kriege dürfte es nie mehr geben.

Vorsichtig sammle ich die Bierdeckel ein, die mit den Zeichnungen. Als die Tischgenossen es merken, schreiben sie noch jeder seinen Namen drauf, auch das Puppenbettchen möchte ich, und ›amitié, Griet‹,kritzelt die Braut so vieler Matrosen mir auf die Unterseite, mit ›love from Bob‹ beschriftet der Seemann aus Weißnichtwo das staksige Tier, das er aus einer Zündholzschachtel zurechtgesteckelt hat. (Hab die Sachen alle noch. Seit jenem Februartag 1962 heb ich sie auf.)

Als ich zahlen will, habe ich nichts zu zahlen, es sei ein schöner Abend gewesen, ja, wahrhaftig, und ich möge an Belgien denken, wenn ich wieder in Berlin bin, besonders an Antwerpen, Anvers, am meisten aber soll ich an diese Kneipe hier denken.

Es war der schöne Abend geworden,den mir die alte Zauberin gewünscht hatte, als ich so beharrlich nach dem Pferdchen verlangte, das mich aus dem Fenster ihres trüblichtigen Lädchens angesehen hatte.

Kaum Sicht als ich wieder auf die Straße komme, aber Nebelhörner behüten die Schiffe und ich muß auch vor nichts und niemandem Angst haben, gemächlich geh ich voran, wer mir begegnet, nickt mir zu, denn ich halte das hölzerne Pferdchen in der Hand wie einen Schlüssel zu jedermanns Unschuld.

II
Ein Dalarnapferd

Im Norden, in Schweden, in der waldreichen Provinz Dalarna werden Pferde gemacht. Stämmige Holztiere. Weil es so lange im Jahr dunkel ist in Dalarna, wahrscheinlich deswegen, werden die Pferde in leuchtenden, freudigen Farben bemalt, rot, blau, weiß und jedem wird ein Sattel aus ebenso strahlend bunten Blumen aufgemalt. Kinderglückpferde.

Als ich in Dalarna war, wie gern hätte ich so ein schönes großes rotes Roß gehabt für mein Spielzeugpferdegestüt – doch ich konnte es nicht haben, ich hatte zu wenig Geld, nur ein ganz kleines vermochte ich zu bezahlen, mit einer einzigen Schwedenkrone. In meiner schlaffen Geldbörse fand es bequem Platz. Nicht daß es nicht schön wäre, nicht, daß ich es nicht noch hätte und wohlverwahre, blau ist es, trägt auch einen Blumensattel, aber das große rote blieb unvergessen.

Jahre später war ich mit Gottfried Benn am Bodensee unterwegs. Ich wollte ihm diese einzigartige Kulturlandschaft zeigen, die ein Kinderferienzuhause für mich war. Tanten lebten da, und zuerst dort erschloß sich mir Berlinerin, die nur die karge Würde der Mark kannte, die Lieblichkeit des deutschen Südens, die Anmut von über dem schmelzenden Blau des Sees an Weinbergen liegender Rokokokirchen mit ihren Engeln hoch in den Lüften der Kirchenschiffe; zuerst dort hatte ich Zitronenbäume gesehen auf der kleinen Insel Mainau des Grafen Bernadotte, hatte ich die ältesten Kirchenwunder auf der Reichenauinsel abgewandert, war in den Stuben einer Dichterin gewesen und die Droste wurde eine große Liebe von mir, nicht nur bis zum Abituraufsatz, auch später noch, immer noch.

Den Reichtum des Bodensee-Gebiets Benn zu zeigen ließ ich mir angelegen sein, fuhr nach Überlingen mit ihm, der Altäre Zürns wegen, dessen feine Schnitzkunst mich begeisterte und Benn auch, der jedoch ebenso hingerissen war von der Pracht des rot- und goldstrotzenden Rosenkranzaltars.

Während Benn dann die rotbeinigen Möwen am Ufer beobachtete, zusah, wie sie gierig den Schnabel aufrissen für jeden Bissen trockenen Brots, während er überprüfen wollte, ob das Restaurant am See geeignet wäre für ein gemütliches Mittagessen, lief ich ein Stückchen zurück, denn ich hatte etwas gesehen in einem Schaufenster: ein großes rotes Dalarnapferd. Doch es war nicht verkäuflich, für keine Bitte und kein Geld. Es war stolze Dekoration. Aber ich erfuhr, daß es in einem Laden in Kreuzlingen, das ist eine dem deutschen Konstanz angewachsene schweizerische Stadt, zwei oder drei solcher Pferde gäbe. Ich notierte die Adresse, denn, welch ein Glück, unser Standquartier am Bodensee hatten wir in Konstanz.

Nächsten Tags also, nach dem Frühstück, als Benn wie immer Zeitung und Anderes las, verabschiedete ich mich, versprach aber, um zehn Uhr zurück zu sein für einen ausgedehnten Stadtspaziergang. Auf der Marktstätte, vor dem Haus zum Adler wollten wir uns treffen, dort hatte Goethe 1779 und 1789 gewohnt und seinen Namenszug in eine Fensterscheibe geritzt. 1815 hat auch Rußlands eleganter Zar Alexander I., der von sich sagte, in Rußland sei er ein Zufall, den Adler als Quartier nicht verschmäht.

Vor diesem erlauchten Haus, das nun meine Verwandten bewohnten, worauf ich sehr stolz war, wollten wir uns treffen. Um zehn Uhr. Ich zog los in Richtung Kreuzlingen, legte, den Blick auf der Uhr, einen flotten Trab vor, der Weg war länger als ich gedacht hatte, zudem mußte auch das Geschäft noch gesucht werden, doch ließ es sich finden – ich tat dort nichts als nach einem großen roten Dalarnapferd zu greifen, zu zahlen, und ich gab der behäbigen Schweizerin nicht die Zeit, es zu verpacken; sie sah mich mißbilligend an und mißbilligt wurde ich auch vom Zöllner an der Grenze, meine Eile provozierte ihn zu größtmöglicher Umständlichkeit und der Aufforderung, zwei Franken Zoll zu zahlen für den »Import dieser Ware« Zeitverlust, Zeitverlust! Und ich wußte, wie sehr Benn auf Pünktlichkeit hielt, stets selber auf die Minute zu Verabredungen erschien. Von den Kirchtürmen die alten Uhren hatten längst zehn Mal geschlagen und ich war gerade erst über die Grenze weg. Mit Traben war es nicht mehr getan, ich galoppierte, das rote Pferd unterm Arm. doch die Straßen dehnten sich als wären sie Gummibänder, jede schien sich lustvoll höhnisch zu verlängern unter meinem Getrappel.

Beklommen malte ich mir aus, mit welchem Zorn Benn's ich im günstigsten Fall zu rechnen hatte. Es war ja auch ein Unding, einen Mann seines Alters an einem Novembervormittag vierzig Minuten auf der Straße warten zu lassen. Ich hielt für möglich, daß er fortgegangen sei und mir eine »Note« zukommen zu lasse, in der ich würde lesen können, er verzichte auf die Gesellschaft einer Reisegefährtin mit so schlechten Manieren.

Doch als ich auf die Marktstätte einbog, sah ich schon von ihrem oberen Ende aus Benn stehen: Die Hände wie so oft auf dem Rücken, jedoch den Kragen hochgeschlagen, die Schultern hochgezogen, den Kopf eingezogen, blickte er mir entgegen wie ein Stier, der mit gesenkten Hörnern zum Angriff ansetzt. Aber ich war ja so froh, daß er überhaupt noch da war, lief keuchend auf den in zusammengeballter Wut dastehenden Mann zu, versuchte japsend eine Entschuldigung vorzubringen – doch Benn nahm mich gar nicht mehr wahr, hörte auch nicht, was ich sagte, sah nur auf das Pferd in meinem Arm, lächelte, streckte die Hand nach ihm aus und murmelte:

»Wunderbar, ganz wunderbar!«

Er nahm das Pferd an sich, besah es von allen Seiten, immer wieder »Wunderbar!« sagend. Dann wollte er wissen, woher es komme, wie ich denn an diesem grauen Novembermorgen so ein herrliches rotes Roß habe einfangen können. Und als ich noch einmal zu einer Entschuldigung ansetzte, meinte er nur in berlinischem Tonfall: »Na, für so'n Feat!«

Er bat mich nicht, das Tier doch ins Haus zu bringen, bevor wir uns auf den Spaziergang machten. Er, der immer darauf bedacht war, kein Aufsehen zu erregen, dem alles Bohèmehafte zuwider war, kümmerte sich nicht darum, wie erstaunt manch Konstanzer Bürger auf den soignierten Herren blickte, der mit grauem Homburg und gut geschnittenem Mantel durch die Stadt schlenderte, im Arm ein großes feuerrotes Holzpferd, das er für mich trug, durch alle Kirchen der Stadt – als habe er eine Opfergabe bei sich, trat er mit dem Tier aus Dalarna vor die schönen Altäre, wir gingen in den edlen Rathaushof und durch den schon fast winteröden Stadtgarten, in dem ein uralter Pelikan fröstelnd mit dem Schnabel klapperte.

Benn fand, dieses herrliche Pferd müsse einen Namen haben und er nannte es: Fournes. Das war der Name des Berliner Weinrestaurants, in dem wir uns zum ersten Mal getroffen hatten. Fortan pflegte er am Telefon zu sagen: »Grüß auch Fournes'chen!«

An seinem letzten, seinem siebzigsten Geburtstag schenkte ich Benn ein eigenes strahlend rotes Dalarnapferd, der Sattel blumig bemalt. Er hat es Gruban'genannt. Auch dies der Nane eines Restaurants, in dem wir manchmal gegessen und uns unterhalten haben.

Lange hat er sich seines Gruban nicht mehr erfreuen dürfen.

Ich weiß nicht, wo Gruban geblieben ist,doch Fournes wird noch wohlbeherbergt bei mir, erzählt von den Gösta Berling-Wäldern Dalarnas, vom Herumstehen in einem Kreuzlinger Laden, dem Gang durch Konstanz im Arm eines alten Mannes, der ihn fest an sich gedrückt hielt, den Roten, den Prächtigen, wie ein Kind sein liebstes Spielzeug im Arm trägt und es nicht lassen will – und vielleicht hatte Fournes ihn ja auch wachgezaubert in Benn, den Selliner Jungen, der barfuß lief bis in den November, auf Calmus blies:

»Es ist ein Knabe, dem ich manchmal trauere,
der sich am See in Schilf und Wogen ließ« [1]

der gewiß im sparsamen, strengen neumärkischen Pfarrhaus als Bruder vieler Geschwister, die der Vater nicht reichlich mit Spielzeug bedenken konnte, niemals ein solches Spielzeugpferd auch nur sehen, geschweige denn berühren und sein eigen hatte nennen dürfen. Darum vielleicht ließ er es in Konstanz nicht aus seinem Arm.

[1] Gottfried Benn, Trunkene Flut. Limes Verlag Wiesbaden, 1952, S. 119.

»Wir haben Keulen, wir haben Keulen, wir schlagen dich tot!« ein Haufen Kinder rief so und rannte auf mich zu. Flüchtend sah ich mich noch einmal um, die Kinder hatten wirklich Stangen in der Hand, an derem Ende ein dunkler Kolben saß.

Sie johlten ihren Satz und rannten schneller, als sie sahen, wie schnell ich lief. Ich war das fremde Kind im Dorf, ein Ferienkind aus der Stadt. Sie würden mir etwas antun, dachte ich, rannte um mein Leben, erreichte keuchend das kleine Haus, in dem ich mit meiner Großmutter wohnte. Zitternd, zu kraftlos zum Weinen, brachte ich hervor, was geschehen. Meine Verfolger standen vorm Gartenzaun mit ihren Keulen. Ich war sicher, sie lauerten darauf, daß ich wieder herauskam und sie über mich herfallen konnten. Doch ich würde dies Haus nicht wieder verlassen, nie mehr, allerhöchstens durch die Luft.

Meine Großmutter trat ans offene Fenster, schaute hinaus, und als sie sich zu mir umwandte, lächelte sie. Wie konnte sie denn nur lächeln, wo meine Mörder am Zaun standen.

»Komm, Ursel, wir schauen uns die Keulen an«, sagte sie und wollte mich bei der Hand nehmen. »Nein!« schrie ich und hielt die Großmutter am Rock fest, denn ich mußte sie hindern, hinauszuwollen.

»Na komm«, redete die alte Frau mir zu, die ich als alt nie empfunden habe, »ich bin ja bei Dir.«

Ich wußte, wenn meine Großmutter etwas wollte, war sie nicht davon abzubringen. Außerdem stimmte es ja, daß sie bei mir war. Mächtigeren Schutz konnte ich mir nicht vorstellen, hoffte aber dennoch, die Kinder würden wegrennen, wenn sie meine Großmutter sahen. Doch die lachte den Kindern zu und sagte:

»Ihr habt aber schöne Lampenputzer!«

Die Kinder glotzten sie an.

Sachte nahm meine Großmutter einem Kind seine Waffe aus der Hand. Nun sah ich, daß es ein Pflanzenstiel war, auf dem ein dunkler Kolben saß. Natürlich! Schilf, Rohrkolben hielten die Kinder in der Hand. Daß ich das nicht gleich erkannt hatte. Aber wenn man mit denen gehauen wird, tut das doch wohl auch weh?

Inzwischen hatte Großmutter zu erzählen begonnen, davon, daß man früher Petroleumlampen hatte mit einem hohen Glaszylinder, der natürlich mit der Zeit schmuddelig wurde vom Ruß der blakenden Flamme, sodaß die Lampe nur noch trübes Licht abgeben konnte. Dann nahm man damals so einen Rohrkolben, schob ihn vorsichtig in den Zylinder und putzte ihn sauber. Meine Großmutter machte die Bewegung vor. Man glaubte, sie habe wirklich einen Glaszylinder in der Hand und reinige ihn nun sorgfältig mit dem Schilfkolben, den sie dabei aber nicht verdarb, sie gab ihn dem Besitzerkind freundlich zurück und sagte: »Geht mal mit Ursel dahin, wo die Lampenputzer wachsen und seht zu, daß sie auch einen bekommt, sie kennt Schilfkolben noch nicht so richtig, wir kommen aus der riesengroßen Stadt Berlin, in der wohnen mittendrin Elefanten, Kamele, Löwen.

Damit ging sie wieder ins Haus und ließ mich in der Kinderhorde zurück. Mir war klar, sie wollte, daß ich bei den Kindern bleibe. Und sie wollte nicht, daß ich mit ihr ins Haus gehe.

Das war auch gar nicht nötig, denn die Welt hatte sich verwandelt, das Erscheinen meiner Großmutter hatte einen Zauber getan: mit ihrer zornlosen Stimme, ihrem gelassenen, den Kindern zugewandten Erzählen hatte sie aus einer Rotte kleiner Droher eine liebe Kinderschar gemacht, die mich am friedlichsten aller sonnigen Sommertage in die Mitte nahm und losschlenderte mit mir. Jemand hatte auch mir schon ein Schilfkolben in die Hand gegeben, und als wir am Teich waren, schnitt man für mich den allerschönsten ab. Ins Gras setzten wir uns dann, und ich mußte von Elefanten, Kamelen, vor allem jedoch von Löwen erzählen; die Kinder wollten wissen, wie hoch die Gitter im Zoo seien, wie breit die Gräben und ob schon einmal ein Löwe ausgebrochen sei. Nie! Das fanden wir alle sehr schade.

1926 war es, daß wir da hockten, das Dorf hieß Wutzig, lag in der Neumark, meine Großmutter war dort geboren worden, 1867.

›Bogdan‹ ist der Name des polnischen Fahrers. Ich weiß nicht einmal, ob das sein Vor- oder Nachname ist. Ich kenne mich nicht aus im Polnischen. Bogdan sagt ›Madame‹ zu mir. Ich habe mir Bogdan nicht ausgesucht. Als ich feststellte, daß man mit öffentlichen Verkehrsmitteln nicht nach Treblinka gelangen kann, bestellte ich bei der Taxenzentrale ein Auto mit Fahrer. Ich bat, jemanden zu schicken, der etwas Deutsch, Französisch oder Englisch versteht. Bogdan spricht und versteht nur Polnisch.

Wir steigen ins Auto, schnallen uns an, fahren auf der Dabrowskibrücke über die Weichsel, die Wisła. Am anderen Ufer lasse ich Bogdan anhalten und sehe auf die Stadt, die ich gestern noch anders sah, eine Schutt- und Aschestadt war es, Ruinengelände, die zerstörteste Stadt Europas, sieht man von Stalingrad ab, zweihunderttausend Tote und so viele noch ungeborgen unter den Trümmern. Ein Ort für Ratten. So erlebte ich Warschau gestern in einem Film, der im Historischen Museum gezeigt wurde. Inmitten der Ruinen das Ghetto, das doppelt gelöschte, verschwundene, aus dem auch die Kinder des Dom Sierot fortmußten und der Mann, der sie nicht verlassen hat.

Wer diesen Film sah, das Einstürzen ganzer gesprengter Straßenzüge vorgeführt bekam auf den beweglichen Bildern alter Wochenschauen, kann es schwer fassen, daß es möglich war, aus Warschau wieder das zu machen, was sich heute mit einem begeisterten Blick umfassen läßt vom anderen Ufer der Weichsel als Warschaus Silhouette, die schon Canaletto gemalt hat, das ansteigende Ufer mit dem Grüngürtel und darüber, Stein für Stein wieder erschaffen, Häuser, Paläste, Königsschloß und über dies alles noch hinaus die wundervollen Kirchtürme des frommen Polen.

Es tut gut, ich weiß, es ist die letzte Stärkung, sich nach dem heutigen Warschau umzusehen, wenn man vorhat, sich zu vergewissern wo das geschehen ist, was unter der Bezeichnung ›Endlösung‹ bekannt ist.

Damals fuhren die für diese Aktion bestimmten Warschauer mit der Eisenbahn nach Treblinka. In Güterwagen, sechzig davon machten einen Transportzug aus, und in jeden Waggon waren einhundertzwanzig bis zweihundert Menschen gepfercht. Sie hatten einsteigen müssen, allesamt Warschauer Juden. Aus dem Ghetto wurden innerhalb eines Jahres, nämlich vom Sommer 1942 bis zum Spätsommer 1943, neunzehntausend Juden in solchen Zügen nach Treblinka gebracht.

Wir sind in bequemem Auto unterwegs. Bogdan fährt schnell. Die Straßen lassen das zu. Vorbei an Dörfern mit strohgedeckten Häusern, deren Wände häufig in mildem Blau gestrichen sind, ein Waschblau, das hier für Bauernhäuser charakteristisch ist. Weiß und prall überall die berühmten polnischen Gänse, immer in Trupps beisammen und die gelben Schnatterschnäbel aufgeregt in Bewegung.

Zwei Stunden, und wir sind in Treblinka. Ein flacher Steinbau ist das erste, was wir sehen. In einem Informationsraum fragt uns ein junges Mädchen nach unserer Nationalität, greift dann zwei Tonbänder aus dem Regal und bedeutet uns, nach draußen, ins Freie zu gehen. Da ist Wald, Mischwald. Wir setzen uns auf Wurzelwerk.

Plötzlich beginnt jemand zu sprechen, irgendwo zwischen den Bäumen spricht jemand auf Deutsch so laut, daß der ganze Wald davon widerhallt.

Er sagt in deutscher Sprache, daß hier in Treblinka vom Sommer 1942 bis zum Spätsommer 1943 800 000 Menschen aus zehn Ländern von Deutschen und auf deutschen Befehl getötet wurden. Juden. Auch Zigeuner.

Man hatte ihnen gesagt, spricht die Stimme aus dem Lautsprecher in den Wald, sie kämen auf den Bahnhof von Treblinka um umzusteigen und in ein anderes Lager zu fahren. Die Aussteigenden sahen damals auch wirklich einen Bahnhof: Gleise, Fahrkartenschalter, Fahrpläne, Bestimmungsschilder, Richtungsweiser, Wirtschaftsräume, Toiletten, eine mit rotem Kreuz gekennzeichnete Baracke zur ersten Hilfe. Es handelte sich, berichtet die Stimme in den Wald hinein, um einen Phantombahnhof. Die Rotkreuzbaracke war eine Genickschußanlage mit Leichengrube. Fahrkartenschalter, Bahnhofsgaststätte, Kiosk, Toiletten waren nur Attrappen, hinter denen Kleidung und sonstiger Besitz der Treblinkareisenden abgelegt werden mußten, bevor es in die Duschräume ging. Aus den Brausen dort an der Decke kamen die Abgase eines Dieselmotors, es waren Gaskammern zur Vernichtung der Ankömmlinge. Man ließ sie Leibesübungen machen bevor sie in die Kammern kamen, weil sie danach heftiger atmeten, das Gas schneller einatmeten, schneller tot waren, damit schneller für den Mord an anderen Platz geschaffen wurde. Zwei Stunden dauerte es vom Halt des Zuges in Treblinka und vom Aussteigen, sich Herauswinden aus den Viehwagen, bis diese Reisenden in der Leichengrube lagen.

Bogdan beginnt einen Apfel zu essen, als das deutsche Tonband abgelaufen ist. Ich will ihn schon auffordern nun mit mir in das ausgedehnte Gelände zu gehen, als wieder jemand zu sprechen beginnt mit den Wald durchhallender Stimme. Polnisch. Der gleiche Wortlaut vermutlich. Bogdan hört auf zu essen, weiß nicht, wohin mit seinem Apfel, legt ihn neben sich in die Kiefernnadeln. Der polnische Text kommt mir länger vor. Bogdan sitzt mit dem Rücken an einen Stamm gelehnt und hört zu. Er sieht mich an.

Als die Stimme still ist, stehen wir beide auf und gehen in den Todesbezirk. Das Vernichtungslager von Treblinka ist, um den Völkermord zu vertuschen, noch von der SS selbst beseitigt worden. Man sieht den Phantombahnhof nicht mehr, keine Baracken wie in Auschwitz. Aber wo man den Boden auch aufgräbt, hat die Stimme auf Deutsch und gewiß auch auf Polnisch gesagt, kommen menschliche Knochen zum Vorschein, Rippen, Handknochen.

Treblinka ist heute eine Gedenkstätte, man hat die Ankunftgleise und auch den Bahnsteig markiert, so daß man sich die Örtlichkeiten vorstellen kann. Auch die Reisenden kann man sich vorstellen, sie sind Stein geworden, versteinert, an ihrer Stelle hat man Steine aufgestellt, kleine, große, alle unbehauen, ein Feld, ein Meer von Steinen deutet die Menschen an, die hier zu Tode kamen. Auf manchen dieser Stelen steht der Name einer Nation und auf einigen ein einzelner Name.

»Korczak«, sage ich zu Bogdan, er nickt, weiß nun, wen ich suche, und wir finden gemeinsam.

Janusz Korczak
(Henrik Goldzmit)
??? Dzieci

ist in einen Stein gemeißelt. Bogdan zeigt auf das Wort Dzieci und bedeutet mir, daß ›Kinder‹ damit gemeint ist. Ich nicke und schreibe in den Sand die Zahl 200. Bogdan nickt auch und wir wissen nun, beide kennen wir die Geschichte des Mannes Korczak und der zweihundert Kinder.

Ich wollte den Ort sehen, an dem sie sich zugetragen hat, deswegen bin ich hier, ich wollte den Ort sehen, an dem man ihnen, dem Mann und den Kindern, das entsetzliche Ende bereitet hat.

Aus seinen Arbeiten und der umfangreichen Literatur über Janusz Korczak erfuhr ich: Er hieß mit bürgerlichem Namen Henrik Goldzmit und wurde 1878 oder 79 in Warschau geboren als Sohn zunächst wohlhabender, dann verarmender Eltern. Henrik studierte Medizin, wurde Militärarzt im japanisch-russischen Krieg, arbeitete dann in Warschauer Kinderkrankenhäusern. Er wurde eine fachliche Kapazität und darüber hinaus eine literarische Celebrität, schrieb erfolgreiche Bücher, sowohl für Kinder wie solche über Kinder. Seine literarischen Arbeiten ließ er unter dem Namen Janusz Korczak drucken, und bald verwendete er ausschließlich diesen Namen.

In seiner Freizeit arbeitete Korczak in Ferienkolonien als Erzieher, und die Möglichkeit, Kinder umfassend betreuen zu können, begeisterte ihn so sehr, daß er 1911 die ausschließlich ärztliche Tätigkeit aufgab und Leiter des jüdischen Waisenhauses ›Dom Sierot‹ in der Krochmalnastraße in Warschau wurde, den weißen Kittel zog er aus, band eine grüne Schürze um und beteiligte sich an allen Arbeiten, die im Dom Sierot anfielen. 1919 gründete er ein zweites Waisenhaus, das ›Nasz Dom‹. Zusätzlich hielt er Vorlesungen im Institut für spezielle Pädagogik, war Sachverständiger für Probleme Minderjähriger beim Landgericht, redigierte die Wochenzeitschrift ›Kleine Rundschau‹, an der Kinder und Jugendliche mitarbeiteten. Auch schrieb er in dieser Zeit sein weltweit verbreitetes Kinderbuch ›König Hänschen‹ und theoretische Schriften, er wurde ein Pädagoge von internationalem Rang, schockierte die Öffentlichkeit mit-Sätzen wie:

»Die Behauptung, daß die Schule nicht erzieht, ist falsch. Jawohl, sie erzieht Roheit und Banditentum, Spitzelei und Denunziantentum.«

»Ein Gelände, wo Lüge und Heuchelei wuchern. – Hier wird keine Rechtschaffenheit wachsen.« [1]

Das Problem der Strafe beschäftigte ihn, bedrängte ihn geradezu.[2]

Die polnischen Besserungsanstalten waren wie allerlanden zu jener Zeit im Grunde Strafanstalten, und Korczak schrieb:

»Haben die Kinder der sogenannten Besserungsanstalten weniger Recht, Krakau, Posen, Wilna, das Meer, die Seen um Suwalki kennenzulernen? Ein Kohlenbergwerk, Siedereien, Museen, ein Kino, Theater zu sehen?«[3]

Von den Hilfen, die er seinen Waisenkindern an die Hand gab, damit sie Schwierigkeiten überwinden lernten, ist eine, die mich besonders begeistert und die ich sonst keinen Pädagogen habe verwenden sehen: Korczak animierte die Kinder zum Aufschreiben. Aus seinem eigenen Dasein kannte er das Hilfreiche, Erlösende des Aufschreibens, Schilderns von Problemen, Situationen. Drum ermunterte er auch Kinder, sich schriftlich zu artikulieren und dadurch Ärger, Kummer, Überlegungen zu objektivieren, in Abstand vom eigenen Gemüt zu rücken.

»Schreib es auf!« soll ein immer gehörter Ratschlag gewesen sein, den er sich beklagenden Kindern gab. Schreibmaterial: Blöcke, Kladden standen den Kindern stets und reichlich zur Verfügung, auch in der schlimmen Ghettozeit noch, und Korczak las sorgfältig, was seine Schützlinge ihm von ihrem Geschriebenen anvertrauten. Er lehrte sie, von der wunderbarsten Errungenschaft der Hochkulturen, der Schrift, individuellen Gebrauch zu machen, Tagebücher zu führen, Bedrängnisse aus dem Gemüt auf ein Stück Papier auszusiedeln, ein heilender, konfliktlösender Akt. Nicht nur Bedrückendes aber, er ließ die Kinder auch Freuden und Einfälle niederschreiben. Ich kenne keinen Pädagogen, der mit solchem Erfolg den Gebrauch eines Instrumentes unserer Kultur lehrte wie Korczak, und damit war er denn doch mehr ein Therapeut als er selbst wahrhaben wollte, da er nämlich schrieb:

»Nein. Ich werde mit den Särgen eines unbekannten Erbes, mit dessen Instinkten und Appetiten nicht prozessieren, ich werde mich nicht daranmachen, die Wunden und Traumata der frühesten Kindheit zu heilen. Ich bin weder Quacksalber noch Beschwörer, sondern nur Hygieniker. Ich gebe Bedingungen, die die Gesundung begünstigen. Viel Licht und Wärme, Freiheit und Freude.«[4]

Es ist mir leid, daß es den Rahmen dieses Berichtes sprengen würde, Korczak noch eingehender als Pädagogen vorzustellen, aber was er äußerte liegt gedruckt auch in deutscher Sprache vor. Jeder kann ihn lesen, er war ein Schreiber.

Als die Deutschen Polen niedertrampelten, 1939, war Korczak ein Mann von über sechzig Jahren. In einem Alter mithin, in dem er schon hätte beginnen können an ein Rentnerdasein zu denken, kam auf Korczak die schwierigst zu lösende Aufgabe seines Lebens zu: unter Bedingungen, die es eigentlich unmöglich machten, zweihundert Kinder physisch am Leben und psychisch einigermaßen gesund zu erhalten. Aus dem vertrauten Haus in der Krochmalnastraße mußte in ein Behelfsquartier im Ghetto umgezogen werden, weil Juden außerhalb des Ghettos nicht mehr geduldet wurden. Binnen kurzem war das Ghettogebiet unerträglich übervölkert und die Versorgung mit Lebensmitteln dort noch wesentlich schlechter als in der übrigen Warschauer Bevölkerung.

Korczak rannte rum, forderte, erbettelte, erschimpfte Nahrungsmittel für die Kinder. Als ein Lastwagen voller Kartoffeln für das Waisenhaus von Deutschen beschlagnahmt wurde, stürzte er aufgebracht zu einer deutschen Behörde um die Kartoffeln mit Entrüstung zurückzuverlangen für seine Kinder. Da man feststellte, daß der erzürnte Beschwerdeführer Jude war, warf man ihn in den berüchtigten Pawiak, das alte Warschauer Gefängnis, es war ein von Deutschen verwaltetes Schreckenshaus geworden.

Natürlich bekamen die Deutschen heraus, daß Korczak ein hochberühmter Mann war. Sie wollten Lösegeld für ihn. Sollten die Juden ihn doch freikaufen für 3000 Złoty. Das war damals eine Summe, bei der einem Warschauer der Atem stockte, besonders einem jüdischen Warschauer. Drei ehemalige Zöglinge des Waisenhauses schnorrten die Riesensumme für den Vater der Waisen zusammen, Złoty für Złoty, unermüdbar in immer neuen Bittgängen.

Korczak kam frei, aber die Monate im Pawiak hatten dem alten Mann natürlich geschadet, mit geschwollenen Beinen, einer nicht ausgeheilten Rippenfellentzündung und erheblicher Herzmuskelschwäche kehrte er zu seinen Kindern zurück und das hieß: von neuem für sie kämpfen, Pferdeblut heranzuschaffen, das mit Grütze vermengt den Kindern einige Grundnährstoffe zuführte, er ließ sie Kalkwasser trinken um die Entwicklung des Knochengerüstes zu fördern, suchte Hefe zu ergattern, damit sie Vitamin B bekamen, und trachtete, auch unter den so sehr bedrängten Umständen den Kindern einigermaßen friedliche Tage zu verschaffen. Als Stützkorsett hielt er einen geregelten Tagesablauf aufrecht, ermunterte die Kinder weiter zum Schreiben, Geschichten, Gedichte entstanden, Tagebücher, die Heimzeitung wurde fortgeführt, Korczak schimpfte und polterte wie in alten Zeiten, wenn es Verstöße gegen das Gemeinschaftsleben gab, damit vermittelte er den Kindern das Gefühl, alles habe doch noch seine Ordnung, und so hielt er die Kinder und sich auch über Wasser bis zum 5. August 1942.

Am Morgen dieses Tages kamen, soweit man es in Erfahrung bringen konnte, deutsche Polizisten und Gestapoleute in die Sliska, wo das Waisenhaus untergekommen war.

»Juden rrraus!« sollen die Deutschen gebrüllt haben.

Die etwa zweihundert Waisenkinder saßen gerade beim Frühstück. Korczak, der sah, daß gehorcht werden mußte, ließ die Kinder auf dem Hof in Fünferreihen antreten. Die Gestapoleute sprachen ihm von Verlagerung des Waisenhauses in die Umgebung von Warschau.

Augenzeugen haben berichtet, wie der Todeszug der Kinder begann: Die Kinder sahen gewaschen und sauber gekleidet aus, darauf hatte der Hygieniker Korczak gehalten. Dem Zug voran wurde eine kleine Fahne getragen, die grüne Fahne des Dom Sierot, die Korczak die Kinder früher hatte sticken lassen nach dem Vorbild der Fahne König Hänschens, sie spielte in des Waisenvaters berühmtem Kinderbuch eine Rolle.

Hinter einem grünen Fähnchen der Hoffnung zogen die Kinder aus dem Ghetto davon durch Warschau in Richtung auf den Danziger Bahnhof, wo die Züge nach Treblinka abfuhren. Es handle sich um einen Ausflug, hatte Korczak den Kindern gesagt. Eines, das nicht die drei Kilometer laufen konnte, trug er auf den Armen.

Die da gingen waren Waisen, das heißt: Findelkinder, Ausgesetzte, Verstoßene, die das Natürlichste, die Wärme elterlicher Zuneigung, nicht gekannt hatten. Einige hatten ihre Eltern früh verloren erinnerten sich aber noch an das, was sie nun entbehrten.

Benachteiligte, sehr arme, nur noch notdürftigst ernährte Kinder zogen durch Warschau hinter ihrem Fähnchen her und hofften, wer weiß, auf etwas Abwechslung, Neues, vielleicht sogar ein ganz klein bißchen Schönes, auf Krumen von Freude in dieser Zeit, die sie als eine schlimme täglich erfuhren, und Korczak, ihr Vater, der Fels im Meer ihrer Verlassenheit, hatte ja auch gesagt, man mache einen Ausflug.

So kamen sie zum Bahnhof, sahen Züge, vermutlich freuten sie sich aufs Eisenbahnfahren.

Da, auf dem Bahnhof, bedeutete ein Gestapofunktionär Korczak, daß er nicht gezwungen sei, mitzufahren. Man zögerte offenbar auf deutscher Seite, sich an einem Manne zu vergreifen, der eine international bekannte Autorität war, und nachdem mit seiner Hilfe die Kinder ruhig und geordnet durch Warschau zum Abtransport gebracht waren, bedurfte man seiner auch nicht mehr, konnte es sich leisten, ihn zu schonen.

Von dem Augenblick an, spätestens, wird Korczak geahnt haben, daß den Kindern Entsetzliches bevorstand. Es wurde zwar gewiß schon lange Schlimmes geflüstert im Ghetto, aber wohl als Übertreibung angesehen und nicht ganz und gar geglaubt. Schon aus Selbsterhaltungstrieb mußten die Ghettobewohner den Gedanken fernhalten von sich, daß es seine Richtigkeit haben könnte mit dem, was in Kreisen der Gestapoeingeweihten ›Aktion Reinhard‹ hieß, zu schauerlichen Ehren Reinhard Heydrichs und seiner Initiativen zur ‚Endlösung der Judenfrage‹. So schlimm wird es nicht sein, überredete sich sicherlich mancher zu denken, auch Korczak vielleicht. Erst auf dem Bahnhof in Warschau, als man ihm gestatten wollte, die Kinder zu verlassen, sie den Deutschen zu überlassen, wird er, wenn nicht gewußt, so doch geahnt haben, worum es ging und daß man sich seiner entledigen, keinen auf sie bedachten Beschützer der Kinder mehr dabeihaben wollte, der berühmte Mann hätte gehen können.

Er ging nicht. Er blieb bei den Kindern, stieg mit ihnen in einen Viehwagen, kämpfte sicher darum, daß sie wenigstens alle beinander blieben und die Kinder nicht auf verschiedene Wagen verteilt wurden, denke ich mir. Sich so bequem wie möglich auf den Boden zu hocken, die Jüngsten auf den Schoß zu nehmen wird er geraten, jedes kleine bißchen von mehr

Erträglichkeit wird er versucht haben, den Kindern zu verschaffen auf der Fahrt nach Treblinka, und was wird er gesagt haben, wenn sie nach dem Wohin fragten und weinten, an einen Ausflug und Krumen von Freude nun nicht mehr glaubten bei der Brutalität, mit der sie gewiß verladen worden waren unter Gebrüll, deutschem Gebrüll untermengt mit polnischen Brocken. Was wird er gesagt haben, vielleicht hat er sie still gemacht indem er sagte, ja, es sieht böse aus, ich weiß auch nicht, was sie mit uns vorhaben, macht die Augen zu, Kinder, versucht zu schlafen, vielleicht brauchen wir nachher Kräfte. Wahrscheinlich haben angesichts des Außerordentlichen der Situation nur noch die ganz Kleinen gewimmert und sich beklagt über Enge und Durst. Die größeren sind wohl schon still gewesen vor Hilflosigkeit auf der Fahrt nach Treblinka.

Hier in Treblinka sitzen wir nun auf dem Heideboden, Bogdan und ich, und wir wissen den Ausgang der Geschichte. Alle sind in Treblinka umgebracht worden. Hier an diesem abgeschiedenen Ort, wo heute Grillen zirpen.

Zwei Bücher habe ich bei mir: eines über NS-Vernichtungslager und ein polnisches Buch, das ich in Warschau der Lichtbilder wegen kaufte, die es enthält.[5] Dies gebe ich Bogdan, der sogleich zu lesen beginnt. Ich versuche, mir anhand der Berichte aus dem deutschen Buch vorzustellen, was vorging, als die Kinder hier ankamen.

Anfang August 1942 war die Station Treblinka noch nicht perfekt als Phantombahnhof ausgestattet. Es war nur die Rampe vorhanden, ein paar Baracken und die Gaskammern alten Typs, die noch mit den Abgasen eines Dieselmotors betrieben wurden; erst später verwendete man die schneller wirkende Blausäure.

Die Kinder werden verstört, apathisch angekommen sein nach der Viehwagenfahrt und ohne etwas essen oder trinken zu können, aber vielleicht hofften sie, nun, da der Zug hielt und es ans Aussteigen ging, würde etwas Besseres kommen, und Korczak, verbot er sich nicht auch, das Schlimmste zu denken und wollte abwarten, was wirklich geschehen würde und möglicherweise zu Umständen führte, die sich ertragen ließen, in denen man sich einrichten konnte. Dachte er, sie kämen vielleicht in ein Barackenlager um Warschau zu entlasten?

Als es ans Aussteigen ging, die Waggons leergemacht wurden, geschah das nach Augenzeugenberichten mit Gebrüll und die Aufseher machten auch von ihren Peitschen Gebrauch, jeder von ihnen hatte eine Lederpeitsche. Schon hier wird Korczak sich für die Kinder gewehrt haben, wird haben verhindern wollen, daß man seine Kinder schlug, wird vielleicht »Ihr

Unmenschen« geschrien haben und daraufhin sofort durch einen Genickschuß beseitigt worden sein.

Möglicherweise wurde er aber auch nicht sofort erschossen, weil im allgemeinen Tumult, schließlich waren sechstausend Menschen aus dem Zug zu bringen, die Proteste eines alten Mannes, den hier auf dem Bahnhof in Treblinka wohl keiner mehr kannte, überhört wurden.

Üblicherweise, erfahre ich aus meinem Buch, wurden Frauen und Männer getrennt. Ob auch die Dom Sierot-Kinder nach Jungen und Mädchen aufgeteilt wurden, ist nicht bekannt. Die Anweisungen kamen jedenfalls über Lautsprecher. Alle hatten sich ganz und gar zu entkleiden. Die Schuhe mußten zusammengebunden werden. Den Frauen wurden die Haare geschnitten, vermutlich auch den Waisenmädchen, besonders wenn sie Zöpfe hatten. Danach wurden alle einen mit Stacheldraht eingezäunten hundertfünfzig Meter langen Weg getrieben bis vor einen garagenartigen Ziegelbau, das alte Gashaus. Es enthielt drei Kammern, jede etwa vier mal fünf Meter groß und etwa zwei Meter hoch. Es seien die Bäder, sagte man den Todeskandidaten, es gelte zu duschen und ein Desinfektionsmittel einzuatmen. »Schnell atmen«, war der Ratschlag der Mörder, »Gut auffüllen«, wurde denen befohlen, die das Eintreiben in die Gaskammern zu besorgen hatten. Auf bloßen Füßen tappten die Nackten aller Altersstufen in die Todeszellen. An der Decke sahen sie Brauseköpfe. Wenn mit Fluchen, Stoßen und Schieben soviel Menschen als nur irgend möglich in die drei Kammern gepreßt worden waren und man ihnen noch kleine Kinder auf die Köpfe geworfen hatte, wurden die Türen geschlossen.

Hier galt der 121. Psalm nicht, das berühmte jüdische Lied, und es wurde auch von niemandem gesungen:

Ich hebe meine Augen auf zu den Bergen
von welchen mir Hilfe kommt.

Meine Hilfe kommt von dem Herrn,
der Himmel und Erde gemacht hat.

Er wird deinen Fuß nicht gleiten lassen
und der dich behütet schläft nicht.

Siehe, der Hüter Israels schläft noch schlummert nicht.

Der Herr behütet dich, der Herr ist dein Schatten
über deiner rechten Hand,

daß dich des Tages die Sonne nicht steche noch der Mond des Nachts.

Es kam keine Hilfe, für niemanden, der Dieselmotor wurde angestellt, seine Abgase strömten aus den Duschdüsen. Waren die Waisenkinder gemeinsam in einer Kammer? War Janusz Korczak noch bei ihnen?

Gewöhnlich dauerte es eine halbe Stunde, bis sich alle zu Tode geatmet hatten an dem giftigen Gas, bis kein Laut mehr zu hören war, kein Weinen, kein Stöhnen mehr durch die Holztüren kam.

In meinem Buch ist beschrieben, was diejenigen zu sehen bekamen, die die Türen der Gaskammern wieder öffneten um sie leer zu räumen und neu zu füllen, schließlich waren an die sechstausend Menschen mit dem Zug zu ihrer Beseitigung angekommen, es mußte schnell gearbeitet werden.

Wir wollen uns den Bericht nicht ersparen: Die Toten standen aufrecht, ein Block nackter Leichen, die Aneinandergepressten hatten nicht umsinken können. Die Körper glänzten vom Angst- und Todesschweiß. Da sich beim Sterben die Schließmuskeln geöffnet hatten, waren die Beine der Toten mit Urin und Kot verunreinigt. Jedoch immer wurde gesehen, daß viele der Toten einander noch fest an den Händen hielten.

Die Leichen wurden auf Loren geworfen, abgefahren und dann in Gruben gekippt. Damals war die Verbrennungsanlage von Treblinka noch nicht erbaut. Später, als es sie gab, öffnete man die Gruben wieder, holte verweste Körper, die sich noch fassen ließen, mit Greifbaggern heraus und warf sie nachträglich auf die großen Feuerroste, wahrscheinlich auch die Leichen der Dom Sierot-Kinder und die ihres Vaters Janusz Korczak, der sie nicht verlassen hat, nicht im Leben und nicht in der Stunde ihres Todes.

Auf einem der Steine in Treblinka steht in sechs Sprachen und auch in der deutschen: NIE WIEDER

Als ich unlängst in Berlin über den Spandauer Damm gehen wollte, stand neben mir an der Verkehrsampel eine etwa fünfunddreißigjährige Frau mit ihrer Tochter, die mochte neun Jahre alt sein.

»Daß du mir nicht noch einmal so'n Türkenkind mit nachhause bringst«, sagte die Mutter erzürnt, und, nach einer kleinen Pause, immer noch erregt: »Nächstens schleppst du uns noch Zigeuner an!«

Bogdan und ich haben gelesen, im Gras sitzend. Wir gehen noch einmal das Gelände ab an Hand eines Informationsblattes, das wir auch bekommen haben. Ich sehe, Bogdan stellt sich das alles jetzt vor, was hier geschah. Wir sind die einzigen Besucher heute an dem abgelegenen Ort, der auch sonst nicht besucht wird wie Auschwitz. Bogdan muß etwas essen. Er holt seinen Apfel wieder vor. Er ißt, um sich den Mund zu stopfen, nicht zu schreien. Wir sind so allein unter all den Steinen, die für Ermordete stehen, mit all den Nachrichten, die wir aus dem Lautsprecher hörten, die wir lasen. Bogdan zieht seine Brieftasche aus der Jacke und aus dieser ein Bild, das hält er mir hin. »Pavel«, sagt er, und ich begreife, das ist sein kleiner Junge.

Wir sind benommen vom Aufenthalt in dieser Todeszone, können uns nicht aufraffen, fortzugehen, irren zwischen den Steinen umher, finden entfernter auch Grabhügel mit Kreuzen, setzen uns hin bei Korczaks Stein, beobachten eine Eidechse. Wir können ja nicht reden miteinander. Plötzlich fliegt ein Ball durch die Luft. Kinder, Anwohnerkinder vermutlich, kommen angerannt, mit nackten Füßen übers Heidgras. Anwohnerkinder, Geisterkinder, wir starren ihnen nach, eines hat ein Windrädchen, das hören wir surren. »Wenn wir nicht jetzt gehen«, denke ich – Bogdan muß den gleichen Gedanken gehabt haben, er steht auf. ›Bogdan‹, das muß doch ein Vorname sein, ich meine ihn aus Geschichten zu kennen. »Bogdan«, sage ich. »Madame«, sagt er.

Wir können nicht sprechen miteinander, aber es tut schon wohl, sich anzureden. Wir wandern zurück zum Auto, steigen ein, schnallen uns an, Bogdan startet den Motor, einen Dieselmotor übrigens.

Wir fahren. Langsam. Bogdan ist nicht mehr der forsche Warschauer Taxifahrer. Einmal hält er an als er in einem Bauerngarten Kinder spielen sieht, er dreht die Scheibe herunter, ruft ihnen etwas zu. Sie lachen. Bogdan fährt große Bögen um Gänsegrüppchen. Wir brauchen beinahe vier Stunden bis Warschau, halten am Stadtrand, essen, was wir noch bei uns haben, ehe wir uns die Hauptstadt wieder zutrauen.

Als wir vor meinem Hotel aus dem Wagen steigen, sind es wieder nur zwei Worte, die wir wechseln.

»Madame«, sagt Bogdan.

»Bogdan«, sage ich.

Wenn wir hätten reden können, was hätten wir gesagt?

1 Janusz Korczak, Verteidigt die Kinder, Gütersloher Verlagshaus Gerd Mohn, Gütersloh 1978.

2 Welchen Pädagogen übrigens nicht? Ich erinnere mich, wie noch 1950, als ich an Schulbüchern arbeitete, die Wogen unter Diskutanten schlugen. ›Strafe muß sein‹ galt damals noch als Axiom, war auch im politischen Bewußtsein verankert, schließlich verlangte man ja die Bestrafung der Naziverbrecher. Das äußerste, was sich damals bei den Schulaufsichtsbehörden

erreichen ließ, war in Lesebüchern ein Plädoyer dafür zu bringen, Strafen nicht lange währen zu lassen, Kinder nicht über Tage hinweg einem maulerigen Klima in der Familie auszusetzen, es kurz zu machen mit dem Abstrafen. Anhand einer Geschichte ließ sich das demonstrieren, man rechnete damit, daß auch Eltern einen Blick in die Lesebücher werfen.

3 Siehe Fußnote 1.

4 Siehe Fußnote 1.

5 NS-Vernichtungslager im Spiegel deutscher Strafprozesse. Herausgegeben von Adalbert Rückert. dtv-Dokumente, Band 2904, München 1977. Hanna Mortkowicz-Olczakowa, Janusz Korczak. Czytelnik, Warschau 1978.

»Spiegel: noch nie hat jemand wissend beschrieben was ihr in euerem Wesen seid.«

In Satzspiegeln sind sie zu sehen, die Lebendigen und die Toten, das Kind das man selber war und das Kind das Du gewesen bist auch, aus den »Zwischenräumen der Zeit« tauchten sie auf, liefen durch der Spiegel Unbetretbarkeit, manchmal sind die wie Wälder weit.

Was tut eigentlich der, der beschreibt und jemanden mit dem Schimmer eines Wortes aus dem Dunkel ins Dämmer des Erscheinens holt? Man schreibt einen Satz, der wie ein Lichtfinger auf jemanden zeigt, der ungesehen war; man bündelt Sätze und strahlt scheinwerfend blendend jemanden an, der wehrlos ist. Er muß sich sehen lassen, es wurde Licht auf ihn geworfen, nur berühren lassen muß er sich nicht, in den kühlen gläsernen Teichen der Spiegel wird nur ein Bild gewährt.

Lichtfrevel ist Spiegeln, fürchte ich manchmal und weiß doch: es ist ein Suchsignal, ausgesendet, weil uns verlangt, nicht zu vergessen, nicht fallen zu lassen in die Zwischenräume der Zeit, zu verwahren in den stillen Flächen spiegelnder Unbetretbarkeit.

Sie, die noch des leeren Saales Verschwender sind, die Spiegel unserer Wahrnehmungswünsche, die riesigen Parabolspiegel unseres Begreifenwollens und unserer Treue – Licht in die Spiegel, damit wir finden können.

Ein Kinderspiegel, ein Suchspiegel nach den Gründen, ein Fangspiegel, damit sie nicht abstürzen. Wer das Kind aufspürt, das er selber gewesen ist, schlägt sich auch durch zu den Heutekindern, die gezwungen sind, uns zu erwarten.

Ursula Ziebarth wurde 1921 in Berlin geboren und lebt dort.

Werk:
Zwölf Bändchen erzählende Schullektüre, zB. »Der Garten der Tiere« (Geschichten zum Klugwerden)
Hexenspeise
Ein Kinderspiegel
Eine Frau aus Gold

Unveröffentlichte Arbeiten:
Hier in Europa, in unseren unvereinigten Staaten
Hades-Kassiber

Ursula Ziebarth erhielt den Preis der Literarischen Gesellschaft Hamburg und eine Ehrengabe der Bayrischen Akademie der Künste.